MENÚ PARA DOS

(THE PAIRING)

CASEY
McQUISTON

MENÚ PARA DOS

(THE PAIRING)

Traducción de
Ana Alcaina y Ana Mata Buil

MOLINO

El papel utilizado para la impresión de este libro ha sido fabricado a partir de madera
procedente de bosques y plantaciones gestionadas con los más altos estándares ambientales,
garantizando una explotación de los recursos sostenible con el medio ambiente y beneficiosa para las personas.

Menú para dos

Título original: *The Pairing*

Publicado por primera vez en EE. UU. por St. Martin's Griffin,
un sello de St. Martin's Publishing Group.

Primera edición en España: agosto, 2024
Primera edición en México: septiembre, 2024

D. R. © 2024, Casey McQuiston

Publicado mediante acuerdo con KT Literary LLC. y Sandra Bruna Agencia Literaria, S. L.

D. R. © 2024, Penguin Random House Grupo Editorial, S. A. U.
Travessera de Gràcia, 47-49, 08021, Barcelona

D. R. © 2024, derechos de edición mundiales en lengua castellana:
Penguin Random House Grupo Editorial, S. A. de C. V.
Blvd. Miguel de Cervantes Saavedra núm. 301, 1er piso,
colonia Granada, alcaldía Miguel Hidalgo, C. P. 11520,
Ciudad de México

penguinlibros.com

D. R. © 2024, Ana Alcaina y Ana Mata Buil, por la traducción
Diseño de interiores: Devan Norman
Diseño del mapa: Rhys Davies
Ilustraciones de inicio de capítulo: Shutterstock
Cita de la dedicatoria y de la página 318: E. M. Forster, *Una habitación con vistas*, trad. de José Luis López Muñoz, Madrid, Alianza, 2005 (2.ª ed.: 2022)

Diseño de la portada: Penguin Random House Grupo Editorial / Adaptación del diseño original de Kerri Resnick
Ilustración de la portada: © Mira Lou

Penguin Random House Grupo Editorial apoya la protección del *copyright*.
El *copyright* estimula la creatividad, defiende la diversidad en el ámbito de las ideas y el conocimiento,
promueve la libre expresión y favorece una cultura viva. Gracias por comprar una edición autorizada
de este libro y por respetar las leyes del Derecho de Autor y *copyright*. Al hacerlo está respaldando a los autores
y permitiendo que PRHGE continúe publicando libros para todos los lectores.

Queda prohibido bajo las sanciones establecidas por las leyes escanear, reproducir total o parcialmente esta obra
por cualquier medio o procedimiento así como la distribución de ejemplares
mediante alquiler o préstamo público sin previa autorización.
Si necesita fotocopiar o escanear algún fragmento de esta obra diríjase a CemPro
(Centro Mexicano de Protección y Fomento de los Derechos de Autor, https://cempro.com.mx).

ISBN: 978-607-384-787-2

Impreso en México – *Printed in Mexico*

Por placer

No es posible amar y separarse.
Querría usted que así fuera.
El amor se puede transformar, ignorar, confundir,
pero no es posible sacarlo de uno.

E. M. Forster, *Una habitación con vistas*

Initiating slut mode.

Robyn, «Fembot»

MENÚ PARA DOS

(THE PAIRING)

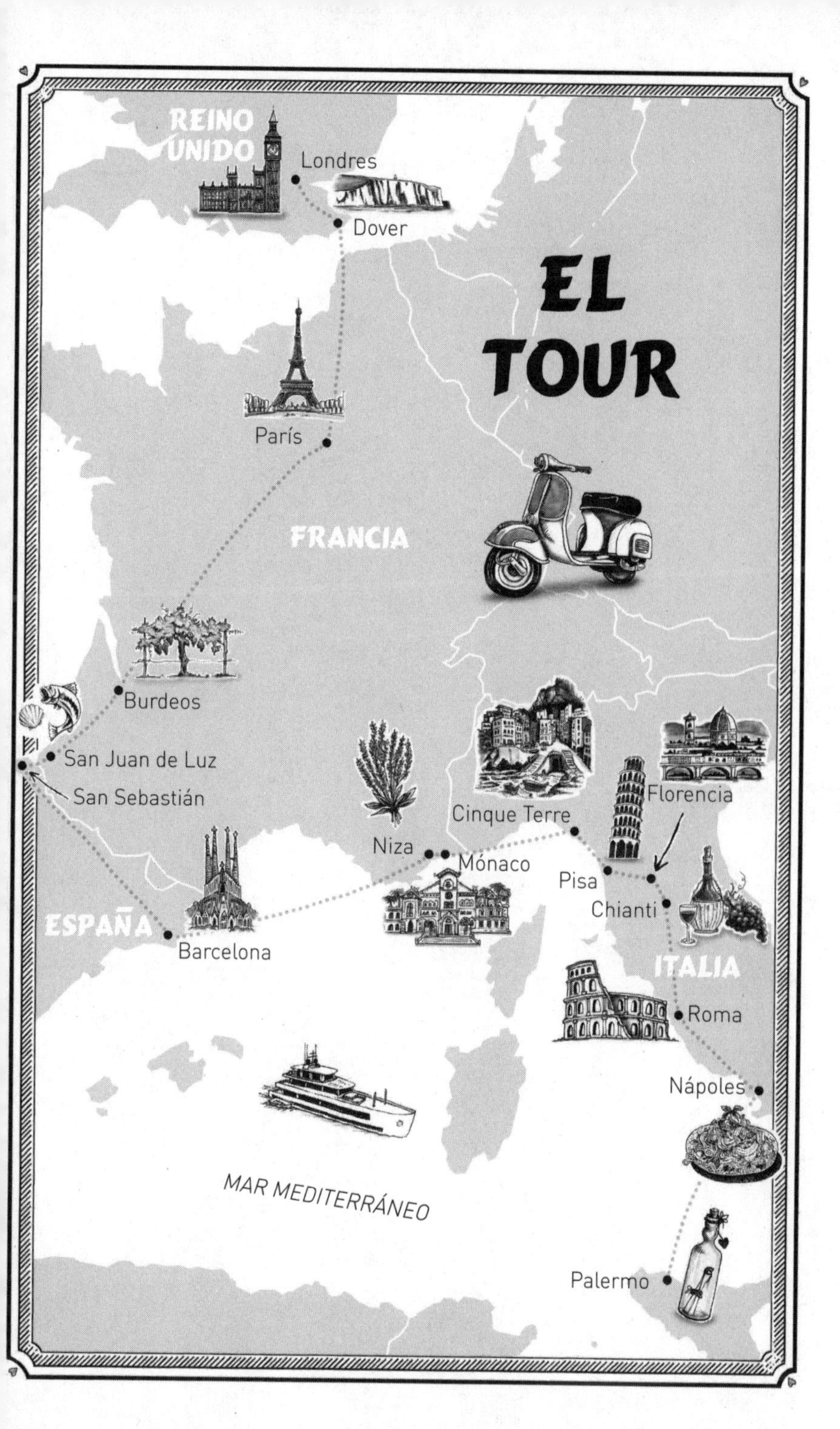

EL TOUR
REINO UNIDO
Londres
Dover
París
FRANCIA
Burdeos
San Juan de Luz
San Sebastián
ESPAÑA
Barcelona
Niza
Mónaco
Cinque Terre
Pisa
Florencia
Chianti
ITALIA
Roma
Nápoles
Palermo
MAR MEDITERRÁNEO

EL PRINCIPIO

(Versión de Theo)

La primera vez que beso a Kit, sabe a jalapeños y chabacanos.

Las copas nos animaron a atrevernos. Unos colegas del restaurante hicieron una fiesta en la casa que tienen rentada en Cathedral City y hay un bote de basura lleno de ponche misterioso, y tenemos veintidós años, la edad en la que el ponche en un bote de basura suena genial en lugar de nefasto. Aunque reconozco que por lo menos le añadí unos chorritos de licor de chabacano del mueble bar para que no estuviera tan fuerte.

Durante los últimos cuatro meses desde que Kit se marchó de Palm Springs para irse a vivir conmigo, no hemos parado de hablar de los disfraces de Halloween. Unos M&M's cachondos. Ralph Macchio y el bravucón de *Karate Kid.* A Kit se le ocurrió ir de Sonny y Cher: él es Cher, yo soy Sonny. Encontró en Los Ángeles el vestido de tubo perfecto, ajustado y de seda, y lo rentó; incluso me pidió que le atara un corsé antes de ponerse el vestido, porque nunca puede resistirse a dar un bocado a lo que sea. Ni siquiera el ponche del bote de basura podría borrar el tacto de su piel de las yemas de mis dedos.

Después, mientras comemos pizza a domicilio en la mesita de centro, Kit decide que por fin ha llegado el momento de hablar de lo nuestro.

Nunca hemos sacado el tema, no desde que regresó a California para estudiar en la universidad y volvimos a ser uña y mugre, como si nunca nos hubiéramos separado; éramos como los latidos de un mismo corazón, siempre en sincronía. Theo y Kit, Theo y Kit, Theo y Kit.

Era tan fácil encontrar el ritmo de ese pulso que no hablábamos de adónde nos había llevado o por qué.

Kit me mira por encima del *calzone* crujiente con extra de jalapeños y pregunta:

—¿Por qué no has querido ir nunca a Oklahoma?

«Porque es Oklahoma», estoy a punto de contestar. Pero lo importante nunca fue el lugar; era la promesa. Cuando teníamos catorce años, un año después de que muriera la mamá de Kit, su papá decidió mudarse con su familia a Nueva York. Kit y yo sacamos un mapa y averiguamos el punto intermedio entre Rancho Mirage, en California, y Brooklyn. Oklahoma City. Prometimos que nos veríamos allí todos los veranos, pero yo siempre ponía alguna excusa para no ir, y mis excusas nunca eran buenas.

Le brillan tanto los ojos castaños a la luz de la lámpara, enmarcados con esa ridícula peluca de Cher, que le digo la verdad, o al menos a medias: cuando se marchó, me di cuenta de que me había enamorado de mi mejor amigo sin saber cómo. Y de pronto lo tenía a ochocientos kilómetros y mis sentimientos daban igual; cuando Kit me hablaba por teléfono de sus primeras citas, me dolía en el alma. Oklahoma City me habría roto el corazón.

—Lo siento. Me porté fatal. Es verdad, me porté fatal contigo.

—Ah —es lo único que me contesta.

—Pero ya lo tengo superado del todo —añado, aunque es mentira. Cada vez lo tengo menos superado. Pensaba que vivir con Kit sería una estupenda terapia de choque, que nadie podría seguir enamorado de su mejor amigo después de ver cómo se rasca el culo por dentro del pants. Pues pasó al revés, creo que todavía quiero más a Kit—. Así que no te preocupes. No voy a atacarte ni nada por el estilo.

Kit deja la comida en el plato y me analiza, con mi bigote falso, el pelo trenzado hacia atrás para que quepa debajo de la peluca corta. Esboza una sonrisa, se coloca un mechón de la melena de Cher detrás de la oreja y contesta:

—Yo también estaba enamorado de ti.

—Tú… ¿qué?

—Me refiero a entonces.

Asiento con la cabeza e intento que no me tiemble la voz.

—Claro, claro. Entonces.

Y se ríe, así que yo me río y pongo una canción de Sonny y Cher para tapar lo rara que suena mi voz. Bailamos por la sala de estar con los labios aceitosos al ritmo de «I Got You Babe» hasta que rozo con la mano la cintura de Kit, enfundada en el corsé.

Sujeto las puntas del reluciente pelo sintético entre el pulgar y el índice, toco a Kit sin tocarlo. Levanta el brazo y me arranca el bigote.

—¿Y si lo probamos? —pregunta con cautela—. Solo una vez, para ver cómo es…

Y, de pronto, estoy en la cama de mi mejor amigo y lo beso hasta perder la cabeza. Solo para ver cómo es.

En las entrañas sé que esto va a cambiarme de forma definitiva. Puede que esté mal, puede que sea una mierda dejar que haga esto cuando yo sé lo que siento y lo que él no siente, pero es Kit. A Kit le encanta hacer que la gente se sienta bien, y cuando hunde la cara entre mis piernas, me siento bien. Me siento tan bien que es horrible.

Mañana se reirá de esto, y cualquier persona que me lleve a la cama a partir de ahora tendrá que competir con su fantasma para captar mi atención.

Por la mañana, la cocina huele a canela, mantequilla y levadura, y Kit está en el fregadero, lavando platos. Lleva el delantal que le compré cuando hicimos un viaje en coche hasta Santa Maria Valley para ver si la barbacoa era tan buena como decían. En el delantal dice: ESTE CHICO SE SAZONA LA CARNE SOLO.

Ha puesto dos platos en la mesa, el vapor sube creando espirales y la cobertura resbala por encima de la masa dorada. Kit prepara un postre casero todos los fines de semana, y lleva años detrás de la receta perfecta para los rollitos de canela.

Me hice muchas promesas mientras me dormía a su lado. Que no me afectaría. Que solo había sido para reírnos un poco. Teníamos una amistad de toda la vida, de dos personas que se involucran por los viejos tiempos, que se desfogan recordando el loco amor adolescente que un día vivieron.

Me sonríe desde el fregadero; todavía se le nota el chupetón que le hice en el cuello.

—Te mentí. Nunca lo superé.

Kit suelta un largo suspiro. Cierra la llave. Y entonces dice lo más increíble que podría decir.

—Yo tampoco.

EL FINAL

(Versión de Theo)

Hay un dildo en la banda transportadora de equipaje.

Y no es mío. No es que no me haya traído ninguno, sino que Kit nunca guardaría el nuestro de forma tan descuidada que vaya a salirse de mi maleta a la primera de cambio y ponerse a dar vueltas en la banda del equipaje. Estas cosas hay que hacerlas bien.

Estoy a solas en el aeropuerto de Heathrow, observando cómo da vueltas y vueltas el dildo. Es morado, más bien corto, pero de una anchura más que respetable. En su cuarta vuelta, por fin, doy un paso al frente y recojo mi maleta de la banda, pero no me dirijo a la salida.

No sé dónde está Kit.

Siete, ocho, nueve, diez veces rueda el dildo antes de que un empleado del aeropuerto con cara de pocos amigos se ponga unos guantes y lo saque de ahí para meterlo en una bolsa de plástico.

Miro la hora: han pasado treinta y cinco minutos desde que Kit se fue. Siento tanto enojo que no puedo llorar, pero me queda una media hora antes de poder desmoronarme por completo y hacer un numerito. Luego escribiré un mail a la empresa que organizaba el tour para decirles que no pudimos ir, a ver si me devuelven el dinero. Ahora mismo, lo único que quiero es volver a casa.

Desde la fila de documentación de British Airways veo a una pareja joven nerviosa que se acerca a objetos perdidos para recoger el dildo extraviado. Están en esa fase del amor que merece que la humillen en la banda transportadora de equipaje. Se marchan juntes, con las mejillas sonrojadas y riéndose con la cara enterrada en el hombro de la otra persona. Carajo, qué empalagoso.

Le pregunto a quien atiende detrás del mostrador:

—¿A qué hora sale el siguiente vuelo directo a Los Ángeles?

CUATRO
AÑOS
DESPUÉS

LONDRES

COMBINA CON:

Coctel Pimm's Cup, scone remojado en el té comido a toda prisa

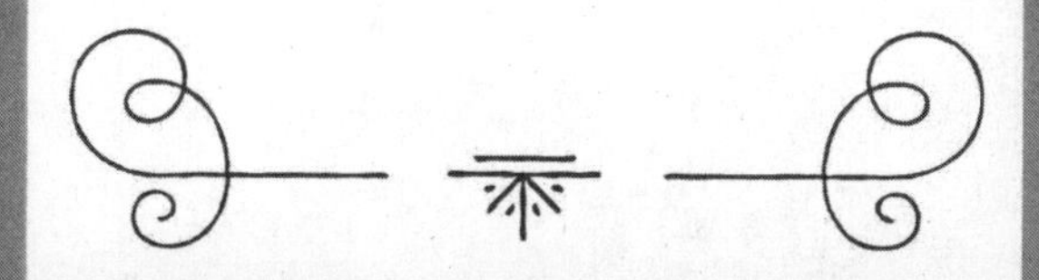

—Me da igual si me ofreces doscientas libras y una masturbada, Trevor, no te sirvo más. —Empujo hacia él los boletos arrugados que hay encima de la barra y sonrío con dulzura—. Vete a casa. Cuídate un poco. Das pena, y no lo digo en plan divertido.

Por fin, Trevor cede y deja que lo escolten hasta la salida del pub otros dos fans del West Ham, mientras la muchedumbre vitorea otro gol en la pantalla de televisión colgada en la pared. Uno de los fans del Spurs con el que se estaba metiendo levanta la cerveza en señal de gratitud. Niego con la cabeza y me echo el trapo encima del hombro, luego me agacho para acabar de sacar el barril vacío.

—Siempre pasa lo mismo con Trevor —suspira un mesero—. Es una puta esponja, te lo juro.

Suelto un bufido.

—En todos los bares hay alguien así.

El mesero me guiña el ojo con aire comprensivo y luego me mira mejor.

—Espera. ¿Tú quién eres?

—Soy… —Por fin consigo desenganchar el barril, lo arrastro, y jadeando por el esfuerzo, digo—: Theo.

—¿Y cuándo te contrataron?

—Ah, me dejaron ponerme detrás de la barra porque sé cambiar el barril.

Señalo con la barbilla al encargado sudoroso que pierde la cabeza por acordarse de todo lo que le piden. No tardé mucho en convencerlo de que aceptara ayuda gratis.

—No trabajo aquí. Ni siquiera vivo aquí. Me bajé de un avión hace dos horas. ¡Eh! —Azoto con el trapo a un fan de los Spurs al que se le ocurrió subirse al taburete—. Vamos, hombre, usa la cabeza.

El mesero frunce el ceño, con admiración.

—¿Ya habías estado en Londres?

Sonrío.

—No, pero he visto muchas pelis.

A decir verdad, no he estado en casi ningún lugar aparte de en California. Estuve a punto de hacer una escapada hace un par de veranos cuando Sloane se fue a rodar a Berlín y me invitó a vivir gratis en su suite del hotel, pero... no, no me veía en condiciones. No suelo confiar en mis reacciones cuando estoy en lugares o circunstancias que no conozco. He vivido en Coachella Valley la mayor parte de mis veintiocho años, porque tiene montañas y desierto y cielos inmensos y cuervos grandes como perros, y porque ya conozco todas las formas en las que puedo fracasar allí.

Pero ahora sí estoy en condiciones. Creo... No, sé que estoy en condiciones. Todos y cada uno de los músculos de mi cuerpo llevan semanas contraídos, conforme pasaban los días en el calendario, preparándose para saltar, para averiguar de qué soy capaz. Me encanta saber de qué soy capaz.

Aparte de una catastrófica mañana en Heathrow, esta es la primera vez que voy al extranjero, lo cual probablemente explique por qué me refugié detrás de la barra en un pub abarrotado durante un partido de futbol de alta tensión. Salí de un salto del tren del aeropuerto con todo Londres a mis pies y, en lugar de museos, palacios o la abadía de Westminster, fui en línea recta al pub más cercano y me abrí paso a codazos para volver a mi elemento. Soy capaz de esto, de mediar en peleas de bar y de cerrar válvulas y gritar insultos amistosos a tipos que se llaman Trevor, de aprenderme los hábitos de bebida de cada sitio, de probar los licores de la región. Estudio a la fauna en su abrevadero como si fuera el National Geographic. Soy Steve Irwin, el Cazador de Cocodrilos, pero para tomarme un trago con los chicos.

El motivo inicial de este viaje, cuando Kit y yo lo reservamos, era exactamente este: aprender. Fantaseábamos con que algún día abriríamos un restaurante, y una noche, después del quinto episodio consecutivo de *Sin reservas*, Kit tuvo la idea. Encontró un tour gastronómico guiado por Europa donde podríamos experimentar los mejores y más ricos sabores, las tradiciones más legendarias para amasar el pan, la perfecta inmersión sensorial que inspiraría nuestro trabajo. «Como hizo el chef Bourdain, versión 2.0», dijo, y con eso consiguió que volviera a enamorarme perdidamente de él.

Ahorramos durante un año para pagar el viaje y luego rompimos durante el vuelo, entonces Kit se fue corriendo a París y no volví a verlo. La reservación no admitía reembolso. Volví a casa con el corazón destrozado, una botella tamaño viaje de whisky de catorce años que pensábamos bebernos en la última parada, en Palermo, y un boleto para un tour válido durante cuarenta y ocho meses. Me dije que, en el mes cuarenta y siete, haría el viaje por mi cuenta, para darme un homenaje. Me plantaría en la playa y bebería nuestro whisky para brindar por lo lejos que había llegado. Para conmemorar que por fin había superado lo de Kit por completo.

Y aquí estoy, en un pub a cinco minutos de Trafalgar Square, metiendo otro barril en su sitio a fuerza de músculos, mostrando una valentía, una independencia y un atractivo sorprendentes, porque quiero.

Puedo hacerlo. Soy el Cazador de Cocodrilos. Aprenderé, y me divertiré, ¡sí!, y aplicaré todos los conceptos en mi trabajo de *sommelier* y en la cocina de mi casa, donde se me ocurren las recetas novedosas. Seré la mejor versión de mi ser, la más confiada, la más competente. No embutiré mis cosas a toda prisa en la mochila hechas un lío por las mañanas ni tiraré sin querer el celular en el Arno ni olvidaré el pasaporte encima del rollo de papel higiénico en los baños del aeropuerto (otra vez). Y jamás, bajo ningún concepto, desearé estar haciendo este viaje con Kit.

Ya casi nunca pienso en él.

Le doy una patada al barril de cerveza para acabar de colocarlo en su sitio con la puntera de la bota, luego giro la válvula y bajo la palanca.

—¡Ya tenemos Guinness!

Cuando me incorporo, el encargado me observa con la cara sonrojada y divertida. Sirve media pinta del barril nuevo y me la ofrece.

—¿Trabajas en un pub? —me pregunta.

Doy un sorbo.

—Más o menos.

—Bueno, pues si quieres, puedes hacer todo el turno. El partido casi termina, pero el del Liverpool empieza a las tres.

—¿A las… tres? —Se me hace un nudo en el estómago—. ¿Ya son…?

Por encima de un banco de piel destartalado que está junto a la puerta, veo un reloj con forma de scottish terrier que marca que faltan dieciséis minutos para las tres.

Dieciséis minutos para que el autobús del tour salga rumbo a París. Dieciséis minutos para que pierda mi última oportunidad de hacer ese viaje y kilómetro y medio de calles londinenses desconocidas y sin pisar por mí entre este pub y el punto de encuentro.

Me quito el trapo del hombro y hago lo impensable: beberme la Guinness de un trago.

—Se su… aj. —Contengo un eructo que sabe a pura venganza irlandesa—. Se supone que tengo que estar en Russell Square dentro de un cuarto de hora.

El encargado y el mesero intercambian una mirada incrédula.

—Pues será mejor que te pongas las pilas —dice el encargado.

Le doy el vaso vacío y agarro la mochila.

—Caballeros. —Hago un saludo militar—. Ha sido un honor.

Y me echo a correr.

Alguien me jala y me hace volver a la acera justo antes de que un taxi negro me atropelle.

—¡Mierda! —suelto, viendo la vida pasar ante mis ojos. Se reduce, sobre todo, a albercas, cocteleras y sexo esporádico. No está mal. No es impresionante, pero no está mal. Miro a mi salvador, una torre de franela y pelo rubio—. No me fijé por dónde iba. Prometo que estoy a punto de dejar el país y ninguno de ustedes volverá a verme nunca.

El hombre inclina la cabeza, como un pedrusco curioso.

—¿Tengo pinta de inglés? —pregunta con un acento que claramente no es inglés. Aunque tampoco es escocés ni irlandés, así que supongo que por lo menos no lo insulté. ¿Finlandés? ¿Noruego?

—Pues no, la verdad.

El semáforo cambia y seguimos caminando en la misma dirección. Esto no es un flechazo. ¿O sí es un flechazo? No me gustan las barbas. Espero que no sea un flechazo.

—¿También estás en el tour gastronómico? —se aventura a preguntar el posible noruego.

Me fijo en la mochila que lleva en su ancha espalda. Es una mochila grande para viajes largos, como la mía, aunque la mía parece el doble de gigante puesta en mí. No me falta altura, pero no tengo el código genético necesario para desatracar barcos de guerra a pulso de las playas y meterlos en las olas nórdicas.

—¡Sí, acertaste! Ay, Dios, cuánto me alegro de no ser la única persona que llega tarde.

—Ya —dice el tipo—. Esta noche dormí en la ladera de una colina. No pensé que tardaría tanto en volver caminando.

—¿A Londres?

—Sí.

—¿Has...? De acuerdo. —Tengo varias preguntas, pero no hay tiempo—. Soy Theo.

Sonríe.

—Stig.

Son las 15:04 cuando llegamos a Russell Square, donde una mujer mayor con un corte de pelo sin adornos y algunas canas está acomodando la última maleta en el compartimento para el equipaje de lo que debe de ser nuestro autobús.

—¿Te ayudo con las maletas, Orla? —pregunta una voz cantarina con un fuerte acento italiano. Una guapa cara bronceada aparece por la puerta del autobús.

—No te preocupes por mí, preciosidad —le contesta Orla, la conductora. Tiene acento irlandés.

—No coquetees conmigo salvo si va en serio —dice el hombre con picardía antes de vernos—. ¡Ay! ¡Los dos últimos! *Meraviglioso!*

Mientras baja los escalones dando brincos, el gris de Londres choca con el humeante ámbar de Nápoles. Debe de ser Fabrizio, el hombre que, según el mail de la compañía de viajes en el que nos daban los últimos detalles, iba a ser nuestro guía. Es escandalosamente guapo, con el pelo oscuro ondulado por encima de la nuca, una barba corta y rasposa que le cubre la mandíbula bien definida y que se funde con elegancia con el pelo que le sale del cuello desabrochado de la camisa. Parece un muñeco, como el tipo que le proporciona a Kate Winslet su primer orgasmo en una peli sobre una divorciada en Sicilia.

Pasa la página del portapapeles mientras me mira.

—Supongo que tú eres Stig Henriksson.

—Eeeh…

Echa la preciosa cabeza hacia atrás y suelta una carcajada.

—¡Era broma! Ja, ja, ja. *Ciao, Stig!* —Da un paso hacia Stig y lo besa en el pómulo—. ¡Y entonces tú eres Theodora!

Y antes de que me dé cuenta, se ha acercado a mí y me ha plantado los labios en la mejilla.

—Theo.

Apoyo la mano en su bíceps y también le doy un beso en la mejilla. Supongo que es lo que se espera que haga. Cuando se aparta, veo que sonríe.

—*Ciao bella, Theodora.*

Casi nadie me llama Theodora, pero me gusta cómo lo pronuncia él: «Teiodooorra», con la erre fuerte y la segunda o alargada y tierna, como si la invitara a tomar una copa. No me importaría si esto fuera un flechazo.

—*Andiamo!*

Orla cierra de golpe la cajuela.

—Muy lleno este tour —nos dice Fabrizio, una vez arriba—. ¿Aún queda un asiento al fondo? ¡Y hay uno libre a mi lado!

De pie junto al asiento de la conductora, veo todas las filas llenas de quienes me acompañarán durante las próximas tres semanas. Echo un vistazo a Stig: parece que somos las únicas personas que van a hacer solas el tour.

Claro. Un viaje así está pensado para compartirse. Surcar el Sena como tortolitos, brindar con copas de champán, tomarse fotos mutuamente con el pelo al viento en un acantilado, comer del mismo plato y hablar durante el resto de tu vida sobre ese bocado incomparable. Son la clase de recuerdos pensados para vivirse en pareja, no en solitario.

Levanto la barbilla y camino por el pasillo. Le dejo el asiento delantero a Stig.

Paso por delante de dos tipos australianos que se ríen a carcajadas, un par de mujeres mayores con viseras a juego que hablan en japonés, unas cuantas parejas jubiladas, dos chicas con tops sin tirantes, varias parejas de luna de miel, una mamá del medio oeste con su hijo adulto con pinta de aburrido, hasta que por fin lo veo. El último asiento del pasillo está vacío.

No distingo bien a la persona acurrucada contra la ventana, pero no detecto ninguna señal de alerta. Lleva una camiseta que parece suave y unos jeans descoloridos, y el pelo le tapa la cara. Podría estar durmiendo. O, al menos, fingiendo dormir para que nadie se siente a su lado. Seguro que le apetece tanto como a mí tener compañía, es decir, nada.

Respiro hondo.

—¡Hola! —saludo con mi voz más simpática—. ¿Está libre?

Al oírme, se remueve, apartándose de la cara unos mechones ondulados de pelo castaño. La única advertencia que tengo antes de que voltee la cara hacia mí es una mancha de pintura en su mano izquierda, entre el primer nudillo y el tercero.

Conozco esas manos. Siempre están manchadas así, ya sea de tinta, de colorante alimentario o de pigmento de acuarela.

Kit alza la mirada, arruga la elegante frente y pregunta:

—¿Theo?

Puede que sí me atropellara el taxi.

Puede que me haya desplomado en un paso de cebra en zigzag y, al salir de la oficina, la gente se haya arremolinado a mi alrededor y no pare de decir que es una pena que alguien tan joven y con tanta vida por delante haya tenido que engrosar las listas de víctimas de accidentes de tráfico junto a la puerta de un Boots. Alguien de *The Sun* redacta un titular: «¡BUENAS NOCHES, FLOWERDAY! Theo Flowerday, la hija mayor y más decepcionante de la triunfadora pareja de directores de cine de Hollywood, Ted y Gloria Flowerday, muere al tratar de cruzar la calzada sin mirar, algo que no ha sorprendido a nadie». Puede que todo lo que haya ocurrido desde entonces haya sido una febril ensoñación mientras agonizo y haya llegado al infierno, donde me obligarán a compartir tres semanas de las vistas y sabores más sensuales y románticos de Europa con un desconocido cuyo perineo podría describir de memoria.

Todo eso me parece más plausible que la realidad de que la persona sentada en la última fila sea de verdad Kit.

—Tú... —No dejo de mirarlo. Él no deja de estar ahí. De pronto me pitan los oídos. Me fallan las piernas—. No estás aquí.

Levanta una mano, como si quisiera demostrar que es corpóreo.

—Pues creo que sí.

—¿Por qué estás aquí?

—Tengo un boleto.

—Yo también. Me... me dieron un cupón, pero...

—A mí también, yo...

—... nunca llegué a...

—... no quería desperdiciarlo, así que...

En algún rincón lleno de telarañas de la mente, supongo que sabía que teníamos los mismos boletos con las mismas fechas de vigencia, pero nunca imaginé que, de algún modo, acabaríamos... acabaríamos...

—Por favor —le digo, cerrando los ojos—, dime que no reservamos el mismo puto tour.

El autobús se pone en marcha con una sacudida y se me doblan las rodillas... la mitad de mi cuerpo aterriza en el asiento vacío y la otra mitad en el regazo de Kit. La mochila sale disparada y le da un golpazo en la cara.

Entre el pelo de detrás de mi oreja, con voz grave y amortiguada, y algo divertida, oigo a Kit:

—Veo que no se te ha pasado el enojo.

Suelto una grosería y me recoloco en el asiento. Kit tiene los ojos cerrados como si le doliera algo y se ha tapado la nariz con la mano.

—Orla le pisa al pedal como no tienes idea... ¿Te has...?

—Estoy bien —responde Kit—. Pero no te asustes cuando te lo enseñe.

—¿Qué me vas a ense...? —Aparta la mano y deja al descubierto la nariz, de la que sale sangre a chorros; es espectacular—. ¡Carajo!

—¡No pasa nada! —La sangre le gotea por el orificio izquierdo, y ya empieza a acumulársele encima del marcado labio superior—. No es tan grave como parece.

—¡Carajo, Kit, pues se ve muy mal!

—Bah, ahora me pasa esto en la nariz de vez en cuando. —Se seca unas cuantas burbujitas rojas—. Es un momento y ya.

«Ahora». Ahora, como indicando que hubo un «antes», en el que nos amábamos con locura y yo sabía lo que le salía y no le salía de la nariz.

Cuando alguien es tu mejor amigo durante dieciséis años, luego tu novio durante dos, y tu primer y único amor, no es fácil borrarlo de tu vida, pero yo lo he conseguido. Todo lo que podía eliminarse, desactivarse o esfumarse, ha desaparecido: bloqueé todos los números, desterré en cajas de cartón todas las polaroids y las camisetas de recuerdo y las metí en uno de los clósets libres de Sloane. He dedicado mi vida a no saber nada de la suya, ni de su trabajo ni de su corte de pelo ni de si llegó a terminar su formación en la escuela de pastelería en París. Pongo la mano en el fuego a que sigue viviendo allí, pero hasta ahora mismo, podría haberse hecho marine y haber perdido un brazo entre las fauces de un tiburón y yo no habría tenido ni idea.

Si por lo que sea pienso en Kit, en la fantasía que no tengo, porque no pienso en él lo suficiente como para tener un escenario de fantasía concreto, nos visualizo topándonos en la puerta de un restaurante de Manhattan. Él quedó de verse con alguien y yo estoy allí porque me enviaron a catar la lista de vinos, y da igual qué artista trágico lo acompañe, Kit se queda de piedra al verme junto a la puerta con el traje a la medida, y sabe que al final lo logré, que tengo una carrera profesional que me llena y una retahíla de amantes esperando, que he sabido superar todas mis manías de forma tan admirable que no volveré a necesitarlo a él ni a nadie. Y ni siquiera me fijo en él.

En la vida real, la gente se nos queda mirando.

—¡Estoy bien, Birgitte! —exclama Kit, y sacude la mano para indicar a las jubiladas del otro lado del pasillo que no se preocupen. Ya se ha hecho amigo de unos ancianos suecos.

En mi mente las cosas nunca van así, no soy el mismo caso perdido a quien él ya no podía aguantar más. Se supone que tiene que comprobar que ahora soy «alguien». Una especie totalmente nueva de Theo, al mando de cualquier situación. El maldito Cazador de Cocodrilos.

Me desato la bandana que llevo al cuello.

—Ven —le digo, y mojo la tela en el agua que tengo en la mochila.

—De verdad, estoy bien —insiste Kit—. Ya casi no me sale sangre.

—Entonces déjame que la limpie.

Noto la duda en la expresión de Kit, a caballo entre una cautelosa esperanza y el aspecto indefenso y atrapado de un hombre a punto de ser atacado por un oso pardo.

—Está bien.

Me acerco a él por la derecha, pero voltea la cara hacia la izquierda. Entonces alargo el brazo para acceder a él por la izquierda, pero rectifica a toda prisa y voltea la cara hacia la derecha. Nos perseguimos así un par de veces más antes de que le agarre la barbilla con una mano y lo haga voltear la mandíbula directamente hacia mí.

Nos miramos a los ojos, con la misma sorpresa en la cara.

Mala jugada. A Steve Irwin nunca se le ocurrió atrapar a un cocodrilo agarrándolo por la preciosa mandíbula. Al menos, no a uno con el que se hubiera acostado.

—Estate quieto —digo. Mientras me niego a apartar la mirada en primer lugar.

Kit parpadea despacio y luego asiente.

Le limpio la sangre, consciente a cada segundo de que he cometido un error de cálculo gravísimo. Desde donde estoy, no me queda más remedio que analizar su cara y todos los rasgos que han cambiado y los que no entre los veinticuatro y los veintiocho años. En líneas generales está casi igual, solo un poco más maduro y definido. Tiene los mismos pómulos marcados y las cejas curiosas, la misma boca fina, los mismos ojos cafés de pestañas largas con ese brillo sincero tan familiar que ha tenido desde la infancia. La diferencia más llamativa es la ligera curva en esa nariz recta escultural que guardaba en la memoria, pero apostaría a que eso no fue culpa mía.

Kit también me mira y me pregunto si estará haciendo lo mismo. Yo he cambiado más que él. Ya no me maquillo, llevo las cejas más descuidadas, tengo más pecas. Hace unos años, dejé de intentar que todas las facciones disparatadas de mi rostro tuvieran la coherencia que yo creía que debían tener y empecé a valorar cada pieza por separado. Mi boca ancha con las comisuras hacia arriba, los ángulos de la mandíbula y los pómulos, la nariz un poco demasiado grande. Me encanta mi aspecto actual, pero no sé si a Kit también le gustará. Aunque me da igual.

Lo suelto y meto la mano debajo de la pierna antes de tener tiempo de hacer alguna otra estupidez.

—Ajá, pues tenías razón —comento—. Paró. Y rápido.

—Me rompí la nariz hace un par de años —me cuenta Kit—. Ahora me sale sangre por cualquier cosa, aunque solo un momento.

Noto un extraño flashazo de pena, como cuando Kit y yo íbamos a ver un espectáculo y descubría que se había colado para ponerse delante sin mí. Como si, en cierto modo, yo tuviera que haberlo sabido.

No pregunto. Nos sentamos cerca, con una bandana empapada de sangre suya en la mano, mientras el autobús pasa traqueteando por las hileras de casas de yeso blanco de Notting Hill Gate. Trato de recordar los destinos del tour que me parecían tan emocionantes por la mañana, Burdeos y Barcelona y Roma, pero el pelo de Kit no para de metérsele en los ojos.

—Llevas el pelo más corto —dice Kit con una voz extraña y monótona.

—Y tú más largo —comento.

—Casi tenemos...

—El pelo igual.

Kit emite un sonido a medio camino entre el suspiro y la risa, y tengo que apretar los dientes para contener un grito.

Se suponía que este iba a ser mi viaje de autoconocimiento del regreso de Saturno. Y ahora tendré a Kit en todos los encuadres, haciendo cosas nauseabundas típicas de Kit: ser simpático con los jubilados suecos, ponerse poético al hablar de la *sfogliatella*, acariciar los arbustos, subir las colinas de la Toscana a la luz dorada del atardecer, oler a... ¿es lavanda? ¿Todavía?

—Es increíble —dice Kit, y niega con la cabeza como si yo fuera alguien conocido con quien se topó en el súper y no el amor de su vida a quien abandonó en un aeropuerto de un país extranjero—. ¿Cómo estás?

—Bien. Sí, muy, muy bien, hasta, eh... bueno. —Compruebo la hora—. Hasta hace quince minutos.

Kit asume bien el golpe.

—Claro. Me alegro por ti.

—¿Y tú? Pareces... sano.

—Sí, más o menos intacto —dice Kit con una sonrisa enigmática que hace que me arrepienta de no haberle dado más fuerte con la mochila—. Estoy...

La voz de novela romántica de Fabrizio canturrea por el sistema de megafonía del autobús.

—*Ciao a tutti ragazzi!* ¿Cómo están hoy? ¿Bien? ¡Sí, bien! Por si alguien no lo sabe, me llamo Fabrizio, y seré su guía las próximas tres semanas, estoy muy contento de poder compartir con ustedes los sabores de Francia, España e Italia... Y sí, ¡también los monumentos!

Y, entonces, Kit hace algo inimaginable: saca un libro de bolsillo de la mochila, lo abre por la página marcada y ¡se pone a leer! Como si no estuviéramos en nuestra primera conversación en cuatro años. Como si lo único destacado de un trayecto de dos horas entre Londres y Dover fuera que hay que entretenerse con un libro. Yo me siento como si acabaran de meterme a la fuerza en mi particular mansión encantada y llena de pesadillas, y Kit está leyendo *Una habitación con vistas*. Las páginas tienen los bordes amarillentos, como si hubiera estado tan preocupado con su vida *chic* parisina que hubiera dejado el libro en el alfeizar de la ventana unos cuantos meses. Le intereso menos que un libro que había olvidado que tenía.

Fabrizio nos habla del restaurante que tenían sus papás en Nápoles cuando él era niño y aclara que nos reunimos en Londres porque es un tour en inglés, pero que el tour gastronómico no empezará oficialmente hasta mañana por la mañana en París. Haremos escala en Dover para ver los acantilados antes del atardecer y luego seguiremos hasta París; estaremos dos días en la Ciudad de la Luz.

De ahí pasa a contarnos la historia de su noche más memorable en Londres, cuando un mesero que blandía una botella lo echó a la fuerza de un pub por ligarse a su novia («Mi chica favorita de Inglaterra, besaba tan bien... Pero no podíamos estar juntos. Alérgica al ajo»). El autobús entero come de la palma de su mano.

Apenas presto atención. Me agarro las rodillas con las manos y miro fijamente al asiento que tengo delante. No me pregunto qué hornos habrá utilizado Kit todo este tiempo, no noto su peso en el aire que desplaza, no espero a ver si pasa de página para saber si lee de verdad o solo finge hacerlo. En todo este tiempo nunca ha mirado atrás. No debería sorprenderme.

Pasa página.

Si él está bien, yo estoy bien.

En la peli no se ven los acantilados a color.

Lo único que conozco de Dover es lo que sale en la película de 1944 de Irene Dunne. La que habla de una chica estadounidense que se casa con un baronet inglés durante la Primera Guerra Mundial. No recuerdo cuándo la vi: probablemente cuando mi hermana Este era pequeña, porque mis papás pensaban que cualquier cosa rodada antes de 1960 era un entretenimiento apto para bebés. Casi al principio, Irene aparece en la cubierta de un barco y mira con ojos llorosos más allá del mar, hacia los acantilados color blanco gis de Dover.

En la vida real, hay muchas más ovejas, y las cimas cubiertas de hierba de los acantilados son más verdes incluso que el tecnicolor. La tierra se ondula, se mece y respira con el viento y, entonces, de pronto, se detiene. La bamboleante ladera de la colina inglesa llega a un borde abrupto e inmediato y, donde deberían continuar las colinas, de repente, no hay más que un precipicio recto, blanco como el marfil, a casi cien metros del mar azul que hay debajo.

Sería una postal fabulosa si no saliera Kit en medio. Una muestra de lo que vendrá, supongo.

Camino junto a los dos australianos por defecto. Todo el mundo se ha dividido en parejas, incluso Stig y Fabrizio, aunque parece que Stig empieza a lamentarlo. Parte del trabajo de Fabrizio es asegurarse de que nadie se pierda, así que, para que lo encontremos con mayor facilidad, lleva un palo telescópico clavado en el culo de una pequeña marioneta de Pinocho. (Según él, la marioneta se debe a que *Pinocho* es un cuento italiano y él también es italiano y bueno, «a algunos italianos no les importa mucho que les den por detrás... ¡Es broma! ¡Es broma!»). Así pues, Fabrizio y Stig dirigen al grupo por el camino, Stig con la zancada de un alpinista que se siente atosigado y una marioneta sonriente a la que están penetrando a un metro de su cabeza.

A poca distancia está Kit, que lleva la misma mochila cruzada de piel y lona que tiene desde los catorce años, luego sigue el resto del grupo y, al final, los australianos y yo.

—Para mí es Florencia —digo cuando me preguntan qué destino me hace más ilusión—..Allí tendrán el mejor vino. Y la mejor colección de culos esculpidos en mármol.

—Ay, nunca has estado en España, ¿verdad? —dice el rubio, que se llama Calum—. No hay nada como el vermut español. Te cambiará la vida.

—¡Pero si tú tampoco has estado en España! —exclama el pelirrojo, que también se llama Calum.

—Fui a Asturias contigo hace dos años —se defiende Calum el Rubio.

—¡No es verdad!

—Sí fui, pero no te acuerdas porque te pasaste tres días seguidos bien dopado. Fui yo el que te encontró cuando te echaste a dormir con las vacas.

Mientras discuten en broma, aprovecho la oportunidad para mandar un mensaje a Sloane sin tener a Kit pegado a mi pantalla.

a ver, tecleo, qué mierdas hace aquí kit fairfield?

Noto un sabor raro en la boca. No sé cuándo fue la última vez que escribí esas palabras en ese orden. No soporto verlas, así que pierdo la mirada en el horizonte, donde atisbo Francia a lo lejos.

Kit siempre soñaba con volver a Francia, desde que su familia se mudó a Estados Unidos cuando tenía ocho años. Nació a las afueras de Lyon, su mamá era francesa y su papá estadounidense, así que era bilingüe desde la cuna, y siempre que se aburría, la doble nacionalidad le esperaba detrás del cristal para romper en caso de emergencia. Debería haberlo visto venir.

Recuerdo el día en que llamaron al teléfono fijo en Timo. Hacía tres días que Kit me había abandonado en Heathrow y había doblado turnos para evitar estar a solas en el departamento. Oí que el encargado del turno mencionaba a Kit (yo le había conseguido un trabajo de medio tiempo ayudando con los postres y las masas los fines de semana) y, después, escuché que le decía al chef pastelero que Kit había llamado para decir que dejaba el trabajo porque se iba a vivir a París.

Y así fue como me enteré. Toda la vida de la mano, y ni siquiera me enteré por su boca.

Me metí en la despensa y le solté un grito a una cubeta de papas, luego me largué pronto para meter la mierda de Kit en cajas. Saqué sus sartenes y moldes para el horno de los cajones de la cocina y la ropa de nuestro armario y las plantas de las repisas de las ventanas. Bloqueé su número y envié un mensaje a su hermana para avisarle que sus cosas estaban listas para que pasaran a buscarlas, porque yo no pensaba mandarlas a Francia, y menos cuando tenía que pagar la mitad de la renta que le correspondía a Kit.

Con el tiempo, la rabia dio paso a la especie de rencor entre apático y divertido del que haces bromas. Si algune amigue me pregunta qué hace Kit con su vida, contesto «¿y yo qué mierda sé?» y nos reímos. Pero antes Kit no andaba desencaminado. Sí que me dura el enojo.

—Oye, Theo —dice Calum el Pelirrojo.

Sigo contemplando Dover.

—¿Sí?

—¿Te han dicho alguna vez que te pareces un montón a la chica de la peli de los Beatles que estrenaron el año pasado? La que hacía de novia de George en los años sesenta… ¿Joan algo?

Carajo. Esto no, ahora no.

—Sloane. —Confiaba en que en esta orilla del Atlántico la gente tardara más en hacer la conexión—. Sloane Flowerday.

—¡Exacto! ¡Esa misma! —dice Calum el Rubio—. ¡Podrías ser ella! O la otra, ¿no tiene una hermana que también es actriz? ¿Cómo se llama?

—Este.

—¡Sí! Guau, si tuvieran una hermana que fuera normal, podrías ser tú. Como el tercer hermano Hemsworth.

Se me tensa la mandíbula por más de un motivo.

—Sí, muchas veces me lo dicen.

Me doy la vuelta y entrecierro los ojos para mirar al sol mientras los dos Calums debaten cuál de mis hermanas pequeñas es más guapa.

—¡Ey, Theo!

Kit ha aparecido de repente, con el pelo alborotado delante de la cara por la brisa salada y las manos metidas educadamente en los bolsillos. Parece el protagonista de una de sus novelas románticas de bolsillo, a punto de raptar a alguien en un campo de violetas. Ya no puedo más.

—¿Puedo hablar contigo un segundo?

Vaya, quiere hablar justo ahora...

Me lleva adonde no pueden oírnos, un pequeño saliente rocoso al que se accede por un agujero en la valla de madera que delimita el camino. Desde ahí, veo las ovejas pastando cerca del castillo y me entran unas ganas locas de ser una de ellas. Sin preocuparme del mundo, sin tener que andar buscando encargos de *freelance*, sin familiares famosos, sin reencuentros tensos con ex que te jodieron tanto la vida que tuviste que reinventarte. Solo hierba y nada más.

Kit se acomoda encima de un pedrusco y apoya el tobillo encima de la otra rodilla. Espero a que diga algo, que empiece a pedir perdón por lo que nos ocurrió hace cuatro años, a reconocer que pasó lo que pasó. No lo hace.

—¿De qué querías hablar? —pregunto por fin.

—Ah, de nada. Es solo que... los oí por casualidad.

Nos oyó por casualidad.

El tema no es lo nuestro. El tema es Kit salvándome de unos desconocidos que me hacen preguntas sobre mi familia, sabiendo mejor que nadie cómo me siento en esos casos. Y ahora tengo que quedarme aquí como una estatua y recibir su irritante empatía, carajo.

—¿Se supone que tengo que darte las gracias?

—¿Qué? —pregunta Kit—. No, es solo que no quería que esos tipos se pusieran a hacer comentarios raros sobre Este o Sloane.

Me encojo de hombros.

—La gente no para de hacerme mil comentarios.

—Ya me lo imagino... —dice Kit—. Es solo que vi...

—Que sentía incomodidad, ya, sí lo capté, pero no pasa nada. Dejaste de formar parte de mi vida. Así que ahora no pretendas saltar dentro otra vez cuando te apetezca.

Kit se lleva un dedo a los labios.

—Está bien.

—O sea —continúo, mientras el enojo sube por mi pecho—, si querías preocuparte por mí, se me ocurren unas cuantas ocasiones en las que habrías podido dignarte a hablar conmigo estos últimos años.

—Theo.

—De hecho, si ahora quieres decirme algo, ¿qué te parece... —Imito la voz musical de Kit, incluido el leve dejo de acento francés, que llegó a perder, pero que ahora ha vuelto de entre los muertos por la influencia de París y digo—: «Theo, siento todo lo que pasó, te jodí la vida, vaya mierda, lo siento»?

—Theo...

—«No tendría que haberte dejado y...» ¿Te estás riendo en mi cara? ¿En serio?

—Es que...

Algo lanoso me olisquea el muslo.

—Eso —dice Kit.

«Eso» es una robusta oveja blanca, que al parecer se escapó del rebaño del castillo.

—Ay. —La oveja me mira fijamente con sus acuosos ojos negros y me da un golpe en la pierna con el hocico. Suena el cencerro—. Hola.

—Intentaba avisarte —se excusa Kit.

Le acaricio la cabeza suave como si fuera un perro. Bala para expresar que le gusta.

—Como iba diciendo...

La oveja me da otro golpe, esta vez, más fuerte.

—¡Oye! Está bien, está bien. —Intento acariciarla, pero baja la cabeza y me empuja otra vez—. ¿En serio?

—Beee —responde.

—A lo que me refiero es... ay..., a que no puedes actuar como si no hubiéramos cambiado y no ocurriera nada, porque...

—Beee.

—... porque no es así.

Kit mantiene la cara seria, incluso cuando la oveja muerde la costura de mi overol y jala.

—Yo no soy el mismo —reconoce—. Y estoy seguro de que tú tampoco. Y me habría encantado haber hablado contigo, pero, Theo, si bloqueas mi número de teléfono, ¿cómo se supone que voy a pensar que soy bienvenido?

Bajo la mirada hacia la oveja justo a tiempo de ver cómo escupe un bolo de hierba sobre mis botas. Casi pierdo el autobús, casi me atropella un coche, agredí a Kit, oí a un hombre llamar a mi hermana pequeña «chica top», me regurgitó encima una oveja y ahora no puedo escapar de mi ex, quien acaba de dar en el clavo, qué mal.

—Lo siento —dice Kit—. Siento mucho todo.

Kit nació con una cara sincera. Dice en serio todo lo que dice y, además, lo parece.

Cuando lo miro, creo que de verdad lo siente. No es que con eso baste, pero, por lo menos, es cierto.

—Y siento si me pasé de la raya —añade—. Cuesta cambiar los malos hábitos...

Pienso en Kit, a los once años, sacándome el aguijón de una abeja del pie. Kit, a los veintitrés, despertándome cuando se me pegaban las sábanas y llegaba tarde al trabajo.

Abre la mochila y la oveja, por fin, deja de prestarme atención y mira a Kit con curiosidad cuando este se echa en la palma unos trocitos de color naranja que llevaba envueltos en papel aluminio.

—Hola, bonita —dice con su voz más dulce—. ¿Por qué no dejas en paz a Theo y comes algo?

La oveja brinca hasta él y empieza a comer de su mano, tan feliz y adorable como un corderillo.

—Chabacanos deshidratados —me informa.

Contra mi voluntad, relajo la mandíbula. Quizá, en honor a la verdad, necesitaba que Kit se alejara de mí porque es muy duro mantener un enojo en su presencia. A la rabia no le gusta pulular a su alrededor.

—Mira —le digo—. Que estés aquí... No es el viaje que tenía en mente.

—Para mí tampoco —contesta, sin dejar de alimentar a la oveja.

—Pero es importante para mí, ¿de acuerdo? Así que voy a hacerlo.

—Sí, claro, lo entiendo. Tienes que hacerlo. —Asiente con la cabeza, sigue hablando con una sinceridad terrible—. Se me ocurre que, si esto te incomoda, podría… ¿bajarme cuando lleguemos a París? ¿Quedarme en casa?

Ajá, así que continúa en París.

Y lo que es peor, habla en serio. Se le nota no solo en la cara, sino en cómo ha puesto los hombros, en la lastimera inclinación de la barbilla.

Es cierto que ha cambiado. Algo ha ganado consistencia, como el centro de una *crème brûlée* que era una natilla casi líquida la última vez que la vi. Parece… perfeccionado, en cierto modo. El Kit que yo conocía era inquieto y ansioso. Esta persona es firme, contenida.

Este nuevo Kit piensa que me está haciendo un favor. Piensa que él es capaz de lidiar con esto, pero yo no.

El Puto Ovejero que tengo aquí quiere hacerse el maduro.

—No, qué bobada —contesto—. No hagas eso.

Parpadea.

—¿Por qué no?

—Porque tanto tú como yo pagamos el viaje —le recuerdo—. Y, además, no conozco a nadie más en el tour. ¿Y tú?

Kit niega con la cabeza.

—Así, si ocurre algo, por lo menos tendremos… —¿De qué forma no comprometedora puedo describir lo que somos el uno para el otro?— a alguien que conozca nuestro grupo sanguíneo, o lo que sea.

Kit se queda pensativo. La oveja le lame la palma.

—¿Dices que quieres que tengamos una amistad?

—Lo que digo es que no crucé medio mundo para sentirme mal tres semanas seguidas. Vine para beber champán y comer *cannelloni* hasta que vomite. Así que, podríamos intentar… coexistir de forma pacífica.

Kit se muerde la parte interior de la mejilla con las muelas, dejando un precioso hoyuelo en su rostro.

—Me encantaría.

—Y a lo mejor no hace falta hablar de todo lo que pasó —añado—. A lo mejor lo superamos sin más. Y ya.

Tras una pausa larga, Kit extiende la mano que no tiene cubierta de saliva de oveja.

—Bueno. Si eso es lo que quieres.

Le estrecho la mano y sellamos el trato.

—AB positivo —dice Kit. Mi grupo sanguíneo.

—O negativo —respondo. El suyo.

—Beee —dice la oveja.

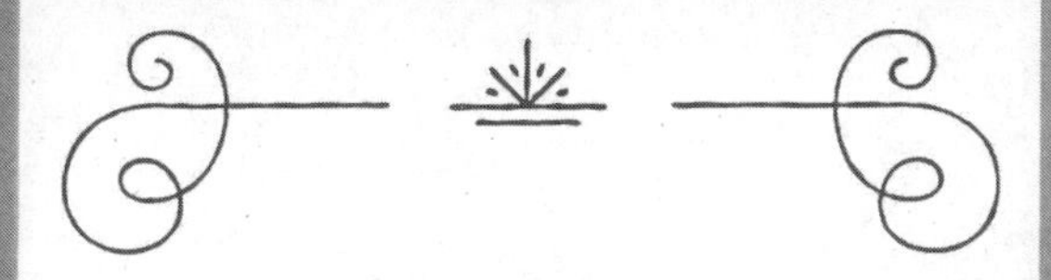

PARÍS

COMBINA CON:

Champán Ulysse Collin
«Les Maillons» blanc de noirs extra
brut servido por un mesero nervioso,
brioche muselina

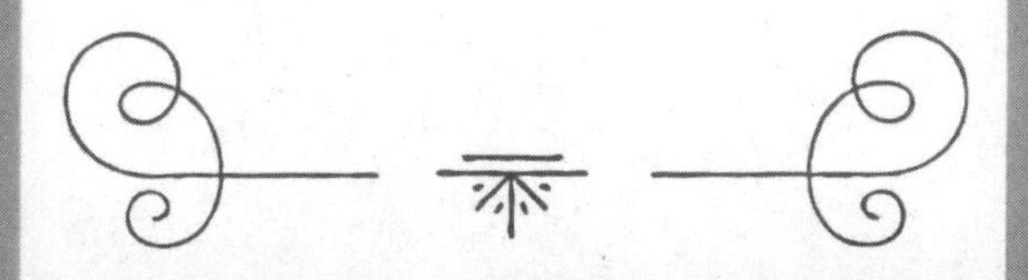

He aprendido mucho a raíz de presentarme tres veces al examen de certificación del Court of Masters Sommeliers. Lo más importante: tengo un olfato privilegiado de nacimiento.

Cuando sudo delante de algunos jueces con cara de pocos amigos durante una cata a ciegas, la leve distinción entre el hinojo y el anís me tranquiliza. Cuando Timo cierra el restaurante por las noches y los lavaplatos están muy ocupados rascando *tortellini* rellenos a mano de cuarenta y dos dólares para tirar los restos a la basura, y el *chef sommelier* me sirve una copa de blanco y me pide que lo identifique, soy capaz de detectar el toque especiado de una uva cultivada en terrenos de teja roja o el sabor a brisa de una costa arenosa.

En parte, es fruto de la práctica —olfatear productos, lamer rocas en las excursiones a la montaña, una formación intensiva a lo Rocky Balboa por todos los jardines botánicos de California del Sur—, pero es imposible enseñar el instinto. No hizo falta que nadie me enseñara a combinar el toque de pimienta blanca de la nueva especialidad del chef con una botella de Aglianico, o a preparar un gimlet que sabe como el recuerdo que tiene una novia del perfume de su mamá. Me lo dice mi nariz, no hay más. Cuando dudo, o algo me intimida, o me preocupa cagarla, puedo contar con mi olfato.

Así pues, abro de par en par la ventana de mi habitación individual en París, cierro los ojos e inhalo hondo. Aromas: café torrefacto, pan recién hecho de la cafetería de la esquina, fragancia de dedalera y baya de saúco, azufre de la roca ígnea de los adoquines, humo de tubo de escape, hiedra y humo de tabaco.

Mi corazón se tranquiliza. Destenso los puños. Abro los ojos y veo los ladrillos rosados y los tejados de pizarra de las buhardillas de Montmartre, la ciudad que se extiende a los pies de la colina.

Puedo hacerlo. Será divertido. Es un tour matutino de pastelería por París, no el puto tribunal de La Haya. No importa que Kit me abandonara, literalmente, para estudiar la pastelería parisina. No importa que una vez yo le susurrara al universo: «No quiero ni saber qué hace Kit, prefiero imaginármelo sentado solo en una habitación vacía para siempre» y, en lugar de eso, el universo me haya contestado con un juego de rol en vivo sobre la vida diaria de Kit, con este como protagonista.

—Estoy en París —digo en voz alta mientras me pongo unos jeans claros y una camisa de lino abotonada hasta arriba—. Estoy en ¡París! —repito mirándome al espejo, dando gracias por el comodísimo pelo corto de look despeinado—. ¡Estoy en París! —digo de nuevo mientras salgo, como si bastara con repetirlo suficientes veces para que dejara de ser raro o imponente.

Estoy aquí. Nada me preocupa. Sé mantener una coexistencia pacífica. Tengo un aspecto genial, huelo bien y pienso comerme mi peso en *chou à la crème.*

Mientras estoy esperando el destartalado elevador, aparece Kit.

Me sorprende ver a una persona tan acostumbrada a las comodidades como él en nuestro diminuto hostal de Montmartre cuando tiene su segunda vivienda a unos kilómetros de ahí, pero siempre le ha gustado implicarse a fondo en todo. Seguro que está encantado de jugar a ser turista. Probarlo todo como si fuera la primera vez, enamorarse de nuevo de la ciudad, una masturbación estética.

—Buenos días —saluda con una sonrisilla.

—Buenos días.

Me fijo en la camisa de lino arrugada y en los jeans descoloridos. Entonces miro mi atuendo e intento reprimir un juramento.

—Llevamos... —empieza a decir.

—... el mismo look —termino yo—. ¿Sabes qué? Bajaré por las escaleras.

—Marca tu nombre, amor, así sabré que no olvidé a nadie —dice Orla cuando me entrega el portapapeles.

Hago una cruz junto a *Flowerday, Theodora,* me siento en la última fila y saco el teléfono. Sloane me ha escrito: Nos han dado un guion nuevo y ahora Lincoln tiene el doble de frases que yo. Seguro que se está cogiendo al director. ¿Qué tal Kit?

Anoche me escribió entre tomas y exigió que se lo contara todo. El tema de Kit es escabroso con mis hermanas: lo conocen desde que tienen uso de razón y él es, bueno, Kit. Incluso con todo lo que pasó, sé que solo dejaron de hablar con sus hermanos y con él por lealtad a mí, y éramos la única excepción a la idea de Sloane de que el amor es una pérdida de tiempo. Es muy probable que esta situación le parezca divertida.

bah, ya sabes, responde, es kit. Y luego: ¿por qué no te coges tú también al director?

No todos los problemas se resuelven consultándolos con la almohada y… en la cama, responde Sloane.

con esa actitud seguro que no.

Veo que Kit se acerca y me desplazo al asiento de la ventana antes de que tenga oportunidad de ofrecérmelo en un gesto de suma magnanimidad.

—Iba a decirte que te pusieras junto a la ventana —dice Kit mientras se sienta—. Como es tu primera vez en París…

Me obligo a sonreír.

—¿Y cómo sabes que no he venido a París desde la última vez que nos vimos?

—No lo sé —reconoce Kit—. ¿Habías venido antes?

Me cruzo de brazos.

—No, pero podría haberlo hecho.

Orla nos lleva al encuentro de nuestra guía local haciendo un tour. Recorremos a toda prisa la amplia rotonda sin ley del Arco de Triunfo y bajamos por los Campos Elíseos hasta los jardines que bordean el

Louvre, luego pasamos por el Sena verde plateado y rodeamos la isla que contiene Notre-Dame. Es una mañana de agosto sin apenas nubes y el sol resplandece en la cúpula dorada de Les Invalides. Fabrizio nos cuenta que Napoleón dividió París en *arrondissements*, ese precioso entramado de uniforme piedra caliza y pizarra. Todo es de color durazno, lila y crema, salvo los jardines, que tienen un verde muy intenso.

Cuando llegamos al parque que hay enfrente de Le Bon Marché, vemos a una mujer que espera junto al carrusel con un traje de saco negro muy *chic*, propio de alguien que preferiría estar en cualquier parte menos al lado de una atracción infantil. Lleva una marcada melenita corta de color lavanda hasta la barbilla, y es pequeña, pero las botas le añaden unos centímetros. Contempla la marioneta del palo de Fabrizio con un desagrado que se ve a leguas y acepta con amabilidad un beso al aire por su parte, incluso cuando uno de los pies colgantes de Pinocho le da un golpe en la frente lisa y seria.

—¡Grupo, esta es Maxine! —dice Fabrizio—. ¡Es chef pastelera en París! Se encarga de nuestro tour de pastelería parisina desde el año pasado. Conoce las mejores *pâtisseries*, siempre pide lo mejor. Maxine, ¿por qué no te presentas?

—Soy Maxine —dice con rotundidad, y Kit ahoga una carcajada.

—¡Bueno! —Fabrizio da una palmada—. *Andiamo!*

Maxine nos guía fuera del parque hasta una tienda que hay en la esquina con un sencillo cartel en el que dice HUGO & VICTOR.

—Aquí es donde empezamos —dice Maxine en un inglés bastante brusco—. Mi *pâtisserie* favorita de París.

El establecimiento es tan pequeño que solo podemos apretujarnos dentro por turnos, pero huele de maravilla. Una sección está llena de cajas de bombones de producción propia, que imitan libros en tapa dura de Victor Hugo. Otra está dedicada a malvaviscos artesanales. En las vitrinas hay *pavlovas* de malvavisco decoradas con láminas de higo, burbujas de tarta de queso yuzu amarillo sol y triángulos perfectos de tartas: toronja, limón, manzana y caramelo, haba tonka, maracuyá. Maxine pide una montaña de pastelillos y, en las mesitas altas que hay fuera, flota entre el grupo contándonos mil detalles.

—Estos se llaman *financiers* —dice señalando un pastelito de almendra con forma de panecillo, y nos cuenta que hay quien dice que el nombre viene de su capacidad de mantener la forma durante horas en el bolsillo de los corredores de bolsa parisinos—. Y esto... Disculpa, ¿podrías...?

Hace un gesto.

Y Kit, que es quien está más cerca, toma el *financier* y se lo cambia por un pastelito con forma de tubo con una cobertura dorada y un toque de azúcar glas finísimo encima. Digamos que recuerda a un pene.

—*Merci*. Este es mi brioche favorito de París. ¿Te importa?

Ante esa educada petición, Kit corta con cuidado el brioche y deja a la vista unas burbujas de aire redondas y saltarinas, y un relleno de compota de frambuesa.

—*Parfait, mon cher* —le dice la guía. Kit sonríe, encantado de haberla complacido. El alumno preferido—. El típico brioche que se compra en la panadería es un bollito, ¿sí? Esto es brioche muselina. Lo tradicional es hornearlo en un molde cilíndrico o incluso en una lata, y tienen el doble de mantequilla que la mayoría de los brioches. Es el brioche de los ricos. Notarán...

Alguien de otra mesa la interrumpe porque quiere hacerle una pregunta a Maxine. Kit le murmura algo en francés y, al ver que ella asiente, se aleja a toda prisa.

—¡Yo puedo responderte!

Los preciosos labios de Maxine se curvan en una sonrisa mientras describe el proceso de la masa del brioche y yo miro de reojo a Kit, con la mosca detrás de la oreja.

Kit tiene ese rasgo —solíamos decir que era casi su «enfermedad»—, es decir, sin querer hace que la gente se enamore de él. Nunca se daba cuenta de lo que hacía. Resulta que había nacido con la cara de un apuesto príncipe-dios y una forma de embarcarse en cualquier interacción con un interés total y sincero. Intentar coquetear con él es como intentar hablar del tiempo con el sol.

Si mi primera experiencia en París es Maxine derritiéndose por Kit justo delante de mi brioche pene, igual me arrojo al Sena.

Continuamos por el sexto y séptimo *arrondissements* y vamos visitando *pâtisseries* y *boulangeries* y *chocolateries*. Apunto tantas cosas en el celular que me duelen los pulgares. En una chocolatería estrecha con varias máquinas de tabaco antiguas en la pared, Maxine nos ofrece conos de papel con chocolate negro al 100 %. En una elegante *pâtisserie* propiedad de un famoso chef francés, probamos unos pasteles finos como el cristal con forma de mango y avellana y, mi favorito, un sofisticado pastel de aceite de oliva con forma de aceituna verde.

Trato de concentrarme en los sabores, pero cuesta pasar por alto el hecho de que Kit se desplaza por las calles de París como si hubiera nacido en ellas. Una cosa es compartir la vida con alguien y luego contemplar su vida desde fuera, y otra muy distinta es ser testigo de cómo vive el sueño por el que te abandonó. Aquí compra las verduras. Aquí recoge barras de pan y sale a comer. Mientras los demás nos quedamos de piedra ante la torre Eiffel, él se cuela en una *pâtisserie* para charlar con el chef jefe como si fueran amigos de toda la vida. Si, mientras camina por estos adoquines, alguna vez recuerda su vida conmigo, lo más probable es que le resulte algo pintoresco. Modesto, simpático, un poco bochornoso.

Nuestra penúltima parada es una tienda de *macarons*. Nos sentamos en la plaza, alrededor de la fuente de Saint-Sulpice, y nos los vamos pasando; probamos esos sabores mucho más grandes que sus delicados envoltorios: plátano y azaí, lichi con frambuesa y rosa, yuzu con wasabi y toronja caramelizada.

Estoy mirando la fuente e inventándome nombres para los santos que hay en las tarimas (santa Edna la Indignante, santa patrona de apuñalar a tu ex con una cucharita de chocolate porque has mostrado una castidad propia de una trama secundaria) cuando alguien dice:

—Tu cara se me hace muy conocida.

Es una de las chicas de veintitantos en las que me fijé cuando nos subimos en el autobús el primer día, la más bajita con el pelo oscuro y reluciente. Supongo que su amiga y ella son una especie de *influencers* especializadas en viajes.

—Dudo que nos hayamos visto antes —le digo, rezando porque no sea la segunda vez que me relacionan con las Flowerday.

—Pues yo creo que sí —insiste—. Te encargaste de las bebidas en la *after-party* de Coachella en el Saguaro, ¿verdad? La barra era como…, o sea, ¿una camioneta grande?

Parpadeo unas cuantas veces, con asombro. Es verdad, me contrataron para esa fiesta. Pasa una cosa con los bares ambulantes *freelance* en una combi Volkswagen: a les *influencers* les encanta. Confiaba en que alguien más me contratara para un evento después de aquello, pero nadie pareció acordarse de mí.

—¿Estabas en la fiesta?

—¡Dios mío, claro que sí! —Se voltea hacia su amiga, una rubia oxigenada con un chaleco supercrop y unos pantalones militares—. ¡Ko! ¡Tenía razón!

La rubia deja de pasar pantallas en el celular para mirarme durante un segundo en blanco por encima de sus finísimos lentes de sol.

—Me hiciste el mejor bloody mary que he probado en mi vida —dice en voz completamente monótona—. Mataría por ti, te lo juro.

—Te presento a Dakota —dice la primera chica—. Yo soy Montana.

Me muero. Me encanta. ¿Vinieron en pareja?

—Y yo Theo.

—¡Theo! ¡Eres supergenial! —dice Montana—. ¿Y quién es tu socia de marca? ¿Rentan la camioneta?

—Ah, solo estoy yo —respondo—. La camioneta es mía. La conseguí de segunda mano y la restauré.

—Guau, me matas. Oye, yo voy a muchas fiestas con muchas barras al aire libre y te juro que tienes un talento brutal. Aquella margarita naranja sangre con… ¿los pimientos? Tendrías que encargarte, no sé, del cumple de Bella Hadid o algo así. ¿Por qué no vas a LA?

—Vaya, gracias —digo en serio—. Pero en realidad es solo un complemento. Bodas, fiestas, *caterings* en fin de semana. Tengo trabajo fijo en un restaurante de Palm Springs.

—Antes le decía a Dakota…

Por encima del hombro de Montana, me fijo en que Kit está hablando con Fabrizio. Su voz se separa de la cháchara y flota hasta mis oídos.

—... o esa es mi opinión, por lo menos —comenta.

—Cuánto sabes sobre pastelería francesa —dice Fabrizio—. ¿Cómo puede ser?

—Soy *pâtissier* en un hotel del primer *arrondissement* —dice Kit—. En realidad, me gradué en la École Desjardins con Maxine.

—¡Ah! ¡Ya conocías a nuestra Maxine!

—Sí, sí, la conozco muy bien. Fui yo quien la animó a presentarse al puesto de guía cuando salió la vacante. Puede que disimule, pero le encanta hacer esto.

—¡Por fin puedo darle las gracias a alguien por mandarnos a Maxine! —exclama Fabrizio—. Es una diosa.

—¿Verdad que sí?

Oigo la sonrisa en su voz. Así solía sonar cuando hablaba de mí.

La mañana adopta otra perspectiva. No hacía falta que me preocupara de que Maxine se enamorara de Kit. Maxine y Kit ya están enamorados... Es probable que se miraran a los ojos por encima de una tarta y Maxine supiera al instante que su vida iba a convertirse en una sucesión de polvo de oro y pétalos caramelizados, y ahora hay pelos morados pegados en la cortina de la regadera de Kit y...

—... total, que ahora está bajo arresto domiciliario —dice en ese momento Montana.

Regreso a nuestra conversación.

—Disculpa, ¿quién?

—El tipo que atendió la fiesta de cumpleaños de Bella Hadid el año pasado —repite Montana—. Conque hay una vacante. ¿Quieres que le pregunte a una amiga mía que conoce a una amiga suya?

—Eh... ¡Qué generosa! —suelto una evasiva porque no sé cómo decirle a Montana que prefiero evitar el circuito de *celebrities* sin explicarle por qué—. Pero... ¿a qué se dedican? Escriben sobre viajes, ¿no?

Mientras caminamos hasta el último punto del tour matutino, Montana me habla de conseguir patrocinadores que te paguen por comer centollos en Bali y acostarte con instructores de submarinismo en aguas internacionales. Es tremendamente genial y piensa que yo también lo soy. Levanto la barbilla un poco más, como hice ayer cuando me enteré de que había un barril que cambiar.

La luz de la tarde se extiende como el caramelo por Boulevard Saint-Germain y realza las flores que cuelgan de los toldos de seda de las cafeterías. A la cabeza del grupo, Kit y Maxine caminan acompasados bajo un sol de azúcar morena. Él arranca una flor y la mete en el bolsillo lateral del bolso de Maxine, un secreto que encontrará más tarde. Esto forma parte de una coexistencia pacífica con tu ex, supongo: observar cómo se relaciona con otra persona. Observar cómo se enamora en la ciudad que era demasiado para ti.

Puede que no me haya enamorado en París, pero tampoco soy una trama secundaria. Sé diferenciar un riesling austriaco y un riesling australiano solo por el olor. Me compré una camioneta que no funcionaba y la transformé en un bar. Hago el mejor bloody mary de California, salvo por un tipo con un grillete electrónico.

París no puede hacerme sentir insignificante, y Kit tampoco. Otra vez no.

La cena es un menú tradicional de siete platos en una *brasserie* subterránea cerca de la torre Eiffel, que los turistas no conocen. Es toda de cuero, terciopelo y madera envejecida, con la luz de los polvorientos candelabros reflejada en óleos antiguos y fotografías amarillentas con marcos barrocos; un olor a guiso lento con mantequilla y orégano. La clase de lugar en el que Tony Bourdain acamparía con una botella de borgoña y un paquete de Reds. Tenía mis dudas de si volvería a comer después de tantos pasteles, pero de repente me muero de hambre.

Al fondo del local, han recolocado las mesas para formar dos larguísimas hileras para quince personas. Maxine se unió al grupo porque Fabrizio le insistió mucho, y por algún cruel designio de los dioses de la pastelería, se ha apretujado a mi lado. Kit se sienta unas cuantas sillas más lejos y enfrente, y al instante se ve inmerso en una conversación con Calum el Pelirrojo.

Cuando tanto tu mamá como tu papá son productores de cine y tu padrino es Russell Crowe, cuesta conocer a alguien que te intimide. Sin embargo, Maxine —con su perfume de orquídea y musgo y su expresión siempre impasible— intimida. Estamos cadera con cadera, pero no parece percatarse de mi presencia. Se escudriña el pelo reflejado en la cuchara sopera.

Por suerte, me crie con Sloane Flowerday. Mi hermana pequeña tenía doce años cuando mandó unas notas sobre el guion tan crueles que el guionista se marchó para siempre de Los Ángeles. Soy capaz de lidiar con una reina de hielo que lleva una manicura cara.

—Hola —le digo a Maxine—. Soy Theo.

—Sí, ya lo sé —contesta, volteando por fin la cara hacia mí. Su tono no desvela nada.

—Bueno. Oí que Kit y tú fueron juntos a la escuela de pastelería.

—Así es.

—Pues qué genial. ¿Cómo se conocieron?

—En la clase de introducción a la *dacquoise*.

No suelta nada. Coloco el codo en la mesa y apoyo la barbilla en el puño.

—*Dacquoise*... Ese pastel con capas de merengue de avellana y almendra, ¿verdad?

Maxine levanta la barbilla. Hay tan poco espacio que su cara queda a dos dedos de la mía. Lo cierto es que es guapa al estilo Shirley Jackson, como si viviera en un espejo encantado. Si no fuera la chica de Kit, tal vez me esforzaría por estropearle el labial malva perfecto, pero bastará con conseguir caerle bien.

—Has prestado atención.

—Eres una gran profesora.

Me mira con detenimiento, como si me hubiera ganado una valoración personalizada. Entonces asiente una vez con la cabeza, en señal de satisfacción, y dice:

—Ahora lo entiendo.

Antes de que pueda preguntarle *qué*, llegan los meseros con el primer plato, y las mesas estallan en exclamaciones de encantada sorpresa. En medio aparece una bandeja de plata: caracoles a la borgoña del tamaño de ciruelas, rebosantes de mantequilla con ajo y perejil. Otros dos meseros llevan el vino que acompaña al plato, y me fijo en la etiqueta: no es vino, sino champán, en concreto, Ulysse Collin, Les Maillons. Se me escapa un silbido.

—¿Eh? —pregunta Maxine mientras toma un caracol con unas pinzas minúsculas.

—Esa botella cuesta trescientos cincuenta dólares. No está mal para empezar.

De la cocina va saliendo plato tras plato, siempre seguido de un vino diferente. Después de haber sacado los caracoles del caparazón y haberlos untado en la salsa de mantequilla con ajo y perejil, nos ofrecen bandejas de besugo al horno con salsa *beurre blanc* y limones asados. Un muscadet de color paja salpica en mi copa, seguido de un Châteauneuf-du-Pape para acompañar el *coq au vin*.

En un extremo de la mesa, Kit es el príncipe de la cena. Se ríe cuando Calum el Pelirrojo hace su mejor interpretación de los ojos saltones del besugo y se asegura de que los dos suecos prueben las zanahorias con glaseado de brandy. Cambia con naturalidad al francés para hablar con la mesera y se inclina sonriendo cuando ella le susurra la respuesta al oído. Se desabrocha un par de botones de la camisa. Fabrizio empieza a dirigirse a él como «*Professore*» con cariño y le suplica que explique la física que hay detrás de un mousse en forma de cúpula que probamos antes. Kit saca una minilibreta de dibujo y le hace un croquis.

Me termino la copa y me dirijo a Maxine.

—Tienes acento... ¿canadiense?

—Nací en Montreal, sí —contesta—. Crecí hablando inglés y francés.

—Ah, como Kit. Me refiero a la parte bilingüe, no a la parte canadiense.

—Sí. —Describe un círculo con la copa para airear el vino—. Aunque no extraño tanto el continente como Kit.

Lo dudo mucho. No me parece que a Kit le importe en absoluto si el continente vive o muere.

—¿Qué te parece el vino?

—Sé apreciar el placer de un momento Châteauneuf-du-Pape —responde con delicadeza.

—Ay, yo también. Sobre todo, con un *gigot d'agneau.*

—Mmm. Hay algo en este vino que recuerda las hierbas de un guiso, pero no recuerdo cómo lo llaman los franceses.

—La *garrigue* —respondo—. El sabor que se logra cuando se cultivan las uvas en la parte sur del valle del Ródano, porque allí hay mucha salvia, lavanda y romero.

—Sí, exacto. —Me mira a la cara y por educación finge no darse cuenta del champiñón que salta de mi plato y acaba debajo de la mesa—. ¿Dónde aprendiste estas cosas?

Podría alardear si quisiera. Decirle que he pasado los últimos diez años subiendo peldaños desde lavaplatos hasta ayudante de *sommelier* en Timo, el único restaurante con una estrella Michelin de Palm Springs. Pero noto un nuevo rescoldo de curiosidad en sus ojos, y es la clase de mujer que solo te toma de la mano si se la extiendes y se la ofreces antes. Así, pues, lo que digo es:

—Supongo que Kit te habrá dicho de qué familia vengo, ¿no?

Mueve las pestañas.

—Algo he oído.

Claro que sí. Soy la oveja negra de la familia Hemsworth.

—¿Y sabes que cuando tenía diecisiete años estuve a punto de arruinar la campaña a la Mejor Película de mi papá porque la policía hizo una redada en una de mis fiestas en casa y la TMZ lo sacó en una noticia?

—En esa época estaba en Canadá —dice Maxine con tono neutro—. Pero seguro que la historia es buena.

Sonrío.

Le cuento que Este y Sloane empezaron a tener trabajo fijo cuando yo entré a la preparatoria, lo que significaba que mis papás solían pasarse la vida, o bien en sus platós, o bien en los de mis hermanas. Kit estaba en Nueva York y yo me quedaba a mis anchas en una casa con alberca, ocho dormitorios y una bodega. ¿Qué hice? Me organicé un fiestón para celebrar mi quince cumpleaños.

Nadie se preocupaba demasiado por Theo Flowerday, pero a todo el mundo le cae bien quien tiene una familia famosa con una mansión donde celebrar fiestas locas. Yo quería ser especial. Demostrar que también tenía algo que ofrecer. Así que me convertí en el rey de las fiestas en casa de la preparatoria de Palm Valley, un mago con la tarjeta de crédito de mis papás y una identificación falsa. ¿Mi mejor truco? Era capaz de preparar cualquier bebida que me pidieran.

Daba igual que me pasara horas estudiando libros de cocteles en lugar de prepararme para los exámenes, o que cuando extrañara a mi familia, acudiera a la bodega y buscara todas las variedades de uva y denominaciones de vinos de donde fuera que estuvieran rodando. Lo importante era que tenías que estar en mis fiestas, y que mis fiestas me necesitaban a mí.

—Así que, bueno, ya está —termino de contarle—. Además, trabajo en un restaurante en el que me encargo del vino.

Maxine deja la copa vacía con delicadeza encima del mantel y tapa mi mancha de salsa.

—Yo también pasaba mucho tiempo sola a esa edad.

Mientras tomamos el siguiente plato, ensalada y un fresco sancerre, Maxine me cuenta sin aspavientos que sus papás murieron cuando tenía quince años, y su hermana mayor y ella tuvieron que criar a sus hermanos menores en una mansión apartada a las afueras de Montreal.

Lo cuenta como si fuera un cuento infantil macabro pero divertido. Dos adolescentes regentando una gran propiedad, persiguiendo gansos por el jardín para que no atacaran a su hermano más pequeño, quitándose de encima a tías y tíos con demasiadas ganas de ayudar. Me cuenta que aprendió a cocinar las recetas familiares (tanto las japonesas como las francocanadienses) para los chicos, quienes a su vez la obligaron a ir a la escuela de pastelería. No le digo que lo siento.

Sí le pido que se explaye un poco en lo de los gansos, lo que parece hacer que me vea con mejores ojos.

Pido que nos sirvan más vino y continuamos hablando. Sobre lo que más le gusta hornear a Maxine (panes esponjosos), sobre mis impresiones acerca de mi primera visita a París (vino excelente, gran fan de la costumbre generalizada de comer cruasanes en la calle), sobre Fabrizio (sí, siempre es así). Llega la tabla de quesos con un riquísimo pomerol, y ese vino es la gota que colma el vaso de mi borrachera. Hago lo que puedo para exponer un informe sobre la cosecha de Burdeos hasta que Maxine me dice:

—Necesito decirte que me estás soltando un rollo impresionante.

Y me río tanto que casi se me sale el vino por la nariz.

Mientras me limpio la barbilla, veo a Kit mirándonos como si no acabara de estar seguro de qué ocurre y estuviera aún menos seguro de querer saberlo.

Maxine levanta la copa como si brindara con él.

—¡Theo y yo congeniamos increíble!

—¡Eso es lo que me preocupa! —responde Kit.

Pero su expresión no es de desagrado. Es algo mucho más pícaro y complicado.

Le sonrío con sinceridad, la primera sonrisa que le dedico desde antes de que nos subiéramos a aquel avión hace cuatro años. Se lleva la mano al corazón y luego aparta la mirada.

Es mi oportunidad de oro para preguntarle a Maxine por Kit. Cómo son sus nueves amigues, qué le gusta hacer en la ciudad, si todavía anda en busca del rollito de canela perfecto. En lugar de eso, me concentro en la tabla de quesos.

Estoy a punto de terminarme el Pont-l'Évêque cuando Maxine comenta:

—Ay, Dios, está ligando con el mesero.

En la parte de enfrente de la mesa, Kit habla con el mesero que le rellena la copa. La sonrisa de sus labios es tierna, intrigada, como si acabara de percatarse de que el mesero está buenísimo y, a la vez, se preguntara cómo no se había dado cuenta antes. Murmura algo y el mesero no acierta a servir dentro de la copa de Kit y tiene que correr a buscar una servilleta.

—No sé —digo—. Así es Kit, no hay vuelta de hoja.

—Por favor. —Maxine pone los ojos en blanco. No parece celosa, sino más bien cariñosamente exasperada—. ¿Sabes de qué forma tan deliberada hay que coquetear en París para que te rellenen el vaso de agua?

Salvo porque Kit no se enteraba siquiera de lo que hacía. Era deliberado para muchas cosas, pero nunca para... ¿Qué? ¿¿Seducción??

—¿Lo hace mucho?

—¿Te refieres a Kit? —Maxine arquea una ceja—. ¿El Dios del Sexo de la École Desjardins?

Estoy a punto de escupir el vino por segunda vez.

—El... ¿Qué?

—Bah, era su rasgo más irritante. Se ligaba a quien quisiera. En nuestro curso, era un rito de iniciación el pasar una noche gloriosa con Kit y luego enamorarse de él una semana. Conozco a tres hombres que pensaban que eran heteros hasta que estuvieron con él.

—Qué... interesante —respondo.

Ahora llega el postre y tengo que asimilar la idea de Kit repartiendo orgasmos capaces de cambiarle la vida a toda su clase de la escuela de pastelería.

De entre los pensamientos que no tengo sobre Kit, el recuerdo de cómo es en la cama es uno que tengo guardado en una cámara blindada. Desde que nací he sido una criatura boba, cachonda y caliente, y pierdo el uso de razón si pienso demasiado en la clase de sexo que teníamos, así que no lo hago. No pienso ni en un centímetro de piel, ni tengo flashes de una lengua rosada, ni de un aliento caliente y provocador en el lateral del cuello.

No voy a empezar a acordarme ahora. Si Kit se ha convertido en una especie de famoso del sexo, no es asunto mío.

El mesero vuelve para arreglar el estropicio, pero Kit toma el trapo e insiste en hacerlo él, lo cual solo sirve para que el mesero se apure aún más. Al retroceder, choca con una mesera, que sin querer le estampa una tartaleta de limón en la camisa antes de que pueda huir de verdad.

—Lárgate de ahí, hombre —dice Maxine en voz baja—. Ten un poco de dignidad.

Me aseguro de reírme en el momento preciso.

Después de que Fabrizio les ha dado besos a todos los meseros, nos reunimos en la calle. Maxine se aparta para sacar una cigarrera de plata de la bolsa y enciende un cigarro.

—Theo.

Kit me espera, medio iluminado por el resplandor anaranjado de los faroles.

El pelo más largo le sienta bien. Se le riza sobre el cuello de la camisa y besa los puntos más elevados de sus pómulos con una lánguida gracia propia. Para consolarme, me pregunto si le incordiará cuando esté cocinando, si tendrá que recogérselo en una coleta para apartárselo de la cara.

Saca una bolsita de papel que lleva encima desde hace horas.

—Me pareció que este era el que más te gustaba. Y pensé que te merecías otro, por si no vuelves a París en una temporada.

Dentro hay un reluciente pastelillo de aceite de oliva, primorosamente presentado en una cajita con un lazo.

—¿Acerté? —me pregunta, y entonces caigo en cuenta de que llevo mirando la caja en un silencio embobado durante cinco segundos.

—Sí, sí, era este. ¿Cómo lo supiste?

Aparta la mirada y se fija en un macetero que hay en una ventana en la acera de enfrente.

—Pura suerte.

Como si esperara esa frase para entrar en escena, Maxine aparece y pasa el brazo por el de Kit, y entonces lo entiendo todo. Es probable que se fije en qué les gusta a las personas que participan en los tours y le haya dado una pista a Kit. Es un regalo de parte de los dos. Un detallito para hacer las paces. Una rama de olivo o, mejor dicho, de aceite de oliva.

—Gracias —les digo, negándome a aceptar su compasión—. Oí que los Calums y algunas otras personas van a salir a tomar otra copa, ¿se apuntan?

Maxine da una calada y exhala una bocanada de humo que huele a tabaco, flor de loto y hierba de la buena. Fuma porros aromatizados y liados a mano. Carajo, no se puede ser más *chic.* Y yo ni siquiera me acuerdo de cambiar la carga de mi vaporizador.

—Cariño, llevo todo el día trabajando —me dice—. Me voy directo a la cama.

—¿Vas a volver caminando al depa? —le pregunta Kit. «Al depa», como indicando que lo comparten.

—Hace buena noche, ¿no te parece?

—Te acompaño —anuncia Kit, como si yo no tuviera dos dedos de frente. Pues claro que va a acompañarla al departamento en el que viven, para ir directo, y juntos, a la cama. Podemos comportarnos de forma adulta—. ¿Lo dejamos para mañana, Theo?

—Claro —respondo. Pongo mi sonrisa más sugerente—. ¡Que disfruten el paseo!

Kit me mira con cara rara, pero se dan la vuelta y se van juntos.

—¡Theo! —grita Calum el Rubio mientras sigo mirando cómo desaparecen agarrados del brazo por la esquina—. ¿Vienes?

—Eh, no —decido en el momento—. Voy a ver la torre Eiffel.

Me desvío del resto, cruzo la calle y la amplia extensión de pasto por la que se llega a los pies de la torre, y dejo atrás parejas amorosas y grupos de adolescentes con champán barato y tipos que venden pelotas de goma que se iluminan y que se elevan unos diez metros cuando las botan. Faltan cinco minutos para las once, es decir, cinco minutos para que se enciendan las luces.

Es divertido. He visto esta torre en tantísimas pantallas que daba por hecho que en vivo sería sobrecogedora. Ninguna de esas imágenes captaba lo complicada que es vista de cerca, todas las filigranas y arcos y florituras y brotes estelares de hierro entrelazado. No está mal cuando algo que ya conoces te enamora.

Sloane responde a mi videollamada al segundo tono.

—Ah, hola —contesta con una voz a lo Katharine Hepburn—. Espero que hayas recibido mi último telegrama.

—Perdón, quería llamar a mi hermana, pero debo de haber marcado el número del Titanic.

—El director cree que debería ponerle un acento más transatlántico. He estado practicando.

—Por Dios, pues lo has logrado.

—Sí, yo opino lo mismo —coincide—. ¿Qué tal París?

—Bueno, Kit y su novia, que está que te mueres, me regalaron un pastel. Además, bebí mucho vino y ahora a lo mejor me toca mear en un arbusto debajo de la torre Eiffel.

Sloane deja de hablar con ese acento y suspira.

—Ay, Theo…

—Ya lo sé —digo. Giro la cámara para mostrarle las vistas—. Pero mira, está iluminada.

Por un momento, me planteo no salir de la habitación a la mañana siguiente.

Tengo unas cuantas preocupaciones, basadas en mi historial. Me preocupa que me roben la cartera porque no presto atención en el metro y acabar sin tener ni la más remota idea de dónde estoy y sin posibilidad de encontrar el camino a casa. Puede que todas las mujeres parisinas guapas y femeninas me miren por la calle, y no precisamente con deseo. Podría descubrir que tenía razón hace cuatro años, cuando pensé que no podría manejarme en una ciudad como esta, que mi sitio está en mi valle conocido y que lo más cerca que debería estar del ancho mundo es a través de la etiqueta de un vino.

Y entonces pienso en cuántas cosas no probaré ni oleré jamás si no salgo de la habitación, y me calzo las botas.

Subo a paso ligero hasta Sacré-Coeur para ver sus resplandecientes vieiras blancas, me siento en los peldaños en los que murió John Wick y luego vuelvo a bajar para quedarme de piedra admirando el palacio Garnier. Paseo por las calles de adoquines a orillas del Sena, me asomo por rincones secretos y observo a quienes beben de día en vinaterías flotantes. Aquí todo es diferente, en pequeños detalles que hasta ahora no había pensado que pudieran modificarse, pero la ciudad me resulta más fácil de manejar de lo que esperaba y ni siquiera hago el ridículo cuando pido un café y un cruasán.

Empiezo a sospechar que una sonrisa seductora y un amor genuino por la comida y la bebida podrían abrirme todas las puertas.

El grupo se reúne de nuevo para comer en un crucero panorámico gourmet por el Sena y me paso media hora hablando con Fabrizio sobre el espagueti wéstern mientras lamo caviar de una cucharita. Nos sirven un irouléguy blanco impresionante, tanto que apunto «tan irresistible como Patrick Swayze en 1989». Estoy de tan buen humor que no me importa cuando mi mirada se topa con Kit en la otra punta del comedor. Ni siquiera pienso en el pastel que me regaló por pena ni en su nueva relación. De hecho, llego a la conclusión de que me preocuparía más si Kit no estuviera saliendo con nadie. Lo hace tan bien que sería una lástima que estuviera soltero toda la vida, sería como si Meryl Streep dejara de hacer películas.

Por ejemplo, si yo no tengo pareja es por decisión propia, no por falta de oportunidades. He tenido montones de oportunidades. En mi último trabajo en una boda, me ligué a una dama de honor y a un padrino, y nos dimos tantas oportunidades mutuamente que tuve que desayunar Gatorade.

Para esta noche tenemos boletos para la cena cabaret del Moulin Rouge, así que me pongo el atuendo más elegante que traje, un overol de lino negro que me baja por el pecho con un escote en V muy pronunciado. Me miro desde distintos ángulos en el espejo y apruebo las líneas limpias y sutiles de mi pecho. Tengo un aspecto estupendo, fuerte, andrógino. El aspecto de alguien que no tiene miedo de esta ciudad y nunca lo ha tenido.

Bajo el reluciente candelabro se me acaba la suerte. Dentro del teatro ovalado, hay ostentosos palcos alfombrados con tiesos manteles blancos y lámparas con opulentas pantallas de seda en un sinfín de mesas. Nos han dividido en mesas de seis y ocho personas, y cuando Fabrizio nos deja en manos de nuestro *maître*, me percato de con quién me sentó.

—Hola de nuevo —dice Kit.

Me muerdo el interior de la mejilla.

—Hola.

Da gusto verlo tan limpio y arreglado. O, mejor dicho, siempre va limpio, siempre va bien peinado y, por naturaleza, siempre huele bien, pero además sabe cómo conseguir parecer una obra de arte. Una camisa de lino color crema de cuello cubano en pico y delicados toques de flores bordadas, pantalones ajustados que le sientan como un pincel sobre la cintura estrecha, parte del pelo recogido en… espera, ¿se hizo una trenza? ¿Se habrá sentado en la minúscula habitación del hostal para trenzarse amorosamente el pelo igual que solía trenzárselo a su hermana?

Para colmo, la cena va acompañada de una botella de champán para cada dos personas, y tenemos que compartirla.

Enfrente, Calum el Rubio observa el champán.

—¿Qué, no hay absenta? ¿No vamos a conocer al hada verde?

—Me parece que Kylie Minogue estaba ocupada esta noche —dice Calum el Pelirrojo.

Kit y yo soltamos un par de carcajadas idénticas y simultáneas. Los dos Calums nos miran con las cejas arqueadas.

—Lo entendieron, ¿verdad? —comenta Calum el Pelirrojo—. La mayor parte de la gente de Estados Unidos que conozco ni siquiera sabe quién es Kylie Minogue.

—Bárbaros —añade Calum el Rubio.

—Somos… —empieza a responder Kit—. Soy un fan absoluto de *Moulin Rouge*. De adolescente era mi peli favorita.

He intentado no pensar en eso, Kit a los trece años, obsesionado con una tragedia amanerada y ultrasaturada sobre el amor prohibido y la muerte por tuberculosis. Siempre ha sido muy auténtico.

—Una noche, cuando íbamos en la preparatoria —digo—, me obligó a verla cuatro veces seguidas.

—No te obligué —bromea Kit, y entonces se estremece, como si no supiera si tiene permiso para burlarse de mí. Suaviza la voz al añadir—: Fuiste tú quien quiso aprenderse de memoria la letra de «Elephant Love Medley».

—Y tú ya eras adulto cuando me convenciste para que la cantara en el karaoke de la fiesta de cumpleaños de no sé quién.

—Caray —dice Calum el Pelirrojo—. Eso mata cualquier fiesta.

—A ver, sí, la hundió —contesto.

—Tuvo muy malas críticas —corrobora Kit, con un atisbo de sonrisa.

—Pero la remontamos con, espera…

—«Can't Stop Loving You» —acabamos la frase a la vez.

Nos miramos a los ojos y noto que mis labios también esbozan una sonrisa. Dios, le sacamos mucho partido a esa canción. Cuántas noches en bares llenos de humo y en fiestas en casas, Kit y yo riéndonos mientras nos desgañitábamos con el micrófono al son de la versión instrumental. Hacía años que no me permitía pensar en eso, pero, por extraño que parezca, ahora ya no me duele igual.

—Phil Collins —dice Calum el Rubio con aire de erudito—. Buen tipo.

—Buen tipo —repito.

Cuando apagan las luces y se levanta el telón del luminoso escenario con forma de corazón, me recuerdo que está prohibido ponerse sentimental. No miro las reacciones de Kit por el rabillo del ojo. Elijo a la bailarina más preciosa del escenario y me concentro solo en ella. Eso ayuda.

Sin embargo, eso no me prepara para que Kit me sujete del codo cuando nos levantamos para la ovación final. Me lo encuentro mirándome a la cara, bañado por la luz dorada del candelabro.

—¿Todavía tienes ganas de compensar lo de anoche? —me pregunta entre los vítores del público.

—¿Qué?

—Cuando no pude salir contigo. ¿Quieres que vayamos a tomar una copa ahora? Mi bar favorito está a la vuelta de la esquina. ¿Quieres conocerlo?

Por culpa de la nostalgia, de mi sorprendente éxito de esta mañana, de los recuerdos borrosos del atractivo irresistible de Ewan McGregor y de Kit haciéndome dar vueltas bajo una bola de discoteca, me oigo decir casi sin querer:

—Sí, ¿por qué no?

Salimos por el molino rojo que hay a la entrada del Moulin Rouge, bajamos por el amplio Boulevard de Clichy, dejamos atrás una retahíla de sex shops y bares de topless. Las chicas se agarran los voluminosos pechos en retratos que hay sobre los escaparates llenos de maniquíes vestidos con blusas rojas de encaje. Varios expositores llamativos anuncian vibradores de todas las formas y tamaños imaginables, y algunos que ni siquiera se me había ocurrido imaginar.

—Confío en que sea allí donde vamos —digo, señalando un emporio de tres pisos, siniestramente engalanado con el nombre SEXODROME en letras rojas de neón. Me traicionan los nervios y no paro de pensar bromas—. Siempre he querido ir al... —Bajo la voz hasta el tono gutural de un anunciante de *monster trucks* y digo—: SEXODROME.

—Hace falta tener dirección fija en París para poder entrar en el SEXODROME —responde Kit, incapaz de resistirse.

—Pues denunciaré al SEXODROME por prácticas discriminatorias.

Se echa a reír y gira a la izquierda junto a un club pintado de violeta llamado Pussy's, en una callejuela en pendiente con edificios cubiertos de hiedra y jardines privados cercados. Se detiene al llegar a una puerta roja al lado de un escaparate que promete cervezas por cuatro euros.

—Es aquí.

El bar favorito de Kit es tan ancho como mi habitación del hostal.

—Pero ¿vamos a caber ahí dentro?

Kit se limita a sonreír y empuja la puerta para entrar.

Mi amor por los tugurios abarrotados es profundo y está bien documentado, pero no veo nada único en este. La típica barra rayada y las estanterías de licores arqueadas, los clásicos taburetes altos desgastados. Quizá Kit haya creado un vínculo sentimental con los goteros de absenta. Hay tanto ruido que es imposible oírnos, así que tiene que inclinarse y hablarme pegado a la oreja.

—Voy a pedir algo de beber. —Noto su aliento en la nuca, me desordena el pelo—. ¿Aún tomas lo mismo?

Me apetece mi típico whisky con ginger ale, pero no quiero que piense que el mapa de antes le sirve para orientarse conmigo.

—Ya que lo preguntas, me tomaré un boulevardier. —Kit se aparta y parpadea perplejo. Añado—: ¿Hay mesas al fondo?

—Eh, sí, debería —contesta—. Es por esas puertas que hay al fondo de la sala.

Me apretujo para salvar la barra y recorro un estrecho pasillo atestado, donde hay un armario antiguo apoyado contra la pared del fondo, con grabados de volutas de hojas en las puertas. No pueden ser las puertas a las que se refería Kit, pero son las únicas que hay. A riesgo de parecer a punto de robar un abrigo, agarro los pomos y jalo.

Ay.

Quitaron la parte trasera del armario y al abrirlo aparece una sala oculta decorada como una suite de hotel en la que Oscar Wilde podría haberse puesto a fumar opio. Violetas y palmeras asoman en el tapizado medio levantado, por detrás de unos apliques con pantallas rojas. Dos hombres beben coñac en unos sillones con fundas de trapos para limpiar el polvo. Junto a ellos, un grupo de mujeres platican sentadas en mesitas de noche con cojines encima, y varias copas de coctel relumbran sobre un desastrado baúl de viaje. Una pareja brinda con champán en una bañera con patas de garra que han cortado por la mitad. Y en el centro de todo eso hay una inmensa cama antigua.

Es justo el tipo de lugar que me encanta, el tipo de lugar que Kit sabe que me encanta. Nací para los bares clandestinos. Me encanta el brillo de un secreto.

El único hueco libre es una esquina de la cama, y cuando me siento, se me hunde el culo en el mullido colchón. Cuando entra Kit, me encuentra saliendo como puedo del abismo y clavando los codos en los cojines para incorporarme.

—Ah, te decidiste por la cama —dice, y deja las bebidas en un taburete que hay al lado—. Nunca había llegado a sentarme aquí.

—Te advierto que no es muy estable…

Demasiado tarde. Kit se sienta y el colchón se desploma bajo su peso. Él cae hacia atrás y de lado, hasta que acabamos con los cuerpos uno encima del otro.

Salvo por la colisión en el autobús y nuestro apretón de manos de alto al fuego, Kit y yo no nos habíamos tocado. Ahora lo tengo por todas partes. Todo su cuerpo cubre el mío a la vez, su calor corporal y el aroma a lavanda me rodean. Sus rodillas dobladas se hincan en las mías, y sus caderas hunden las mías todavía más en la cama; la única forma que tiene de salir de ahí es retorcerse y plantar la mano al otro lado de mi cuerpo, de modo que estoy en una trampa, sin poder moverme. Lo tengo tan cerca que casi distingo los hilos de las flores de su camisa.

—Ah —se queja, con la mirada oscura y desenfocada—. Eh, lo siento.

Exhala el aire, y el pelo se le arremolina alrededor de la cara. Una parte malvada de mi cerebro me reta a sujetárselo detrás de la oreja.

—Me gusta el bar —digo para darle conversación.

—Me lo imaginaba.

—Es casi tan excitante como el Sexodrome.

—En realidad hay que pronunciarlo con el acento al principio: el SEX-odrome.

—¿En serio? ¿Es la lengua del lugar?

—No, la lengua del lugar es la que te meten cuando entras.

Mi risa suena a ladrido ronco, y Kit, por fin, logra incorporarse y apartarse de mí. Por si acaso, agarro un almohadón y lo planto entre los dos. Alargamos el brazo para tomar la copa a la vez.

—¿Revive muertos? —pregunto, mientras observo cómo desaparece el líquido entre sus labios.

Traga saliva.

—Nigromante.

—Bueno, lo mismo, pero con más absenta —apunto, feliz de que Kit siga pidiendo prácticamente lo mismo. El boulevardier se extiende por mi lengua, con el punto justo de amargor.

Kit me observa por encima de la copa bajando las pestañas, con una media sonrisa enigmática. Es la expresión que pone cuando está ingeniando una receta a partir de un ingrediente, como si le diera vueltas en la mente y se lo imaginara como parte de un todo. Me está viendo en una escena de su vida en París y decidiendo si complemento bien los sabores.

De inmediato, tengo el intenso arrebato de no permitir que llegue a ninguna conclusión. Para impedírselo, digo el primer comentario disruptivo que se me pasa por la cabeza.

—Por cierto, ¿cómo te rompiste la nariz?

Parpadea varias veces.

—¿Perdón?

—La nariz. Me dijiste que te la habías roto hace un par de años. ¿Qué te pasó?

—Ah. —Baja la copa—. Fue en un taxi acuático en Venecia.

Dos partes de su respuesta provocan emociones en mí: la parte que implica que ya fue a Italia por primera vez sin mí y la parte en la que me lo imagino en un taxi acuático, lo cual es objetivamente gracioso. Es fácil elegir en cuál de esos datos concentrarme.

—A ver si adivino. La embarcación pasó por debajo de una ventana y te cayó encima un parmesano entero que salió volando.

Kit se ríe.

—Ojalá.

—¿Lucha por el territorio con un gondolero?

—No.

—Entonces, ¿qué?

—Me acosté con un conductor de un taxi acuático cuando fui a trabajar unas semanas a un restaurante de Venecia. Se distrajo mientras conducía y calculó mal la altura de un puente.

—Ay, Dios. Por favor, dime que la distracción era que estaban cogiendo.

Le brillan los ojos.

—Era mi cumpleaños.

—Increíble. Guau. Me alegro de habértelo preguntado.

—¿Y tú? ¿Algún hueso roto?

—No, pero mira esto.

Extiendo la mano derecha con la palma hacia arriba, y le enseño el bultito de una cicatriz que va desde el pulgar hasta la muñeca.

—Un accidente con el *longboard*. Oí un camión de helados y me di con la acera. Puntos y tal.

—¿*Longboard*? Pensaba que habías dejado de patinar cuando teníamos dieciséis.

—Eso fue hasta que me libré del Subi —respondo. El viejo Subaru plateado de cinco puertas de mi hermana, descanse en paz.

—¡No! —exclama Kit, con auténtica pena—. ¿El Subi? ¿Cuándo?

—Hace unos años. Lo cambié por una camioneta Volkswagen.

—De acuerdo, ahora lo entiendo —dice Kit. Le doy la vuelta a la mano y entonces ve el tatuaje que llevo en el antebrazo—. Eso también es nuevo.

—Ah, sí. —Ni él ni yo teníamos tatuajes cuando cortamos, pero ahora me he acostumbrado tanto a los míos que se me olvida que no siempre los he tenido. El del brazo derecho es un cuchillo de cocina, que va desde el codo hasta la muñeca—. Mc lo hice hace dos años. Es…

—El cuchillo de *Halloween*, ¿verdad? —adivina Kit, con la expresión impávida de quien se veía obligado a ver la película conmigo cada octubre. Es el primero que acierta a la primera.

—Todo el mundo da por hecho que es un cuchillo de cocina porque trabajo en un restaurante. Pero a ver, ¿y si me gusta el cine y ya? —Señalo su muñeca izquierda, donde tiene un batidor diminuto perfilado con finas líneas negras—. ¿Ese es el primero?

—En realidad, el tercero. Unos cuantos de la escuela de pastelería nos lo hicimos juntos cuando terminamos.

—Qué lindo. Yo también tengo tres. —Me levanto la manga izquierda para mostrarle el saguaro del bíceps—. Este fue el primero. De cuando cumplí veinticuatro años.

Tanto Kit como yo sabemos que cumplí veinticuatro un mes después de que rompiéramos, así que no le costará imaginarse cómo acabé por hacérmelo. Madrugada, departamento vacío, local de tatuajes abierto las veinticuatro horas con una llamativa lámina de cactus en el escaparate.

Kit me mira con algo parecido a la empatía y entonces se remanga el brazo contrario.

—Me hice el primero en el mismo lugar que tú, más o menos.

El tatuaje que lleva en la parte externa del brazo es una mano de mujer con tres violetas. No me explica el significado, pero no me hace falta. Kit es el mediano de tres hijos. Su mamá se llamaba Violette.

—Ay, Kit —digo. Tengo que contenerme para no tocárselo—. Me encanta.

—Creo que a ella le gustaría —comenta con una serena satisfacción. Se baja la manga de un tirón—. ¿Dónde tienes el tercero?

—Eh, ah… —Giro abrupto—. Tendría que quitarme los pantalones para enseñártelo.

—Oh.

—Sí. —Un pensamiento toma forma en el fondo de sus ojos—. No es un tatuaje en el culo.

—No pensé que fuera un tatuaje en el culo.

—¿De verdad?

—Bueno, está bien, pensé que a lo mejor tenías uno en el culo.

Pongo los ojos en blanco.

—¡Vamos! Lo tengo en el muslo. ¿Dónde tienes tú el otro?

—Debajo de la camisa.

Debajo de la camisa. Donde está su cuerpo, claro.

—Ajá. —Doy otro sorbo. No pienso en su cuerpo—. Esto es como la escena de *Tiburón*, cuando se ponen a comparar cicatrices.

—Entonces, ¿soy Quint o Hooper?

—No seas ridículo. Está claro que yo soy el tipo de los tiburones que está loco. Tú eres el joven investigador genial.

—Bueno —dice Kit, y levanta la copa—. ¿Quieres brindar por tu pierna?

—Yo brindaré por la tuya —continúo la cita.

¿En esto (Kit y yo, encima de una cama en un bar, brindando) consiste la coexistencia pacífica entre dos ex?

Tardé tanto en dejar de querer que estuviera en mi vida… Me parece un logro tan importante, tan difícil de conseguir… Y no sé cómo protegerlo de este momento. Pero tampoco conozco a nadie más con quien pudiera haber mantenido estos últimos diez minutos de conversación.

—Eeeh —digo.

—Eeeh —dice Kit.

—*Bonsoir,* chicos —dice una tercera voz, y al levantar la mirada vemos a Maxine, vestida de seda negra y con un martini Chambord.

—¡Maxine! —exclama Kit, se incorpora tan rápido para saludarla que casi vuelvo a caerme. Le da dos besos y luego se dirige a mí con una sonrisa de oreja a oreja—. Le dije a Maxine adónde íbamos y quería pasar a saludar.

—Genial —digo, intentando que parezca que hablo en serio—. Hola, Maxine.

Me da un beso en la mejilla y se sienta entre Kit y yo. Él le murmura algo en francés y capto unas cuantas palabras que aprendí de tanto estar con su familia: «gracias» y «la mejor».

Me cae bien Maxine. De verdad. Pero ahora me pregunto si todo este rollo de ir a tomar algo era para recordarme que ahora Kit está con otra persona.

—Le mesere está que te mueres —afirma Maxine como si nada—. ¿Sí vieron cómo está le mesere?

—No lo sé, fue a pedir Kit —le digo.

—Está cañón —confirma Kit—. Te lo juro.

Algo me retuerce las entrañas, un recuerdo que se ha agriado.

Cuando Kit y yo salíamos, uno de nuestros pasatiempos favoritos de bi a bi era ir comentando quién estaba cañón. Era una tontería, una broma, pero significaba algo para mí. Me hacía sentir cerca de él, como si todos mis sentimientos y deseos ocultos e incomprensibles fueran clarísimos desde su punto de vista.

Quizá el problema esté en que puede hacer lo mismo con Maxine, alguien que es una mujer en todos los sentidos en los que yo no lo soy. A Kit le gustan los chicos y siempre le han gustado mis cualidades más cercanas a ellos, pero de vez en cuando, me asaltaba la duda. Cuando besaba a su alma gemela de pecho plano con las uñas mordidas, ¿acaso pensaba en alguien con curvas marcadas y pelo sedoso, alguien que únicamente toca con la punta de sus dedos de manicura impoluta y deja marcas de carmín siempre en el mismo punto de la copa con un sorbo? ¿Alguien que pudiera ser su chica? ¿Alguien como Maxine?

Miro mi copa, cubierta de huellas aceitosas.

—Tengo que ver a le mesere con mis propios ojos —anuncio; de repente necesito un respiro.

Cuando vuelvo a la sala principal, constato que le mesere está que te mueres, como habían dicho. Mandíbula marcada, cejas pensativas, aspecto andrógino. Lleva una camisa a medio abrochar y unos pantalones grises de pinzas, y su pelo da la impresión de ser el corte clásico de hombre cuando ha crecido de más. Trabaja con una eficiencia fría que no puedo evitar admirar, como si se manejara a la perfección en un bar de madrugada lleno a más no poder. Confío en dar la misma sensación cuando estoy detrás de la barra.

—Whisky con ginger ale —digo casi gritando cuando se inclina hacia mí, dando gracias de que esté tan acostumbrade a los turistas y me entienda.

Desvío la mirada en busca de una distracción. Entonces se abre la puerta y entra como flotando: la bailarina del Moulin Rouge.

Lleva el pelo en un recogido bajo y se cambió la ropa de baile por un sencillo vestido de algodón, pero es ella. Tiene la cara rosada, recién desmaquillada, con una mancha roja todavía sobre los labios. Me coloco de lado para dejar hueco en la barra y ella aprovecha el espacio de inmediato.

—Hola —le digo. Y entonces recuerdo en qué país estoy—. *Parlez-vous anglais?*

Me mira de arriba abajo, luego sonríe.

—Lo suficiente.

Y eso responde más de una pregunta.

—Soy Theo.

Me da la mano y luego me da un beso rozándome la mejilla.

—Estelle.

Le invito una copa a Estelle —quiere vino blanco, y me toca el brazo cuando le recomiendo el que sé que será el mejor del bar— y nos ponemos a charlar. Le cuento que antes la vi actuar y que me encantó, y ella me cuenta que vive en la otra punta de la ciudad, pero que le gusta ir a ese local después del trabajo. Cuando le digo que entonces tuve mucha suerte, pasa un dedo por la trabilla de mi cinturón.

Después de acabarme el whisky y de que le mesere cañón le sirva una segunda copa a Estelle, se me pasa por la cabeza llevarla a la sala del fondo y presentársela a Kit y a Maxine. Podría ser una cita doble. Kit y ella podrían hablar de arte. Yo podría abrazarla por la cintura mientras Kit le da un beso a Maxine en el cuello, y luego podría ver cómo Kit y Maxine se van juntos a casa.

En lugar de eso, le coloco un mechón de pelo detrás de la oreja a Estelle y le pregunto si quiere irse.

Se ríe mientras subimos la colina rumbo al hostal. La tomo de la mano y levanto el brazo para que haga una pirueta, entonces observo cómo el vestido se le enreda entre los muslos, la acerco a mí y la beso. Sabe a tabaco y a muscadet, huele a spray y a rubor.

Saco el celular para avisarle a Kit que no voy a volver y, entonces, caigo en cuenta de que todavía tengo su número bloqueado.

Dejo el pulgar suspendido sobre las letras azules de «Desbloquear este número».

Ya no tiene mucho sentido, ¿no?

me voy con alguien que conocí en la barra. buenas noches! Le doy a enviar.

Al llegar a mi habitación, la camisa aterriza en el suelo, el brasier *balconette* de Estelle en la mesita de noche. Le digo que es guapa, porque lo es, y le pido que se recueste. Me gusta cómo se acomoda entre los almohadones, todo lo que hace rebosa elegancia. Me gusta cómo le cae el pelo encima de los ojos.

Después, la acompaño hasta el taxi y le doy un beso de buenas noches.

Normalmente, el sexo me ayuda a dormir, pero esta noche sigo con los ojos abiertos una hora más. Oigo mi corazón y los latidos siguen una cadencia, un repetitivo y constante un, dos, tres, cuatro.

Me inquieta lo mucho que me recuerda a *Theo y Kit*.

—¿Te fue bien anoche?

Suspiro y casi se me cae el cruasán. La última persona a la que esperaba ver en el pasillo del hostal esta mañana es a Kit, pero aquí lo tengo, tendiéndome una emboscada en la puerta de mi habitación. Técnicamente acaba de emerger de la suya con cara de haber dormido poco, pero me parece una emboscada.

—¿Qué haces aquí?

—Eh, ¿es mi habitación? A ver, Theo, ya lo hemos hablado. Estamos haciendo el mismo tour.

Pongo los ojos en blanco. Alguien está de malas.

—No, me refiero a por qué no estás en casa con Maxine.

—Y ¿por qué iba a estar con Maxine?

—Porque es tu novia.

—¡¿Qué?! —pregunta tan alto que una persona de la limpieza que pasa por allí lo manda callar. Baja la voz—. ¿Crees que…? Theo. Maxine no es mi novia.

¿No están…?

No. ¿Y qué pasa con lo de anoche? ¿Y lo de la flor que le metió en la bolsa? ¿Por qué ha puesto la cara de sinceridad? ¿Cómo puede poner esa cara de sinceridad en un momento como este?

—Pero… viven juntos.

—No, Maxine va a cuidar de mis plantas mientras hago el viaje.

—Te fuiste a casa con ella después de la cena.

—La acompañé a casa porque era tarde, que es diferente —insiste—. No pienso en ella en esos términos, Theo. Es mi mejor amiga.

—Sí, claro, y yo también lo era.

Las palabras salen de mi boca antes de que me dé cuenta de lo que digo, y Kit y yo hacemos una mueca. Da la impresión de que habría preferido que le diera un puñetazo en la cara.

Antes de que pueda recuperarme, una persona desaliñada con la camisa sin abrochar y pantalones grises aparece en el umbral de la puerta de Kit. Observo, con la boca abierta, mientras se despide en francés de Kit con mucha alegría. Luego le da una palmada en el trasero y se dirige al elevador.

Me quedo mirando a Kit. Kit mira hacia el techo.

—¿Era...?

—Le mesere, sí. Ya te lo dije. Entre Maxine y yo no hay nada. —Se dirige a las escaleras—. Necesito un café.

Y ahí me deja, con mi cruasán y la certeza de que he hecho el absoluto ridículo.

Si Maxine no es su novia, entonces... entonces me regaló el pastel en un gesto de auténtica amabilidad y me invitó a tomar algo porque quería enseñarme su bar favorito de verdad, y Maxine tenía ganas en serio de volver a verme, y yo me comporté como alguien paranoico y maleducado sin razón cuando los dejé plantados. Se suponía que iba a demostrarle a Kit lo mucho que he madurado sin él y, en lugar de eso, me entraron celos de la primera persona a la que sonrió y decidí que debía de estar acostándose con ella. Lo más probable es que Maxine solo se acueste con gente de la realeza, o casi.

Yo no era así antes de salir con Kit. Aguanté muchos años durante los cuales me gustaba y pensaba que jamás lo conseguiría, en los que veía cómo mi amigo salía con otra gente y luego me contaba todos sus acostones, en los que tenía todos los sentimientos complicados que pueden sentirse hacia alguien y, aun así, supe mantener la amistad.

Tal vez sea incapaz de coexistir de forma pacífica con un ex. Tal vez solo funcione cuando hay amistad y nada más.

Puedo intentarlo, pienso. Somos personas adultas. Puedo dejar a un lado la rabia e intentar recuperar nuestra amistad.

BURDEOS

COMBINA CON:

Pomerol de catorce meses,
por lo menos media docena
de canelés

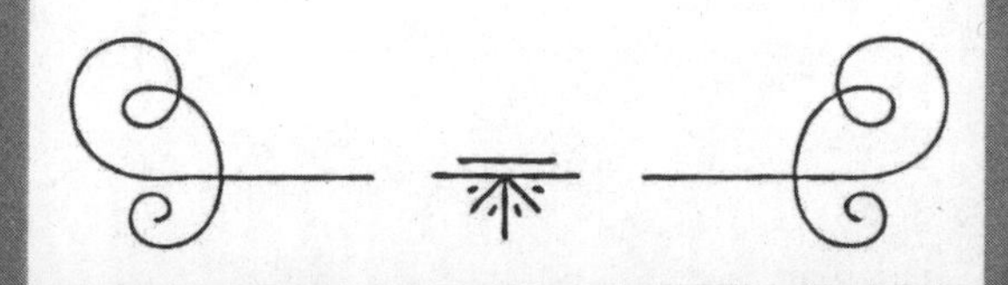

Dejé la universidad cuando llevaba dos meses, en el primer semestre.

Se suponía que iba a ser divertido ir a la uni con Kit... Y la parte de Kit sí fue divertida. La Universidad de California en Santa Bárbara tenía un buen programa de Historia del arte para él y su equipo de natación me había seleccionado a mí, pero lo extrañaba. Intenté por todos los medios superar su ausencia, pero me hacía falta como al té le hace falta la miel, todo era aburrido sin él.

Recuperarlo había sido más fácil de lo que pensaba. Había anticipado el puñetazo en las entrañas que recibiría en nuestro primer reencuentro, que Nueva York lo hubiera hecho más alto y más seguro de sí mismo y todavía más radiante, pero entonces vi que seguía siendo Kit sin más. Y formaba parte de mí tanto como el resto de mi ser.

Las clases eran aburridas y se me olvidaban los exámenes sin parar, pero podía seguir adelante mientras continuara con la natación. La alberca era el lugar en el que destacaba de verdad, era mi elemento, lo hacía tan bien que los entrenadores soltaban palabras como «récord de la universidad» y «pruebas para las Olimpiadas». Entonces me destrocé el hombro en los torneos invitacionales y los médicos me dejaron en la banca durante una buena temporada, así que dejé de tener alicientes. No le conté a nadie que me iba: me limité a sacar todas mis cosas de la residencia y volví discretamente a casa de mis papás, en el valle. Fue el momento en que Kit y yo mantuvimos lo más parecido a una verdadera pelea adulta, cuando se enteró de que yo había tomado una decisión sin él.

(Sería de esperar que eso le hubiera servido para no hacer lo del departamento de París más adelante y así nos habríamos ahorrado la ruptura. Pero mira, aquí estamos).

Todo eso para decir: la universidad no era para mí. Pero los estudios de enología... Carajo, allí nadie me superaba.

Todo empezó ganándome a pulso la amistad del *chef sommelier* de Timo, un desconcertante hombre de sesenta y algo con una colección de abrigos largos de piel y una obsesión psicosexual con el chablis. En aquel tiempo, yo me encargaba del bar, pero estuve martirizándolo hasta que me puso al mando de la bodega y me invitó a escupir en cubetas en sus catas a ciegas después del trabajo. Luego me apliqué con las fichas de vinos y los audiolibros enciclopédicos sobre enología y estuve a punto de prenderme fuego practicando la decantación, entonces descubrí que soy genial aprendiendo cosas que de verdad quiero saber.

Así pues, sé lo que significa estar aquí, en la llanura de Pomerol, en la ribera derecha del estuario de la Gironda. Sé que tiene unas bolsas de arcilla azul muy especial y que cuando mis botas crujen entre la marga quebradiza, un millón de retoños de merlot beben de la densa tierra que hay debajo y maduran tan rápido en tonos azul marino, con un dulzor exuberante, que nunca pierden su energía infantil. Seguimos a Fabrizio por un camino cubierto por un dosel de árboles a través del pedacito más magnífico del suroeste de Francia, es algo increíble; el terreno se extiende en tonos verdes y dorados verdosos y cobrizos, con ordenadas hileras de viñas en una dirección y márgenes de árboles centenarios en la otra. El cielo entero quiere colarse cuando abro la boca. Notas de cata: arcilla, ciruelas, el mar.

Descubro a Kit estirando el cuello, admirando el sol a través de las hojas que tenemos encima de la cabeza. Lleva ropa de lino descolorida. Tiene la boca relajada y feliz, abierta de admiración.

Un escalofrío de *sí, no, sí* me recorre.

Kit siempre ha salido al mundo con una avidez pura y sincera de dejarse maravillar. Una piedra bonita, un perro en un parque, una canción en un centro comercial, los sonidos envolventes de un castillo del siglo XVIII. Mi primer instinto, lo que aprendí antes de saber localizar Francia en un mapa, es amar como ama Kit.

Luego está el triste calvario de todo lo demás.

Pero después llega el segundo sí: voy a intentar recuperar nuestra amistad.

Me pongo a la par que Kit.

—¿Qué árbol es ese? —le pregunto.

Deja caer la mandíbula cuando me ve, lo que es muy gracioso, en serio. Como un bebé tontuelo de un cuadro renacentista.

—Eh… creo que es un arce noruego.

—¿En serio?

—Esa es mi mejor apuesta. Al principio, pensaba que era un arce común, pero las hojas tienen puntas.

Es una habilidad que adquirió de pequeño, mientras corría por la campiña francesa y husmeaba en el invernadero de su mamá. Cada vez que yo veía una flor interesante o un cactus con forma curiosa, le mandaba una foto a Kit y en menos de diez minutos lo tenía identificado. He tenido que acostumbrarme a no saber el nombre de los árboles.

Es bonito conocer el de este.

Ni él ni yo decimos nada más, pero tampoco nos separamos.

El camino desemboca en un *château* inmenso con una fachada de piedra caliza y oscuros tejados abuhardillados; elegante, pero nada pretencioso. En algún lugar de Los Ángeles, un *scout* de locaciones llora porque rodó una película romántica de época ambientada en Francia sin saber que existía este castillo. Muros de más de tres metros de espesor lo separan de los jardines y en la entrada hay un hombre de pelo blanco con una camisa de cambray y pantalones color aceituna. Su sombrero de paja para el sol tiene la capacidad de parecer estiloso, aunque a la vez da la impresión de que se haya sentado encima de él un puñado de veces.

—*Amici* —dice Fabrizio—. ¡Este es Gérard! Estos viñedos llevan generaciones en su familia. ¡Hoy aprenderemos cómo se hace el vino en Burdeos!

Gérard, que tiene acento de *suite* para violines borracha de coñac, nos invita a entrar por el arco del *château*. Echamos un vistazo al interior (butacas antiguas, tapizado de damasco y «¿eso es un desnudo de Gérard al óleo?») y luego salimos a un patio enmarcado por las largas y estrechas alas de la casa. En el suelo de tierra compacta hay dispuesta una docena de mesas de trabajo, con tazones de harina y masa distribuidos entre ellas.

Otro hombre nos espera allí. A juzgar por cómo se acerca a él Gérard (y por lo que he visto del cuadro, aunque cuesta saberlo con los calzoncillos puestos), debe de ser su pareja.

—Antes de nuestro tour, tenemos una *petite surprise* para ustedes —dice Gérard—. ¡Baguettes! Mi marido les enseñará a hacer baguettes, y luego iremos a ver las uvas y probaremos los vinos. *Et à la fin*, almorzaremos en el jardín y se comerán las baguettes que hayan preparado. —Se inclina y baja la voz, como si nos contara un secreto—: Y si no son capaces de hacer una baguette, tienen que irse de Francia. Es la ley.

Guiña el ojo con descaro y nos deja con su marido, que lleva una camisa con estampado de animales en vaporosos tonos tierra.

—*Bonjour!* —dice El Marido Baguette.

—*Bonjour!* —responde todo el mundo.

El Marido Baguette nos muestra cómo transformar la bola de masa que nos dieron en tres baguettes pequeñas y nos explica que las dejaremos reposar y se cocerán al horno durante nuestro tour. Los asistentes se dividen, dos personas en cada mesa numerada. Quizá si me hubiera sentado con Fabrizio el primer día sería yo quien compartiera su mesa en lugar de Stig. Pero tal como están las cosas, no queda nadie más sin pareja salvo Kit y yo.

—¿Ah, son pareja? —nos provoca El Marido Baguette.

—No —dice Kit, y lo suelta con tal rapidez que casi es ofensivo.

Un destello ilumina los ojos de El Marido Baguette.

—Quizá… ¿todavía no? —nos dice. Y nos conduce hasta la última mesa libre como a un par de colegiales enamorados. La peor parte es que, en realidad, antes lo fuimos. Llega con dieciocho años de retraso.

Enharinamos la mesa en silencio y yo rebusco sin éxito en la mente algo que decir. Todos los demás se ríen y charlan con su pareja de actividad, se echan harina unos a otros o intentan recordar las instrucciones, mientras Kit y yo, desde luego, no la estamos pasando bien.

El problema es que solo hemos sido todo o nada para la otra persona. No sé cómo empezar a ser «algo» para él.

Tampoco sé cómo carajos se supone que este bulto de gluten tiene que desplazarse por el espacio tridimensional para convertirse en una baguette. La masa y yo nos peleamos. Doblo una esquina hacia el centro, luego la aplasto con la base del pulgar, después le doy la vuelta y repito la operación, y entonces... ¿la doblo? ¿Cómo? Sálvame, Marido Baguette.

Miro de reojo para copiar lo que hace Kit y descubro, con bastante horror, la verdad: que ya está dando los toques finales a su última baguette. Mueve las manos como un truco de magia, preciso, rápido y seguro.

Siempre ha tenido grandes dotes para la repostería, pero ahora es un experto, es asombroso. Como si la masa «quisiera» que él la tocara. Cede bajo sus dedos, recupera afectuosamente la consistencia en su palma, se relaja otra vez ante la más leve presión. Los músculos de los antebrazos de Kit se flexionan con el simple y firme propósito de hacer con exactitud lo que han aprendido a fuerza de practicar, y entonces es cuando me fijo en cuánto los ha trabajado, cómo se van estrechando hasta llegar a las mismas muñecas elegantes que yo conocía, con la mancha de harina y el discreto tatuaje de las varillas de batir justo por debajo del hueso...

—Theo —dice Kit—, la estás amasando demasiado.

Miro la masa. La mitad está aplastada debajo de mi puño.

—Ups.

—No pasa nada. Todavía puedes solucionarlo. Basta con que...

Mueve las manos hacia las mías y entonces se detiene, a solo unos centímetros de mí. Un copo de harina sale flotando desde su palma y aterriza en mi piel con el peso de uno de los sofás antiguos de Gérard.

—Tipo, eh, tipo así.

Describe un movimiento circular algo raro con la mano izquierda, entiendo a qué se refiere y lo imito con la derecha. Mi deforme bulto de masa empieza a transformarse en una bola suelta.

—Así, muy bien, justo así —me dice. Cuando levanto la mirada, me mira a los ojos y me sonríe discretamente para animarme—. No pares.

—Apuesto a que les dices lo mismo a todos los chicos —digo, lo cual es una exageración, pero Kit se ríe a gusto, sin ofenderse.

—Sigue así.

Bajo la vista hacia la masa, hacia nuestras manos. Me guía con pericia por todos los pasos sin tocarme ni una sola vez, pero con los dedos tan cerca que noto su calor. Me ayuda. Él se mueve, yo también. Me da pautas sencillas y pacientes, yo las sigo. Casi me roza el pulgar con el suyo, y me digo que la punzada que siento en el corazón es el reflujo del ácido en el estómago.

Con su ayuda, logramos dar forma a tres baguettes asimétricas.

—No son perfectas, pero no están mal —comento.

—Mejor que las de los Calums —me dice Kit en voz baja.

En la mesa de al lado, Calum el Pelirrojo tiene la nariz manchada de harina, y Calum el Rubio tuvo el atrevimiento de comerse un pellizco de masa cruda.

—¿Cómo es que todas las suyas parecen penes?

Kit pone las manos en la cintura.

—A veces la repostería refleja lo que se tiene en el corazón.

Gérard regresa, junto con un desaliñado terrier gris y, por fin, nos paseamos entre los viñedos. Cuando supe que íbamos a hacer el tour por la zona de vinos la primera semana de agosto, me moría de ganas de que llegara esta parte: Burdeos durante el envero, cuando las vides están más coloridas y vivas que nunca.

Primero visitamos las cepas de merlot, la principal uva del vino de Pomerol que lleva el mismo nombre, y nos dejan probarlas directamente de la vid, aunque todavía faltan semanas para que desarrollen sus potentes sabores a mermelada de cereza y fresa y, como ha sido un año caluroso, también a deliciosas moras silvestres. A continuación, el cabernet franc, en una bacanal de lavanda, fucsia y el verde jugoso de un limón cortado por la mitad. Nos hablan de los veranos secos y cálidos y de la época templada de la vendimia, de la arcilla que da la vida y del beso salado del Atlántico; cómo todo se une para dar uvas con mucha personalidad. Así es como habla Gérard de sus uvas: como criaturas que tiene que sacar adelante hasta que se conviertan en personas adultas muy decididas con algo que decir en una fiesta. Por las mañanas, les pone música de Édith Piaf.

A mi lado, Kit sonríe. Si existe una persona en el mundo capaz de perderse en estos viñedos para enseñarles a las plantas a apreciar baladas francesas, es Kit. El *sí, no, sí* vuelve a suceder, como una uva verde que me deja un sabor ácido en la boca.

—¡Ah, y aquí está uno de nuestros ayudantes! —dice Gérard—. ¡Florian!

Un par de botas de trabajo entran decididas por un surco de vides y un joven aparece en el camino.

Santo Dios, y cómo está ese joven. De mandíbula cuadrada y con barba de tres días, dulces ojos cafés y rizos oscuros que le caen por la frente dorada por el sudor. Lleva una cesta de uvas sobre un hombro musculoso y se le ha estirado la tela de la polvorienta camiseta blanca. Los tirantes le cuelgan por las caderas, supongo que se los quitó para poder levantar peso sin nada que entorpeciera el movimiento.

—*Salut!* —dice Florian, y se seca la cara con una mano enguantada. Se le mancha la mejilla de tierra—. ¡Bienvenidos!

De forma refleja, volteo la cabeza hacia Kit. Él hace lo mismo y nuestras miradas se encuentran con esa expresión de cejas arqueadas propia del común acuerdo que solíamos compartir en momentos como este: «¡Está cañón!». Apartamos la vista con la misma rapidez.

Gérard invita a Florian a unirse al grupo y este nos cuenta que sus papás se conocieron trabajando en ese viñedo y que de pequeño lo dejaban corretear entre las vides. Ahora vive en un departamento del centro de Burdeos, pero no le importa hacer el trayecto hasta los terrenos cinco veces por semana para tutelar con ternura las cepas por los emparrados.

Kit acerca la cara a mi oreja.

—Creo que no somos los únicos que se han percatado de cómo está Florian.

Dakota y Montana intercambian susurros conspiradores y, por lo menos, tres recién casadas diferentes se están planteando en serio dejar a sus maridos. Uno de los Calums le pregunta a Florian si conoce bares interesantes en Burdeos. Incluso la anciana sueca se pone a limpiarle la mejilla con el pañuelo que lleva al cuello.

—¿Crees que siempre forme parte del tour? —le pregunto a Kit—. ¿O será que, cuando saben que va a venir visita, le dicen que se presente para proporcionar una experiencia inmersiva cachonda del viñedo?

—Creo que enterraron unas cuantas novelas románticas francesas en el jardín y de ahí nació él.

Al llegar a las alas laterales del *château*, Gérard nos lleva a través del pasillo de los barriles y las bodegas en las que envejece el vino hasta entrar en la sala de catas, estrecha y con paredes de piedra. Entonces, Gérard nos sirve de uno en uno una copa de su pomerol más representativo.

Huelo mi copa con delicadeza, la muevo para orear el vino y olfateo de nuevo, esta vez, más despacio. Maldita sea, qué intenso es. Cereza negra, pimienta molida, roble y algo más. ¿Qué es? Es…

—Silla de montar usada —pienso en voz alta, y Gérard hace una pausa, con la botella en equilibrio por encima de la copa de Kit.

Por detrás de él, se asoma Florian.

—Sí, yo también lo huelo en esta cosecha —comenta Gérard emocionado—. ¡Buen olfato!

Me muerdo el labio, en un intento de no parecer demasiado petulante, pero no me sentiría más feliz si Gérard me hubiera invitado a mudarme al *château* como sujetatirantes de Florian de tiempo completo. Cuando levanto la copa para examinar el color del vino, veo a Kit a través del cristal, con cara divertida, aunque mira ceñudo el vino.

—¿Notaste todo eso?

Parece ligeramente herido, como si su nariz lo hubiera traicionado al no proporcionarle la experiencia sensorial más rica que existe. En lugar de responder, doy un sorbo y Kit me observa mientras me paso el vino por el paladar, le doy vueltas en la boca, lo sopeso encima de la lengua. Sigue mi garganta con la mirada cuando trago.

—Huuum. Sí, definitivamente el primer gusto es a cereza negra. —Me lamo la parte posterior de los dientes—. Aunque es seco. Y tiene un toque de mermelada de ciruela.

—*C'est quoi, ce bordel?* —dice Kit en voz baja, casi para sus adentros.

El otro vino es un pomerol más joven, un vino estival afrutado y bien acabado que Gérard promete que combinará a la perfección con la comida. Esta vez, es Florian quien sirve.

—Hola —dice mientras llena mi copa, con voz cercana, cálida y terrosa.

—Muchas gracias —contesto sonriéndole.

Ocurre tan rápido que cuesta decir si llega a suceder. Florian termina de servirme y luego hace aletear las pestañas en lo que podría interpretarse como un guiño, un coqueteo. Pasa a servir a Kit, quien dice algo en francés que hace reír a Florian, ¡y también le guiña el ojo! Antes de que me dé tiempo a indignarme del todo, nos apremian para que vayamos a comer.

En el pasto empapado de sol hay distintas mantas a cuadros, cada una con una tabla de servir numerada y nuestras baguettes asimétricas. Entonces aparecen dos ayudantes más del viñedo con bandejas de embutidos, queso y fruta. El Marido Baguette también vuelve, y se ríe de la perra que corre feliz de aquí para allá y olfatea el jamón de todo el mundo.

Kit saca un tarrito de miel espesa de la mochila y no puedo evitar poner los ojos en blanco.

—¿De verdad te trajiste tu miel especial de casa?

—El restaurante para el que hago la repostería compra la miel a un apicultor que tiene lavanda —dice Kit—. Ahora soy incapaz de comer cualquier otra.

—Ah, claro, no podemos conformarnos con tomar una miel vulgar...

Mientras comemos, Florian no para de rellenarnos las copas de vino. Cuando se arrodilla a nuestro lado, advierto su aroma en la brisa del mediodía. Tierra y sudor con un toque de tomillo.

—¿Te gusta el vino? —me pregunta.

—Ay, es fabuloso —respondo con sinceridad. Entones pienso en cuando le hizo un guiño a Kit. Lo miro a los ojos y pongo mi voz más grave para añadir—. Con cuerpo. Incluso musculoso, diría. Se nota que trabajas mucho.

Florian deja de servir un segundo demasiado tarde. Cuando se incorpora, Kit me está mirando.

Corto un pedazo de pan y extiendo queso cremoso.

—¿Qué?

—Ya sabes qué. Estabas coqueteando con Florian.

—¿Y? —Me encojo de hombros. Es imposible adivinar qué significa la expresión de Kit—. ¿Estás celoso?

—No —responde Kit al instante—. O sea..., sí, porque estuvo coqueteando conmigo durante la cata. Pensaba que entre él y yo había algo especial.

—Lo siento, ahora es mío. Mira cuánto me sirvió. —Señalo con mucho teatro mi copa llena hasta la mitad—. A lo mejor si le enseño la pierna me da la botella entera.

Kit baja la mirada hacia la pierna que me asoma por debajo de los shorts, parpadea despacio y luego apura la copa.

—*Pardon, Florian!*

Dice algo que debe de ser el equivalente en francés de «¿Me das más?». Las cejas de Florian indican que Kit encontró la manera de hacer que suene igual de sugerente que en inglés.

Esta vez, cuando Florian acerca la botella a la copa de Kit, este deja caer un hombro e inclina la cabeza hacia un lado. Le dedica una sonrisa lánguida a Florian, dejando que el sol tiña de dorado el perfil de su mandíbula y su garganta.

Vaya. Acabo de conocer a alguien nuevo. El Dios del Sexo de la École Desjardins.

Cuando Florian se va, la copa de Kit tiene todavía más vino que la mía. Me mira con la misma sonrisa, los ojos brillantes por la risa contenida y algo más que no sé definir.

—Bueno. —Doy un trago algo más grande de lo necesario—. Ya veremos quién gana el siguiente *round.*

—Mientras tanto —dice Kit, pasándome un trocito de pan mojado en miel—, prueba esto.

Lo acepto en nombre de la amistad, aunque dudo que esa miel sofisticada pueda ser tan buena como dice. Kit es la clase de persona que siempre busca lo máximo en todo (el mayor recuento de hilos, el durazno más maduro), pero a veces se pierde en el elemento estético. No espero gran cosa cuando la miel llega a mi lengua, sobre todo teniendo en cuenta que tengo la boca todavía cubierta por los azúcares del vino.

Pero entonces el sabor explota.

—¡Maldita sea!

—¿Verdad que sí? —dice Kit, que no cabe en sí de ilusión.

—Carajo, es increíble lo buena que está. La lavanda con toques florales del vino, la violeta y la peonía.

Kit se apoya en los codos, exultante, y me mira por debajo de las espesas pestañas.

—¿Cuándo aprendiste a saborear tan bien el vino?

A diferencia de con Maxine, no tengo problemas en alardear con Kit.

—Ahora soy ayudante de *sommelier* en Timo.

Abre mucho los ojos.

—¿En serio? ¿Desde cuándo?

—De forma extraoficial, unos… ¿tres años? Pero no ascendí oficialmente desde responsable de bar hasta el año pasado. —Hago una pausa y luego decido decirlo—. Después de hacer el examen de certificación.

—¿Apro…? —Kit se sienta erguido—. Theo, ¿aprobaste el examen de *sommelier*?

—Sí. —Técnicamente es mentira. La fecha del examen es un día después de mi regreso a casa, pero sé que he aprendido lo suficiente para aprobar. Es imposible que repruebe una cuarta vez. Y no pienso retractarme ahora que Kit me mira maravillado.

—Pero si ese examen es dificilísimo, ¿no? Qué increíble... —dice Kit—. El *sommelier* de mi restaurante dice que reprobó en el primer intento.

—No es para tanto —digo, como si no hubiera servido una mesa en dirección contraria a las agujas del reloj en lugar de siguiéndolas la primera vez que reprobé, ni se me hubiera olvidado la decimotercera región vinícola de Alemania la segunda vez. (Nos vemos en el infierno, Saale-Unstrut). Me termino la copa—. Tengo otros negocios en marcha, pero ahora ser *sommelier* es mi ocupación principal. Trabajo de eso todos los días, bueno, mejor dicho, todas las noches.

Aviso con la mano para que me rellene otra vez la copa y le pregunto a Florian cuántas cajas de uva es capaz de transportar a la vez. Kit se cuestiona en voz alta hasta dónde podría llevarlo a él. Cuando comparamos las copas, ambas están al mismo nivel: las llenó dos tercios.

Kit, Florian y yo nos pasamos así el resto de la comida. Rebañamos la mermelada de higo y la miel y las gotas de jugo de melón con el pan, pedimos que nos rellene la copa tantas veces que perdemos la cuenta, hacemos que Florian se ría y se ruborice, se nos pone la boca morada. Yo le sonrío a Kit. Él me sonríe a mí.

Y cada vez que brindamos, cada vez que el labio de su copa está a punto de tocar el labio de la mía, trato de no pensar «Esto es lo más cerca que estaremos de volver a besarnos».

Pasamos la tarde en el Museo de Bellas Artes de la ciudad de Burdeos, donde floto de sala en sala, sin prestar atención a la mayor parte de los carteles.

No es que no me interese el arte. Me encanta el arte. Pero el arte de prestigio es el tema de conversación típico de mis papás y, con el tiempo, te aburres de eso. Mientras mi papá dirigía producciones contemplativas de época y mi mamá adaptaba *El amante de lady Cha-*

tterley, yo me dedicaba a ver todas las secuelas de *Viernes 13*. Mi favorita es la peli en la que criogenizan a Jason durante cuatrocientos cuarenta y cinco años y viaja al espacio. Me parece que el día que se lo conté a mi papá está en su top ten de rupturas de corazón parental.

El arte que más me gusta es cero pretencioso, muy exagerado y totalmente comprometido con lo que hace, aunque sea malo. Es más, sobre todo cuando es malo. Me encantan las pelis de serie B, las gore y las de acción de los ochenta, cualquier cosa con una banda sonora de sintetizador y un guion salido de una dosis de coca. No quiero analizar las intenciones de quien las creó. La sutileza es para el vino; quiero sentir lo que el arte quiere que sienta y, además, hacerlo a lo grande. Kit se disgustó mucho cuando me negué a leer *El señor de los anillos* en la infancia. Pero las pelis contenían todos los sentimientos concentrados.

Para mí, basta con mirar un cuadro y pensar «Me gusta». O «Me pone triste». O «Me recuerda a quien soy». O «Ese perro tiene un aspecto lamentable».

Cuando entro en la sala siguiente, lo primero en lo que me fijo es en un cuadro de una mujer arrodillada sobre unas piedras derrumbadas. Lleva un abrigo azul oscuro y un fajín dorado por encima de un vaporoso vestido blanco, tiene los brazos levantados y las palmas extendidas. Tiene expresión triste, pero vengativa. Casi se le salen las tetas del vestido.

Lo segundo en lo que me fijo es en Kit, embobado ante ella, con una pluma y una libreta de dibujo pequeña entre las manos.

Siempre descubría a Kit en esa pose cuando iba a verlo al trabajo, en la época en la que compartíamos departamento después de que él acabara la carrera. El empleo en la recepción del Museo de Arte de Palm Beach no era lo bastante estimulante para él, así que hacía pausas kilométricas para hacer bocetos de las obras expuestas.

¿Por qué me parecía tan cautivador? Solo era una pose, ¿o no? Era demasiado culto y profundo para pasarse el día sentado a la mesa atendiendo el teléfono como un mero recepcionista.

Me imagino preguntándole por ese cuadro. La mirada trágica que me dedicaría por no conocer al pintor, por no haber dirigido la vista hacia las grandes muestras de expresión artística. Me lo imagino dándome explicaciones como si fuera un bebé, haciendo referencias que solo captaría alguien con un grado en Historia del arte. Eso es lo que haría la versión de Kit que hay en mi cabeza, el Kit que es un ex con quien ya no hablo. Kit, el pretencioso, el erudito, siempre demasiado esnob para mí.

Un mechón de pelo le cae encima de los ojos y se lo aparta con la pluma.

Ese movimiento, la forma en que la pluma se desliza por su frente. Lo había olvidado, pero acabo de recordarlo. Kit el ex nunca hace eso en mi mente. Pero Kit en la vida real lo hacía cuando lo conocía, y este Kit también lo hace.

Que yo sepa, hay dos maneras de superar la ruptura con alguien: rendirse ante la rabia que ya está ahí o inventar algo por lo cual enojarse. A veces, todo iba mal, y la única opción era dejar de creer que era adecuado amar a esa persona pese a eso. Pero otras veces, la persona se portaba bien contigo. A veces, ibas en busca de ramas para la hoguera y descubrías que los brotes verdes no prenden, que el jardín estaba demasiado bien regado. A veces, es preciso reordenar la verdad para transformarla en algo que no vayas a extrañar.

Y a veces, cuando pasa suficiente tiempo, cuesta recordar cuál de las estrategias seguiste.

Más tarde, en las escaleras del museo, Fabrizio despliega una lista de recomendaciones para la ciudad: la Cité du Vin, la antigua cripta debajo de la basílica de Saint-Seurin, los caballos de bronce del monumento de los Girondinos. Un grupito del que formo parte decide que el distrito medieval de Saint-Pierre es lo que suena más interesante.

—¿Te importa si también voy? —me pregunta Kit.

El alcohol se me ha subido un poco a la cabeza, lo bastante para que me parezca una bobada que me pida permiso. Pongo los ojos en blanco y hago un gesto para que se coloque a mi lado. Me siento bien, como si el pícnic hubiera desbloqueado algo. Florian nos dio un regalo: la confirmación mutua de que solo nos interesa coger con otras personas.

Pasamos por delante de la catedral de Saint-André y llegamos a una calle ancha por la que pasa el tranvía, donde Kit me pregunta:

—¿Cómo está Sloane?

Es raro oír el nombre de mi hermana saliendo de su boca, aunque es normal que me pregunte, claro. Sloane es la persona más importante de mi vida y Kit la conoce desde que ella tenía cinco años, es decir, dos años enteros más que el resto del mundo.

—Está bien. Ocupada, pero a ella le gusta. Bueno, supongo que ya la…, bueno, ya me entiendes. Ya la habrás visto por ahí.

—Ah, sí, sí —contesta Kit, y no es la primera vez que me pregunto en cuántas ocasiones habrá visto las caras de mis hermanas en la pantalla y habrá pensado en mí—. Estaba increíble en la que hizo con Colin Farrell el año pasado. ¿Cuánto tardó en dominar un acento irlandés tan logrado?

—Pues ¡como una semana! Te juro que no es humana. Acaba de empezar una nueva, de principios del siglo xx, con acento neoyorquino de la alta sociedad.

—¿Y para qué peli necesita hacer eso?

—Ay, ya te enterarás. Es una adaptación de *La edad de la inocencia*, pero tipo… raro. Producción típica de A24. El guion es una locura. Su agente dice que con eso ganará su primera nominación al Oscar.

—¡Es increíble! —dice Kit con sinceridad—. ¿Hará el papel de May o de la condesa?

—Winona Ryder. —No he leído el libro, pero he visto la peli de Scorsese de 1993—. Se moría de ganas de ser Michelle Pfeiffer, pero el director dijo que es demasiado simpática.

—¿Sloane? ¿Sloane, la que quería que el monólogo para la audición fuera Glenn Close en *Atracción fatal*? ¿Cuando tenía diez años? ¿Esa Sloane?

—La maldición de la antigua niña prodigio. —Suspiro—. ¿Y qué me dices de Cora? ¿Cómo está?

Kit se ríe en voz baja y sonrío. Así que Cora sigue siendo Cora...

—El año pasado robó la tarjeta de crédito de papá y gastó mil setecientos dólares en Dave & Buster's. Este año se unió al sindicato de la cadena de cafeterías Dutch Bros.

—¡Eh, qué genial!

—Pero es que no trabaja allí.

Luego hablamos de mi hermana menor, Este, que acaba de rodar una miniserie de cinco capítulos para una superproducción de HBO, y de su hermano mayor, Ollie, que ahora trabaja en el departamento de marketing de una editorial en Nueva York.

Cerca del cruce, la calle corta en diagonal, como si lo que hay en esta dirección fuera demasiado antiguo para formar parte del sistema de cuadrículas. Empieza como un callejón secreto, luego se ensancha y los adoquines oscuros dan paso a las grandes baldosas lisas y rosadas de la Place du Palais.

Los turistas se filtran por redondeadas puertas antiguas con bolsas de papel del súper y cajas de caramelos con lazos. Las cafeterías tienen terrazas envueltas en humo. Un repartidor pasa como un rayo entre Kit y yo con una bicicleta amarilla crema, con barras de pan recién hechas saltando en la cesta. Es como su pueblo perdido particular, olvidado por el tiempo y protegido por hileras de edificios color lavanda y durazno que relucen con el sol de la tarde. En una esquina de la plaza hay una imponente puerta medieval coronada por un número verdaderamente fantástico de torretas puntiagudas. Pasamos por delante y entramos en otra calle de cuento ilustrado, hacia una de las iglesias históricas que mencionó Fabrizio, la iglesia de Saint-Pierre.

Ya casi estamos allí cuando me asomo por una callecita y me fijo en las letras de color azul intenso de un restaurante: CANTINA COMPTOIR CORSE. *Corse* de Córcega, como la isla.

—Kit —lo llamo mientras me detengo. Él también se para, aunque el resto del grupo nos está dejando atrás—. Tengo que probar una cosa. Para el trabajo.

Kit se limita a asentir y me sigue. No pregunta nada hasta que entramos hasta el fondo del ruidoso bar, nos sentamos en los dos últimos taburetes de piel de la barra, traducimos la carta y pedimos lo que nos apetece.

—Decías que era para el trabajo, pero no has pedido nada de vino.

Cruzo los tobillos por debajo de la barra. Con la bota rozo el bajo de su pantalón.

—¿Recuerdas cuando te conté que había cambiado el viejo Subaru por una camioneta Volkswagen?

Le hablo de la camioneta, desmontada y convertida a mano en un bar ambulante con el que puedo desplazarme por todo el valle, le cuento que preparo cocteles personalizados para bodas y despedidas de soltere y para *influencers* que van al festival de música Coachella. Luego le cuento de la monstruosa boda que tengo que preparar el mes que viene: trescientos cincuenta invitados, ocho recetas a la medida y una novia que me manda cinco mails al día y espera que le responda al instante a preguntas tipo «¿Te había comentado que una de las bebidas tiene que servirse en estas tazas de tiki que encargué y que se parecen al schnauzer que tengo de mascota?» y «¿Puedes preparar un coctel que sepa como las vacaciones en Córcega en las que nos enamoramos?».

Omito un detalle importante: apenas gano suficiente para cubrir gastos, y antes de que me contratara La Novia Schnauzer, estaba a punto de cerrar el negocio.

—Resumiendo —acabo mi relato—, tengo que averiguar qué sabores hay en Córcega para poder crear un coctel que refleje la «complejidad de nuestro amor», algo que, en fin... A ver, el tipo se llama Glenn y es director de un fondo de inversión, pero si ella lo dice...

—Theo, es increíble...

Kit se queda mirando mi celular, que abrí para enseñarle la página de Instagram con la camioneta, una serie de fotos de los cocteles y mis manos sirviendo copas a través del mostrador que instalé en la ventanilla. Tiene los ojos brillantes y muy abiertos cuando levanta la vista, y noto que me recorre una oleada de calor. Lo único más grande que la capacidad de maravillarse de Kit es la sensación que se tiene al ser el centro de esa atención.

—¿Lo hiciste tú?

Por supuesto, fue más difícil de lo que parece por cómo se lo conté. Casi un año de sudores y de quejarme de todo, de ver miles de tutoriales en internet. Acabé tratando de tú a tú a los encargados de ventas de la macrotienda de material de bricolaje y construcción de la ciudad. Arranqué el suelo y lo sustituí, puse un motor nuevo, rasqué el óxido y repinté la chapa, puse cisternas y tuberías y fregaderos, tapicé las paredes y lijé las mesas y me agencié refrigeradores del trabajo.

Hay gente que se tiñe el pelo cuando tiene que afrontar una separación. Yo me compré una camioneta.

No hace falta que Kit sepa que la camioneta fue fruto de la ruptura, que intenté curar mi corazón herido con la pistola para clavos mientras él lamía *crème anglaise* de los abdominales de alguien de su clase de pastelería. O que jamás habría llegado a atreverme a correr el riesgo si él no hubiera dicho lo que dijo en aquel avión.

—A ver, reconozco que ayudó que en esa época tuviera un asunto con un carpintero. —Veo que traen la comida y aparto los codos de la barra—. Pero ¿qué hay de ti? ¿Qué tal el panorama en pastelería?

Mientras comemos sepia con salsa de tomate al vino tinto y un toque de ajo y perejil y pastel de queso con ralladura de naranja (*fiadone*, añado a mis apuntes), Kit describe cómo es trabajar en un restaurante gourmet que pertenece a un hotel parisino de cinco estrellas. Madrugones, miligramos precisos de ingredientes, lazos de chocolate blanco colocados con pinzas largas como un neurocirujano.

—Si te soy sincero, la peor parte es la de las pinzas —reconoce Kit—. Me manejo mucho mejor con las manos. Cuando puedo meter los dedos, noto la presión, ¿sabes? A partir del tacto puedes saber si algo va a ceder, o si está demasiado blando, o… Ay, espera.

Me ofrece una servilleta para limpiarme la gota de vino que me rebosa por la comisura de la boca.

Cuando termino de tomar apuntes («ácido, tomate, cítricos, niebla isleña, ¿quizá un *spritz*?») nos saltamos la visita a la iglesia y vamos directo a la Place du Parlement, en el corazón del distrito. Nos quedamos junto a la plaza, bajo unas balconadas de hierro forjado, donde Kit señala las caras de piedra esculpida que vigilan desde las esquinas de cada edificio.

—Se llaman mascarones —me dice—. No hay que confundirlos con los macarrones.

Al oírlo noto otro arrebato de afecto.

No puedo creer lo bien que me siento en comparación con anoche. ¿De verdad han transcurrido solo veinticuatro horas desde que estaba en Moulin Rouge, tratando de calmar ese ataque de nostalgia? ¿El tiempo pasa de otra forma en Francia?

Francia. ¡Estoy en Francia! Cuatro años después y resulta que estamos en Burdeos.

—Oye —le digo—. Estamos aquí en serio. Míranos.

—¡Mírate a ti! —contesta Kit—. *Sommelier* y con un bar rodante.

—Y tú eres chef de pastelería gourmet —contrataco, notando que se me ensancha la sonrisa—. Cuánto pueden cambiar las cosas en cuatro años, rayos. Es una locura.

—Sí. Han cambiado un montón de cosas. —Me corresponde con otra sonrisa. Un par de niños pasan a toda velocidad, corren alrededor de la fuente—. Algunas no, pero… aun así, un montón.

—Supongo que estuvo bien que termináramos, porque así hemos podido convertirnos en gente muy genial, ¿no?

Kit mantiene la sonrisa, pero algo cambia en su mirada.

—Sí…

Mierda. Con lo bien que estábamos interpretando el papel de colegas de toda la vida que nunca se han visto en pelotas, y ahora expuse nuestra desnudez sobre los adoquines.

Busco en los alrededores algo con lo cual romper el silencio, un martillo de emergencia para casos de incendio.

En una mesa de una terraza en la esquina de la plaza hay un hombre de rizos oscuros. Lleva una camiseta de manga corta y pantalones cafés en lugar del atuendo del campo, pero se parece mucho a…

—¿Ese de ahí es Florian?

Kit sigue mi mirada y abre la boca sorprendido.

—Eh… creo que sí.

—¿Y está con…?

Uno de los otros dos hombres de la mesa suelta un cacareo que, sin duda, pertenece a Calum el Rubio.

—De todas las personas que podían haber invitado a tomar algo a Florian —comenta Kit—, nunca hubiera apostado por los Calums.

—Ay, pues yo sí. Esos dos son unos revoltosos. El pelirrojo me dijo que no podía volver a entrar en Bélgica por razones legales.

Justo entonces aparecen Dakota y Montana en la terraza con copas aflautadas de champán rosado a juego. Florian les hace un gesto con la mano y los Calums empiezan a mover mesas para que quepan todos.

—Vaya, qué interesante —dice Kit.

—Es como *The Bachelor* —digo, con una intriga monumental—. ¿Cuál de esas chicas crees que prefiere la suite fantasía?

—¿Y cómo sabes que no será uno de los Calums?

—Esos chicos son hetero de la cabeza a los pies.

—Nadie es hetero en unas vacaciones por Europa.

—Parece que lo dices por experiencia —comento, y me imagino a Kit ligando con los turistas en bares de Montmartre.

—Precedente histórico. Convierten a todo el mundo en bisexual en el control de pasaportes.

—Vaya, ¿para eso eran los sellos? Pues podría haberme ahorrado la fila.

Kit se ríe y se frota la frente con un gesto que parece decir «ay, Theo». Al verlo noto un cosquilleo en las yemas de los dedos.

—La verdadera pregunta es: ¿quién tiene más probabilidades de triunfar?

—La que tiene el pelo oscuro, Montana. Es más alegre, y eso le da un punto, pero Dakota es un comodín.

—¿La rubia? —pregunta Kit—. Parece que se aburre.

—A algunos chicos les encanta eso. ¿Y si apostamos algo?

—Creo… —Antes de que Kit pueda revelar qué piensa, Fabrizio se presenta en la terraza con una botella de vino y una ración de papas fritas—. Espera. Cambian las reglas del juego.

Observamos mientras Fabrizio se sienta junto a Florian y le pasa el brazo por el respaldo de la silla. Se une a la conversación con una sonrisa pícara, come una papa frita y luego moja otra en la salsa y se la da en la boca a Florian.

Kit suspira en voz alta.

—Ay, Dios.

—Así es el juego…

—Gana Fabrizio por mucho.

Kit y yo nos reímos a carcajadas, yo con cierto alivio. La tensión se ha evaporado y el ambiente de la comida se distiende y fluye como el agua de la fuente. Mientras sepamos reconducir nuestros pasos y volver a este punto, nos irá bien. Basta con que tengamos una cantidad inagotable de Florians.

Eso me da una idea.

—¿Sabes quién más podría tener posibilidades? —le pregunto a Kit.

—¿Quién?

—Tú o yo. —Kit todavía se ríe un poco, como si pensara que estoy bromeando—. ¡Lo digo en serio! Ha estado coqueteando contigo y conmigo. Jugamos con ventaja.

Kit niega con la cabeza.

—No lo sé.

—Vamos. Te lo demostraré.

—Theo, no…

Me agarra de la manga para retenerme. Arqueo las cejas y me suelta, se detiene y luego me alisa la tela de la camisa.

—¿Por qué no?

—Yo… eh, o sea… —Su piel aceitunada ha adoptado un leve tono malva—. Si va a ser uno de nosotros, ¿por qué no yo?

Ah. Reconozco sus movimientos. Antes de empezar a salir, alguna que otra vez habíamos competido por las mismas personas. Peligrosidad laboral (bisexual).

—¿Es un reto, Fairfield?

—Tal vez —dice Kit—. Pero entonces, si Fabrizio es capaz de ligarse a Florian, quizá el verdadero reto sea Fabrizio. Por la propiedad transitiva.

—Aunque Fabrizio está más disponible. Siempre estamos con él —dice—. Con Florian, en cambio, la ventana de oportunidad es reducida. Una Ventana Coge Florian.

—Ya, claro, pero imaginemos que uno de los dos logra entrar en la Ventana Coge Florian —comenta Kit—. El otro podría hacer lo mismo con alguien en la siguiente ciudad. No sería una victoria significativa.

—¿Qué insinúas? ¿Quieres que hagamos un torneo?

—No insinúo nada —dice, aunque no tiene aspecto de que le parezca descabellado—. Pero si lo hiciera, creo que se trataría de seducir a alguien de cada lugar en el mayor número de ciudades distintas posibles.

Ajá. La idea no está mal.

Me toco la barbilla con dos dedos, pensando. Esto comenzó de la nada, pero ahora empiezo a ver los beneficios potenciales de mantener una rivalidad amistosa, pero cachonda. Me gusta que nos veamos así. Si tener sexo con otras personas hace que las cosas con Kit se mantengan lo bastante estables para que yo pueda disfrutar del viaje y, de paso, obtenemos una salida para la tensión sexual que nos quede dentro, entonces, ¿por qué no?

—Una competencia a ver quién suma más cuerpos —cavilo.

—No hace falta que lo digas como si fuéramos a asesinarlos, pero sí, en pocas palabras sería eso.

—En realidad, tanto tú como yo tenemos un punto ya, de París…

Cuanto más lo pienso, mejor suena. De hecho, cuanto más miro a Kit, más ganas me entran de tener sexo con alguien.

—Espera —dice Kit—. ¿Hablas en serio? ¿De verdad quieres competir?

—Suena divertido. Yo me apunto. ¿Y tú?

Cuando lo miro a los ojos, prácticamente veo los receptores del placer de su cerebro chisporroteando. Con lo hedonista que es, no puede decir que no.

—Define «ligar». ¿Incluye acostarse, meter mano o…?

—Por lo menos una persona tiene que venirse —contesto.

—Ah. —Kit parpadea—. Entonces, es fácil.

—¿Ah sí?

—A ver, ¿para ti no es fácil?

—Claro. Para mí es pan comido.

—Yo lo hago continuamente, ¿sabes?

—Y yo —digo—. Por eso es una competencia. Hago que se vengan como un rayo. Medalla de oro en orgasmos.

Kit se toca la barbilla.

—Qué orgulloso estoy de que no hayas caído en la broma fácil, fíjate.

—Gracias, soy muy fuerte. Bueno, ¿qué te parece? ¿Una pequeña apuesta sexual entre amistades?

Por un momento, Kit no dice nada. Se limita a observarme, analiza mi rostro con tal intensidad que noto su mirada como si fuera una caricia.

Entonces, igual que hizo en el acantilado de Dover, extiende la mano.

—De acuerdo. Trato hecho.

Sonrío.

—Trato hecho.

Cuando le doy la mano, veo que está manchada de tinta de la libreta de dibujo. Noto su piel caliente contra la palma.

—Pero espera, una cosa más —dice Kit. Me aprieta el dorso de la mano con el pulgar—. ¿La que está ahí es Glenn Close, la estrella de *Atracción fatal*?

Volteo la cabeza para mirar y Kit sale flechado hacia la barra.

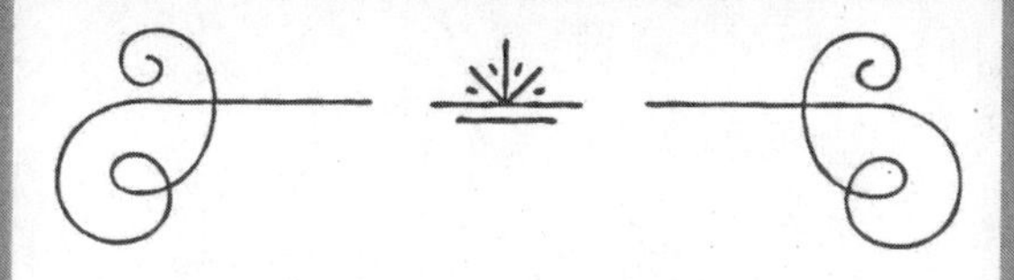

SAN JUAN DE LUZ

COMBINA CON:

Izarra verde (solo, después de cenar), *gâteau* vasco hecho con cerezas frescas

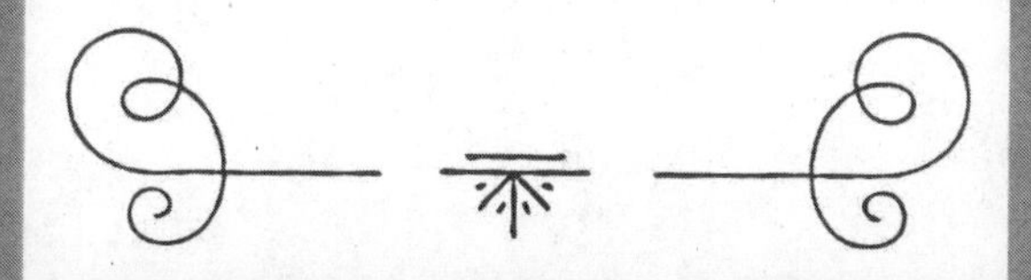

—¡Ah, por fin! —canturrea Fabrizio cuando me subo tarde en el autobús a la mañana siguiente—. ¡Nuestra pequeña *conquistadore*!

Orla mueve el portapapeles para que firme.

—Vamos, que no tenemos todo el día.

—Sé amable con mi Theodora —dice Fabrizio—. No es culpa suya. ¡Está enamorada!

—No estoy…

—Siempre me hace muy feliz cuando mis invitados prueban la comida local por su cuenta —dice Fabrizio, y me guiña el ojo con tremendo descaro—. ¡Y cuando llega el amor! Orla, ¿te acuerdas de la chica alemana de hace dos años, la que intentó convencernos de que la dejáramos en Barcelona con el marinero? ¡Ja, ahora están casados!

Recorro el pasillo del autobús y acepto los aplausos de los Calums y las miradas envidiosas, pero no antipáticas, de Dakota y Montana. Al llegar a mi fila, Kit está apoyado en la ventanilla con una camisa de rizo con estampado y unos minúsculos shorts a juego.

Meto la mochila en el compartimento superior, tomo el objeto pequeño que tengo más cerca del bolsillo exterior y se lo tiro.

—¡Ay! —suelta Kit cuando un tarro de pomada le da en el brazo. Se quita los audífonos—. Buenos días.

—¡Buenos días!

Luzco mi mejor sonrisa de comerme el mundo cuando me desplomo a su lado y Orla nos aleja de Burdeos.

—Bueno, ¿qué? —dice Kit con un tono de voz desenfadado e indescifrable—. ¿Qué tal Florian?

—Pues… —Hago una pausa para aumentar el suspenso—. Sorprendente.

—¿En qué sentido?

¿Cómo explicarlo? Puede que Kit y yo sentáramos las bases de una competencia sexual ayer, pero todavía no hemos puesto normas sobre cómo hablar de sexo. Pero ahora solo nos une la amistad, y en la época anterior en la que también era así nos lo contábamos todo.

Lo que ocurrió con Florian fue que volvimos a su departamento para compartir otra botella del *château*. Luego me llevó a su habitación, me enseñó lo que tenía en el primer cajón de la cómoda y me preguntó si quería usarlo con él.

—Me sorprendió lo bien equipado que estaba —digo, pensando en el arnés de cuero flexible que me abrochó alrededor de la cadera, en el frasco de aceite que vertió sobre mis dedos—. O sea, sabía que le interesaría el tema, pero no pensé que tuviera tanta variedad.

Kit abre cada vez más los ojos.

—Te refieres a que te dejó que…

Si alguien sabe de qué hablo, es Kit.

—Era lo único que quería. —Una pequeña y extraña parte de mí casi habría deseado que Kit viera lo bien que encajaba mi mano entre los hoyuelos del coxis de Florian. Kit es el único que podría apreciar de verdad cuánto ha mejorado mi técnica—. Digamos que no tuve que atarlo para que accediera.

La expresión de ávido asombro de Kit da paso a una mueca.

—No me hagas imaginarte atándolo a la cama.

—Lo hizo muy bien —continúo, enarcando mucho las cejas—. El muchacho se adapta de maravilla.

—Deberían prohibirte el sexo por hacer eso. Deberías hacerte monje.

—Dos puntos para mí y uno para ti —concluyo, pasando por alto su desdén con alegría—. Te llevo ventaja.

—Espero que la disfrutes —contesta Kit, y saca la libreta—. Porque no va a durar.

Faltan dos horas para la siguiente parada, San Juan de Luz, un pueblito de pescadores en la costa suroeste de Francia, cerca de la frontera con España, así que decido ponerme al día con mis temas más urgentes.

Uno, la cadena de mails familiares. Dos, un mensaje del encargado del bar de Timo. Tres, un mail de El Sommelier. Cuatro, un mail de La Novia Schnauzer. Cinco, un mensaje de Sloane. Cierro los ojos, respiro hondo y domino la parte de mí que quiere ignorarlos todos.

Decido resolver primero la crisis del encargado del bar, aunque le dije explícitamente a todo el mundo que no me molestara con temas de trabajo mientras me ponía (y usé justo estas palabras) hasta los pezones de brie. No debería ser tan difícil para quien ocupa mi antiguo puesto leer las notas que le dejé, pero supongo que un puñado de post-its azarosos en la trastienda no es tan intuitivo para él como lo era para mí. Le recuerdo que a nuestro proveedor de salsas picantes hay que sobornarlo con tiramisú gratis una vez al mes porque, si no, dejará de hacernos descuento, y que no puede poner a esos dos meseros en el mismo turno porque uno se tiró a la novia del otro.

En la cadena de mensajes de mi familia, papá mandó una actualización kilométrica sobre un plató en Tokio, mamá está buscando locaciones en el Mango de Texas, Sloane se está planteando dejar una cabeza de caballo en la cama de su coprotagonista y Este saldrá con el hijo del embajador para cenar en las Maldivas, adonde irá en un helicóptero privado. Contesto con un breve mensaje sobre París y Burdeos y omito por completo lo relativo a Kit.

Después me concentro en El Sommelier, que me pregunta si me he inscrito en una cata para distribuidores el mes que viene. Los eventos comerciales son importantes para quienes se toman en serio la labor de *sommelier*, pero aborrezco el *networking* y que esperen que tenga un look femenino, y todavía aborrezco más escuchar a hombres con saco y jeans oscuros haciéndose chaquetas mentales hablando del borgoña. Y no puedo renunciar a un fin de semana en el bar ambulante para ir a lambisconear a alguien a Scottsdale. Le digo que me es imposible ir, aunque anticipo la cantaleta que me dirá, que, si de verdad quiero medrar en este negocio, etcétera, etcétera.

A continuación, le toca a La Novia Schnauzer, que espera incorporar por lo menos tres muestras botánicas de su florista, pero no más de cinco, en el menú. Se me están agotando las fuerzas, así que escribo unos cuantos cocteles de forma mecánica y bloqueo el teléfono. Sloane puede esperar hasta que se me haya enfriado un poco el cerebro.

Aprieto la mejilla contra el cristal frío y respiro lentamente, me calmo con la extensión de la campiña francesa que se despliega al otro lado de la ventanilla, los curiosos árboles escuálidos con penachos de hojas que salen de las copas como dientes de león.

A veces, me resulta bochornoso que esto sea el colmo de la productividad para mí, que me haya pasado varios años dejándome la piel para lograr veinte minutos de función ejecutiva y un miedo continuo a que mi vida se desmorone si no respiro como es debido. Pero la mayor parte de los días, siento orgullo al ver hasta dónde he llegado. Hasta los veinticinco, todo fue una sucesión de cagadas de tamaño pequeño-mediano, hasta que decidí tomar al toro por los cuernos.

Y tomé al toro por los cuernos porque no me quedó de otra, porque no me gustaba mi vida ni yo. Pero también lo hice porque cada vez que perdía las llaves o me olvidaba de una promesa, extrañaba a Kit.

Vivir con él era como vivir en el nido de un elfo. Todas las noches, me encontraba el cargador del celular recolocado en la mesita de noche y la botella de agua al lado, rellenada a la temperatura exacta que me gustaba. Las fechas se rodeaban solas con círculos en el calendario. Aparecían flores frescas siempre que se marchitaban las anteriores. Y, por muy descuidada que fuera mi forma de utilizar el lavavajillas, cuando iba a mirar a la parte posterior del cajón de utensilios, las cucharas medidoras siempre estaban en su lugar.

Adoraba y a la vez me daba rabia que fuera tan bueno en las facetas de la vida en las que yo doy pena y, cuando se marchó, dejé que la rabia y el resentimiento ganaran. Convertí el amor en un taladro y me construí una vida cuyo orden pudiera mantener sin ayuda, porque no se puede extrañar algo que ya no se necesita.

Pero de vez en cuando, después de un turno de ocho horas en el restaurante y un evento en el bar hasta la madrugada, me desplomaba al llegar a casa y veía una pila de platos por lavar y pensaba: «Kit me cuidaría mejor de lo que yo me cuido». Y durante un segundo, lo tenía allí. Apartando los platos de cereal, esperándome con un libro, aliviando la tensión de mis hombros a besos, relevándome.

—¿Theo?

El auténtico Kit, el del presente, me observa, con un audífono quitado y el libro bocabajo en el regazo.

—¿Estás bien?

Muevo la cabeza.

—¡Sí! Claro, estaba pensando, nada más. Eh, ¿qué escuchas?

—Eh… —Kit mira el celular—. Te vas a reír.

—Seguro que no.

Pone su típica expresión tierna, como hacía siempre que contemplaba la cima del monte San Jacinto desde el valle.

—Mira, antes del viaje se me ocurrió hacer una lista de compositores que hubieran escrito música en cada una de las paradas del tour. Porque, eh… —Se detiene, buscando las palabras. Esto es nuevo. Antes siempre hablaba con frases largas sin pararse a tomar aire, hasta que transmitía del todo su opinión, pero ahora divaga entre pensamientos—. Quiero experimentar al máximo todos los sitios a los que vayamos. Exprimirlos hasta la última gota. Quiero tocarlos, probarlos, beberlos, comerlos, escalarlos, nadar en ellos. Es posible oír un lugar si te paseas por la calle o te sientas junto al mar y abres la ventana, pero creo que, si quieres «escucharlo» de verdad, está aquí. Es como el pan, que sabe igual que la cocina en la que lo han horneado. O…

—O el vino, que sabe igual que el barril.

Sonríe.

—Sí. Exacto. Así que estoy escuchando a Ravel.

Sin decir ni una palabra más, me pasa el audífono. Me lo coloco y pone la pista desde el principio.

Nunca he visto una película ambientada en San Juan de Luz, pero he visto castillos de arena y casas de muñecas y duraznos blancos maduros, así que se acerca bastante. Los edificios se abrazan por las callejas estrechas, algunos de piedra rosada y otros con cruces de reluciente madera pintada de rojo y contraventanas a juego. El perezoso sol matutino cae de los tejados de color rosa anaranjado hasta el paseo que traza una curva alrededor de una playa con forma de medialuna, que según Fabrizio se llama simplemente la Grande Plage. En la neblinosa distancia azulada, los Pirineos se elevan hacia un cielo infinito.

Empezamos la jornada en el mercado central del pueblo. En términos vinícolas, Les Halles tiene un carácter robusto y variado, con intensos aromas marinos: agua salada, conchas de abulón, piedras mojadas, algas, peces carnosos. Unos toques de cerdo adobado y salchicha ahumada, pan con levadura y corteza crujiente, trébol fresco y geranio y ave del paraíso, salvia silvestre. Otro toque esquivo se cuela en medio, algo jugoso y fuerte, como la citronela o la verbena.

Ese es el aroma que sigo.

Me desplazo entre cajas de quesos y bandejas de brioche humeantes, adelanto a una anciana que pide cordero a un carnicero con bigote, y llego a un colorido puesto de fruta. Me recuerda a mi *frutería*[1] preferida del valle, salvo porque aquí tienen una clase de pera que no me es nada familiar, cosa bastante rara cuando te pasas el tiempo libre probando vinos con chicos que compiten a ver quién nombra la baya silvestre más insospechada. Estas frutas pueden enseñarme algo. Tomo un chabacano y acerco la nariz a su piel.

—*Bonjour!*

Me sobresalto en mitad de la nota que estaba tecleando en el teléfono («*orangé de Provence*: intenso, dulce, ácido») y, al levantar la vista, veo a una vendedora con un delantal.

[1] De aquí en adelante, las expresiones en español en cursiva indican que aparecen así en el original. *(N. de las T.)*

Es bonita del modo en que San Juan de Luz es bonita, fresca y sensual, con la cara morena, fina y relajada. Lleva la melena oscura recogida en un chongo desenfadado en la nuca, y los mechones sueltos parecen crujientes como algas secadas al sol. Sostiene en la mano una pera con motas rojas y verdes y un cuchillo afilado, con una rodaja de pera puesta encima del filo. Hay algo en ella que me hace pensar en una esposa. Quizá no sea mi esposa, pero desde luego, sí parece casada con alguien.

—¿Quieres? —dice La Esposa Frutera.

—*Oui* —respondo, mientras asiento con mucha efusividad—. Guau, sí, gracias.

La carne rosada como un pétalo de la pera se me deshace en la boca como si fuera mantequilla con un beso de canela, y la mujer me mira mientras me chupo el jugo del pulgar. Si hablara mejor francés, aquí es cuando le preguntaría: «¿Estamos a punto de acostarnos?».

Señala un cartel que hay encima de la caja de peras.

DOYENNÉ DU COMICE.

Contratar a una hermosa chica para vender fruta a los clientes es un modelo de negocio excelente, porque, sin darme cuenta, me veo comprando un kilo de cerezas y La Esposa Frutera me dice adiós con la mano.

—¿Preparando el terreno para ganar el tercer punto? —pregunta Kit, quien al parecer lo presenció todo.

Niego con la cabeza.

—Creo que acaban de embaucarme sin que me diera cuenta.

—Comprensible —corrobora Kit, y asiente con la cabeza—. Es un encanto.

—¿Qué compraste tú?

—*Fromage de brebis* —me dice, y me enseña una cuña de queso de oveja envuelta—. El tipo del puesto también está para comérselo, pero no puedo acostarme con más queseros. Prefiero no acabar metido siempre en el mismo agujero. —Abro la boca, pero Kit levanta la mano—. Theo.

—Pues entonces no uses la palabra «agujero».

Suelta su típica carcajada de «vamos, Theo». Se me había olvidado lo mucho que me gusta oírla.

—Hay una pescadera sexi —comenta.

—¿Ah sí? Dime dónde.

Damos vueltas por el mercado, admiramos pastelillos apetitosos y platos de pimientos rellenos, y nos damos codazos para ir comentando lo que vemos. Kit se ríe, yo me río, el ambiente es fresco y desenfadado. Sentimos que nos une la amistad. Mi competencia sexual nos ha dado un objetivo. Tuve una idea genial, no me cabe duda.

Al fondo del mercado, el puesto de la pescadería tiene un olor tan intenso y es tan reluciente como una concha de ostra, y está tan abarrotado como la Grande Plage. Camarones que resplandecen en cubetas de hielo, vieiras con sus conchas color teja, cortes de atún color rubí fuerte, finos pescaditos entre rosados y plateados, lenguados y pescados con rayas. Los clientes ocupan tres filas y varios señalan los calamares.

Detrás del mostrador, una vendedora morena de nariz prominente con un overol pone el pescado encima del tablero, lo envuelve, lo pesa y va atendiendo con voz amistosa pero directa. Un hombre le lanza una pregunta; la joven acompasa su respuesta con los golpes secos del cuchillo de pescadera sobre la tabla de cortar.

—Es ella —dice Kit, aunque no hacía falta.

Cuando la clientela se despeja un poco, la pescadera se limpia las manos y nos mira, se dirige a Kit en francés. Entiendo lo justo de la respuesta de Kit para saber que le está diciendo que no hablo el idioma ni un poco.

—Ah. —La pescadera cambia al inglés con naturalidad, segura, pero con un leve acento que no sé ubicar—. Perdón. ¡No pensé que fueras de Estados Unidos!

—Gracias —digo, de corazón—. Haces muy bien tu trabajo.

—Llevo haciendo esto desde que tenía doce años. Así que confío en que a estas alturas lo haga bien. —Sonríe y deja a la vista un hueco entre los dientes delanteros—. Me dijo que están en un tour gastronómico, ¿no? ¿Qué van a comer en San Juan de Luz?

—Tenemos una reservación para comer en el restaurante de un hotel de la Grande Plage —contesto—. ¿Lo conoces? Tiene una estrella Michelin.

—Ah, Le Brouillarta. —Frunce el ceño con autosuficiencia y da su aprobación, y me da la impresión de que nada que no estuviera a la altura del pescado fresco asado por una abuela del pueblo habría bastado para satisfacerla—. ¿Y adónde irán cuando se vayan de aquí?

Hacemos un repaso de los destinos que nos esperan. Seguiremos la costa y cruzaremos la frontera hasta San Sebastián, luego recorreremos España hasta llegar a Barcelona, volveremos a subir por la costa sur de Francia y rumbo este, hasta llegar a Niza y Mónaco. A partir de ahí, nos quedará un megarruta por Italia: Cinque Terre y Pisa en la costa noroeste, luego Florencia, en el interior, hacia el sur por la Toscana hasta un pueblo de Chianti y, de ahí, a Roma, para seguir bajando hasta Nápoles, donde tomaremos un ferry a Palermo para la última parada. Cuando acabamos con la enumeración, suelta una grosería tan expresiva en francés que Kit se echa a reír, sorprendido.

—¡Qué suerte tienen, cabrones! —dice, y se da una palmada en el estómago por encima del overol de pescadera—. Mi mamá nació en Barcelona. Ya les diré dónde tienen que ir. —A continuación, describe con detalle y una confianza pasmosa la experiencia que sin lugar a dudas vamos a tener en Barcelona, los sitios que no podemos perdernos. El bar ideal para el vermut, la *tapería* donde hacen las mejores papas bravas—. Y luego, si les gusta el dulce… ¿Les gusta el dulce?

—A mí sí —dice Kit.

—Es chef de pastelería en París —añado.

Kit me fulmina con la mirada, pero noto el brillo curioso en sus ojos.

—Y Theo es *sommelier.*

Por fin la impresionamos. Se inclina por encima de una cubeta de anchoas perladas y nos analiza con renovado interés. Luego dice decidida:

—Me caen bien.

No soy fácil de impresionar, pero hay algo en su amable mirada gris y penetrante que hace que me ruborice. Kit me da un codazo.

—¡Hay tan pocos viajeros que respeten la comida y la bebida como se merecen! —continúa—. Ay, pues tienen que ver el puerto, donde compramos el pescado. Puedo enseñárselos cuando cierre el mercado, ¿quieren? Por cierto, me llamo Paloma.

Y así es como salimos de Les Halles con un kilo de cerezas, una cuña de queso e indicaciones para pasar el atardecer con una pescadera sexi llamada Paloma.

—Te lo digo sinceramente: me encanta una carta de restaurante que consiste en una lista de nombres.

Kit y yo nos sentamos frente a frente en Le Brouillarta, y nos embriagamos con la brisa del mar que entra por la ventana abierta mientras repaso la carta. Pastel de bogavante. Bergamota, menta, pepino y cítricos. *Foie gras.* Anguila ahumada, rebozuelos.

—¡Aquí se puede pedir cualquier cosa! Mira el atún: ¡puerro, abeto, caléndula! ¿Eso es un plato? ¿Es un huerto urbano? ¿Es una vela? ¿Significan algo las palabras? Me muero de ganas de averiguarlo.

La sonrisa que asoma a los labios de Kit despierta una llama en mí.

—Dijiste que el vino de ayer sabía a silla de montar usada, ¿verdad? —me pregunta.

—A decir verdad, sabía más a pantalón de cuero de estríper. Pero intenté suavizarlo. ¿Por qué?

—Muy ilustrativo, nada más. —No lo toma en cuenta. Nuestra relación con la comida es similar.

Kit y yo siempre hemos compartido la necesidad de saber dónde nos metemos. Kit da saltos una vez que tiene la confianza de que puede controlar cómo aterrizará. Yo suelo preferir tener los pies en el suelo. Pero con lo que está en el plato —con lo que está en la copa, lo que se funde en el paladar, lo que se entremezcla juguetón en la sartén—, ahí es donde tanto a Kit como a mí nos gusta que nos sorprendan.

Todo empezó con Del Taco.

Teníamos diez años y se me había metido entre ceja y ceja que una inmersión cultural en la comida rápida de Estados Unidos ayudaría a que Kit se integrara. Fue el otoño en que mis hermanas hicieron la primera producción juntas, así que yo cenaba siempre con Kit. Una tarde, cuando su mamá nos preguntó qué se nos antojaba, dije: «Violeta, ¿podemos comer burritos?».

Sinceramente, Del Taco ni siquiera está bueno. Pero observé a Kit desde el asiento de atrás cuando dio el primer mordisco y entró en otra dimensión. Un bocado mediocre de frijoles refritos y se quedó cautivado por el descubrimiento. Tenía que saber qué otras mierdas asombrosas y alocadas había por ahí. Fuimos probando toda clase de papas fritas de todas las cadenas principales de comida rápida, hasta que la mamá de Kit nos dijo que nos estábamos friendo las papilas gustativas con sodio americano y plantó una cazuela de *coq au vin* delante. Entonces me tocó a mí sorprenderme.

Mientras mis hermanas rodaban un drama sobre un divorcio con Willem Dafoe, yo estaba en casa de Kit, descubriendo la cocina francesa. La mamá de Kit era un hada del jardín, una hechicera de la cocina, y todos sus platos eran recetas de la tatarabuela celosamente guardadas. Me presentó las cinco salsas básicas, me dejó caramelizar cebollas en su fogón e hizo lo que todavía considero el ideal platónico de un *boeuf bourguignon*.

Así pues, Kit y yo nos convertimos en glotones de la curiosidad a la par. El cincuenta por ciento de nuestra amistad consistía en sentarnos a la mesa y decir «¡oooh!» y darnos a probar bocados mutuamente. Cuando agotamos todo tipo de cocinas del Coachella Valley, empezamos a recorrer el estado en coche en busca de restaurantes de carretera y festivales de chile y puestos de pescado en la playa. Corríamos toda clase de riesgos, siempre que tuvieran que ver con la comida o la bebida.

Teníamos veintiún años cuando empezamos a fantasear con la idea de montar un restaurante propio, un pequeño bistró con una carta sencilla, de temporada, y cocteles nuevos todas las semanas. Lo llamaríamos Fairflower. Y a partir de entonces, todo lo que probábamos tenía un regusto nuevo y resplandeciente, el sabor de la promesa.

A veces extraño ese sabor. No he vuelto a encontrarlo en ninguna parte.

—¿Te acuerdas del restaurante supersofisticado al que fuimos en Los Ángeles? —le pregunto a Kit—. Sí, al que fuimos para tu cumpleaños...

Me cuido de no mencionar nuestra relación en un momento así, pero eso ocurrió antes, cuando yo todavía sentía lo que pensaba que era un amor no correspondido. Fue cuando Kit cumplió veintidós años y se le antojó probar un restaurante del que habíamos leído. Dios, nos moríamos de ganas de que nos gustara más de lo que nos gustó en realidad.

Observo su cara, a la espera de que aparezca la sombra que vi al mencionar la ruptura ayer, pero Kit está radiante.

—¡Ay, sí, por Dios! El lugar de gastronomía molecular.

—Buah, aquel sí que tenía una carta solo con nombres.

—Bueno, más que una carta, era un poema.

—Todas las raciones eran microscópicas...

—El «mousse de pulpo».

—¿A quién se le ocurre hacer mousse de pulpo? —pregunto, igual que hice cuando nos lo sirvieron aquella noche.

—¡Debería estar prohibido convertir el pulpo en un mousse! —dice Kit, que es lo mismo que dijo en aquella ocasión.

—Nos gastamos trescientos dólares en la cena, y aún nos quedamos con hambre, así que fuimos a...

—Original Tommy's, para comernos unas papas fritas con queso y chile.

—Sí...

Visualizo a Kit y a mí con nuestras mejores galas, comiendo papas fritas con queso y chile junto a la cajuela del coche. Brillo de neón a lo Hollywood, Olivia Newton John en los altavoces del estacionamiento y un inmenso secreto, radiante y aterrador, dentro de mi corazón.

Termino el vasito de agua a temperatura ambiente con la sonrisa todavía en la cara. Kit me acerca su vaso y me lo acabo también.

Después de comer, nos dejan un rato libre por la playa. Kit me mira.

—¿Qué quieres hacer? —pregunta.

Me da mucha rabia haber dejado el traje de baño en el hostal, pero me niego a que eso se interponga entre un lugar como este y yo. Pongo la mano de visera y oteo el horizonte azul, hasta fijarme en las formaciones rocosas que rodean la bahía.

—Quiero ir a ver esas rocas.

Kit asiente.

—Pues entonces, vamos a ver esas rocas.

Le pide indicaciones a un repartidor y nos alejamos de la playa para subir por un camino estrecho y serpenteante oculto entre los árboles. Subimos y subimos la colina hasta llegar a una capilla blanca en lo alto. Desde ahí, lo veo todo, desde las rodillas verdes de las montañas hasta el horizonte, y más allá de una valla de madera destartalada, la hierba cede el paso a unas estribaciones de roca gris que se precipitan hacia el agua.

—Bueno —digo—. Lo que pensaba. Rocas.

Kit se echar a reír y niega con la cabeza.

—Vamos.

Ignora olímpicamente la reja cerrada de la valla y la señal que prohíbe el paso a los visitantes y se cuela por el hueco entre dos postes. Se echa a andar colina abajo.

—¿Qué haces? —grito.

Se da la vuelta y sonríe por encima del hombro, avanza a paso ligero.

—Querías ver las rocas. Voy a llevarte a las rocas.

Eso es lo que siempre nos ha diferenciado. Yo veo una montaña y pienso: «Qué vista tan bonita». Kit ve una montaña y piensa: «¿Se podrá subir?».

Suspiro, me cuelo por la valla y lo sigo.

Lo alcanzo ya en la orilla, donde las rocas se aplanan y forman una repisa azotada por las olas, la neblina centellea en nuestra cara. Kit se coloca los lentes de sol en el pelo y pone las manos en la cintura, encantado con su labor.

Encontró una caleta apartada.

Un largo y estrecho malecón de cemento sale de la costa; tiene la superficie resbaladiza y oscura por la marea. Caminamos por él hasta que podemos ver la Grande Plage en la punta de las rocas, y entonces nos sentamos en el borde. Coloco la bolsa de cerezas entre Kit y yo, y él desenvuelve el queso. Con ayuda de mi navaja y su frasquito de miel, compartimos las dos cosas. Las cerezas están riquísimas, con el punto justo de acidez y un dulzor carnoso; nunca había probado cerezas tan buenas. *Chapeau* para La Esposa Frutera.

No comentamos nada de todo esto. Sucede sin más, como cualquiera de las mil comidas que hemos compartido antes. Hemos retomado nuestro primer idioma compartido.

—Oye, el libro ese que estabas leyendo —le pregunto—… ¿De qué trata?

Kit traga un bocado de queso.

—Trata de una chica inglesa llamada Lucy que se enamora de un hombre que conoce en un viaje a Florencia, pero claro, todo el mundo es muy eduardiano con el tema en la novela, así que ahora está comprometida con otro hombre que es mejor partido, pero un completo imbécil.

—Hombre, qué coraje cuando las chicas se ponen tan eduardianas. —Finjo suspirar y Kit se ríe—. ¿Te parece bueno?

Se apoya con las manos detrás de la espalda y sopesa la pregunta.

—Me gusta leer a E. M. Forster porque siempre es muy gay, aunque esta novela trate de un hombre y una mujer —contesta—. ¿Sabes cuando a veces lees o ves o escuchas algo y hay… no sé, un tono homosexual que resuena? Ni siquiera es algo que los personajes hagan o digan explícitamente, sino que está en la voz, o en cómo se describen las flores o cómo contempla un cuadro determinado personaje, o cómo mira y reacciona ante el mundo. Como cuando Legolas y Gimli entran en Minas Tirith y, al instante, se ponen a criticar el paisaje.

Le doy vueltas a la idea.

—Un poco como lo que me pasa con las pelis de acción antiguas: me gustan porque son inherentemente homoeróticas.

Se le escapa la risa por la nariz.

—Me muero de ganas de saber a qué te refieres con eso.

—Vamos, Kit. ¿Cuántas veces has visto *Punto de quiebre* conmigo? Y ¿cuántas veces vimos *Máxima velocidad*? Son dos de las mejores películas de acción de principios de los noventa y, en el fondo, ambas tratan de Keanu Reeves y su intensa conexión, que llega al alma, con el otro protagonista, ese loco motor de la química que funciona tan bien porque en esencia es sexo. La única diferencia es que en una se trata de Sandra Bullock y en la otra, de Patrick Swayze.

Kit se lleva los dedos a los labios, como si pensara mucho.

—Nunca lo había mirado desde esa perspectiva.

—¡O *El duro*! ¡O *Top Gun*! —continúo con emoción—. Todas las mejores pelis de acción de los ochenta, las pelis más hipermasculinas, con músculos aceitosos y culos apretados que se han hecho no podrían funcionar sin la sensación latente de que todos tienen el pito duro en todo momento. Y eso, uf, ¡eso es supergay, carajo! ¡Dieron un giro maravilloso a lo gay! Y ese es el ingrediente secreto. Hoy en día todo el mundo tiene tanto miedo de hacer sin querer una peli gay que a nadie se le pone duro el pito, y por eso no ha habido un auténtico héroe de acción icónico en los últimos veinte años. —Escupo un hueso de cereza y añado—: Salvo John Wick.

Baja la comisura de los labios y esboza una sonrisa al revés, se nota que está de acuerdo.

—Me encanta cómo cerraste el círculo con Keanu.

—¿Verdad que sí?

—Ahí diste en el clavo.

—No se le agradece lo suficiente lo que ha hecho por la comunidad —comento—. ¿*Matrix*? Género.

—Ajá —musita entretenido, dándome la razón—. Estás diciendo cosas muy interesantes.

De todas las cosas que he extrañado de la época en la que Kit era mi mejor amigo, puede que esta sea la más importante. El eterno «sí, y además…» de nuestras conversaciones, los pensamientos que se entrelazan, todos los detalles azarosos y sin importancia de nuestras vidas que se suceden y caen unos sobre otros como fichas de dominó. Sobre todo aquí, en esta inmensa y burbujeante sopa mutua de sexo y género.

Salimos del clóset con cuatro años de diferencia: el primero fue Kit, algo que no me sorprendió en absoluto. Teniendo en cuenta cómo se movía por el mundo, yo siempre había sospechado que o era *queer* o estaba inmerso en alguna especie de romance espiritual con la esencia cósmica de la Tierra para la que no existían palabras humanas. Entonces debería haber sabido que yo también era bisexual; nos comprendíamos demasiado bien para no ser iguales. Pero solo tenía catorce años y no me vi con fuerzas de conocer esa faceta de mí hasta los dieciocho.

Se puso tan contento cuando se lo conté, me abrazó tan fuerte que el smoothie que me estaba tomando se derramó y nos manchó toda la ropa. Tuvimos que saltar la valla de los departamentos que había detrás del 7-Eleven para lavarnos en la alberca. Era como si nuestro mundo se hiciera el doble de grande, como si por fin pudiéramos hablar de colores que nadie más podía ver.

Hay otro clóset del que todavía no he salido con Kit. Algo que no estaba en condiciones de reconocer hasta hace unos años. Lo miro mientras rasca la pulpa de un hueso de cereza con los dientes. ¿Es el momento adecuado? ¿Nuestra primera vez frente a frente en esta nueva fase de amistad?

—Oye.

Kit se voltea hacia mí; con el sol, tiene los ojos de color whisky de primera.

—Las cerezas —le digo—. Al vuelo.

Hace años teníamos un juego, que inventamos cuando empezamos a fantasear con lo del Fairflower. Me doy cuenta de que lo recuerda, los ojos color whisky le relucen como si hubiera sacado un terrón de azúcar.

—Ay —suspira—. De acuerdo, déjame pensar.

Hago el ruido de la bocina de un concurso de la tele.

—¡Nada de pensar!

—¡De acuerdo, de acuerdo! Voy a preparar un *éclair*. Relleno de cereza y mascarpone, con mermelada de membrillo y cereza encima. Y un glaseado, para que sea más apetitoso.

—Muy bien. —Me acerco las rodillas al pecho—. Pues tomo el membrillo y voy a hacer un jarabe de jengibre y membrillo y, para que tenga un toque clásico, le pondré amargo de Angostura, Four Roses y ralladura de naranja.

—Pues yo tomo el amargo de Angostura y lo añado a un bizcocho de chocolate negro. Ganache de chocolate con cayena y canela.

—Voy a mezclar la cayena con sal y *gochugaru* y lo pondré en el borde de la copa de una margarita con caqui.

—Compota de caqui y avellanas picadas para el relleno de un rollito de canela, con una capa de queso cremoso mezclado con caqui por encima en cuanto lo saque del horno.

—Caraaaaaajo. —Apoyo la frente en las rodillas—. Quiero comerme eso.

—Y yo, no te digo. ¿Gané?

—Creo que sí. No puedo superar eso. Me lo comería enterito.

—Esto, te refieres a… —Se interrumpe con una tos.

—Bueno, sí, me lo como todo —digo—. Y luego te metes conmigo por mis chistes guarros.

—No es culpa mía. —Kit suspira. Inclina la cabeza hacia atrás y deja que la brisa marina le aparte el pelo de la cara ruborizada—. Qué bien se está aquí. No puedo trabajar en estas condiciones.

—La verdad es que sí. —Observo el agua e imagino que puedo ver una estrella de mar envuelta en algas que sube desde el lecho marino, los puntos serpenteantes que son los Calums en unas tablas de surf alquiladas, un banco de delfines, alguien que vuelve nadando a casa para cenar—. ¿Cómo debe ser vivir aquí?

Kit lo piensa.

—Creo que me gustaría vivir junto al mar. Sobre todo aquí, en la Côte d'Argent, donde tienes las montañas y el océano, y también la flora. Casi me recuerda a Santa Bárbara.

No he querido preguntarle. No quería oírlo mentir para no herirme, pero es él quien sacó el tema.

—¿Alguna vez extrañas California?

—Claro —me dice, con los ojos cerrados para que no le dé el sol—. Todo el tiempo.

No sé qué decir, así que no digo nada. Nos sentamos en un silencio agradable durante un rato, él y yo, y las cerezas y el océano, nada más.

—Ojalá hubiera traído traje de baño —dice Kit, tanto para sí mismo como para mí.

Pienso en la charla sobre experimentar los lugares: «nadar en ellos», dijo. Aún oigo la pieza de Ravel que me dejó escuchar, los trinos de las flautas y las cuerdas que entran y salen como la espuma del mar. Si él es capaz de darme eso, yo puedo darle algo a cambio. En eso consiste la amistad, ¿no?

Me pongo de pie y miro las rocas, con la espalda vuelta hacia él.

—Levántate.

Una risa sorprendida sale a borbotones de su garganta.

—¿Qué?

—Levántate y date la vuelta. Mira el horizonte.

Por encima del rumor de las olas, oigo el crujido del papel, el roce del cuero, una cremallera. Kit está poniendo todas sus cosas a salvo antes de hacer la ridiculez que imagina que se me ocurrió. Me alegro de que solo puedan verme las rocas.

—Bueno. ¿Y ahora qué? —me pregunta.

—A la de tres, nos quitamos la ropa.

No veo su cara, pero sé la velocidad exacta a la que acaba de arquear las cejas.

—¿Perdón?

—Yo no te miro y tú no me miras. Nos desnudamos y saltamos al agua lo más rápido posible.

Una pausa. Las olas vuelven a acercarse.

—Y, en concreto, ¿hasta dónde se supone que debo desnudarme?

—Hasta donde tú quieras, supongo.

—¿Cuánto te vas a desnudar tú?

—Me quedaré en ropa interior.

Otra pausa.

—En ropa interior —repite con tono neutro—. De acuerdo.

—¿Preparado?

—Eso espero.

—¡Uno, dos y tres!

Me quito la camisa por la cabeza sin desabrochar, tiro los shorts y salto.

El agua está fría, pero no increíblemente helada, que era como me la esperaba después de pasarme la vida nadando en el Pacífico. Se arremolina a mi alrededor en lisas y fuertes espirales, y me sumerjo tanto tiempo como puedo, hasta que el mar se apodera de mí y me levanta los pies. Pataleo hacia la superficie justo cuando Kit se zambulle.

—¡Dudaste! —grito cuando asoma la cabeza.

—¡No es verdad! —Se aparta el pelo mojado de la cara—. Pero no estaba seguro de si hablabas en serio.

—¿Por qué? ¿Es que no confías en mi espontaneidad? Pues te aviso que últimamente la uso mucho. ¿Conoces la recomendación esa de hacer cada día una cosa que te dé miedo?

—¿Haces eso?

—Bueno, es mi objetivo. De momento hago una cosa por semana.

—Ya veo. Y ¿qué te da miedo esta semana?

«Esto», responde de forma automática una parte de mí. «Tú».

—Los testículos de toro. Pienso comerlos en España.

Meto la cabeza y buceo con brazadas largas, me alejo cinco metros y regreso. Luego salgo por detrás de Kit y le doy un susto.

—¡Ah, está bien! —Se voltea de improviso, y bracea hacia atrás—. Tú ganas, es evidente tu espontaneidad. Siento haber dudado de ti.

Me río y me trago las palabras junto con una bocanada de aire.

—Me alegro mucho de verte nadar —comenta.

Kit estaba en la competencia de natación en la que me lastimé el hombro y también estuvo ahí los años posteriores, cuando yo aborrecía pensar siquiera en aprender a nadar otra vez. También había estado ahí antes, tantos veranos con olor a cloro. Se ha saltado los últimos años de dominadas en barra matutinas para potenciar los músculos y las salidas para conocer la zona en Corona del Mar, pero sabe lo que significa para mí poder estar otra vez en el agua.

—Sí. Es genial.

Seguimos flotando en el mar lo que me parece un siglo, con los hombros desnudos subiendo y bajando con cada ola, hablando sin más. Noto que me ha dado el sol y tengo sal pegada al cuerpo, soy como un tomate seco en un frasco. La vida es absurda y errática y magnífica, y la estoy experimentando al máximo. Me he metido de lleno hasta los pezones. Estoy en San Juan de Luz, en una delirante marea rosada de felices casualidades, y pese a todo, me alegro de que Kit esté conmigo. No se me ocurre nada más feliz ni más fortuito que eso.

Cuando se forma una ola especialmente grande, Kit se retuerce para meterse de cabeza y veo la línea fina y recta de texto negro que lleva en el hombro izquierdo, lo recorre en horizontal entre la base del cuello y la articulación del hombro.

—Eh, ya veo dónde tienes el tercer tatuaje.

Kit baja la barbilla para mirarlo.

—Ah, sí. Me había olvidado de ese.

—¿Qué dice?

—Es una frase de un libro.

—¿Qué libro?

—*El Silmarillion.*

—Ah, claro. —La familia de Kit me introdujo en el mundo de la novela de fantasía y de los festivales renacentistas después de una infancia de arte serio. Sus papás solían decir que habían robado a Kit de Rivendell, porque siempre recordaba a un etéreo niño elfo. Tolkien siempre fue su favorito—. Qué friki. ¿Puedo leerlo?

Se da la vuelta y me acercó más a él, feliz de tener tanta experiencia nadando como para conseguir que nuestra piel desnuda no se roce sin querer.

Las palabras tatuadas son «*surpasse tous les joyaux*».

—Está en francés —digo, con algo de decepción.

Se queda callado mientras el océano le lame el pecho.

—Leí el libro primero en francés —contesta por fin—. Significa «supera todas las joyas».

—Eh, qué genial. —Hace años que no le leo *El Silmarillion* a Kit, pero la frase me suena. Me fascina todavía más el trazo de las letras, la escritura delicada, suave como una pluma. Quien lo hizo apenas debió de traspasarle la piel, pero el negro se ve nítido y limpio—. Me encanta la caligrafía.

Sin pensar, paso la yema del dedo por encima de la tinta. La piel mojada en contacto con la piel mojada. Kit se estremece.

La memoria sensorial irrumpe como una ola indómita. Veo nuestras piernas flacuchas, que habían crecido demasiado rápido y aún no se habían rellenado de carne, pateando a la par contra la marea. Veo a un Kit adolescente saliendo por la orilla de la alberca de mis papás. Recuerdo una llanta ponchada bajo un aguacero en la cuneta de la autopista de la Costa del Pacífico, él quitándose la camisa empapada en el asiento de atrás. Noto mi espalda aplastada contra su pecho en una tina enana y veo su cara, embarrada de mí de la nariz a la barbilla.

Ay, mierda.

Kit se aleja nadando como si intuyera el torrente de pensamientos cachondos que irrumpieron por sorpresa. Por Dios. ¿Por qué no puede manifestarse mi miedo a la espontaneidad como un control de los impulsos? ¿Por qué tengo que tocarlo todo?

—Perdón, fui... —empiezo a decir, pero entonces se da la vuelta—. Ay, Dios mío, Kit, la nariz...

Le sangra la nariz, esta vez por los dos orificios. Se la limpia con el dorso de la mano y se queda mirando la mancha roja que se arremolina en el agua del mar.

—Ah, sí. Me lo imaginaba.

—Carajo, es muy... impactante. Parará, ¿verdad?

—Debería —contesta, e intenta sonreír, como si me pidiera perdón—. Pero creo que pararía antes si salgo del agua.

—Está bien. —Me mira como si esperara algo—. Ah, claro. Ya cierro los ojos. Avísame cuando estés decente.

Presto atención a sus brazadas en el agua y al ruido que hace al subir al malecón. Algo empapado se estampa contra el cemento: la ropa interior con la que acaba de nadar.

—¡Ya estoy decente! —exclama Kit.

Cuando abro los ojos, está de espaldas a mí, subiéndose los shorts por las caderas. Me concentro horrores en no sentir emoción alguna ni fijarme en su silueta contra las colinas dibujadas con acuarela a lo lejos ni en el hecho de que ya no lleve nada debajo de los shorts estampados. Kit siempre ha tenido un cuerpo esbelto y ágil, pero su culo es, como dicen los poetas, supremo. Los poetas, ¿eh?, no yo... Yo no he elegido ningún adjetivo. Nado hasta el malecón y me visto, esforzándome por no mirar.

—Siento haber cortado el rollo —dice Kit con la cabeza inclinada.

—No te preocupes, no había ningún rollo. —Me pongo la camisa, con la cabeza en las nubes—. Salvo, bueno, ya sabes, el rollo de compas. El rollo de la amistad.

—Sí, mi favorita de Wong Kar-wai: *Deseando amar*, pero con la amistad.

—Tony Leung está buenísimo en esa.

—Siempre lo está. —Se voltea hacia mí a la vez que yo, mientras se aprieta la nariz y aspira la sangre. Todavía no se ha puesto la camisa. Miro a todas partes menos a él—. Creo que ya no sale sangre.

—Genial. ¿Qué hacemos ahora?

Kit lo piensa.

—¿Quieres ir a comprar algunas cosas para cuando nos veamos con Paloma?

—¿Qué tipo de cosas?

—Estaba pensando en algo dulce, por si quiere seguir la fiesta.

Pasa los brazos por las mangas de la camisa y entorno los ojos. Por fin pienso con claridad.

—Quieres acostarte con ella.

—A ver, solo me pasó por la cabeza —se defiende— que cabe la posibilidad de que quiera acostarse con alguno de los dos, y creo que el pastel adecuado podría decantar la balanza a mi favor.

—O la botella de vino adecuada.

—Por supuesto —dice evasivo, con una sonrisilla—. Puede ser.

—Pues está bien, vamos. —Vuelvo a calzarme las Birks y también sonrío—. Que gane el más putón.

Estoy esperando junto a la puerta de la panadería, acunando una botella de un excelente tinto y mirando por el cristal del escaparate mientras Kit seduce a todas las personas que hay detrás del mostrador. Sale de la tienda ruborizado y saluda con la mano a las vendedoras, que le lanzan besos al aire. De verdad, es una especie de maravilla del mundo.

—¿Qué compraste?

Abre la caja de cartón blanco y me enseña dos docenas de galletas sencillas, finas y pálidas con unas incisiones en la corteza. Cuando pruebo una, me sorprende que es muy ligera y sabe a almendra.

—*Mouchous* —contesta—. Son los *macarons* vascos. Más esponjosos que los parisinos, ¿verdad?

—Mmm. Y mejores, diría yo.

—El secreto está en la harina de papa. —Cierra la caja—. ¿Y tú?

Le muestro mi botella.

—Un descarado plavina croata. Debería ser fresco y veraniego, un tanto jugoso.

Kit suspira.

—No es justo. Vas hacer tu típico truco y entonces se acabó.

—¿Qué truco?

—El de *sommelier*, cuando bajas la voz y les dices que las uvas saben a flor de saúco porque el viento sopló en dirección sureste en la Provenza el julio pasado, y entonces todo el mundo quiere tener sexo contigo.

Enarco las cejas.

—¿Todo el mundo?

—¡Theo! —grita una voz alegre desde arriba—. ¡Kit!

Alzamos la mirada y nos encontramos a Paloma asomada a la ventana abierta del piso que hay encima de la panadería.

—Estaba a punto de salir para encontrarme con ustedes en el puerto, pero miré por la ventana y ¡vaya! ¡Aquí están! Y veo que fueron a nadar. Bien hecho.

Alguien abre los postigos de la ventana que queda justo encima de Paloma y un anciano con barba se asoma. Nos mira y luego habla con Paloma en un idioma que no se parece en nada ni al español ni al francés.

—¿Qué dice? —le susurro a Kit.

—Creo que habla en euskera.

—¿No es vasca la familia de tu mamá?

—Sí, por parte de su mamá, pero no hablaba el idioma —contesta Kit.

—Es mi tío abuelo Mikel —nos dice Paloma—. Quiere saber si alguno de los dos querría casarse.

—Eh…

Una cara mucho más pequeña, pero igual de curiosa aparece en otra ventana, una chica de unos doce años con una flauta en una mano y una galleta en la otra.

—¿Por qué grita papá Mikel? —chilla la muchacha mirando a Paloma—. ¿Quién vino?

—¡Son unos amigos!

La prima de Paloma nos mira con atención.

—¡Pues no se parecen a ninguno de tus amigos!

—¡Están de visita! ¡Los conocí en el mercado! ¡Deja de chismear o se lo contaré a tu mamá!

—¿Contarme qué? —pregunta una mujer de mediana edad desde la ventana contigua a la del tío abuelo Mikel.

—¡Léa no está tocando la flauta!

—¡Palomaaa!

—¡Léa!

—Ya bajo —nos dice, y cierra los postigos. El único que queda asomado a una ventana es el tío abuelo Mikel, encendiendo un cigarro.

—Carajo, me encanta esta ciudad —le digo a Kit, que niega con la cabeza y no puede contener la risa.

Paloma sale como un rayo por la puerta que hay al lado de la panadería con un overol de manga corta idéntico al que llevaba esta mañana, pero sin entrañas de pescado.

—Perdón por mi familia —nos dice—. Llevamos setenta y cinco años viviendo en este edificio, así que es muy emocionante cuando aparece alguien nuevo.

—En ese caso, supongo que esto no va a impresionarte mucho —dice Kit mientras le muestra la caja de la panadería.

—¡Cómo crees! ¡Son mis favoritos! —exclama Paloma, tocándole el brazo—. Y lo mejor será que los disfrutemos mientras podamos.

—¿Va a pasar algo con la panadería? —le pregunto.

—De momento no, pero la dueña tiene mil años por lo menos, y no tiene hijos a quien heredársela. Creo que el día en que deje de hacer bollos y pan, me muero.

Nos alejamos con Paloma de la *pâtisserie* de futuro incierto y al cabo de poco llegamos al puerto, el aire está cargado de salitre y algas, y huele tanto a pescado que se me humedecen los ojos. Nos mecemos como boyas detrás de ella mientras nos muestra las barcas de pesca rojas y verdes, y se para a charlar un momento con un pescador y a ayudar a un estibador a levantar un saco de hielo del malecón. Parece de ensueño.

Debería empezar a desplegar mis dotes de casanova, pero la presencia de Kit —el aroma del agua salada en su piel, la leve mancha de jugo de cereza en sus labios— me desconcentra.

Paloma tiene familia por todo el sur de Francia y por el norte de España, todos sus parientes están casados con el mar. Sus papás se conocieron en este mismo puerto cuando su mamá trabajaba en el barco de pesca familiar y su papá pescaba para abastecer el puesto del mercado de la familia. Dice que cuando nació, olía a anchoas.

—En total, hablo cinco idiomas —nos cuenta—. El francés y el español son los que más domino. Mi euskera no está mal. Mi catalán es pésimo. En la escuela aprendí inglés, y luego viví en Sídney un tiempo.

—¿En Australia? —pregunta Kit.

—Sí, fui a una escuela de cocina. Pensaba ser chef de un restaurante famoso, pero lo odiaba. Me pasaba el día queriendo volver a casa, hasta que lo hice. Estoy más a gusto aquí. Nadie me dice lo que tengo que hacer.

Por fin, cuando empieza a ponerse el sol, Paloma pregunta:

—¿Tienen planes? Quedé de reunirme con unos amigos en la Plage de Ciboure, por si quieren venir.

Kit y yo nos miramos a los ojos.

«La cena del tour de esta noche es optativa», digo con la mirada. «¿Nos la saltamos?».

«Nos la saltamos».

—Nos encantaría —respondo.

A Paloma se le ilumina la cara.

—*Quelle chance!*

En una caleta recóndita y apartada de la Grande Plage, en la que hay grandes salientes rocosos y una vista del antiguo fuerte en medio del agua, los colegas de Paloma han formado un círculo en la arena. Kit y yo no somos las únicas personas a las que se les ocurrió llevar algo de comer o beber para compartir: en el centro del círculo, han extendido una manta con platos de queso suave y curado, paquetes de papel de estraza con jamón y salchichón, barras de pan, pastelillos redondos de un marrón dorado con los bordes quemados, jarras de limonada y una mezcolanza de botellas a medias.

Paloma nos presenta a sus amistades en rápida sucesión, y conforme los nombra van levantando la copa sobre cojines desgastados, toallas de playa o sillas plegables. Hay un mesero, un instructor de surf, una carnicera, el quesero del mercado, unas cuantas personas que trabajan en hoteles de playa, un cocinero de línea, una librera y un jardinero.

—Ah —dice Paloma—. ¡Y aquí está Juliette!

Una mujer se acerca desde la orilla, con el pelo oscuro empapado y suelto alrededor de los hombros. Lleva unos círculos más oscuros en el vestido, como si se lo hubiera puesto a toda prisa sobre el traje de baño mojado. Lleva una bolsa de malla llena de naranjas al hombro.

La Esposa Frutera. Se llama Juliette.

Me volteo para comentarlo con Kit, pero Paloma y él ya están charlando en francés con el quesero. Tal vez debería instaurar algún sistema de compensación para nuestro torneo, tipo media hora de ventaja si solo una persona habla la lengua materna del objetivo. Kit debería quedarse sentado y calladito y dejar que yo moviera mi ficha antes con alguien que solo habla francés o, al menos, tener desventaja en algo. Como un sombrero feo, por ejemplo.

Pero no pasa nada: tengo delante un buffet libre de los personajes más sexualmente atractivos del sector de la hospitalidad de San Juan de Luz, y Paloma no es el único plato. Me pongo delante del mesero y le ofrezco mi botella de plavina.

—*Salut!* Tienes el vaso vacío. ¿Vino?

Gracias a un golpe de suerte monumental, resulta que es croata, así que habla varias lenguas, y está encantado de ver un vino de su tierra. Llama a uno de los tipos del hotel y a la jardinera, y sirvo a todo el mundo una ronda de tinto color rubí. A cambio, el mesero me ofrece un chorro de un vino blanco local envejecido en barriles sumergidos más allá del rompeolas. Como es natural, se me ocurren un millón de preguntas sobre el tema. Al cabo de poco, me abduce un conglomerado de enófilos que hablan inglés.

Unas linternas de campamento iluminan el círculo mientras pruebo un poco de todo y formulo una pregunta tras otra, el alcohol empieza a hacer efecto y noto la avidez y las ganas de probar todos los sabores. La carnicera me habla de los diecinueve meses de curado que se necesitan para obtener un *jambon du Kintoa*, que sabe ligeramente a castaña porque los cerdos pastan libres por las laderas verdes del Pirineo y comen todo lo que encuentran. El cocinero de línea me pasa una cuña de queso que sabe casi a caramelo. Incluso Kit se me acerca rodeando despacio el círculo en la arena para contarme la historia del *gâteau Basque*, con la costra de mantequilla y el relleno de mermelada de cereza negra.

En realidad, Kit se me acerca más de una vez. Hemos gravitado hacia polos opuestos de la barrera lingüística, pero parece que solo le interesan los quesos y vinos que tengo más cerca. Al principio, sospecho un sabotaje por su parte, hasta que me doy cuenta de que le preocupa cómo estoy. Quiere asegurarse de que me siento a gusto en un lugar desconocido. Me recuerda a la seguridad que me daba antes, cuando nos mirábamos a los ojos en una fiesta y sabíamos que, pasara lo que pasara, volveríamos a casa de la mano.

La quinta vez que viene a verme, después de que alguien haya sacado una bocina para poner a Kylie Minogue y todo el mundo se haya levantado para bailar en la arena, Kit y La Esposa Frutera llegan a mi lado al mismo tiempo.

—Hola, Kit —digo. Y luego, con un interés mucho más marcado—: Hola, Juliette. Me ha encantado conocerte en el mercado.

Juliette sonríe, y mantiene su aspecto de esposa con el pelo recogido y el vestido que se le resbala por el hombro. No miro a Kit, pero percibo que por fin se da cuenta de quién es ella. Le toco el muslo y le clavo una uña en la piel para advertirle que no se le ocurra aguarme la fiesta. Juliette no para de sonreír. La cabeza me da vueltas y aparto la mano.

Saca una naranja de los pliegues de la falda y me la ofrece, diciéndome algo en francés.

—*Oh, merci* —digo al aceptar la naranja—. Yo… perdón, *je ne parle pas français.*

—Ah. —Se le forma una arruga entre las preciosas cejas—. Cero inglés.

Dice otra cosa en francés y Kit se acerca más.

—La guardó para ti —traduce Kit, con la mirada puesta en mí—. Se alegra de verte de nuevo.

—¡Ay! *Moi aussi!* —Después miro a Kit—. ¿Puedes decirle que me encantaron las cerezas?

Kit lo traduce con diligencia.

—Dice, eh…, dice que pensó que te gustarían porque son bonitas, igual que tú.

—¿Ah sí? Dile que a ella le compraría cualquier cosa.

Lo hace y, cuando Juliette responde, traduce:

—Pues entonces deberías volver al mercado mañana.

—Mañana me voy, pero tengo toda la noche.

Kit traduce de nuevo y Juliette responde, pero él no me quita los ojos de encima en ningún momento.

—¿Qué quieres hacer que vaya a ocupar toda la noche? —traduce por fin, y es casi como si lo preguntara por iniciativa propia.

Lo miro fijamente a los ojos.

—Algo que hago muy bien.

Durante un segundo, el rostro de Kit se queda completamente inmóvil. Luego suelta una risa que parece un suspiro.

—¿Sabes una cosa? Creo que ya no me necesitan por aquí —me dice levantando las manos.

Juliette y yo nos reímos, cosa que no necesita traducción. Cuando todo el mundo empieza a recostarse en la arena, me encuentro de costado sobre una toalla con estampado de flores con la cabeza apoyada en el regazo de Juliette. Kit ya volvió al otro lado del círculo con Paloma y hablan en voz baja a la luz de la linterna, mientras comparten los últimos *mouchous.*

El ambiente es tan natural, es como si estuviéramos con nuestra gente. Ahora mismo, nos imagino aquí para siempre. Theo y Kit frente a frente en San Juan de Luz. El sintagma encadenado perfecto. Podríamos vivir en dos departamentos cercanos, en la misma calle que Paloma, y comer queso y fruta del mercado. Yo nadaría en la bahía todas las mañanas y Kit haría excursiones por la montaña los fines de semana para dibujar plantas. Volveríamos a ser uña y mugre. Nada nos separaría en toda la vida.

Me percato de que jamás me había sentido tan a gusto fuera del valle. Me parecía imposible.

Dentro de la cangurera me vibra el teléfono: otro mail de La Novia Schnauzer. Lo ignoro y en lugar de eso abro los mensajes de texto, y conteste el que me mandó Sloane esta mañana.

te acuerdas de todas esas veces que decías que necesitaba salir del valle?, tecleo. pues igual tenías razón...

Al terminar, levanto la mirada justo a tiempo para ver que Kit toma la cara de Paloma entre las manos.

Es una caricia sutil, una tentativa, entrelaza los dedos en el pelo de ella a la altura de la nuca. Le roza la mandíbula con el pulgar. Ella se queda quieta un instante y luego pone la mano en la cara de él.

Kit aparta la mirada de la cara de Paloma y mira la mía.

Es un segundo, pero me doy cuenta. Hay una interrogante en sus ojos. Una necesidad real. Es un trato justo por lo que pasó antes con Juliette. Quiere que yo sea testigo.

Se inclina hacia delante y la besa.

Me zambullo en el agua.

En el momento de suspensión después de la zambullida, estamos por todas partes. Cien mil recuerdos de cien mil caricias dan vueltas como bancos de pececillos iridiscentes. Los labios de Kit contra el puente de mi nariz. Kit acariciándome la mejilla en el pasillo de los detergentes del súper. Un pedazo de pastel en un mal día y el delantal de Kit manchado de crema pastelera, un beso agradecido en la yema de cada uno de sus dedos. Platos compartidos, colchas robadas, la marca de una huella de jugo de fresa en mi barbilla. Mi mano aprisionándole el hombro contra la pared, su boca lívida, mojada y hambrienta. La forma en que me besó sobre la mesa de la cocina la primera mañana en que nos sinceramos.

Me quedo sin aire. Pataleo para salir a la superficie.

Aquí, una vez fuera, Kit continúa besando a Paloma y yo aún tengo la cabeza apoyada en el regazo de Juliette, y vuelve a unirnos la amistad. Solo la amistad, apenas eso.

Me incorporo y acerco la boca de Juliette a la mía.

Besarla es fácil. Tan suave y dulce y sin complicaciones. Apoya la mano en el lateral de mi cuello y me devuelve el beso, le meto la lengua en la boca y noto el sabor a néctar y a pan con mantequilla. Aquí no hay nada escondido, solo pura curiosidad y deseo, no hay memoria sensorial que inunde mi cuerpo ni fantasmas que se me atasquen en la garganta, y ¿verdad que es agradable? ¿Es esto lo que ha sentido Kit? ¿Me estará observando igual que yo lo he observado a él?

Abro los ojos para comprobarlo, pero el lugar que ocupaba Kit en la arena está vacío. Cuando miro por la playa, no los encuentro, ni a Paloma ni a él por ninguna parte.

Rompo el beso y trato de recordar cómo se dice en francés «¿Dónde carajo se fueron?».

—*Où*... —Mierda, solo sé el presente—. *Où est*... —Espera, eso está en singular—. *Où sont Kit et Paloma?*

Juliette echa un vistazo rápido al grupo por cubrir el expediente y se encoge de hombros. El vestido se le desliza todavía más por el hombro.

—*Je ne sais pas* —responde, y vuelve a besarme.

La beso durante cuatro segundos, cinco.

—Perdón, es que... ¿crees que se lo llevó a casa?

Juliette busca mi boca.

—*Je ne sais pas.*

Cierro los ojos, intentando concentrarme en la sensación de su aliento en mi piel, pero...

—¿Sabes si a ella le gusta Kit? O sea, ¿si le gusta de verdad?

Esta vez se aparta y se sienta hacia atrás con un suspiro. Me contempla por debajo de sus largas pestañas con una expresión que es dulce y casi triste, casi amable, con un regusto amargo al final. Reaparece la arruga entre sus cejas.

Llama al mesero, quien se acerca y se agacha para besarle la mejilla y escuchar lo que Juliette le dice en francés. Él me mira con la misma expresión extraña.

—Quiere que sepas que no tienes por qué hacer esto si amas a otra persona.

El latigazo de esas palabras es como un esguince de tobillo.

—¿Qué? Pero yo... —Los miro y noto que se me va formando una carcajada en el pecho—. Eh, no... No es lo que piensan. Kit es mi amigo.

Juliette y el mesero se miran a los ojos.

—Dice que eres preciosa, pero que no le gusta ser el segundo plato de nadie.

Trato de rebatirlo, pero es inútil. Sea lo que sea lo que Juliette vio entre Kit y yo, sea lo que sea lo que irrumpió en mi mente cuando lo vi besando a Paloma, sea lo que sea lo que se desencadenó cuando mi piel tocó la suya en el agua... Juliette decidió que es amor. No importa lo mucho que yo insista en que no.

Me da un beso en el dorso de la mano y me sonríe con pena. El mesero me pasa una botella.

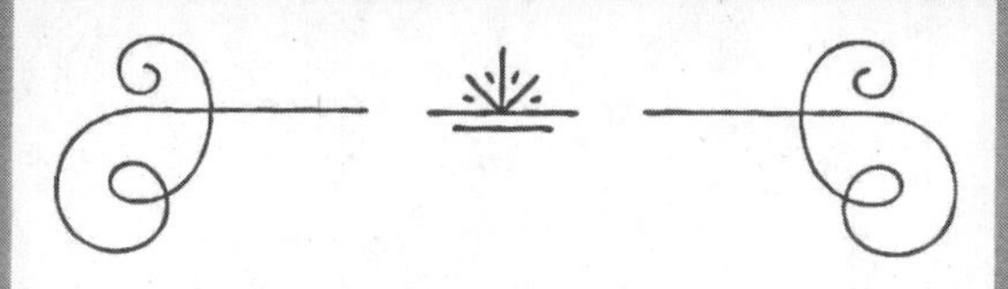

SAN SEBASTIÁN

COMBINA CON:

Txakoli escanciado desde varios centímetros por encima del vaso, tortilla de papas

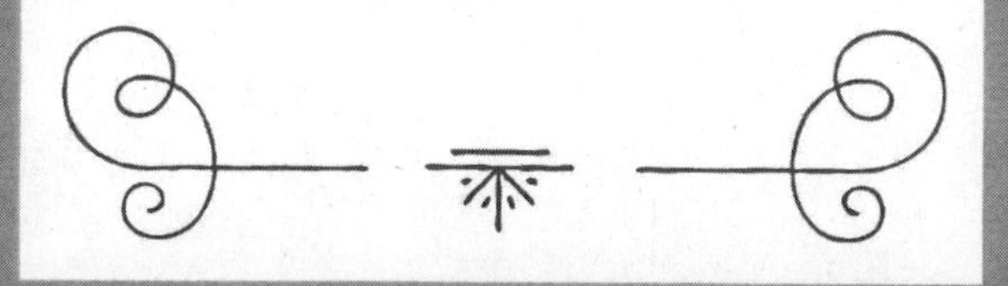

La versión corta es que siento un enojo monumental hacia Kit.

La versión larga es que nos fuimos de *pintxos* por la espléndida y hoy soleada San Sebastián, y todo está riquísimo y saladito y empapado en aceite de oliva, todo bien montadito en lo alto de la más exquisita de las rebanadas de pan crujiente, y Kit parece contento y yo siento un enojo monumental.

He leído cinco veces el capítulo sobre San Sebastián de *Comer, viajar, descubrir*, así que sé exactamente lo que dijo Bourdain de este lugar. Dejó escrito que tal vez sea el mejor destino culinario de Europa, y que se imaginaba viviendo una vida perfecta aquí. Lo entiendo, porque lo percibo en cada rincón de esta ciudad, en cada azulejo de barro cocido y en cada piedra verde de textura difusa, en cada ladrillo de cada arco ojival, en el aroma a azafrán, clavo y pimiento en cada bar de *pintxos*, donde no cabe ni un alfiler.

Llegamos el último día de la Semana Grande, las fiestas de verano de la ciudad, y las calles están tan llenas de vida que es una puta locura. Los artistas callejeros hacen malabares sobre unos cartones de leche mientras manejan las marionetas con las manos, los cocineros fríen bolas de masa en sartenes en las carpas instaladas en las aceras y unos animales de cabeza gigante persiguen a las cuadrillas de niños que corretean por la plaza, gritando sin parar. El caos es incandescente, abrumador y visceral, inherente al carácter de la propia fiesta, algo así como la tortura del submarino pero con cava.

Y aun así, siento un enojo monumental hacia Kit.

No quiero estar así. Quiero sentirme como ayer. Quiero estar aquí, en la pequeña península de la Parte Vieja de San Sebastián, en un bar poco iluminado con jamones colgando del techo, sorbiendo almejas con mantequilla y disfrutando de la compañía de mi amigo Kit.

—Ay, Dios, Theo... —exclama Kit, pasándome una banderilla de aceitunas verdes, piparras y anchoas sobre una rebanada de pan—. Tienes que probar esto.

Fabrizio aparece a nuestro lado de un humor aún mejor que de costumbre, o sea, espectacular. Me sorprende que siga con la camisa puesta.

—¡La gilda! ¡Excelente elección! Es el primer *pintxo* vasco de la historia. ¿Conocen la película *Gilda*?

—¿Con Rita Hayworth? —pregunto.

—¡Sí! Esta tapa se llama así por ella, porque el sabor es como ella en la película: verde, salado y picante.

Acabamos compartiendo una pequeña mesa con la pareja de jubilados suecos con los que Kit entabló amistad el primer día. De la cocina sale un plato tras otro de *pintxos*: tortilla de papas, croquetas de setas, *foie* aterciopelado y anchoas espolvoreadas con hierbas sobre pan cubierto de huevos de pato. Son tantos que Fabrizio interviene solícito para ayudar a los meseros. Kit se sienta de lado en su silla y se ríe de todo, el cuerpo relajado con la inconfundible satisfacción de quien acaba de coger.

Todo es tan fácil para él... Abandonarme por una flamante vida nueva, besar a pescaderas sexis y dejar que mis propios sentimientos me bloqueen hasta el punto de joderme cualquier posibilidad de coger. Incluso cuando éramos pareja, ya veía salir de él ramificaciones en espiral de todo su potencial, desplegando sus zarcillos en pos de emparrados más altos, en campos más grandes de vides. Él consigue todo lo que siempre ha soñado y yo me quedo donde siempre he estado, un paso por detrás.

Sería un alivio tan grande para mí crearle algún problema..., por pequeño que fuera.

Fabrizio deja un plato de croquetas y dedica un cumplido a Birgitte por la blusa, y cuando se marcha, Birgitte dice:

—*Den där* Fabrizio es como un cuadro que tenemos en el Nationalmuseum de Estocolmo.

—¿Cuál? —pregunta Kit.

—Creo que ya sé cual —dice su marido con lentes, Lars. Con el aire de jovial picardía de un hombre capaz de llevar un sombrero de paja para estar por casa, Lars busca algo en su teléfono y se lo enseña a su mujer.

—*Ja!* ¡Es él!

Nos muestra el cuadro de una bacanal de gente que parece estar cachondísima titulado *La juventud de Baco,* con un grupo de juerguistas sin ropa, núbiles y borrachísimos de vino en un bosque, bailando o preparándose para tener una orgía.

—Ah, pues sí. Definitivamente, lo veo —dice Kit. Hace zoom sobre la figura central, un hombre musculoso de piel bronceada con un niño que sostiene un pandero sobre los hombros y con una piel de leopardo que a duras penas le tapa el pito—. Especialmente su… hum… su…

Señala los surcos del músculo abdominal próximo a las caderas de la figura y bebe un sorbo de vino, confiándome a mí la tarea de encontrar el término adecuado. ¿Surco ilíaco? ¿La V abdominal? ¿Cinturón de Adonis?

—Canaletas del semen —digo.

Kit se atraganta.

—¿*Kanaletasdelsëmen*? —pregunta Birgitte—. ¿Qué es esa palabra, «*kanaletasdelsëmen*»?

Doy una palmada a Kit entre los hombros, esbozando una sonrisa inocente.

—Kit, ¿quieres explicárselo?

Kit me lanza una mirada medio asesina, medio de absoluta delicia. Mi sonrisa se ensancha más aún.

—Es como se llama vulgarmente en Estados Unidos a los músculos abdominales inferiores.

—¡Ah! —exclama Lars—. ¡Nosotros lo llamamos *bäckenspåret*! ¿En Estados Unidos debería decir *kanaletasdelsëmen*?

—No, no, no —responde Kit, alarmado—, es lenguaje vulgar.

—¿Ah, sí? —pregunta Birgitte. Se inclina hacia delante con un brillo especial en los ojos—. ¿Y qué significa?

Kit me mira pidiéndome ayuda. Abro la aplicación de traducción del celular y pulso el botón del micrófono hasta que se oye la señal para hablar.

—Canaletas del semen —pronuncio lo bastante fuerte como para que me oigan las mesas de al lado—. No hay resultados.

—No te preocupes, que no nos escandalizamos —dice Lars—. Por favor, explícanos.

Kit toma aire.

—A ver, una canaleta es una cañería que conduce el agua de lluvia de los tejados. Entonces, durante el sexo, cuando alguien con pene eyacula en la parte inferior del abdomen de su pareja y...

—Aaah, ya veo —interrumpe Lars con entusiasmo. Le dice algo a su mujer en sueco y ella asiente con la cabeza.

—¡Canaletas del semen! ¡Tres palabras!

Pese a todos mis esfuerzos, parece que esto hace que Lars y Birgitte nos hayan agarrado cariño para siempre. Nos hacen tantas preguntas que casi espero recibir una tarjeta de Navidad de Suecia las próximas fiestas.

—Y ustedes dos —dice Lars, señalándonos—, son...

—Amigos —contesto.

—Viejos amigos —añade Kit.

—¡Muy bien! ¿Y cómo se conocieron?

Kit y yo intercambiamos una mirada, confiando en no ser quien tenga que contestar.

—Coincidimos en la primaria —digo.

Kit sopesa esta respuesta, empujando una aceituna por el plato. No me va a dejar salir de esta tan fácilmente, no después de lo de las canaletas del semen.

—Allí fue donde nos conocimos —dice—, pero no cómo nos conocimos.

Recuerdo el día que Kit apareció en la escuela. Estábamos en segundo año, y él era un mutante escuálido que intentaba explicar a un grupo de chicos californianos llamados Josh y Taylor cómo se pronunciaba su nombre, su verdadero nombre francés, no el que usa normalmente. Era diferente de los demás. Tenía unos ojos grandes y soñadores y un acento suave que nadie había oído nunca, y se pasaba los recreos leyendo libros subido a los árboles.

Yo también era diferente, cero femenina, siempre con pantalones cortos tipo cargo e insistiendo muchísimo para que me dejaran jugar a cosas de chicos. Un día encontré a Kit en una escalera, acorralado por dos de los niños que no querían jugar conmigo e intentando con todas sus fuerzas no llorar. Tal vez si ya hubiera estado llorando habría ido a buscar a un profe y ya, pero es que estaba mordiéndose el labio, aguantándose las lágrimas. Esos imbéciles no se merecían tal satisfacción.

Cuando aquella tarde me llamaron a la oficina del director por empezar una pelea, él estaba allí, esperando a su mamá. Ella lo llamó con un nombre distinto del de la lista de clase, un apodo que usaban en la familia. Kit. Le pregunté si yo también podía llamarlo así y, cuando me dijo que sí, yo le pedí que me llamara Theo.

A los suecos les encanta esta historia.

A su vez, nos recompensan con la historia de cómo se conocieron en una estación de esquí en los Alpes, donde estaban celebrando sus respectivos divorcios. Después de pasar tres noches hablando de arte junto a la chimenea del hotel, se dieron cuenta de que ya se habían conocido antes, en una ruta de senderismo en Croacia, cuando eran veinteañeros. Se casaron al cabo de unos meses y llevan ya quince años siendo inseparables.

—Cuando nos encontramos por primera vez, yo era un idiota —dice Lars—. Orgulloso, un bestia, siempre una mujer trás otra.

—¡Y yo estaba casada! —Birgitte añade—. Era el momento equivocado, pero él era el hombre adecuado.

Lars entrelaza la mano con la de Birgitte.

—Aún me pregunto cómo sería la vida si le hubiera pedido que se escapara conmigo aquel día en Jezero Kozjak. —Nos mira con una expresión intensa—. Escuchen a un viejo. Cuiden muy bien del amor del bueno cuando lo encuentren.

Kit me mira con un leve destello en los ojos, como si aún pudiéramos ser aquel par de peques de California.

El Sommelier me contó una vez cómo llegó a amar el vino. «Todo el mundo tiene esa botella especial», me dijo. La suya era un vino tinto que estuvo en la ventana de la cocina de su mamá durante veintisiete años, hasta que un día buscó la cosecha en la etiqueta desteñida por el sol y descubrió que podría haber valido cuarenta mil dólares si la hubieran conservado en el lugar apropiado. En vez de eso, era un adorno en una ventana, un objeto precioso que se echó a perder porque a nadie se le ocurrió dedicarle los cuidados necesarios.

Lo cierto es que, a pesar de todo, yo quiero dedicarle los cuidados necesarios a lo nuestro. Nunca ha habido otra persona que pudiera ocupar el lugar de Kit, y sé que nunca la habrá. He estado todo este tiempo viviendo alrededor de ese hueco, sin mirarlo nunca, sintiendo siempre la corriente de aire frío que deja pasar a través de él. Y, sin embargo, el día de ayer fue muy cálido.

Quiero apostar por nuestra amistad, no porque eso vaya a facilitar el viaje, sino simplemente porque quiero. Pero no puedo hacerlo así. Si voy a hacerlo bien, hay cosas que tengo que decir.

San Sebastián está dominada por la verde elevación del Monte Igueldo, en cuya cima hay un pequeño parque de atracciones. Entre la multitud de turistas que han acudido a la Semana Grande, siento mi primer momento de gratitud por nuestro faro para orientarnos en forma de marioneta penetrada por detrás de Pinocho. Al menos así, cuando tengamos que volver a reunirnos con el resto del grupo dentro de una hora, solo tendré que mirar hacia arriba.

Antes de que alguien arranque a Kit de mi lado, lo agarro por la correa de su mochila cruzada y señalo un cartel que anuncia un paseo en barca para niños con vistas únicas y espectaculares.

—¿Quieres ser mi cocapitán?

—Sí —dice sonriendo—. Sí, está bien, vamos.

Al llegar al comienzo de la fila de la atracción, un operario adolescente nos hace señas para que nos subamos a una barca en miniatura y nos empuja por el prolongado y sinuoso canal. El agua verdosa nos arrastra hacia delante, a solas, Kit en el asiento delantero y yo en el trasero.

En la primera curva importante, los árboles que flanquean el canal dan paso al aire libre y la vista se extiende en una pantalla panorámica. Es tan espectacular como prometía: el agua relumbrante adentrándose kilómetros y kilómetros en el horizonte del Atlántico; la emblemática bahía con la forma que le da nombre, el de La Concha; los pequeños triángulos blancos de los veleros, los islotes verdes que sobresalen del agua, las exuberantes montañas que arropan la ciudad y se difuminan en lejanas sombras de color azul grisáceo.

La barca dobla otra esquina y se desliza en el interior de una cueva pedregosa, y entonces, como para despertarnos de un sueño, choca con la barquita de enfrente.

El río está abarrotado, con un tráfico incesante de barcas formando una fila hasta donde me alcanza la vista, todas llenas a más no poder de turistas confundidos y niños gruñones. Otra barca choca con la nuestra y, cuando me volteo a mirar, veo a Stig saludándome con la mano a modo de disculpa.

—Eh, amistad —digo.

—*Hallå* —responde Stig. Su barca parece peligrosamente baja respecto al nivel del agua.

—Creo que nos quedamos atorados —dice Kit.

Esperamos en silencio, salvo por el ruido del agua y la conversación de los turistas portugueses de la barca de al lado. Stig canturrea para sí mientras yo estudio el interior de la cueva.

Parece decorada para gustar a los niños de finales de la década de los noventa, pero de forma que la decoración no tiene pies ni cabeza. En los recovecos de la cueva, alguien colocó figurillas recortadas de madera comprimida de un surtido aleatorio de personajes de Disney, como Peter Pan, Quasimodo o Hércules flexionando los bíceps, todos con una pinta muy sospechosa de no formar parte de la marca registrada. Entre ellos hay algunas sirenas en *topless*, una cigüeña disecada y un cocodrilo de yeso con unos ojos rojos brillantes.

—Interesante decoración —comento, observando un maniquí vestido de pirata y un esqueleto inquietantemente fuera de lugar.

—Parece una especie de mezcla entre Disneylandia y el túnel de las pesadillas de Willy Wonka —responde Kit.

—Es como subirse al juego de «It's a Small World», pero bien puesto con ayahuasca.

Kit se ríe, y yo pienso: «A la mierda». No hay un lugar ideal para tener esta conversación, así que, ya que estamos aquí, por qué no tenerla en una dimensión embrujada donde abundan los pezones de sirena.

Tomo aire y digo:

—Kit.

Se voltea en su asiento para mirarme de frente, como esperando que le suelte otro chiste de los míos. Detecto el instante en que percibe la expresión seria en mi cara y la siguiente fracción de segundo, cuando calcula que rara vez tengo la cara seria.

—Ay. —Se acomoda un mechón de pelo por detrás de la oreja—. ¿Vamos a…?

Pues sí.

—Sé que dije que no quería hablar de lo que pasó —empiezo—. Y, sinceramente, no le veo el sentido a retomar lo que dijimos en el avión, ni lo de París, porque yo no he cambiado de opinión, y es evidente que tú tampoco. —Hago una pausa. No me contradice—. Pero tengo que hablar de lo que vino después, si queremos conservar nuestra amistad.

Kit asimila mis palabras.

—Está bien —dice, asintiendo con aire pensativo—. Lo que vino después. ¿A qué te refieres? ¿A Heathrow?

Se me enciende la cara. Ya empiezo a sentir la irritación por puro reflejo.

—Sí, Kit —digo, haciendo un esfuerzo por seguir hablando con tono educado—, por raro que parezca, me gustaría saber por qué me abandonaste en un aeropuerto internacional con la cola entre las patas.

Sigue una pausa.

—Theo, volviste a Estados Unidos sin mí.

—No habría vuelto sin ti si hubieras aparecido.

—¿Se puede saber de qué estás…? —Kit se pellizca el puente de la nariz, como si estuviera concentrándose muchísimo para pensar—. Espera un momento. ¿Qué crees que pasó aquel día?

—¿Que qué creo que pasó? Sé lo que pasó.

—Yo también lo creía —dice despacio—, pero ahora no estoy tan seguro.

Vuelvo a inhalar profundo y recito la secuencia de acontecimientos, a pesar de que preferiría hacer cualquier otra cosa, la que fuera.

—Nos peleamos —digo—. Dijimos un montón de cosas que no podemos retirar. Para cuando pasamos el control de pasaportes, yo ya ni siquiera quería seguir adelante con el tour y me dijiste que tú tampoco. Yo dije que quería irme a casa y tú dijiste que tú también. Y luego dijiste que necesitabas espacio para pensar y te largaste.

—Y luego volví —responde Kit.

Abro la boca automáticamente, pero lo que fuera que iba a decir desaparece en el aire húmedo de la cueva.

Durante cuatro años, mi vida ha girado en torno al simple hecho de que él se largó. Se dio media vuelta y ya no volvió. Esa era la respuesta de una sola frase que daba cada vez que alguien me preguntaba, la pura verdad.

—¿Volviste?

—Volví —repite—, y tú te habías ido.

—Eso fue… —Niego con la cabeza—. Eso fue porque ya había comprado los boletos de regreso a casa y tenía que ir a documentar nuestra maleta.

Ahora Kit me está mirando de hito en hito, igual que yo lo estoy mirando a él.

—¿Los boletos? —exclama—. ¿Me compraste uno a mí?

—Claro que sí, Kit. Hice el *check in* para ti y para mí, te envié el boleto por el celular y te esperé en la puerta de embarque hasta la última llamada, pero no te presentaste.

Kit cierra los ojos y dice:

—Theo, me enviaste tu boleto.

—¿Qué? No, no es verdad. —Recuerdo claramente cómo me temblaban los dedos mientras hacía el *check in online* de nuestra reservación combinada, sacaba los dos pases de abordar y le enviaba una captura de pantalla del suyo.

—Sí, me enviaste tu pase de abordar.

—No, no lo hice, me acuerdo perfectamente.

Kit saca el celular y va pasando los mensajes de nuestra conversación. A diferencia de mí, él no la ha borrado, así que puede ir desplazándose directamente desde el mensaje que le envié en París hasta nuestro último intercambio. Veo por el rabillo del ojo un mensaje suyo que no me llegó a enviar, mensaje que desaparece de la pantalla demasiado rápido como para leerlo, antes de que pulse en la imagen de encima. El pase de abordar que le envié, sacado directamente de la aplicación de British Airways.

En la parte superior, donde debería figurar el nombre de Kit, aparece el mío.

Lo miro muy fijamente. Lo leo tres veces antes de dar crédito a lo que veo. De todas las putas meteduras de pata estúpidas e inoportunas, propias de una cabeza de chorlito, esta es la última que pensé que sería capaz de llegar a cometer, y quizá la más importante de toda mi vida adulta. Me entran unas leves ganas de vomitar.

—Está bien, bueno, es evidente que me equivoqué de pase de abordar —insisto, apartando el teléfono—. Tendrías que haberlo sabido.

—Lo que sabía —dice Kit con voz tensa— era que parecía que ya no querías estar conmigo, así que me fui a llorar a un baño muy muy húmedo del aeropuerto y, cuando salí, tú ya habías pasado el control de seguridad y me habías enviado un mensaje que significaba claramente, al menos a mis ojos, que regresabas a casa sin mí. —Se lleva la mano a la sien, como si se estuviera estresando con el recuerdo—. Creí que era tu forma de terminar conmigo.

—No... No puedo creer que tú... —Niego con la cabeza—. Kit, ¿te parece que yo sería capaz de hacer una cosa así?

—Sinceramente, sí.

Ufff...

Pienso en todas las mentiras que dije para no tener que vernos en Oklahoma City. La expresión de su cara cuando le dije que me había ido de Santa Bárbara. El ruido de sus tazas de café cuando las tiré dentro de una caja. Lo rápido que me fui de aquel bar de París.

—Bueno, pues no lo hice —le digo a la cigüeña disecada mirando por encima del hombro de Kit para no tener que verlo a los ojos—. ¿Por qué no me lo preguntaste? Habíamos acordado que volvíamos a casa.

—No lo tenía tan claro.

—Yo sí. Y creí que... —Todo este tiempo he tenido la certeza absoluta—. Creí que tú tenías tu boleto y decidiste no subir al avión, y ya. Creí que me habías dejado.

—Y yo creí que tú me habías dejado a mí —dice él.

Cuento hasta tres mentalmente y me recompongo.

—De acuerdo, bueno —digo—. ¿Y qué hay de lo demás? ¿Por qué tuve que enterarme de que te ibas a vivir a París por un encargado de Timo?

Kit pestañea, sorprendido ante todo un nuevo hilo de confusión.

—¿Fue así como te enteraste?

—Estaba en el trabajo cuando llamaste para decir que dejabas el trabajo.

—No, era el turno del almuerzo del martes —dice—. Llamé justo entonces porque tú nunca trabajabas los martes a mediodía.

—Había doblado turnos.

—Mierda. —Suspira—. No lo sabía. Quiero decir, ya me imaginaba que te habías enterado de alguna manera...

—Sí, eso era obvio.

—Theo, quería decírtelo —responde, con el lado más amable de la aflicción—. De verdad. Cuando te fuiste, no sabía qué hacer. Cada vez que pensaba en tener que verte y decirte adiós, en tener que… entrar en nuestro departamento y desligar nuestras vidas… me veía incapaz de hacerlo. Tomé el tren a París y fui al departamento. Debí de redactar y hacer trizas cien cartas hasta que conseguí escribir una decente.

Me mira a los ojos con una sinceridad casi maniaca, como si fuera a morirse si no le creyera.

—Y entonces —continúa—, el día que iba a enviarla, Cora llamó para decirme que habías empacado mis cosas. Y cuando intenté enviarte un mensaje me di cuenta de que me habías bloqueado y pensé: «Se acabó. Theo terminó conmigo». Tardé demasiado y perdí la oportunidad de convencerte y hacerte cambiar de opinión. Y después de lo que dijiste en el avión, creí que debía respetar tus deseos. Que debía dejarte ir; aprender a vivir con ello. Así que eso fue lo que hice.

Al llegar ahí se calla, dejando que yo recoja las piezas y haga con ellas lo que quiera, cuando no tengo ni maldita idea de dónde colocar esa pieza que ni siquiera sabía que me faltaba. Esta puta complicación inesperada. La idea de que había sobrevivido al hecho de perderlo con una rabia que ni siquiera me había ganado.

Todo el asunto, mi historia en la que Kit desempeña el papel de traidor… no tiene ningún sentido con dos corazones rotos.

Cuando recobro la voz, pregunto:

—¿Y la renta?

—¿Qué?

—Pagábamos la renta entre los dos. Tuve que cubrir tu mitad cuando te fuiste.

Se pasa una mano por la cara.

—Sloane dijo que te ayudaría.

Me viene un recuerdo a la cabeza: Sloane, sacándome a cenar justo después de la ruptura, sugiriendo con delicadeza, durante el postre, que podía ayudarme con las facturas hasta que se me acabara el contrato de arrendamiento. Debería haberlo sabido.

—¿Tú le pediste a Sloane que me ayudara económicamente?

Levanta las manos antes de que pueda continuar. Al parecer, eso es lo único por lo que no piensa dejar que me enoje.

—Le envié un mensaje a tu hermana —dice con frialdad—, quien también era amiga mía, que te quiere y que es, literalmente, multimillonaria, preguntándole si estaría dispuesta a ayudarte.

—No lo puedo creer...

—Theo —interrumpe—. Si te hubiera enviado dinero, ¿lo habrías aceptado?

Por primera vez, me planteo cómo me habría sentado que Kit me enviara un cheque después de romperme el corazón.

—No.

—Exacto —dice Kit—. Creí que Sloane tendría más posibilidades, pero ya veo que me equivocaba.

No digo nada. Poco a poco, las barquitas empiezan a ponerse en movimiento, una a una. Alguien debe de haber desatascado el río.

—De acuerdo —digo al fin. Kit tiene la mirada fija en la sirena de madera comprimida, con las cejas arqueadas en un rictus entre arrepentido y pesaroso. Levanta la barbilla para prestarme atención. Me aprieto las rodillas con las dos manos—. De acuerdo, así que yo te dejé, pero solo porque creí que me habías dejado tú. Y tú me dejaste a mí, pero solo porque creías que yo te había dejado a ti.

Unas ondas de luz se reflejan deslizándose en el agua y en el rostro de Kit, captando la suave curva de su sonrisa.

—*C'est à peu près ça.* —Esa me la sé: siempre la decía de pequeño. Ha vuelto a retomar la frase desde París. «Sí, eso es, más o menos».

Lo único que puedo hacer es reír.

—Vaya puta serie de absurdas desdichas.

Kit también se ríe y, por fin, empezamos a avanzar sobre el agua.

—Entonces, ¿conservaremos nuestra amistad? —pregunta Kit. Ni siquiera está enojado. No está enojado conmigo por nada de esto.

Nuestra barca va saliendo poco a poco de la cueva para dirigirse hacia el sol. Inhalo una bocanada e intento responder con aire resuelto y decidido, pero la verdad es que ahora las cosas parecen estar menos resueltas y decididas que nunca.

—Sí —afirmo—. Sí, eso creo.

Más tarde, en la playa, nos tropezamos con Fabrizio.

Lleva unas cuantas copas encima, una costra de sal marina y arena que le llega hasta las rodillas y el pecho desnudo recubierto con una escarcha de sudor como si fuera la parte externa de un vaso de *spritz*. Cuando me besa en la cara, la piel le huele a *chinotto*. Nos alegramos mucho de verlo. Nuestro aperitivo humano.

—¿Sabes de un buen lugar para ver los fuegos artificiales esta noche? —le pregunta Kit.

Fabrizio sonríe y me atrae hacia su lado derecho y a Kit hacia el izquierdo.

—Quédense conmigo, *amori miei*. Se los mostraré.

Una multitud espesa y lenta nos arrastra desde la playa como moscas a la miel, a través de una plaza llena de atracciones de feria hasta llegar a un antro un poco escondido. Kit y Fabrizio arrasan el mostrador de *pintxos* y yo pido un vino que no he probado nunca, un *txakoli* de color pajizo que el mesero escancia desde encima de su cabeza en el centro exacto de mi copa sin mirar siquiera. En nuestra mesa en la terraza, les describo a Kit y Fabrizio la forma de servir el vino del mesero, cómo el escanciado desde cierta altura acentúa las diminutas y delicadas burbujas del vino. Kit se inclina tanto para escuchar que por poco le tira mi copa encima del regazo a Fabrizio.

Seguimos de fiesta, riéndonos, mientras se esconde el sol. Kit se reclina en su silla para escuchar a Fabrizio, con una mano enterrada en el pelo para apartárselo de la cara. Se me hace agua la boca por el ácido del vino y las tres raciones de gildas, ácidas también.

Cuando terminamos, Fabrizio nos lleva a uno de los hoteles más bonitos de la playa, con agujas, arcos y adornos góticos en la fachada, donde conoce a un conserje que nos deja subir a la azotea. Espero a que estallen los primeros fuegos artificiales sobre la bahía, a que Kit fije la mirada en el cielo, para permitirme mirarlo como he deseado hacerlo desde que estábamos en el Monte Igueldo.

Cuando lo hago, veo a Kit. No un recuerdo que se pueda doblar, encoger o recortar en forma de copos de nieve de papel, sino una persona completa, de carne y hueso. Veo luces destellar sobre un rostro junto al que me despertaba cada mañana y unos hombros sobre los que dormía cuando me sobrevenía el cansancio después de cada nuevo estirón. Ahí, ahora, bajo una lluvia de chispas, se parece a la persona que me habría extrañado, la que no se habría ido nunca de mi lado.

La verdad es que nunca dejé de querer a esa persona. Solo dejé de creer que existía.

Levanto el vaso, me santiguo y grito:

—¡Por las mujeres de piernas bien torneadas!

Fabrizio sonríe perplejo mientras Kit y yo nos bebemos nuestras sidras de un sorbo.

—Brindis estadounidenses, muy extraños.

—Es una frase de *Tiburón* —dice Kit mientras deja su vaso vacío en la mesa. Unas burbujas ofendidas siguen flotando en mi sidra. Nunca he entendido cómo un príncipe elfo como Kit puede aguantar el alcohol mejor que yo—. La película favorita de Theo.

—¡Ah! ¡También es una de mis películas estadounidenses favoritas! —dice Fabrizio—. ¿Han visto la versión italiana?

Dejo el vaso yo también y me trago un eructo.

—*L'ultimo squalo*, 1981. Un puto clásico.

Pasamos a hacer un apasionado repaso de los mejores momentos de la película, desde las extensas secuencias de *windsurf* hasta la escena en la que el alcalde intenta atrapar al tiburón colgando un filete de carne desde un helicóptero. Kit se ríe tanto que casi se le salen las lágrimas.

Estamos en una discoteca tan cerca de la playa que me parece oír el oleaje por encima del bajo de fondo, alrededor de una de las mesas diminutas que rodean la pista de baile. Fabrizio nos trajo aquí a bailar, pero en vez de eso nos sentamos bajo las luces estroboscópicas y escuchamos cómo aprendió inglés mientras estudiaba Historia italiana en Roma.

—Tengo diecinueve años entonces, y vivo con mi *zio* Giorgio, ¿sí? —dice—. Y es invierno, y tengo un poco de... ¿cómo se dice... cuando las nubes te ponen triste?

—Depresión estacional —sugiere Kit.

—¡Depresión estacional! Así que estoy metido en casa todo el tiempo, y lo único que Zio Giorgio tiene para ver son cintas de video de una vieja serie estadounidense. *Hawái 5.0.* Así es como aprendí inglés, gracias al jefe de policía McGarrett: «¡Arréstalo!».

Nos consigue otra ronda de sidra de manzana turbia y nos habla de su búsqueda del verano eterno, de cómo aprendió portugués y algo de maorí para poder organizar viajes a Brasil y Nueva Zelanda cuando es invierno en el hemisferio norte. Nos cuenta que estuvo a punto de ser futbolista profesional, pero que le aburrían demasiado los entrenamientos, que siempre soñó con ganarse la vida viajando, aun cuando sus hermanos trabajaban en el restaurante familiar.

—Me identifico con esa parte —le cuento—. Mi familia también tiene una especie de negocio, pero yo nunca quise tomar parte en él.

—Sí, lo sé —dice Fabrizio.

—¿Lo sabes?

—Tu papá es el director de cine, ¿no? —dice Fabrizio—. He visto muchas de sus películas. Es muy bueno.

—¿Lo has sabido todo este tiempo?

—Pues claro —responde Fabrizio, mientras agita con aire desdeñoso una mano en constante movimiento—. Flowerday no es un apellido común.

Se me escapa una carcajada incrédula, y Kit sonríe, con los dientes resplandecientes.

—Pero tengo que preguntártelo —dice Fabrizio, inclinándose para no tener que gritar, con los pómulos encendidos. Dios, es una locura lo bueno que está—. Ustedes dos se conocen, pero no llegaron juntos a Londres. ¿Por qué fue así?

Las copas se me están subiendo a la cabeza. Kit me mira y digo lo primero que me sale por la boca.

—Antes salíamos en plan pareja. —Se me hace cómico e imperdonablemente pequeño llamarlo así, pero llevo al menos dos sidras de más como para dar una explicación mejor. Sigo mirando a Kit, no a Fabrizio. Tiene la mirada vidriosa. Puede que las copas también le estén afectando a él—. La verdad es que hacía años que no nos veíamos.

—¿Y no planearon esto?

—Fue una sorpresa total —dice Kit.

—*Che bello!* —entona Fabrizio, relajándose en su taburete—. ¡Mi tour los ha reunido de nuevo! ¿Qué les parece? ¿Cómo se sienten?

—Hemos tenido altibajos —digo—, pero ha estado bien poder recuperar nuestra amistad.

Kit se presiona un nudillo contra los labios y no dice nada.

—En todos los años que llevo organizando este viaje —dice Fabrizio, con la mano en el corazón—, he visto muchas clases de amor. Familia, amigos, recién casados… Nuevo amor, demasiado pronto para tantos días juntos… Estos corazones se rompen siempre antes de la Toscana. Parejas que llevan juntas cincuenta años. Incluso algunas que encuentran al amor de su vida en mi tour. Pero nunca había visto a dos personas que en otro tiempo estuvieron enamoradas haciendo las paces. Es una cosa maravillosa. Estoy muy feliz de que estén aquí.

Miro a Kit, cuya expresión sigue siendo impenetrable.

—Creo que Kit y yo también nos alegramos de estar aquí.

—Sí —conviene él. Sonríe—. Así es.

—Díganme, ¿qué es lo que más les sorprende del otro ahora? —nos pregunta Fabrizio—. ¿Qué es lo que más les ha impresionado?

Me tomo rápidamente un largo trago de sidra para que Kit tenga que responder primero. Percibo el peso de su mirada recorriéndome la línea de la mandíbula, mi húmedo labio inferior.

—Yo diría… —empieza a decir Kit sin dirigirse a Fabrizio, sino a mí—. Que tu seguridad. La forma en que te desenvuelves. Pareces más… dueña de ti misma.

Mi corazón hace una cosa horrible por detrás de mis costillas, pero las palabras me ensanchan los hombros y me siento capaz de dominarlo todo con más fuerza. Kit me sostiene la mirada. Yo sostengo la suya.

—¡Vaya! —exclamo—. Yo iba a decir lo mismo de ti.

Noto el roce de una rodilla, no sé de quién.

—*Meraviglioso!* —dice Fabrizio, dando un manotazo en la mesa tan fuerte que los dos damos un brinco en el asiento—. Pedimos otra, ¿no?

Desaparece antes de que podamos responder, disolviéndose en la muralla de cuerpos que bailan entre nuestra mesa y la barra.

—Carajo... —digo, después de conseguir recuperar el aliento—. No me gusta nada que se vaya, pero me encanta mirarlo cuando se va.

Kit se ríe.

—Realmente está bueno, ¿verdad?

—Sí —coincido—. ¿Quién crees que le gusta más, tú o yo?

—¿Es en serio? ¿Lo vas a incluir de nuevo en el menú?

—Ay, inocente... Nunca lo excluí de él —contesto—. Podría hacerle pasar un buen rato.

Kit arquea las cejas.

—¿Qué pasa? ¿Por qué pones esa cara de escéptico?

Se encoge de hombros.

—No, por nada. No estoy seguro de que sean compatibles, eso es todo.

—No estoy hablando de casarme con él.

—Ni yo tampoco.

Doy un golpe ligeramente pegajoso con el vaso para agitar los posos de la sidra.

—¿Quieres decir que no somos sexualmente compatibles? ¿Qué eres, el Consejero de los que Cogen?

—Conozco a gente como él, y no sé si a ti te gustan esas ondas —explica Kit, deslizando la yema del dedo corazón por el borde de su vaso—. Eso es todo.

—¿De qué ondas me hablas? ¿Quiere meterse los dedos de mis pies en la boca o algo así?

—Quiere «hacer el amor», en plan encender un montón de velas, recostarse en una alfombra marroquí y pasarse horas haciendo masajes por todo el cuerpo con aceite antes de empezar. Creo que tú no tienes paciencia para eso.

—Te sorprendería lo paciente que me he vuelto —le digo. La yema del dedo de Kit se resbala del borde del vaso y deja una mancha en el costado—. ¿Y si estás equivocado, eh? ¿Y si resulta que le gusta hacerlo un poco más duro?

—Pues sería más duro con él.

—A ti no te gusta hacerlo duro.

—Eso no es verdad.

—¿Cuándo has cogido duro con alguien?

Los ojos de Kit se clavan en los míos.

—Contigo.

Une mesere pasa con una bandeja de shots. Una mujer de la mesa de al lado se ríe, de repente y en voz alta. Algo agrio y caliente se desliza por mi interior y empieza a acumularse en forma de charco.

—Bueno, pero eso fue como tres veces. Contadas. Y a petición expresa.

—A lo mejor he estado practicando.

¿Dónde se habrá metido Fabrizio con esas copas?

—¿Así que eso es lo que harás si quiere que te pongas en modo duro con él? —pregunto—. ¿Darle un par de azotes y hacerle unos cruasanes en el horno por la mañana para que sepa que no era tu intención?

—A ti te gustaron esos cruasanes —dice Kit, con la comisura de su boca curvándose hacia arriba—. ¿Y si quiere que te pongas en plan sensual con él? ¿Le harás el Especial Flowerday? ¿Le darás una cinta con canciones y le meterás la mano en los pantalones en la tercera canción?

—Esperaría hasta la pista número doce.

—Vaya, pues sí que te has vuelto una persona paciente, sí. ¿Empezaste a meditar o qué?

—Simplemente he aprendido lo gratificante que puede ser tomarme mi tiempo —digo—. Se llama tener capacidad de adaptación.

—Adaptación —repite Kit, acercándose más—. Sí, claro.

—De hecho, si quieres algún consejo, no tienes más que decírmelo. —Lo miro de frente—. Será un placer ayudarte.

—Si alguna vez necesito consejo sobre cómo usar la saliva como lubricante, ya sé a quién pedírselo.

—Y yo te llamaré la próxima vez que quiera, no sé, coger con poetas.

—Bah, los poetas son fáciles —dice Kit, con su aliento cálido contra mi mejilla, impregnado de manzana y especias—. Solo quieren que les den un buen meneo.

—Parece que has estado cogiéndote a muchos poetas últimamente, Kit.

—Ya te lo dije, he estado practicando.

—Todavía me cuesta creerlo.

—Tengo referencias.

—Y yo tengo mis dudas.

—Dame una hora y te lo demuestro.

—Con una hora no hay ni para empezar.

El contacto visual me resulta abrumador, así que me fijo en sus labios. Al separarlos, revela una lengua rosada recortada sobre unos dientes blancos y, por un momento tórrido y asfixiante, en toda España solo existe esa boca, la promesa con sabor a terciopelo, lo que se sentiría irrumpiendo ahí dentro.

Y, en ese momento, se me viene encima como un meteorito, me golpea y me aplasta: lo deseo. Aún lo deseo.

De pronto, jalo el taburete hacia atrás y me pongo de pie de un salto en el mismo momento en que lo hace Kit.

—Tiene que haber alguien en este club que quiera cogerme —le digo.

Kit mira hacia otro lado, con los ojos desorbitados.

—Seguro que tienes razón.

Nos separamos, sin molestarnos en luchar contra la multitud que nos impide llegar hasta Fabrizio. En su lugar, encuentro a alguien con la espalda apoyada en la pared del fondo y con una cerveza en la mano. Le hablo en un español rudimentario y, a la primera señal de interés, le pregunto si quiere irse conmigo de allí. Cuando me contesta que sí, me volteo para declarar mi victoria, esperando a medias que Kit esté ahí para verlo.

No está lejos, pero no me está esperando. Está saliendo de la discoteca con un grupo de gente local supersexi y de distintos géneros, con el brazo sobre el hombro de una mujer, dejándose arrastrar al fondo de la noche. Lo dejé solo apenas diez minutos y ya se las arregló para que lo inviten a una especie de fiesta española de sexo y poliamor.

Me mira a los ojos y sonríe, con los dedos enredados en el pelo de alguien desconocido.

—¡Eso sigue contando solo como uno! —grito, pero ya se ha ido.

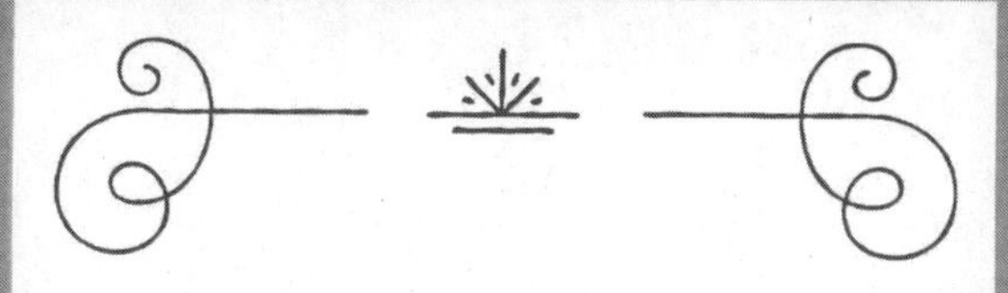

BARCELONA

COMBINA CON:

Vermut con hielo y una rodajita de naranja, turrón de yema tostada

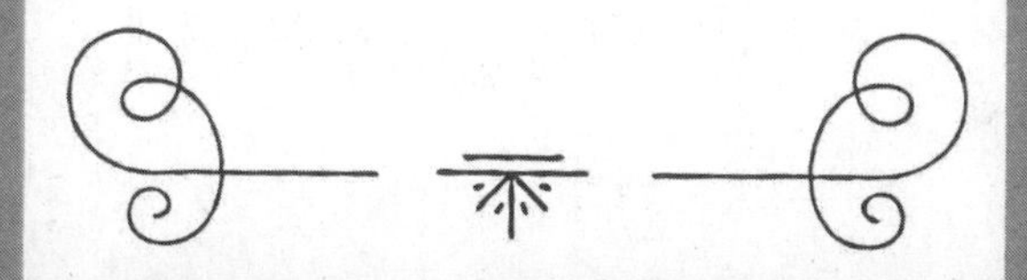

Le doy la vuelta al bombón en la boca con la lengua.

Es de chocolate negro y sabor intenso, casi especiado. El calor húmedo de mi boca lo funde hasta llegar al caramelo y a la crema con notas de cítricos del relleno. Me concentro en cómo me recubre la superficie de la lengua, en su contundencia, en el regusto a frutos secos.

Una gota de sudor me recorre la espina dorsal hasta alcanzarme la raya del culo, interrumpiendo así mis últimos vestigios de concentración.

Estamos en los soportales en forma de arco de una chocolatería de La Rambla, el amplio y concurrido paseo arbolado que conecta el corazón de la ciudad de Barcelona con el mar Mediterráneo. Aquí todos los edificios son una singular mezcla de lo nuevo y lo viejo, piezas incongruentes de una longeva ciudad milenaria que sigue adaptándose a los tiempos de sus habitantes. Una iglesia del siglo XVI frente a un local donde sirven waffles con forma de pito, un McDonald's encajado entre figuras de santos. Un perro jadea en un callejón de las inmediaciones, hurtándole la sombra al gran mercado de La Boquería. En los puestos, las ancianas venden flores frescas y vasos de plástico con trozos de fruta cortada, los jóvenes pasan a toda velocidad en scooters eléctricos y el sol abrasa todos los adoquines y los ladrillos, sin excepción.

La mágica y vibrante Barcelona nos ha recibido con una ola de calor. Estamos a treinta y seis grados centígrados, lo que para mí no significa nada del otro mundo pero que hizo que Kit exclamara: «¡Por

Dios!» cuando vio la temperatura en el celular. Llevo con una pegajosa capa de sudor encima desde que salí del hostal.

—Barcelona —dice nuestra guía local especialista en chocolate, una catalana delgada con el pelo teñido de rojo anaranjado— es la primera ciudad de Europa donde se fabricó chocolate de manera industrial.

Esta es la primera parada de la tarde de nuestra ruta temática sobre el chocolate: una confitería construida en el interior de una histórica tienda de pasta, con mosaicos de jade y oro brillando en la fachada. En el interior, unas repisas de madera y unas vitrinas de cristal con bombones revisten la pared del fondo, y el alargado mostrador contiene elaboradas tartas de queso del tamaño de la palma de mi mano. Nuestra guía nos ha repartido cajas de bombones para que los probemos y yo elegí un bombón en forma de piedra preciosa y relleno de crema catalana.

Mientras la guía nos explica en qué se diferencia la crema catalana de la *crème brûlée,* busco mi celular en el bolsillo y... no encuentro nada.

—Mierda —susurro. Teníamos una hora de siesta entre la llegada a la ciudad y esta excursión, y pensé que estaba siendo muy responsable cuando decidí enchufar el teléfono para cargarlo—. Mierda.

Kit me da un codazo, arqueando una ceja con aire inquisitivo.

—Dejé el celular en el hostal. —Me paso la mano por la frente sudorosa, cosa que no sirve de mucho, ya que también tengo la mano sudada—. Quería tomar notas... Fabrizio dijo que el tour consta de diez paradas, no me voy a acordar de todo.

No debería sorprenderme, no después de las últimas veinte horas. Mi ligue del bar no logró hacer que me viniera, y luego tuve que pasar seis horas en un autobús junto a Kit, recién llegado de la orgía playera que debía de haberse dado. Puede que haya creado una situación insostenible. La sangre no me está irrigando demasiado bien el cerebro.

Kit saca la libreta de bolsillo y la pluma.

—Yo tomo notas por ti.

Me quedo mirándolo fijamente.

—¿Quieres que te dicte?

—Sí, me gustaría vivir de primera mano tu proceso de *sommelier*. Dime qué quieres que escriba; que sabe al espíritu de un semental salvaje o lo que sea.

Sé que, si yo quisiera, me dejaría tomar la pluma y hacerlo yo, pero es que esta es la clase de cosas que a Kit le gusta hacer por sus amistades. Pone esa sonrisilla suya de satisfacción cada vez que soluciona el problema de alguien, y quiero ver cómo se le dibuja en la boca.

Su boca. Anoche, en el club. Manzana y especias. «Lo deseo».

—Sobre todo, asegúrate de apuntar el relleno —digo, con la determinación de ahogar el recuerdo en chocolate—. Y se perciben notas de pimienta negra, ¿puedes poner eso?

El recorrido nos lleva a través de La Rambla y se adentra en el Barrio Gótico, la parte más antigua de la ciudad, donde los mosaicos de girasoles y las florituras hechas en piedra irrumpen del interior de las tiendas entre expositores de imanes de souvenirs. Las calles son tan estrechas que los balcones de los pisos a ambos lados no pueden estar a más de un par de metros de distancia, con banderas, prendas de ropa y zarcillos de plantas verdes suspendidas de sus barandales de hierro forjado como un pueblo colgante, una delgada franja de cielo azul solo visible al levantar la vista directamente hacia arriba.

Entramos en una primorosa tienda especializada en turrones, donde probamos la versión blanda recubierta de yema de huevo quemada y cremosos mazapanes con rayas de calabaza confitada. Comemos churros bañados en chocolate y rodajas de naranja sanguina recubiertas de chocolate, con cáscara y todo. En la chocolatería más antigua de la ciudad, un joven y apuesto chocolatero nos obsequia bombones de cava hechos con el molino bicentenario de la tienda. Son tan increíbles que no puedo más que observar con muda felicidad cómo Kit despliega todos sus encantos para conseguir dos más solo para él y para mí.

Para cuando llegamos a las ruinas de la muralla romana de la ciudad, la mitad del grupo ya está empezando a descontrolarse por culpa del calor y el azúcar. Stig mira con aire indiferente mientras Montana desliza con los dedos un trocito de chocolate entre los labios de Dakota. Uno de los Calums entona canciones de amor españolas. Birgitte y Lars quizá quieran una habitación, aunque no sé si necesitan una siesta o un rapidín.

Kit se queda cerca de mí para que pueda describirle los sabores y las texturas al oído, deslizando su pluma sobre la página, y su presencia es tan sofocante como la humedad. Todo es abrumador. El aire espeso, la intensidad que se derrite en mi lengua, el calor que irradian los cuerpos que nos rodean, los remolinos de pelo húmedo en las sienes de Kit cuando se lo recoge para apartárselo del cuello. Empiezo a arrastrar las palabras, cada vez más confusas, y Kit me acerca los labios a la oreja para pedirme que repita lo que acabo de decir, lo cual hace que me maree aún más. Mi cuerpo quiere hundirse en su voz como quien se abandona en un sueño febril.

La ruta del chocolate desemboca directamente en un tour de tapas cerca del agua, esta vez liderado por Fabrizio, cuyos ojos ya están oscuros y vidriosos antes de la primera ronda de bebidas. En algún lugar de una acera decorada con flores de almendro, me encuentro brevemente en la órbita de Montana, viéndola observar a Dakota y a los Calums, un poco más adelante.

—¿Sabes una cosa curiosa? —pregunta con aire pensativo—. Pues que a veces miras a un hombre y es como: «Ay, sí… eso». Y luego miras a una mujer y es como: «¡Ah! Huy, sí… eso, eso».

Asiento con la cabeza, sabiendo bastante bien lo que quiere decir. En mi caso, es más bien que me gustan los distintos géneros desde distintas partes de mí. Como si me volteara para mirar a la luz desde un ángulo distinto cada vez.

Kit me ilumina por completo. Hoy, estoy captando toda esa luz. Tanto es así que casi me estoy asando.

Pasamos de las trastiendas a los sótanos en una especie de nebulosa: crujientes papas bravas en salsa café rojiza, trozos de cazón frito, morcilla, queso manchego con mermelada de higos, montañas de paella, un millón de variedades de jamón… Calum el Rubio me pasa mi primer vaso de vermut, de color café oscuro con hielo, como si fuera Coca-Cola. El sabor es casi demasiado intenso y fragante para describírselo a Kit, una embriagadora mezcla de mejorana, cilantro, salvia y un centenar de cosas más. Pido otro inmediatamente.

De pronto, pienso en la guía de Paloma sobre Barcelona, pero la verdad es que no me acuerdo de nada. Solo recuerdo el pulgar de Kit en el filo de su mandíbula. La veo arrastrando a Kit a su dormitorio aquella noche después de la playa, saboreando la sal que nuestro baño le dejó en la piel, tapándole la boca para que no despertara a su familia. Casi estoy oyendo su gemido ahogado como si estuviera escuchando a Kit desde la habitación contigua y…

Mierda.

No estoy escuchándolo. La puerta está cerrada. «El sendero está cerrado», pienso, en tal estado de delirio que una de las referencias tolkianas de Kit aflora en mi cabeza.

Porque estoy delirando, está clarísimo. La saturación desenfocada de la decadencia. No soy solo yo quien está perdiendo la cabeza: el ambiente en nuestra última parada, un restaurante centenario llamado El Sortidor, es palpablemente erótico. El crepúsculo se filtra por los vitrales, resaltando los mejores rasgos de todos los presentes. ¿Han sido siempre los Calums tan toscamente guapos? ¿Me había fijado alguna vez en lo bien que le quedan a Montana los vestidos de tirantes? Fabrizio podría ser Apolo mientras nos hace una demostración práctica de cómo preparar el *pa amb tomàquet*, frotando ajo y un tomate cortado por la mitad sobre pan untado con aceite. Observo a Kit mover los dedos, siempre tan habilidoso siguiendo instrucciones, aplicando presión hasta que el tomate queda reducido a simple jugo y pulpa.

Mientras miro fijamente un trozo de papa para controlarme, Kit acurruca la cara en un lado de mi cuello.

—¿Crees —dice en voz baja— que los Calums se han explorado el cuerpo mutuamente alguna vez?

Eso también es un comentario insoportablemente caliente, incluso como broma. Al otro extremo de la mesa, los Calums están absortos en una conversación tan intensa que por poco hablan comiéndose la boca el uno al otro.

Me río, trago una bocanada de aire húmedo y me volteo hacia Kit. Lleva la camisa con las flores bordadas de nuestra segunda noche en París, haciéndome evocar la imagen de él apoyado sobre mí en la cama del fondo de aquel bar. Aún noto su aliento refrescándome el sudor de la nuca.

Mantengo la voz firme mientras digo:

—Todas las mejores amistades llegan a ese punto tarde o temprano.

No tengo fuerzas para ligar esta noche. He comido demasiado y el día ha sido demasiado largo. Tengo una sobredosis de Barcelona. Es como estar demasiado cansado para dormir. Demasiado caliente para coger.

En vez de eso, vuelvo a mi habitación y, al desbloquear el teléfono, me encuentro catorce correos electrónicos y seis llamadas perdidas de La Novia Schnauzer. Sus tazas tiki con forma de schnauzer personalizadas se cayeron de una barcaza de transporte.

Deslizo el dedo por los mensajes mientras me lavo el pelo, con un brazo fuera de la regadera para que no se me moje el celular. Mi habitación individual es tan estrecha que estoy chorreando y dejando la mesita de noche empapada de agua desde el baño *en suite.* Tanteo la sopa que es ahora mismo mi cerebro en busca de algo coherente que decir.

Recibo un mensaje de texto de Kit.

Funciona el aire acondicionado de la habitación?

Frunzo el ceño.

sí, por?

Mmm. segunda pregunta: ¿qué tan bien hablas español?

—¿Qué pasa? —pregunto cuando Kit contesta a mi llamada.

—No funciona el aire acondicionado —dice Kit. Lo oigo subirse a la cama, resoplar y hacer crujir las sábanas.

—Vaya, qué mierda.

—No puedo decir que me sorprenda —dice—. La verdad es que me sorprende aún más que tuvieran aire acondicionado.

—¿Tan mal está?

—Bueno, la habitación tiene como unos cinco metros cuadrados y ha estado dándole el sol las últimas ocho horas; así que no es… ideal, que digamos. —Más ruidos, como si estuviera dando golpecitos al aparato de aire acondicionado—. Abrí una ventana, pero no ayuda mucho.

—¿Qué vas a hacer?

—¿Ver si tienen más habitaciones? Por eso te pregunté por tu nivel de español.

Hablo español bastante mejor que francés gracias a los cuatro años de clases en la preparatoria y a vivir toda una vida en el sur de California, pero ni siquiera yo puedo ayudarle: hace un rato oí al chico de la recepción decir a un par de mochileros que el hostal estaba lleno esta noche.

La única alternativa es tan mala idea que ni siquiera debería planteármela. Antes de que Kit me enviara el mensaje, pensaba deslizarme con el cuerpo recién bañado debajo de la fresquísima sábana encimera y masturbarme hasta que se disipara la niebla de la calentura. No sé cómo voy a sobrevivir sin aliviarme de alguna manera, pero lo cierto es que me siento mal por él.

—¿Quieres dormir en mi habitación? —le ofrezco antes de pensarlo dos veces.

—En tu… Ah. —Cesan los crujidos al otro extremo del teléfono—. ¿De verdad? ¿En serio?

No.

—Sí, vamos, a la mierda.

—Eso es muy… Gracias, Theo —dice—. Bajaré en cinco minutos.

Cuelga el teléfono y me quedo de pie en la caja de cerillos que tengo por habitación, mirando fijamente el cristal negro de la pantalla del teléfono.

—Está bien —digo en voz alta—. Está bien. No pasa nada.

Tiro el celular a la cama y la rodeo, me pongo unos pants y la primera camiseta que encuentro, me seco el pelo con una toalla, guardo los tubos de bálsamo labial y la pomada en mi neceser y meto la ropa en la mochila para que Kit crea que ya no voy por ahí dejando la ropa sucia por todas partes. Para cuando llama a la puerta, mi habitación parece la de una persona adulta de verdad.

Abro y veo a Kit con una camiseta arrugada y unos pants de algodón. Tiene el pelo medio mojado. Huele a lavanda y al mismo jabón que usaba en nuestra regadera.

—Hola —dice, sonriendo con aire de disculpa.

—Hola.

—Gracias, otra vez. Espero que esto no sea demasiado incómodo.

—No, claro que no —digo, aunque es un poco como si la cabeza se me estuviera separando de los hombros para irse flotando por ahí. Me aparto para dejarlo pasar—. Tenemos una amistad, ¿no es así?

—Sí, claro.

—Así que no te preocupes, no es nada. —Me encojo de hombros—. Es como una piyamada. Tú y yo hemos ido a montones de esas.

—Sí. —No me mira, ocupado en quitarse los zapatos—. Claro, claro.

De repente, me parece que la habitación es demasiado pequeña y que hace demasiado calor por culpa del vapor de la regadera. Me acerco a la ventana y la abro.

—No sé si se está mucho mejor que en tu habitación, la verdad.

—Sí se está mejor, créeme. —Se dirige al baño, con su kit de afeitado en la mano—. ¿Te importa si…?

—No, tranqui, haz lo que quieras.

—Genial, gracias. —Se acerca al lavabo, hace una pausa y se voltea—. Ah, antes se me olvidó darte esto.

Mete la mano en el bolsillo de los pantalones y me da su libretita.

—Quédatela.

—No hace falta que… puedo copiar las páginas o tomar fotos.

—Theo, llevo otras doce libretas como esta en la maleta. No pasa nada.

Sigo con los dedos las rayas azules de la cubierta de papel café del cuaderno, con la inscripción en letra clara y delicada de «calepino». Me lo imagino eligiéndolo en una papelería de París, metiéndose un paquete entero de libretas en la mochila, con la cara radiante de ilusión. Las primeras páginas son bocetos sueltos de faroles y perros callejeros, luego siguen las notas de la primera chocolatería. Y, a continuación…

—Kit. ¿Qué es esto?

Voy pasando una página tras otra, el resto son todas iguales. Transcribió mis notas para cada una de las paradas de la ruta con su letra oblicua y, en la página opuesta, esbozó una pequeña ilustración con trazos simples.

—Sí, se me ocurrió que sería útil tener alguna referencia visual… —Asoma la cabeza del baño con el cepillo de dientes en la boca y espuma de la pasta en el labio inferior—. Porque… no te gustaban nada los libros sin imágenes, ¿cierto?

—Muy gracioso. —Sigo hojeando las páginas: la media luna de una rodaja de naranja humedecida, los surcos irregulares de los churros. Incluso dibujó un corte transversal de mi primer bombón para ilustrar las capas del relleno de crema y caramelo—. Kit, esto es… una maravilla.

—Me alegro de que te guste.

Me encantaría poder verle la cara en este momento, pero está escupiendo pasta de dientes en el lavabo.

Se me hace extraño —y extrañamente relajante a la vez— estar ahí de pie junto a la cama mirando los dibujos de Kit, mientras lleva a cabo su rutina diaria de cuidado de la piel. Escucho los suaves chasquidos de los tapones de los botecitos y el ruido de las salpicaduras de agua, sonidos que solía oír todas las noches. Podría cerrar los ojos y estar en nuestro antiguo departamento. Hasta podría oler sus plantas. Podría sentir el peso de su cabeza sobre mi pecho.

Llego a la última página y me detengo. Allí, con una letra que no reconozco, alguien escribió una serie de cifras emborronadas, como garabateadas a toda prisa.

—¿De quién es este número de teléfono?

El chorro de agua se corta de golpe y Kit suelta el monosilábico «ah» propio de alguien a quien acaban de atrapar in fraganti.

—Pues es el número de… mmm… —dice Kit, asomándose por el umbral de la puerta—. Es el número de ese chocolatero que nos dio aquella ración extra de bombones. Iba a arrancar esa hoja, pero se me olvidó.

Ah. Claro. Por poco se me olvida que estoy tratando con el Dios del Sexo de la École Desjardins.

—Kit Fairfield, tremendo cabrón. —Arranco la hoja y se la ofrezco, enseñándole todos los dientes al sonreír—. ¿Vas a llamarlo? ¿Para verlo mañana para una cogida salvaje?

Kit dobla la hoja y la guarda en su kit de afeitado sin mirarla.

—No lo sé. ¿Crees que debería?

—Bueno, ¿cómo vamos hasta ahora?

Se sienta a los pies de la cama, justo en el borde. Nunca había actuado con tanto tiento cerca de una cama conmigo. Incluso cuando solo teníamos una amistad, se desparramaba por todo el colchón. Me dan ganas de empujarlo y ponerlo boca arriba, aunque solo sea por costumbre. En vez de eso, me siento a su lado.

—Empate a uno en París —dice—. Con Florian, eso hace dos para ti. Y Juliette es un punto más para ti en San Juan de Luz.

Dejo que crea que es verdad.

—Y con Paloma, uno más para ti.

—Mmm… Y con lo de anoche… Dios, ¿en serio fue anoche?

—Sí.

—Eso suma un total de cuatro para ti, tres para mí. Así que supongo que sí, si quiero ponerme al día, podría enviarle un mensaje.

Me levanto y tomo una almohada de la cama.

—Pues claro. A ver, ¿por qué no?

—Sí, por qué no… —Parece distraído mientras me observa abrir el minúsculo clóset para sacar una sábana extra—. ¿Qué estás haciendo?

—Voy a dormir en el suelo.

Kit abre los ojos como platos, horrorizado.

—No, no vas a dormir ahí.

—Vamos, Kit. La cama es muy pequeña para una persona.

—Es tu habitación, Theo, déjame a mí dormir en el suelo.

—Alguien se pasó todo el viaje de campamento por el parque nacional de Joshua Tree quejándose de lo duro que estaba el suelo, y ese alguien no fui yo. Avísame si encuentras algún chícharo ahí debajo, ¿sí?

Extiendo la sábana a mis pies.

—Theo Flowerday —dice Kit, serio como una estatua—, si te acuestas en ese suelo asqueroso, me regreso a mi habitación.

Lanzo un suspiro.

—Bueno, está bien, pero yo tampoco quiero que duermas en el suelo, así que, ¿qué hacemos?

Miramos hacia la cama. De nuevo, tenemos una solución impensable, y estoy yo, y está Kit, y sigo sin tener fuerzas para hacer lo que debo.

—¿Crees que…? —digo. No es una pregunta. Si no lo pregunto en voz alta, no soy responsable de lo que pase después.

—Solo nos une la amistad —dice Kit. Tampoco es una respuesta.

—Sí, bueno —digo—. Pero…

—¿Pero qué?

—¿Te acuerdas de que cuando sudo demasiado mientras duermo, al día siguiente estoy de un humor de perros?

—Sí, me acuerdo perfectamente.

—Pues es que… —digo— pensaba dormir en ropa interior esta noche.

Kit asiente varias veces en rápida sucesión.

—Sí, claro… eso… eso está bien, no pasa nada. Somos amigos. Es tu habitación, deberías sentirte como en tu casa.

—Genial —digo, asintiendo yo también. Solo somos dos personas con la típica dinámica de cualquier amistad normal, asintiendo sin parar—. Y tú también puedes, claro, si quieres.

—Sí, porque va a hacer mucho calor… con los dos en la misma cama.

—De acuerdo. Pues entonces, voy a…

—Sí, claro, yo también.

Me doy la vuelta y me quito el pants, intentando no prestar atención al crujido del colchón cuando Kit se mueve, ni al susurro de su ropa cuando se la quita. Me dejo puesta la camiseta de tirantes, pero de cintura para abajo solo llevo unos calzones de algodón tipo shorts.

Siento que acabamos de firmar un acuerdo tácito: esta vez no va a ser como en el rompeolas de San Juan de Luz; esta vez, vamos a mirar.

El noventa y nueve por ciento de los días, me encanta mi cuerpo. Me gustan mis piernas largas y mis muslos poderosos, las franjas musculares de la espalda y los hombros, y la insinuación de lo que podrían ser unos buenos abdominales, si yo quisiera. Sé qué aspecto tengo en ropa interior y disfruto mirando a la gente verlo por primera vez. Kit me ha visto con mucha menos ropa de la que llevo.

Aun así, cuando me volteo hacia él, se me acelera el corazón.

Dejó la camiseta y el pants perfectamente doblados sobre la mesita de noche. Está sentado en el mismo lugar, en el borde del colchón, y solo lleva unos bóxer negros muy pequeños. La luz de la lámpara le ilumina los puntos más altos de los hombros y el pecho, la parte superior de los muslos separados, los hoyuelos de las rodillas. Se le acumulan las sombras en los pliegues de los huesos de la cadera. Es todo él. Todo ese cuerpo elegante y grácil que conocí.

Él mira mi cuerpo como solo Kit puede mirar las cosas, como si pudiera comerse el mundo con los ojos. No es solo que yo lo desee, es que fue él quien me enseñó lo que era el deseo. Cualquiera sentiría debilidad por eso.

Se me ocurre que si quiero tener sexo con Kit —si tengo sexo con Kit—, eso no significa que lo ame con todo mi corazón. El sexo no tiene por qué ir de la mano con el amor. Esas dos cosas ni siquiera tienen por qué estar en la misma habitación.

—Vaya —dice—, sí tienes ahí tu tercer tatuaje.

Parpadeo un par de veces.

—Ah. —Desplazo la mano automáticamente hacia allí, en el costado izquierdo. La ropa interior sigue ocultando una parte, pero mi tercer tatuaje, el más grande, se extiende desde la cadera hacia abajo por la parte externa de la zona superior del muslo—. Sí. ¿Verdad que es increíble?

Lo examina bajo la tenue luz.

—¿Es una serpiente?

—Es una serpiente de cascabel. —Me acerco para que pueda ver con todo detalle una cascabel diamantina del oeste enroscada alrededor de una copa para coctel tipo *coupe*—. Y mira, lleva una rodajita de naranja de adorno en el coctel. —Cuando levanto la vista, Kit está conteniendo una sonrisa—. ¿Qué pasa?

—Nada. Solo que dijiste que no era un tatuaje en el culo.

—¿Qué? ¡Es que no lo es!

—Bueno, un poco sí.

—¡Es un tatuaje en la parte superior del muslo! Está en mi… mi… ¡en mis cuartos traseros!

La carcajada que suelta es tan deliciosa que me dan ganas de tragármela entera.

—¿En tus cuartos traseros? ¿Qué eres? ¿Un poni?

Tal vez sea el calor, o toda esa piel, o su risa, o sus delicados trazos con la pluma y las manchas de tinta de los nudillos, pero en este preciso instante necesito saber qué va a hacer. Si está tan al límite como yo. Si piensa dar marcha atrás.

Le tomo la mano y se la pongo encima del tatuaje.

—¿A ti te parece que esto es mi culo?

—No —contesta—. No, supongo que no.

No aparta la mano, pero tampoco la mueve. Se limita a dejarla ahí, con la palma plana y caliente sobre mi piel, casi rozándome el elástico de la ropa interior con el pulgar. Clava sus ojos en los míos. Me lo imagino atrayéndome hacia su regazo y separando los labios, pienso en sus dedos y en el aceite y en la pulpa roja y húmeda de un tomate partido por la mitad. Se me hace agua la boca.

Él no hace nada.

Le empujo el hombro lo bastante fuerte como para que todo sea en broma.

—Apártate —le digo—. Y quédate en tu lado, eh.

Hace un ruido con la garganta y se desliza rodando hacia el lado de la pared mientras yo me meto en la cama.

—Ese es el plan —murmura.

Apago la luz y me meto bajo la sábana, enganchando la pierna en el lateral del colchón para anclarme lo más lejos posible de él. Kit se pone cómodo a mi espalda. Ojalá mi cuerpo siguiera reconociendo la inclinación exacta del colchón al hundirse bajo su peso.

—Buenas noches, Kit —le digo, en vez de gritar en mi almohada.

Pasa un buen rato hasta que me contesta:

—Buenas noches, Theo.

Estoy en el desierto.

Estamos bocarriba sobre una manta en la parte de atrás del coche, con los asientos abatibles bajados, el techo solar abierto y nuestras botas colocadas ordenadamente sobre la arena, junto al neumático trasero. Estos días de pleno verano en el valle son muy largos, pero Kit quería esperar despierto para ver la Vía Láctea. Una vez dijo que era como si un gigantesco cuchillo para mantequilla hubiera untado la galaxia por el cielo, dejando remolinos de estrellas como si fuera mermelada de moras.

Inclina la cabeza hacia atrás para lanzar un gemido y veo estrellas en el brillo del sudor de su garganta.

Me rodea con las piernas. Le abrazo la cintura con una mano mientras lo acaricio con la otra, empujando las caderas contra la parte posterior de sus muslos, su boca ya abierta cuando me inclino para besarla. Está tan precioso así, abandonándose de esa manera. Su cuerpo sigue al mío como si fuera su discípulo.

A veces, cuando estoy encima de Kit, cuando lo hago suspirar, estremecerse y suplicar, cuando me lo cojo así, me siento más presente en mi propia piel que nunca. Todas las piezas encajan en el lugar correcto. Me pregunto si existirá alguien más en toda la galaxia de mermelada de moras que haya amado a alguien tanto alguna vez como para que su alma se quede fija para siempre en su cuerpo.

De repente, en un abrir y cerrar de ojos, ya no estoy en el desierto.

Estoy con Kit, pero dentro de un restaurante rodeado de vitrales. Estoy encima de una mesa de madera en el centro de un banquete, con platos rebosantes de chocolate fundido y tomates maduros y fruta en almíbar especiado a mi alrededor. Kit está sentado en una silla entre mis piernas separadas y devora un chabacano, con el néctar reluciéndole en los labios y la barbilla.

Escupe el hueso, me atrae hacia su boca, y yo…

Me despierta un grito procedente de la calle.

Mierda.

Estoy… ¿dónde era? En España. En Barcelona. En un hostal cerca de La Rambla. En una cama individual, junto a Kit.

Solo que no estoy al lado de Kit. Estoy despatarrándome encima de él, la cara en su pecho, con el brazo echado sobre su cintura y con el suyo alrededor de mis hombros. Además, sospecho, por la manera en que tengo su muslo aprisionado entre los míos, que he estado restregándome contra él en sueños.

Mierda. Mierda.

La luz del sol me presiona los párpados, pero me da miedo abrirlos. Esto me pasa por irme a dormir en mi estado hipercaliente y por sacar el tema de nuestros campamentos, que eran, sobre todo, una excusa para tener sexo en sitios nuevos, cada cual más imaginativo. Uno de nuestros recuerdos salió de la caja fuerte y por eso ahora tengo sueños húmedos.

La respiración de Kit es profunda y lenta, así que al menos sigue dormido. Si consigo no despertarlo, no tiene por qué llegar a enterarse nunca.

Con mucho cuidado, poco a poco, paulatinamente, me desenredo y ruedo por el colchón hacia el otro lado de la cama.

Justo cuando creo que lo conseguí, Kit suelta un gruñido de fastidio y se pone de lado, atrayéndome hacia su pecho.

Cuando Kit y yo éramos pareja, su cuerpo me resultaba tan familiar que dejé de sentirlo separado del mío. Cada centímetro se me hacía tan natural como deslizar la mano por el agua. Ahora, noto todos los cambios sutiles: su pelo más largo rozándome la piel en lugares nuevos, el relieve de una cicatriz nueva en su rodilla. Todas esas horas moviendo sacos de harina con las manos y trabajando la masa —y a un surtido de poetas, supongo— le han añadido una robusta capa de músculo en el pecho y los hombros.

Arrima las caderas contra mí y se me acelera el corazón al comprobar que resulta que tiene una erección.

Pero no tuvo una erección pensando en mí, me digo. Es una respuesta corporal, como que se te ponga la piel de gallina o cuando empiezas a estornudar. Pero si tuviera la erección por mí, si se despertara ahora mismo, se apretara contra mí y me rozara el pulso acelerado con los dientes, sé que no se lo impediría. Le daría vía libre. Enviaría esta cama ruidosa y demasiado enana a la tienda gigante de Ikea en el cielo. Tengo que largarme de aquí de inmediato.

Intento zafarme, pero con cada centímetro que gano, su cuerpo salva la distancia instintivamente. Está haciendo ruiditos inconscientes de frustración, lanzando unos gemidos que no me ayudan para nada a reforzar mi determinación. Cada vez que le noto el pito duro y grueso a través de las finas capas de tela, tengo que concentrarme en la vergüenza que pasaría si supiera lo que está haciendo. Estoy salvando nuestra dignidad, tanto la suya como la mía.

O al menos eso es lo que intento hacer cuando resbalamos por el lateral del colchón y nos caemos al suelo.

Kit se despierta sobresaltado dando un grito que tanto podría ser una mezcla de inglés y francés como, simplemente, un montón de vocales atemorizadas. Por un instante, tensa los brazos a mi alrededor y luego se queda completamente inmóvil.

—¿Theo?

—Sí.

—Ay. Oh, no… Ay, Dios… ¿acaso te…?

—No, no pasó nada, no hiciste nada —le digo mientras me suelta y se separa echándose hacia atrás.

Pone cara de desear haber nacido babosa y que se lo trague la tierra, que es, naturalmente, el aspecto que quieres que tenga alguien después de haberte cuchareado. Creo que más vale que me lo tome a risa.

—No te preocupes, no pasa nada. Es como..., no sé, una especie de memoria muscular, y de todos modos creo que fui yo quien lo empezó.

—Perdón —dice, todo compungido—. No era mi intención.

—¡Que no pasa nada! —Ahora ya me estoy riendo abiertamente, con un ataque de hipo histérico e incontenible.

—Pero ¡¿por qué te ríes?! ¡Qué vergüenza! ¡Me muero de vergüenza!

—¡Perdón! —exclamo con la voz entrecortada—. Perdón, es solo que... me alegro mucho de no estar en tu lugar.

—Theo...

—¿Con quién estabas soñando? ¿Con el chocolatero?

—Pues —empieza a decir Kit, pero lo interrumpe la estruendosa melodía de la alarma de su teléfono. Lo tomo de la mesa y se lo lanzo, secándome una lágrima mientras la apaga.

—Supongo que ya estamos despiertos —dice.

—Supongo.

—Por favor, ¿podemos hacer como que esto nunca pasó?

Lo miro ahí delante, con los ojos abiertos como platos y encogido contra la pared en ropa interior, con el pelo alborotado por el sueño y cayéndole sobre su preciosa cara. Me dan ganas de apartárselo con las manos. Me dan ganas de seguir riendo eternamente. Me dan ganas de hacer como que no ha pasado nada, pero solo porque él quiere.

—Sí —le contesto—. Por supuesto, Kit. Por supuesto.

Me lanza una mirada lastimera.

—¿Lo dices en serio?

—Kit. Vamos. Somos tú y yo.

Por fin, sonríe débilmente.

—Somos tú y yo.

Se viste para volver a su habitación; ya está hablando de la Sagrada Familia, de que leyó un libro entero sobre ella, pero que las fotos no le hacen justicia. Cuando se va, me acerco y cierro la ventana. Mi reflejo está lleno de color, los ojos dilatados como si hubiera bebido demasiado. Abajo en la calle, dos personas se besan.

No hay palabras para describir la Sagrada Familia.

Tal vez, si se pudiera incorporar en una sola cosa todo lo que una persona puede ver, conocer y experimentar, cada rostro, cada sentimiento; si se pudiera alcanzar la capacidad máxima de cómo puede existir algo en todas sus facetas posibles, eso sería esta iglesia de más de ciento cincuenta metros de altura: millones de detalles en piedra en la fachada; figuras, follaje, símbolos y minuciosos pliegues de tela. Y encima, de algún modo, dentro hay aún más.

Cada centímetro de construcción posee una geometría compleja y deliberada, sin líneas rectas ni superficies desprovistas de adornos. Las series de columnas se elevan en espiral, transformándose de cuadrados a octágonos, a formas de dieciséis lados y a círculos, dividiéndose en un dosel de estrellas implosionando. Unos inmensos vitrales proyectan arcoíris de luz a través de las naves, rojos y naranjas llameantes a un lado y azules y verdes sofocados al otro, túneles de color lo bastante profundos para nadar a través de ellos. Cada elemento es un detalle encima de otro, y otro más; curvas inverosímiles, bordes dentados y esquinas conectadas que parecen imposibles.

Nos llevan de un lado a otro con pequeños transmisores colgados de cordeles, con la voz de Fabrizio filtrándose a través de unos audífonos metálicos, una voz tan dulce como siempre. Pero en vez de seguirlo a él, oigo el eco de los murmullos de un centenar de voces en un centenar de idiomas distintos, el golpeteo de las sandalias contra el suelo de mármol.

Kit se queda rezagado y me retraso para ponerme a su lado. Lleva los audífonos sueltos alrededor del cuello. La expresión de su rostro es de asombro absoluto, embobado y chispeante.

Pienso en el museo de Burdeos, en el cuadro de la mujer sobre las piedras derrumbadas, en cómo me imaginé que me contestaría si le preguntaba por el cuadro.

—Oye —le digo en voz baja mientras el grupo sigue avanzando, dejándonos atrás—. Cuéntame lo que has leído sobre este sitio.

Kit sonríe.

Me lo cuenta todo en voz baja y suave: cómo las columnas y sus bóvedas ramificadas pretenden evocar la sensación de estar caminando a través de un bosque, su intrincado diseño de doble torsión inspirado en las ramas de adelfa. Me habla de Gaudí, el artista y arquitecto que dedicó cuarenta y tres años de su vida a construir esta iglesia, el único amor de su vida y su gran proyecto inacabado, cómo vivió en el recinto y está enterrado en la cripta para estar con ella para toda la eternidad.

No hay pretensión en su voz ni arrogancia, solo generosidad y regocijo puros. Felicidad por abrirme un mundo y compartirlo conmigo. Le doy la espalda para que no me vea pestañear para quitarme la repentina humedad de los ojos. Salí de aquella habitación de Burdeos expresamente para evitar esto: el hecho innegable, terrible y demoledor de que es una persona buena.

Cuando el resto se desmorona —los peores ángulos, las versiones más mezquinas de los hechos, las mentiras que me contaba—, lo que queda es solo Kit. Solo el gran amor inacabado de mi vida, y un suelo bajo el que aún sigo sepultándome.

—¡No puedes usar un plato entero como ingrediente! —dice Kit, gesticulando con tanto ímpetu que por poco tira el vermut—. ¡Eso es trampa!

—¿Ni siquiera si lo compro ya preparado y lo incorporo?

—Eso va contra el espíritu del ejercicio. Lo de Al Vuelo es solo para materias primas.

—Entonces tampoco deberías poder usar chocolate —replico—. Tendrías que ir y mover el culo hasta la tienda y poner en marcha el molinillo de granos de cacao, hombre.

La sonrisa de Kit se hace aún más radiante, el color le salpica las mejillas. Siempre le ha encantado que me ponga beligerante para divertirlo.

—Sabes que no es lo mismo…

—¿También bates tu propia mantequilla? ¿Tienes una batidora de mantequilla parisina muy *chic*? ¿Lleva incorporado un soporte para cigarros sin filtro parisinos muy *chic*?

—¡Está bien, está bien! —Kit dice, levantando las manos—. ¡Puedes usar crema catalana para hacer un ponche de leche! Y yo solo tomaré la ralladura de naranja…

—¡Buuu!

—... y la mezclaré con ricota para rellenar los *cannoli* y… —Advierte la expresión de mi cara—. ¿Qué pasa?

—¿Hiciste tú la ricota, Kit?

Parece a punto de ponerse a gritar, medio de frustración y medio de placer, en plan «Theo y Kit en su estado más puro».

—Sí, Theo, fui en bici a la granja del pueblo, estuve la noche entera haciéndole el amor a la esposa del granjero para que me dejara ordeñar a las ovejas y luego me llevé la cubeta a casa y preparé la ricota.

—Entonces tomaré las lágrimas saladas del granjero cuya esposa lo deja por el imbécil del pueblo…

Kit suelta un grito ahogado con aire teatral.

—¿Qué imbécil?

—... y las usaré para hacer un Negroni salado, con un toque de mandarina.

—Mermelada de tangelo Campari —dice Kit al instante—. Para el glaseado de un bizcocho de tangelo al polvo de cinco especias.

—Yo tomaré el polvo chino de especias, lo mezclaré con ron y luego usaré el ron para hacer un Cable Car.

Kit deja el vaso sin dejar de sonreír.

—Un Cable Car. Eso fue… eso fue lo que bebimos la vez que fuimos en coche a San Francisco por tu cumpleaños, ¿no?

—Sí, en aquel antro de North Beach —digo—. Solo se podía pagar en efectivo y no llevábamos efectivo.

—E hice como que te pedía que te casaras conmigo para que nos invitaran a las copas.

Entonces solo teníamos veintitrés años y siempre estábamos bromeando sobre casarnos, como si fuera obvio que era un tema que no valía la pena tomarse en serio. Yo me reí cuando hizo aquello, pero luego, más tarde, me dijo que se casaría conmigo esa misma noche si yo quería. Que se habría casado conmigo la noche que nos besamos por primera vez.

—Entonces seguro que no puedo ganar —dice Kit. Me mira, levanta la barbilla y me entran ganas de apretarle el pulgar en el centro—. Tú ganas. Me beberé la absenta.

—*¡Discúlpeme, señor!* —Llamo al mesero—. *¡Una absenta, por favor!*

Estamos en el bar Marsella, el más antiguo de Barcelona, supuestamente frecuentado por Picasso y Hemingway. La noche húmeda se adhiere a las paredes revestidas con paneles de madera y arranca la pintura café, empañando las vitrinas llenas de botellas antiguas y los espejos de detrás de unas mesas cojas y tambaleantes. Un candelabro parpadea polvoriento en lo alto mientras las suelas de las sandalias se me quedan pegadas al suelo de mosaico. El mesero me deja un vaso de cristal de absenta verde claro, una botella de agua fría y un terrón de azúcar envuelto en papel, y Kit se pone a deshacer el terrón de azúcar en el vaso con movimiento experto.

Hay un hombre mayor acodado en la barra, está solo, con un vaso de cerveza clara y la clase de libro que se compra en los aeropuertos. Sus pantalones cortos de color caqui y su polo anuncian a voces que es un turista de Estados Unidos. Cuando miro la portada del libro, tengo que voltear dos veces.

—Oye, mira ahí —digo—. Tres asientos más allá. Ese es uno de los de Craig, ¿no?

Kit se fija en la lustrosa cubierta del libro de bolsillo. *La casa del lago*, una novela de John Garrison.

—Ah, sí. Ese es en el que se muere la esposa.

—¿No se muere en todos?

—Sí, pero en este vuelve en forma de fantasma, cosa que solo ha hecho otras dos veces.

Me río.

—¿Cómo está tu papá?

—Está bien. Se fue a vivir a una casa adosada muy bonita del Village. Sigue escribiendo bajo un pseudónimo, claro. Su último libro estuvo en la lista de los más vendidos cuarenta y siete semanas. *El anacoreta de Venus.*

—Por Dios, ¿eso lo escribió él?

—Es el autor más prolífico del que nadie ha oído hablar nunca —dice Kit. Tiene la mirada fija en su absenta mientras la nube de azúcar se va disipando despacio—. La verdad es que no he hablado con él desde hace unos… ¿seis meses?

No digo nada. No hace falta. Él y yo sabemos que eso no es propio de Kit. Me tomo mi sangría y espero.

—¿Te acuerdas del libro en el que estaba trabajando cuando murió mi mamá?

Pienso en aquel horrible verano antes de octavo curso, cuando me metía en la cama de Kit cinco noches a la semana y le leía *El Silmarillion* en voz alta para que se durmiera. Ollie acababa de sacar su licencia de manejo, así que se encargaba del súper, y Kit hacía un pastel una vez a la semana del sabor que pidiera Cora. Y todos los días, su papá se encerraba en su estudio con un manuscrito inaplazable.

—Se suponía que iba a ser el primer libro que firmaría con su propio nombre, ¿verdad? Pero a su editor no le gustó nada, ¿no fue algo así?

—Sí, esa era la historia oficial —confirma Kit con una sonrisa lúgubre—. Bueno, sabes que ahora Ollie trabaja para la editorial donde publica mi papá, ¿verdad? Pues hace un año almorzó con el editor de papá y le preguntó qué pensaba realmente de ese libro, y el editor no tenía ni idea de lo que estaba hablando. Así que Ollie le preguntó a papá, y resulta que ese manuscrito nunca llegó a existir.

Arrugo la frente.

—¿Qué quieres decir?

—Que nunca lo escribió. No escribió nada ese verano. Solo hacía como que escribía.

Pienso en Kit a los trece años, trenzándole el pelo a Cora.

—Mierda —digo.

Sigue esbozando la misma sonrisa lúgubre cuando continúa hablando.

—Después de eso, empecé a pensar en todo —dice—. Siempre confié en que las decisiones que tomaba por nosotros tenían algún propósito: irnos a vivir a la otra punta del mundo porque se aburría, irnos a vivir a la otra punta del país cuando no quería estar en la vieja casa. Para mí siempre había sido un hombre impresionante, esa especie de genio romántico que podía llevarnos a cualquier parte. Cada segundo de su atención era tan luminoso e importante…

Toma un sorbo de absenta y hace una mueca al notar la quemazón.

—Pero, en realidad, todo ha girado siempre en torno a lo que él quería —termina Kit—. Y no estuvo presente ese verano porque no quiso estarlo.

Suelto toda clase de palabrotas.

—¿Así que no han hablado desde que Ollie te contó lo del manuscrito?

—El caso es que intenté hablar con él cuando estuvo en París hace unos meses —dice Kit—. Quería hablarle de todo eso. Reaccionó dándome largas, diciéndome un montón de tonterías sobre lo mucho que me quiere, cosa que nunca ha sido el problema, para nada. Después, tuve que apartarlo de mi mente y colocarlo en un estante hasta que pueda…, no sé, procesarlo todo. Averiguar qué tipo de relación quiero con él como adulto.

—Bueno, maldita sea —digo tras una larga pausa. Ahora mismo me dan ganas de agarrarme a puñetazos con su papá—. Kit, eso es muy… debe de haber sido demasiado. Carajo, lo siento mucho, de verdad.

—Gracias —responde, dedicándome una débil y tierna sonrisa.

Desvía la mirada hacia la puerta que hay detrás de mí y, de repente, suelta una grosería en francés.

—¿Qué pasa?

—Es que… Se me había olvidado que invité a Santiago a salir esta noche.

—¿A quién?

—Al…

—¡Hola! —dice una voz suave, y reconozco al chocolatero justo cuando se abalanza para besar el aire junto a la mejilla de Kit. Este me mira con los ojos muy abiertos, con expresión de congoja.

No tengo ninguna razón para llevarme un chasco. Fui yo quien le dijo que llamara al tipo. Lo miro con la sonrisa más despreocupada del mundo.

—Lo siento —murmura Kit—. Yo no…

—No tienes por qué disculparte —le digo. El chocolatero se voltea hacia mí, un hombre guapo de piel morena vestido con unas sencillas prendas de lino beige y dorado, y dejo que también me dé un beso en el aire—. *¡Hola, Santiago, qué bueno verte!*

—Te acuerdas de mi amiga Theo, ¿verdad? —dice Kit, y sinceramente, después de todo el esfuerzo que he hecho, no debería escocerme que me llame así.

—*¡Sí!* —exclama Santiago efusivamente—. Y ella es mi vecina, Caterina.

A su lado aparece una mujer, alta, elegante y sonriente. Se aparta la melena salvaje por detrás de la oreja con una mano manchada de pintura.

—Caterina —la saludo. Miro a Kit y lo sorprendo observándome—. ¿Puedo invitarte una copa?

Caterina es pintora. Huele a flores de almendro y resina y acaba de terminar con una holandesa que trabaja pilotando excursiones en velero al atardecer desde el Port Vell. Vive en un esquelético edificio del Barrio Gótico, tan antiguo que en la puerta aún hay una aldaba de bronce con la forma de una mano sosteniendo un caqui. Al llegar a lo alto de la escalera, cuando abre la puerta de su departamento, la beso detrás de sus aretes de plata.

Su casa es un nido de urracas: flores secas que cuelgan del candelabro, hileras de rodajas transparentes de cítricos en cada ventana, cuadros a medio pintar apoyados en sillones de terciopelo y mesas auxiliares repletas de libros. Dentro hace tanto calor como fuera, así que saca una jarra de agua fría y sirve dos vasos.

Cuando me coloca uno en la mano y me guía hasta una silla de la cocina, pienso: «Ahora mismo ni siquiera estoy pensando en Kit».

No estoy viéndolos a Santiago y a él unos pasos por delante en el camino a la casa desde el bar Marsella, ni la forma en que Kit me miró cuando Santiago lo metió en el edificio de enfrente de la casa de Caterina. Ni siquiera estoy pensando en el aspecto que tenía anoche al borde de mi cama, ni en el calor de su mano encima de mi tatuaje.

Hay muchas cosas de Caterina capaces de gustar a cualquiera. Me gusta cómo se mueve flotando por el departamento, vaciando el resto de la jarra en sus plantas de interior. Me gustan las manchas de pintura que tiene en las manos.

—¿Qué quieres? —me pregunta.

Abro bien las piernas, plantando los pies a cada lado de la silla. Todas mis necesidades insatisfechas afloran a la superficie a la vez, espesas en el sudor de mi piel. Dios, qué bien va a sentarme que alguien las sacie por fin.

—Quítate lo que tengas debajo del vestido y ven aquí.

Caterina hace lo que le digo, se sienta a horcajadas sobre mi regazo y me besa. Respondo devolviéndole el beso con fuerza, mientras explora mi boca con la lengua y me sujeta la mandíbula con las manos. Guío sus caderas con las mías hasta que la noto húmeda y hambrienta contra mi muslo antes incluso de haberla tocado, lo cual me prende muchísimo.

En realidad, todo me prende muchísimo. De repente, con una urgencia extrema, el calor que estalla entre nuestros cuerpos es casi sofocante. Tengo la camiseta pegada a la espalda. Las gotas de sudor se me acumulan en el hueco de la garganta. Me aparto para recobrar el aliento.

—¿Estás bien? —pregunta Caterina, secándome la frente con el dorso de la muñeca—. ¿Necesitas aire?

—Lo siento, sí. —El temblor en mi voz me toma por sorpresa—. ¿Te importa si abrimos una ventana?

—Tengo algo aún mejor.

Se acerca a una ventana alta que da a la calle y, al descorrer las cortinas de gasa, deja al descubierto unas estrechas puertas de cristal.

—Ven, asómate.

Cuando acudo a su lado, estamos en uno de los balcones góticos que admiré ayer. Apenas cabemos, con todas las flores y las plantas amontonadas a lo largo del balcón de forja. Todos los edificios de la calle tienen hileras de balcones diminutos como el suyo, tan apretujados los unos contra los otros como para poder pasarle un cigarro a la persona que vive al lado. El balcón de enfrente está tan cerca que casi puedo tocar las cortinas que asoman por la puerta entreabierta.

Mientras atraigo el cuerpo de Caterina hacia el mío, la oigo. Una voz, próxima pero un tanto apagada, escandalosamente familiar. Un gemido suave y abierto.

—Mmm... Oye, una cosa: ¿Santiago vive en ese departamento de ahí enfrente?

—¿Mmm? —Caterina desliza la mano por mi camiseta—. Ah, sí. ¿Por qué?

Otro sonido, una segunda voz que dice algo demasiado bajito para descifrarlo. Kit responde con voz áspera, pero esta vez distingo claramente un «sí» y un «por favor».

Mierda.

Caterina se ríe, su nariz choca contra mi hombro.

—Es típico de Santiago, lo hace siempre —dice—. *Estoy acostumbrada a eso.* ¿Te resulta molesto?

Hay como un millón de razones por las que me resulta molesto, pero ahora mismo, lo único que siento es una necesidad urgente y palpitante, y lo único que veo es la mirada de lástima que me lanzó Juliette en aquella playa.

—No —contesto y aplasto la boca contra la de Caterina.

No pierdo más tiempo. La empujo contra el barandal lleno de plantas y la beso, deslizando la mano por debajo de su vestido para tocar el calor húmedo entre sus muslos. Ella se restriega contra el talón de mi mano.

Alguien suelta un juramento en medio de la noche y siento una gran satisfacción hasta que me doy cuenta de que no es Caterina, sino Kit. La suya es la única voz que se oye ahora detrás de las cortinas, y me imagino lo que estará pasando. Kit, tumbado boca arriba, perdido en la boca de Santiago.

—Mierda —murmuro, en voz alta esta vez, como alguien que ha enloquecido. Me hinco de rodillas en el suelo.

Esto va a funcionar. Me encanta comérselo a una mujer atractiva, observar el placer en su rostro, sentir cómo le tiemblan las rodillas, enterrarme en su sabor. Levanto el vestido de Caterina hacia arriba con una mano y empujo la otra más allá de mi cintura.

Me concentro en el movimiento de mi boca sobre ella, en mis propios dedos, en la sangre caliente que se me agolpa en los oídos, en sus jadeos y suspiros, en el vaivén de sus caderas. Le doy todo lo que tengo hasta que termina, agarrándome el pelo con los puños. Vuelvo a empezar.

Quiero... necesito venirme de una puta vez. Llevo necesitándolo desde hace días, sobre todo, desde anoche, pero... no puedo. Ni siquiera estoy cerca. No se puede perseguir el horizonte letárgico y enloquecedor, el tacto de alguien que no está aquí.

Vuelvo a oír a Kit, gimiendo y apretando los dientes, y sé lo que significa, lo sé perfectamente, maldita sea, cuando su voz suena así.

No hay un solo sonido dentro de Kit que yo no haya provocado antes. Conozco el tono grave e imperioso que significa que quiere el control; el modo en que arrastra las palabras, palabras sucias, en una frecuencia ni muy alta ni muy baja, cuando se pone en plan indulgente; las palabras enojadas cuando está al límite de su paciencia. Cuando tiene la voz ronca y deslavazada, como ahora mismo, significa que lo quiere ya.

Es demoledor lo guapo que se ve cuando se pone así: dúctil y con los ojos vidriosos, la cabeza echada hacia atrás. Entregándose, ofreciéndose para ser empujado y engullido entero, para que lo provoquen y lo hagan retorcerse hasta que empieza a suplicar, jadeando, casi llorando para que le den lo que quiere.

Un escalofrío me recorre el cuerpo, cierro los ojos y veo la cara de Kit, su expresión cuando besó a Paloma en aquella playa, como si quisiera que yo lo viera.

Me doy permiso para escuchar. Abro la caja fuerte.

Ahí está. Ahí estamos. La luz derramándose sobre nuestra piel. Mi mano que se aferra a la suya y todo se despliega a la vez.

En el siguiente movimiento de mi lengua, oigo tres jadeos simultáneos: Caterina con la rodilla enganchada en mi hombro, Kit al otro lado de la calle a merced de la boca de otro hombre y Kit inclinado sobre nuestra vieja mesa de la cocina con mi saliva resbalando por sus muslos.

Mi mano se acelera al ritmo de mi boca, al ritmo de la respiración de Kit. Para que coincida con el latido de mi corazón una noche de verano sobre una toalla de playa en Santa Bárbara cuando me hundí encima de él. El ruido de las intermitentes mientras me devoraba en el asiento trasero. El retumbar de los altavoces cuando me metía la mano en los jeans en medio de una multitud. El pulso de Caterina en mi lengua, el pulso de Kit contra el mío. Empujo dos dedos dentro de ella y él empuja los suyos dentro de mí, y yo empujo los míos dentro de él.

Cuando Kit se viene, lo oigo y lo veo en nuestra cama, con las muñecas inmovilizadas, con lágrimas brillantes en los ojos. Apoyo la frente en la cadera de Caterina —en el hombro de Kit— y llego al orgasmo con un grito áspero y aturdido.

En el silencio que sigue, me quedo con la parte del recuerdo que me ha llevado hasta ahí. No fue cuando Kit me suplicó aquella noche, ni cuando no podía caminar a la mañana siguiente.

Fue en algún momento intermedio, cuando me dijo cuánto me quería.

Eso es exactamente lo que temía que fuera.

No duermo en la cama de Caterina.

No hay mucha distancia a pie de vuelta al hostal, pero para cuando paso por delante de las agujas de la catedral de Barcelona, ya estoy corriendo. Subo a toda velocidad por La Rambla, atravieso la enorme glorieta de la Plaça de Catalunya y todas sus estatuas de busto generoso y subo los cuatro tramos de escaleras hasta la habitación donde me desperté con el cuerpo enredado en el de Kit.

Cuando cierro la puerta detrás de mí, saco el teléfono.

creo que me estoy enamorando otra vez de kit

Sloane me contesta en menos de un minuto.

Y eso qué tendría de malo?

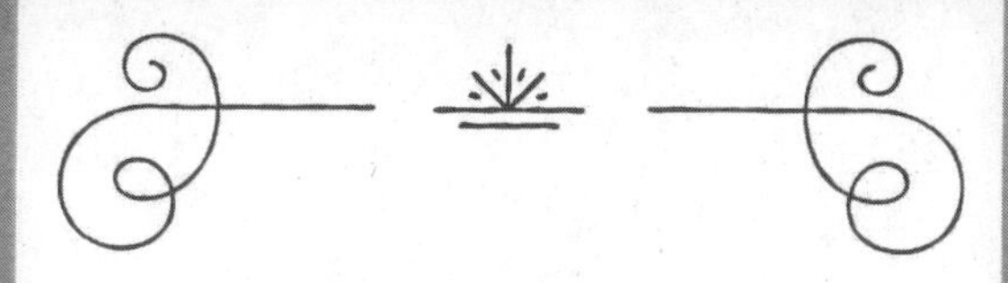

NIZA

COMBINA CON:

Pastís y agua helada en un vaso alto, *pain au chocolat*

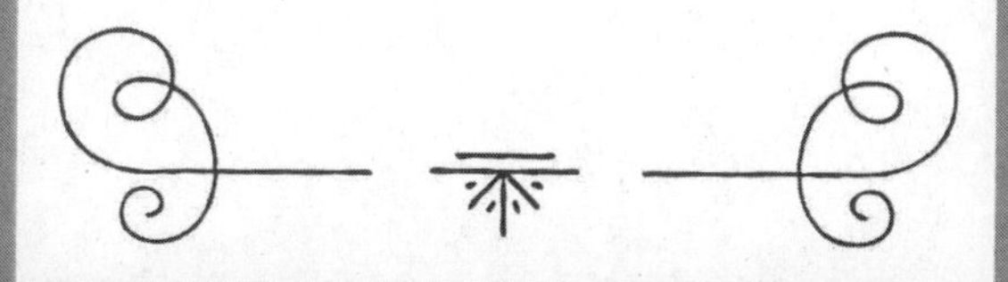

«¿Y eso qué tendría de malo?».

En las llanuras más altas de la Provenza, en la campiña montañosa que se extiende por encima de Niza, la lavanda crece que te cagas. Son kilómetros y kilómetros de color violeta, años y años de color violeta. Estoy de violeta hasta los pezones. Cada bocanada de aire huele a lavanda, y por eso cada bocanada de aire huele a Kit.

Sault es un desvío panorámico de camino a Niza, donde pasaremos dos noches antes de iniciar la etapa de Italia. El aire fresco de la montaña parece haberle curado la resaca a todo el mundo excepto a Calum el Pelirrojo, que vomita detrás de un corral para cabras. Incluso Orla ha bajado del autobús para explorar los campos de lavanda.

Me agacho para tocarme los dedos de los pies y así estirar la espalda y los isquiotibiales. Me duelen las rodillas de llevarlas pegadas al pecho durante cuatro horas para no tocar sin querer a Kit. Si sabe que lo oí anoche, o si él me oyó a mí, lo disimula muy bien. Se pasó durmiendo todo el viaje por España y de vuelta a Francia, con un aire perezosamente pintoresco con sus jeans claros y una camiseta de color arena, con las pestañas desplegadas en abanico sobre sus mejillas, con gran serenidad.

Mientras tanto, casi no puedo ni mirarlo. La niebla de la guerra sexual se ha disipado, pero sigo en las trincheras. Estoy aquí abajo, muriéndome. Padezco pie de trinchera, solo que en el corazón.

Kit camina ahora con Orla, no sé por qué, pero lleva el sombrero de safari de ella en la cabeza. Extiende los brazos, con las palmas hacia el sol, y Orla se ríe.

«¿Y eso qué tendría de malo?».

Lo que pasa es que amar a Kit es, objetivamente, lo mejor que podría pasarle a cualquiera. Hay una razón por la que le ha pasado eso a tanta gente sin querer. Amar a Kit es como ser la fresa en una copa aflautada de champán: flotar eternamente en burbujas espumosas, hacer círculos vertiginosos, empaparse de complejidad y ser sexi por asociación.

Estar con Kit era diferente. Ahora puedo admitirlo: lo único mejor que amar a Kit era ser también el objeto de su amor.

La vida con Kit era un buen sueño. Era algo... era algo inevitable. Tenía sentido. Lo había conocido tan joven y lo había amado durante tanto tiempo que todo lo que había aprendido sobre el amor había crecido dentro de él, hasta que ya no podía decir dónde terminaba Kit y empezaba el amor. Solíamos mirarnos con un asombro constante, como si, por muchas veces que nos besáramos, no pudiéramos creer que estuviera ocurriendo de verdad. Y él me hacía feliz o, al menos, todo lo feliz que podía ser entonces. Lo nuestro estaba muy bien. Estábamos muy bien.

He tenido un millón de amantes pasajeros desde entonces, pero la verdad no es que no haya necesitado algo real, la verdad es que no lo he querido. La idea de empezar de cero, el calvario de reconstruir algo que ya me he pasado toda la vida construyendo con otra persona... es agotador. Es un puto triatlón olímpico de vulnerabilidad angustiosa y, al final, puede que esa persona ni siquiera me guste tanto como me gustaba Kit. Sería un alivio si no tuviera que hacerlo nunca.

También sería un alivio recuperar las partes de mí que viven dentro de él. Tener un lugar donde poner todo lo que hay de él contenido en mí. Hay tantas cosas que no caben en cajas... trozos de él y de mí a los que ya no podemos acceder porque nunca pudimos devolverlos. Me gustaría ser un todo con él.

Y todo ese yo —ese Theo de *Theo y Kit*— me gusta. Tiene los mejores chistes, el mayor descaro, las ideas más brillantes. Me habría pasado semanas ideando las recetas que le propuse a Kit al vuelo. Es posible que ni siquiera estuviera aquí si no fuera por Kit.

Nunca habría reservado este viaje por mi cuenta, y si hubiera podido recuperar el dinero, no sé si habría vuelto a intentar hacerlo. Puede que nunca hubiera sentido que el mundo se abría de par en par a mis pies.

«¿Y eso qué tendría de malo?».

Desde el punto de vista de la logística, sería una estupidez volver a enamorarme de Kit. Para empezar, vivimos a nueve mil kilómetros de distancia. A él le encanta su trabajo y nunca lo dejaría, y yo nunca me he imaginado haciendo otra cosa más que lo que he estado haciendo en mi país. E incluso si viviéramos en la misma calle, no importaría, a menos que Kit aún sienta algo por mí. Y tengo mil razones para pensar que no lo siente.

Lo dijo en San Sebastián: «Creí que debía dejarte ir… Así que eso fue lo que hice».

Puede que entre Kit y yo siga habiendo algo más que una amistad —una fricción, la tensión entre dos personas que saben que son la mejor opción mutua en asuntos de cama—, pero sé reconocer la diferencia entre el amor y el sexo. No sé qué es lo que siente él cuando su cuerpo está cerca del mío, ni qué ve cuando me mira. Ha pasado mucho tiempo, y yo ya no soy la chica con la que un día quiso casarse.

—¡Theo!

Me doy media vuelta. Ahora Kit solo está a unos pocos metros de distancia. Tiene una pinta de lo más ridícula en ese mar de lavanda, sujetando una ramita con el pulgar y el índice. Desplazo el peso de mi cuerpo para distribuirlo sobre las dos piernas.

—¿Tienes algo pensado para la tarde? —me pregunta.

—Pues… mmm, los Calums me invitaron a subir con ellos a la Colline du Château. —Miro hacia el corral para las cabras. Calum el Pelirrojo está recostado boca arriba, con la mitad del cuerpo debajo de un arbusto. Calum el Rubio lo está pinchando con un palo—. Pero tengo la sensación de que no están para muchas excursiones.

—Hace unos meses, una amiga de la escuela de pastelería abrió una *boulangerie* en Niza y he pensado que igual paso luego. ¿Quieres venir?

—De acuerdo —digo, porque no hay ninguna razón para decir que no—. Sí, será genial.

Me mira de arriba abajo, como aprovechando su primera oportunidad para verme bien esta mañana, para fijarse en mis pantalones de batalla de color café claro, ceñidos a la cintura; en el polvo de mis botas, en el cuello abierto de mi camisa. Alarga la mano y me coloca la ramita de lavanda detrás de la oreja, rozando con el pulgar el arco superior del lóbulo.

—Hoy estás espectacular.

El corazón me da saltos en el pecho.

Podría preguntárselo. Si se puede extraer alguna lección de las secuelas de lo nuestro, es esa. No aquí, ni ahora, pero quizá en una de nuestras noches a solas en algún bar poco iluminado, podría poner mi mano sobre la suya y preguntarle si podría volver a quererme. Y si me dijera que no, al menos sería una respuesta.

Pero si me dijera que sí…

Si me dijera que podría volver a enamorarse de mí, le diría que yo ya lo estoy.

En una esquina entre dos calles de Niza, hay una chica con aire desfallecido recostada en el umbral de una puerta bajo un cartel que dice BOULANGERIE en letras doradas. Tiene la mirada fija en una taza de té como si estuviera a punto de echarse a llorar. Un enorme manchurrón de color rosa rojizo le cubre el delantal y la camisa, así como las puntas de su melena rubia. Tiene una pinta horrible.

—¿Apolline? —dice Kit.

Ella levanta la vista y lo ve, y sus ojos exhaustos se abren como platos por la sorpresa.

—Kit? Qu'est-ce que tu fais là?

Responde, me señala con un gesto y dice, cambiando de idioma:

—Te presento a Theo. Veníamos a ver la panadería, pero ¿estás bien? ¿Qué pasó?

Se mira el pavoroso manchurrón del pecho y suspira.

—Frambuesa.

Apolline —cuyo acento sugiere que ha pasado unos cuantos años en Inglaterra— ha tenido un día de mierda. Tiene a todo el personal de baja por culpa de una intoxicación alimentaria en una fiesta la noche anterior, así que ha estado ocupándose de la caja y de la producción ella sola desde primera hora de la mañana. Apenas había horneado la mitad del pan del día antes de la hora de apertura, y ya lo vendió casi todo. También tiró sin querer un bote de cinco litros de relleno de frambuesa del estante superior de la despensa y le dio en toda la cara.

—Abrimos después de la pausa de mediodía dentro de media hora y necesito tener las estanterías llenas. —Consulta el reloj—. *Je ne sais pas quoi faire.*

Kit me mira. Asiento con la cabeza.

—Déjanos ayudarte —le dice Kit a Apolline.

Una vez en el interior, recojo el desorden del turno de la mañana mientras Kit y Apolline planean estrategias en un francés acelerado. Cuando ya acabaron de repetir mil veces las palabras *feuilleté* y *pâte à choux*, Kit la manda a casa a cambiarse de ropa y yo me reúno con él en la cocina.

—De acuerdo. —Kit aparta un montón de tazones que parecen haber sido víctimas de un ataque de pánico—. Vamos a hacer ocho cosas a la vez. Apolline se va a encargar de la caja, así que te necesito aquí.

Le brillan los ojos con la ansiosa determinación de «Kit tiene una misión que cumplir». Había olvidado lo emocionante que es estar al otro extremo de esa mirada. Le sonrío y él me devuelve la sonrisa, hambriento y dispuesto.

—¿Qué quieres que haga primero?

Toma una bola de masa arrastrándola hacia él, y la superficie curva tiembla con el movimiento.

—Tengo que extender esta masa —dice, volcándola encima de la mesa de trabajo— y ponerme a cortarla y darle forma de cruasanes, *pains au chocolat, pains aux raisins*… todas esas delicias. Mientras suben en el horno, haré la *pâte à choux*. ¿Tú sabes hacer glaseados?

Me encojo de hombros.

—Puedo con la mayoría de los líquidos si me das la receta.

—Perfecto. Yo haré *chouquettes* y *éclairs*, y tú te encargarás de los glaseados. También nos pondremos a hacer pan entre tanda y tanda; los rellenos ya están preparados. —Se pone a trabajar la masa, extendiéndola con el rodillo hasta formar un rectángulo de gran tamaño—. Debería haber láminas de mantequilla en la despensa, ¿puedes…?

Ya estoy abriendo la puerta antes de que termine la pregunta.

—¿En qué estante?

—A mano izquierda, el segundo desde arriba.

—Entendido. —Le llevo la mantequilla y retira la delicada envoltura para sacar un trozo grande y plano. Va doblando la masa alrededor, toma un rodillo y da un golpe con tanta fuerza que todos los platos de la sala se estremecen.

—¡Perdón! —se disculpa al oírme gritar por el susto, mientras sigue aporreando la masa con el rodillo con un entusiasmo que me resulta perturbadoramente sexi—. ¡Así es más fácil extenderla luego! Hay una carpeta de recetas en el armario de encima de la mesa de trabajo, ¿puedes mirar en la sección de *éclairs* y hacer los glaseados de chocolate blanco y negro? Los pistaches ya están listos…

—En la zona de almacenaje en seco, ya los vi —digo, agradeciendo la distracción—. Voy.

Tomo la carpeta y leo las instrucciones a toda velocidad, con el cuerpo a tope de adrenalina. Una vez que he traducido las frases que no conozco, dispongo los ingredientes como cuando preparo bebidas, para poder tenerlo todo a la vista a la vez.

—Bonita puesta en escena —dice Kit, mirando un momento. Echa la cabeza hacia atrás para apartarse el pelo de los ojos.

—Gracias, ¿estás bien?

—Sí, es que… no tengo nada para recogerme el pelo.

Desenrollo una liga de unas fundas para vasos desechables y se la enseño. Se mira las manos untadas de mantequilla y luego me mira a mí.

—¿Puedes…?

¿Que si puedo deslizar las manos por el pelo espeso y suave de Kit mientras él está ocupado manipulando la masa con la serena agilidad de un profesional?

—Sí, claro —digo con tono neutro.

Deslizo los dedos hacia arriba desde las sienes, le recojo los mechones delanteros del pelo en un chongo desordenado y se lo sujeto con la liga. Juraría que se estremece al tacto, que casi se entrega a él. Cuando doy un tirón para asegurarme de que el pelo está bien sujeto, sus manos tiemblan sobre el rodillo. *Ay.*

—Así que aún te gusta que te hagan eso, ¿eh? —comento con tono ligero, desinhibido.

—No empieces… —Quiere aparentar firmeza, pero se le quiebra la voz en la segunda sílaba. Aún tengo la mano enterrada en su pelo y me entran unas ganas irresistibles de plantarle un beso en la coronilla.

Pero en vez de eso, me acerco a su oído y le susurro:

—Esto es igual que en *Ratatouille.*

—Carajo, Theo… Me cago en la puta…

Me aparta de un codazo, entre una risa y un gemido también cuando exclamo:

—¡¿Qué pasa?! Estamos en Francia.

Y vuelvo a mi lugar. Pero me guardo ese momento en el delantal, la manera en que ha contenido el aliento antes de saber que se lo decía de broma.

Kit pasa el rodillo cuatro veces por encima de la masa rellena de mantequilla, la dobla y la gira, enseñándome las finas capas de láminas antes de cortarla para darle forma. Enrolla unos triángulos de masa para hacer los cruasanes e introduce trocitos de chocolate y pasas en los bolsillitos con dedos ágiles. Coloca ocho bandejas de pastas en la cámara de fermentación controlada y se traslada tranquilamente hacia la zona de la cocina, a mi lado, para hacer la masa *choux.* Vigilo las cacerolas como si me fuera la vida en ello.

Apolline regresa cuando estoy sacando los rellenos para los *éclairs* de la cámara de refrigeración y Kit está con la manga pastelera y las últimas porciones de *choux.* Nos da las gracias con un beso en cada mejilla y se dirige a la puerta para reabrir con las pocas piezas de bollería que le quedan en las cajas. Me fijo en la batidora que lleva tatuada en el tobillo, a juego con el de la muñeca de Kit y, supuestamente, el de algún lugar del cuerpo de Maxine. Me obligo a recordar lo que pasó la última vez que me entraron celos de una de las compañeras de Kit antes de que pierda la concentración.

—Así, muy bien —dice Kit, mirándome de reojo mientras extiendo la masa de baguette—. Mucho mejor que la última vez.

Me siento útil y radiante por dentro. Voy a toda prisa de una mesa de trabajo a otra, de la cámara de refrigeración a la despensa de almacenaje en seco, de la parte delantera de la panadería con *chouquettes* y profiteroles de crema, hacia atrás, para decirle a Kit lo que falta. He pasado tanto tiempo a solas en la bodega y en el bar ambulante que había olvidado lo mucho que me gusta el caótico y productivo ajetreo de la trastienda.

La panadería se llena de lugareños que acuden a comprar algún bocado de mediodía y de turistas que llenan cajas para llevárselas a sus hoteles frente a la playa, y nuestro equipo hace que todo funcione.

También ayuda que Kit haga esto extraordinariamente bien. Está tan metido en su papel que es como Patrick Swayze en *El duro,* cuando por fin consigue poner en práctica todo su dominio del taichí. Los cursos de formación de la escuela de pastelería hacen que sus líneas queden nítidas y sus medidas sean precisas, pero el resto es todo él. El movimiento de la muñeca, el tono firme y decidido de su voz mientras piensa en alto, la forma en que sé, por una vibración de sus caderas o sus hombros, lo que tengo que hacer exactamente para seguirlo de manera armónica. Extiendo la mano y Kit deposita en ella una manga pastelera; inclina la barbilla y yo le paso los guantes de horno. Si pudiera vernos desde arriba, vería dos cuerpos, dos delantales con los mismos motivos en forma de polvo de estrellas de harina y canela, un conjunto de pasos coreografiados.

Nuestras amistades solían decir que se notaba que habíamos crecido a la par porque tenemos los mismos gestos y tics, como dos ramificaciones del mismo sistema nervioso. Sin contar el sexo, creo que nunca he sentido eso mismo con tanta intensidad como en este obrador.

Me hace pensar en nuestro viejo sueño. El Fairflower. El restaurante que Kit creía que podríamos abrir y que yo consideraba una fantasía inalcanzable. Si me hubiera dejado convencer por Kit, ¿sería algo así? ¿Seguiría siendo posible, si se lo pidiera y me dijera que sí? Tal vez aún podríamos abrir nuestro propio local en algún sitio, en cualquier parte. Inventar nuevos menús cada fin de semana, volver en bici del mercado con cestas de fruta, quedarnos toda la noche en vela experimentando. Quedarnos toda la noche en vela haciendo todo tipo de cosas.

Kit me mira por encima de una bandeja humeante de cruasanes, con un mechón de pelo suelto cayéndole sobre la frente. Cuando sonríe, lo hace con la sonrisa satisfecha del trabajo bien hecho, y me viene a la memoria un recuerdo suyo sonriendo así, pero entre mis muslos.

—¡Una hora más! —exclama Apolline.

El esprint final es un torbellino de láminas de hojaldre y perlas de azúcar, *éclairs* que metemos en cajas en cuanto reciben el último toque de pistache espolvoreado. Para cuando dan las siete, la hora en que Apolline da la vuelta al cartel del escaparate, estamos sudando a chorros, pero lo logramos.

—*Mes sauveurs!* —exclama Apolline, levantando a Kit para besarlo con ferocidad a cada lado de la cara. Hace lo propio conmigo y descubro que me gusta, con esos ojos ardientes, el vívido color de sus mejillas y la forma en que todavía huele a frambuesa. También descubro que, en realidad, no me apetece nada intentar acostarme con ella.

Nos reunimos alrededor de la mesa de trabajo del centro y nos damos un atracón con las sobras de las piezas de bollería, de manera que es la primera vez que pruebo realmente las recetas de Apolline. Están increíblemente buenas, con el punto perfecto de mantequilla, son unas piezas sorprendentes y complejas. No puedo creer que las hayamos hecho Kit y yo.

—¿Tienes algo de beber? —le pregunto a Apolline.

—En la vitrina junto a la caja, toma lo que quieras.

Salgo del obrador a buscar una Perrier para mí, luego tomo otra para Apolline y una limonada con gas para Kit. Con las manos ocupadas, tengo que abrir la puerta de la trastienda empujándola con el hombro, así que al principio no los veo. No me doy cuenta de lo que está pasando hasta que ya estoy dentro.

Kit apoya la parte baja de la espalda en el borde de la mesa de trabajo, y Apolline está pegada a él desde la altura del pecho hasta la cadera. Tiene la mano enterrada en el pelo de él y se están besando.

Se me cae una de las botellas de agua y la atrapo con la bota antes de que se haga añicos en el suelo, pero rebota contra una cámara de fermentación controlada.

Kit y Apolline se separan bruscamente.

—¡Perdón! —exclamo, con una voz exageradamente chillona. Toso y, para compensar, sigo hablando en un tono exageradamente bajo—. Lo siento, no quería interrumpir.

—Theo... —empieza a decir Kit.

—Está claro que tienen cosas de las que hablar y ponerse al día —digo. Maldita sea, ¿para eso vinimos aquí? ¿Kit tuvo una historia con ella? «En nuestro curso, era un rito de iniciación...»—. Voy a... Ya salgo yo, no hace falta que me acompañen.

—Theo, no...

—No, no, ¡no pasa nada! Un placer conocerte, Apolline.

Suelto las botellas y salgo tropezando del obrador y de la *boulangerie*, y me alejo de la calle de Apolline.

Cuando llego, solo falta media hora para que cierren el acceso a la Colline du Château, así que subo los escalones de dos en dos. Por alguna razón, me parece muy buena idea poner la mayor distancia topográfica posible respecto a lo ocurrido esta tarde.

Ni siquiera me había planteado que Apolline pudiera ser una de las amantes de Kit de la escuela de pastelería, ni que por eso tuviera tantas ganas de ayudarla. Yo ahí en su obrador fantaseando con una vida con Kit y él, mientras, horneando cruasanes para ella... Él pensando en sus ligues de la escuela de pastelería mientras yo contemplaba la posibilidad de arrastrarlo a la parte trasera de un bar y preguntarle si se veía volviéndose a enamorar de mí. Eso es... muy muy humillante, una puta vergüenza de mierda.

Contemplo el burbujeante ajetreo de la Riviera y me siento la persona más rematadamente imbécil del sur de Francia. Así que hago lo que suelo hacer cuando me siento como alguien imbécil: llamo a Sloane.

Me toma la llamada desde el plató, arrellanada en la silla del director, con las hojas dobladas del guion sobre el regazo y el pelo recogido en rulos. Entrecierro los ojos para mirar la pantalla: eso no parece una peluca.

—Hola, trotamundos —me saluda mientras muerde un palito de zanahoria—. ¿Te has reencontrado con algún viejo amor últimamente?

—¿Te hicieron pintarte el pelo?

—¿Esto? —Se señala el pelo castaño oscuro, que era igual de rubio anaranjado que el mío la última vez que la vi—. Lo hice en defensa propia: menos tiempo en peluquería y maquillaje con Lincoln.

—Te queda bien.

—No, no es verdad. Pienso afeitarme la cabeza cuando terminemos. ¿Por qué parece como si alguien se hubiera meado en tu pinot gris?

Suspiro.

—Oye, ese mensaje que te envié ayer sobre Kit...

En ese momento aparece una notificación en la parte superior de mi pantalla. Es un mail de La Novia Schnauzer.

Una punzada de pánico me apuñala entre las costillas. Nunca le contesté aquella noche en Barcelona, ¿cierto? Y al día siguiente sentía tal ofuscación por lo de Kit que ni siquiera me acordé, y hoy con la locura de trabajo de la *boulangerie* y...

El asunto dice «RESCISIÓN DE CONTRATO <3», seguido de un montón de emojis brillantes.

—¡Mierda! —suelto, abriendo el mail—. Me lleva el carajo, acabo de recibir un mail terrible.

—¿Qué? ¿De quién?

Leo el historial que me manda La Novia Schnauzer de todas las veces que no le he contestado una llamada o he tardado demasiado en responder un mail hasta llegar a mis dos días de silencio tras la crisis con la barcaza de transporte. Se me acelera el corazón con cada una de las enumeraciones de su lista, hasta que leo la última línea, en la que me desea suerte en el futuro y me pide que le devuelva el anticipo.

—Acabo de perder a mi cliente más importante de la temporada y... y ya superé el límite de mi tarjeta de crédito encargando toda la mierda para ese trabajo, y ahora sí que va a ser imposible que me salgan las putas cuentas. Maldita sea, soy un puto... —Desastre, idiota, imbécil, pedazo de mierda, patético fracaso, inútil total... Aprieto el puño y me golpeo la frente—. ¡Mierda!

—Vaya —dice Sloane—. Qué fastidio.

Abro el puño y me quedo mirando fijamente su cara en la pantalla.

—Es algo bastante más *heavy* que un fastidio.

—Sí, claro, tienes razón —dice Sloane, y ahora parece que su preocupación es más sincera. Más bien como si sintiera lástima por mí—. ¿Quieres que pongamos la medida drástica sobre la mesa?

—No pienso pedirte que me prestes dinero.

—¿Por qué no? Todo el mundo sabe que mi segundo nombre es Adinerada.

—Eso no tiene ninguna gracia.

—Pues yo creo que sí —contesta Sloane, mordiendo otra zanahoria—, pero como te he dicho un millón de veces, no sería un préstamo. Podría ser tu inversora. Estaría invirtiendo en ti. Podría decirle a nuestra gente que redactaran algo hoy y te enviaran cincuenta mil mañana...

Maldita sea.

—¿Cincuenta mil dólares?

—De acuerdo, ¿cien mil? ¿Doscientos mil? ¿Cuánto necesitas?

—No quiero dinero, Sloane —insisto—. El objetivo del bar ambulante en la camioneta era... bueno, es... quiero decir, es porque me encanta hacerlo. Es una iniciativa creativa y la gente piensa que es la onda, pero también...

—Para demostrar que puedes hacer algo y sacarlo adelante tú y solo tú —termina Sloane—. Lo sé. No me estás desvelando ningún secreto, Theo.

—Entonces ya sabes por qué no puedo aceptar el dinero.

—Entiendo por qué no puedes aceptar dinero de mamá y papá, pero no entiendo por qué no puedes aceptarlo de mí.

—Es lo mismo.

Esto es lo peor que se le puede decir a Sloane en cualquier contexto, pero no estoy en mi mejor momento, la verdad.

—Pero es que no lo es, carajo, Theo... —replica Sloane dolida—. Es mi dinero, solo mío. ¿En serio acabas de insinuar... crees que tengo lo que tengo gracias a mamá y papá?

Me encojo de hombros.

—A ver, daño no te ha hecho.

—Deja que te recuerde que soy una intérprete de putísima madre. —Me mira con expresión muy seria, como cuando nos peleamos de verdad, cuando he conseguido herirla. Una oleada de culpabilidad y autoodio me recorre todo el cuerpo—. Fui a la escuela de interpretación. Hice un montón de Shakespeare. Acudí a los putos talleres, maldita sea, soy muy cotizada, y todos los directores quieren trabajar conmigo...

—Lo sé, lo sé, y no es eso lo que quería decir...

—¿... y sabes qué es lo que no tengo que hacer? No tengo que enseñar las tetas a no ser que quiera hacerlo. Nunca he tenido que aceptar papeles insignificantes para hacerme un nombre en la industria. No tengo que aguantar pendejadas. Y eso es porque tengo un talento del demonio y, además, sé cómo usar lo que tenemos, así que podrías mostrar un poco más de agradecimiento, la verdad.

—Y siento mucho agradecimiento —digo, aunque sueno horrible incluso para mis propios oídos—. Sé que tengo suerte, pero no quiero ser esa persona. No quiero ser el puto Chet Hanks. No quiero ser otro imbécil con un fondo fiduciario y una familia famosa que le consigue trabajos vergonzosos en los putos festivales de *influencers* en Ibiza.

—Bueno, es mejor que estar en la puta ruina a propósito para poder sentirte moralmente superior.

Siento sus palabras como un puñetazo.

—Maldita sea, Sloane, ahí te pasaste un poco de la raya.

Sloane suspira. Los rulos de su pelo se estremecen.

—Escucha, Theo, yo te quiero, pero te boicoteas y te interpones en tu propio camino. Vas por la vida arrastrando ese... ese complejo de nepotismo y te haces la vida más difícil a propósito, solo para demostrarte a ti misma que no eres lo que eres. Pero perteneces a la familia Flowerday. Tienes opciones por las que otras personas matarían. Solo que tienes demasiado orgullo para aprovecharlas.

Odio esto. Odio no tener nada que decir como réplica.

—La oferta sigue en pie —dice Sloane—. Ya me dirás si cambias de opinión.

Cuelga y me deja allí en lo alto de la Colline du Château, sintiéndome peor que antes de llamarla. Y ya me sentía como una puta mierda.

«Te interpones en tu propio camino».

Kit me dijo exactamente esas mismas palabras en la pelea que acabó con nuestra relación. Puedo oír el estruendo de los motores del avión, el crujido de la envoltura de una galleta. Puedo ver la expresión de su cara cuando lo dijo, la puta lástima amable.

«Me preocupa el hecho de que a veces te interpones en tu propio camino».

Por eso tenía que mantenerme lejos de él: en cuanto miro los enormes y brillantes ojos cafés de Kit, olvido que tenía todo el derecho a enojarme.

Puede que las secuelas de nuestra ruptura no hayan sido culpa de Kit, pero eso no cambia el hecho de que la ruptura sí lo fue. Hizo lo que hizo y dijo lo que dijo en aquel avión porque pensaba que podía decidir cómo debía ser mi vida.

Eso es lo que piensa todo el mundo, ¿no? Todo el mundo pensaba que yo debía seguir en el negocio familiar hasta que me puse delante de una cámara. Todos creen que necesito que me salven de mí, como si yo no supiera mejor que nadie que soy un puto desastre. Lo sé. Claro que lo sé, maldita sea. Todos los días me levanto en la ciudad donde crecí, me pongo las botas, me arremango la camisa y trabajo muy duro para destacar en algunas cosas, porque sé que sería capaz de joder cualquier otro proyecto un poco más importante. Sería mucho más valiente si fuera alguien en quien pudiera confiar.

Pero ¿de qué sirve intentar no ser un puto desastre si todo el mundo piensa que lo soy de todos modos? Si estoy destrozando mi vida, hay formas más placenteras de hacerlo.

Bajo por la Colline du Château y entro en los bares, uno tras otro, hasta que encuentro a un tipo que se parece lo suficiente a Kit. Después de unas cuantas rondas, lo arrastro hasta el baño y le entierro las manos en el pelo. Me río hasta que consigo reírme de verdad.

No voy a pedirle ayuda a nadie. Y tengo más claro que el agua que no voy a pedirle amor a Kit.

MÓNACO

COMBINA CON:

Champán robado,
un durazno muy maduro

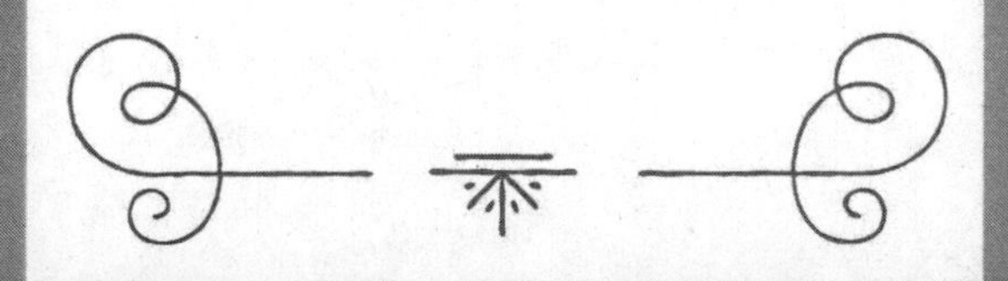

De todas las personas que integran la familia Flowerday, la menos indicada para Mónaco soy yo, pero hoy lo haré bien.

Absolutamente todo en este lugar, desde el palacio de mármol hasta los coches de lujo, está llamando a mi hermana Este a gritos. El toque de princesa Grace en todo, el brillo rosado del dinero familiar. Mi hermanita pequeña se pasearía por Montecarlo y nadaría entre risas en Dom Pérignon hasta que alguien la invitara a la suite VIP. Identificaría al archiduque de cualquier principado inventado al ver su gorra de beisbol de cachemira de Loro Piana y estaría en un yate a la hora del almuerzo, con el sol brillando sobre su pelo rubio cobrizo de los Flowerday.

A la mierda. Yo también podría hacer eso por un día.

Dormí del asco y me desperté sintiéndome como cuando vuelvo a casa en mi *longboard* después de un largo día de inventario: delirante, chorreando de sudor, yendo demasiado rápido, con la cabeza embotada con idiomas que no sé hablar. En el autobús, me bajé la gorra para que Kit no intentara hablarme durante la media hora de trayecto entre Niza y Mónaco para la excursión de hoy, y ahora estoy en nuestro *brunch* de cuatro platos acompañados con champán, haciendo como que no oigo mientras Kit explica nuestro postre a Dakota y Montana.

Veo explosionar el relleno de crema y desbordar el milhojas de fresa bajo el tenedor y pienso que se parece a mí, que apenas queda espacio para mí en mi cuerpo. Soy una salpicadura en el plato de la vida. Si no soy nada, podría ser cualquier cosa. Podría ser el accidente de coche que siempre estoy intentando no ser. Podría añadir mi nombre a la lista de *nepo babies* renegades de Mónaco.

Cuando Kit me mira desde el otro lado de la mesa, sonrío con toda la dentadura. Me termino el champán de un trago y dejo que se me suba a la cabeza.

Después de comer, Kit saca por arte de magia una bolsa de papel con una especie de empanadas fritas y me sigue hasta el puerto. Lleva un minúsculo traje de baño ajustado de color mostaza y una camisa increíble de seda azul con ribetes de olas amarillas y azules y una mujer desnuda montada en un delfín encima de los bolsillos. Lleva el pelo suelto, alborotado por la brisa del mar, y me gustaría, o bien rodearlo con las piernas, o bien empujarlo al mar desde el muelle.

—Bonita camisa —digo—. Tienes pinta de ser un éxito en el Caesars Palace de Las Vegas.

—Gracias —dice, ajustándose los lentes de sol—. La estaba guardando para Mónaco.

La camisa que llevo yo es una ocurrencia de última hora, una prenda de lino de talla extragrande encima de un bikini negro. Me la puse en parte por pereza, en parte por la necesidad de que Kit admire mi cuerpazo.

Volver a enamorarme no significa que lo perdone, y que no lo perdone no significa que haya dejado de querer que me desee. Incluso podría ser aún más delicioso que me deseara ahora. Intuyo que, con tal de autodestruirme, existen las mismas posibilidades de que lo rechace que de que me lo coja, y hoy la imprevisibilidad sabe bien. Un sabroso regusto a posibilidad.

Me subo al barandal del muelle y doy un mordisco a una de las empanadas. Dentro de la corteza de hojaldre, está rellena de acelgas y ricota.

—Es la especialidad local —dice Kit—. Se llama «*barbagiuan*».

—Supongo que, al final, cada cultura tiene su propia empanada.

Kit mastica y traga, observando cómo me tambaleo encima del barandal.

—Oye, ¿estás bien?

—Estoy genial. —Estiro los brazos como hacía Kit en los campos de lavanda, como si pudiera rozar los Alpes con las yemas de los dedos, si llegara lo bastante lejos—. Mónaco es superbonito, ¿verdad?

—Sí, lo es —dice, sin mirar a las montañas—. Oye, sobre lo que viste ayer...

—Ah, es verdad, tenemos que actualizar los números. Con Santiago y Apolline, ahora estás en cinco, ¿verdad?

—Bueno...

—Y yo tengo que contar a Caterina y a mi chico de anoche.

La bolsa de papel cruje en las manos de Kit.

—¿Anoche?

—No supe su nombre. Entonces vamos seis a cinco.

—Seis a cuatro.

—Seis a... —Bajo los brazos, contando de nuevo—. No, son cinco.

Kit suspira y tira al agua el último bocado de su *barbagiuan*. Los peces acuden burbujeando para acabárselo.

—No pasó nada con Apolline. Ella se... se dejó llevar por el momento y me besó, pero eso fue todo. Cuando te fuiste, la ayudé a cerrar la panadería y me fui a cenar solo. Lo que viste no significó nada.

La expresión de su rostro no es muy distinta de la cara con la que me miró en aquel lugar de San Sebastián, pero no sé por qué ahora le importa tanto que le crea. Desde luego, no le ha importado ninguna de las otras veces que lo he visto con otra persona.

Al menos sabía qué clase de amistades eran en realidad.

—Entonces, ¿ayer fue la primera vez que se besaron?

Su nanosegundo de vacilación me lo confirma antes que él. Si es que está bromeando...

—Hubo... De acuerdo, nos acostamos hace años, pero fue solo una vez, y yo no...

—Kit, no me importa.

—¿No?

—Claro que no. Salvo por... Bueno, ya sabes, si ya tenían una historia, eso la habría descalificado de la competencia de todos modos, que conste. Pero, no, ¿por qué iba a importarme? ¿Tengo pinta de que me importe?

—... ¿No?

—Exacto. En fin. Oye, ¿qué quieres hacer hoy? No puedes ir a Montecarlo con ese traje de baño de putón.

Baja la vista y se mira el traje de baño que termina justo debajo del pliegue de su ingle.

—No es un traje de baño de putón. Es europeo.

—En tu caso, es lo mismo.

No puedo ver la expresión de sus ojos cuando levanta la barbilla, pero sus mejillas se tiñen de un rojo tenue. «¿Eso te gusta?», me pregunto.

—De acuerdo, entonces, ¿qué quieres hacer conmigo vestido con este traje de baño de putón?

Huy, sí le gusta.

—Quiero... —digo, saboreando la palabra. Podría ser cualquier cosa. Podría ponerme a provocarlo. Podría ejercer de Flowerday que va por ahí metiéndose éxtasis en barcos con pilotos de Fórmula 1—. Quiero subirme a un yate.

—¿A un yate? —repite Kit, perplejo—. Bueno, rentar uno solo cuesta un cuarto de millón.

—No me hace falta pagar —digo, señalando a todos los ricachones que se arremolinan en sus lujosos barcos—. Mira a esos tipos. Es como un casting de Tom Wambsgans. Podría convencer a cualquiera de ellos para que nos dejara subir.

Escudriño el puerto con los ojos de Este. Ella no perdería el tiempo con un yate lo bastante pequeño para caber en un amarre. Me acerco al mastodonte de cuarenta y cinco metros de eslora que está al final del muelle.

—Ese de ahí —anuncio, mientras me bajo del barandal.

—Theo, ¿qué haces? —pregunta Kit, arqueando las cejas por encima de los lentes de sol, pero yo ya me estoy alejando de él, caminando de espaldas.

—Te lo acabo de decir.

—No, quiero decir… ¿Se puede saber qué haces?

—¡Estoy corriendo riesgos! ¿No estás contento?

Junto a la pasarela que sube al megayate, un hombre habla animadamente en francés con alguien del personal de servicio, con una botella de vino en cada mano. Sé que el yate es suyo por la calidad de su camisa de lino y su reloj Cartier, pero lo que me convence en realidad es la etiqueta del vino: Pétrus, la única bodega de la meseta de Pomerol situada íntegramente sobre un yacimiento de arcilla azul. Todos los *sommeliers* que conozco serían capaces de matar a su mamá a puñaladas por probar ese vino, y él lo exhibe como si fuera Franzia.

—¿Qué cosecha es?

El hombre se voltea al oír mi voz. La luz del sol destella sobre una fina cadena de oro en el vello del pecho bronceado.

Es una grata sorpresa ver que es guapísimo, al estilo Cary Grant o Marlon Brando, el viejo Hollywood con un aire palpable de bisexualidad. Mandíbula afilada, labios carnosos, pelo rubio cenizo y ojos del mismo azul claro que el puerto. Las arrugas en las comisuras de los ojos y la barba incipiente lo sitúan en torno a los cuarenta.

—2005 —responde, con una sonrisa curiosa—. ¿Nos conocemos?

—Soy Theo. Theo Flowerday; el apellido te sonará de Ted y Gloria Flowerday. ¿Conoces a mis papás? ¿Once premios de la Academia juntos? Si has estado alguna vez en Cannes, seguro que los has visto por allí.

Por si nada de esto fuera suficiente, señalo a Kit, que se inclina para ajustarse las sandalias.

—Él viene conmigo.

Émile tiene un acento absolutamente imposible de ubicar. Es parte griego, parte suizo alemán, parte estadounidense de la Ivy League y una cuarta parte secreta, una cualidad suntuosa que evoca corbatas de seda y vino de postre. Nos recuerda que nos quitemos los zapatos antes de pisar la teca y nos da un tour por su yate gigantesco, deteniéndose en la cocina del chef para probar una ramita de hierba limón para los canapés y darnos una copa de champán. Luego nos lleva a la cubierta principal, donde la fiesta está en todo su apogeo.

Las modelos están recostadas en los camastros, bebiendo vodka con hielo y untándose aceite de coco en la piel. Los pilotos del Grand Prix están apostando unos cuantos euros en una partida de póquer. Hay gente bañándose en la alberca de la cubierta, mientras otra se zambulle en el mar saltando desde la popa del barco. Los meseros traen bandejas con sofisticados aperitivos de alta cocina y copas de champán rosado. La música retumba en los altavoces, salen nubes de vapor y humo de puro de unas bocas risueñas, y todo el mundo está buenísimo.

—Disfruten —nos dice Émile, rozando la cintura de Kit con la mano. Una mezcla entre el sentimiento de posesión y la excitación me zumba en las venas.

Cuando se va, Kit se voltea hacia mí con gesto de incredulidad.

—Ya nos subiste a un yate —dice—. ¿Y ahora qué?

Me bebo el champán de un trago y le pido otro a un mesero al pasar.

—Desabróchate la camisa —le digo, quitándome ya la mía y arrojándola sobre la silla más próxima.

—¿Por qué?

—Quiero ver si consigo que alguien se tome un shot en tu ombligo.

—Ah, claro —dice Kit con aire razonable, acatando mis órdenes.

Bebemos, bailamos, nadamos, y descubro, para mi ligero disgusto y mucho mayor regocijo, que resulta que lucir el apellido Flowerday en plan hija renegada es bastante divertido. La hija del embajador belga me enseña a comer caviar con el dorso de la mano. Kit se desenvuelve en las fiestas en los yates como pez en el agua, paseándose con su traje de baño amarillo y coqueteando descaradamente con todo lo que se mueve. Es de otro mundo. Me dan ganas de morderlo.

En algún momento, Émile vuelve a unirse a la fiesta, y parece gravitar de nuevo hacia Kit o hacia mí cada vez que alguien lo distrae. Kit también se da cuenta y me lanza una mirada elocuente cuando Émile me pone la mano en el muslo durante una partida de cartas. A estas alturas, ya me bebí al menos una botella de champán y le di unas cuantas caladas al porro liado por alguien, así que me permito disfrutar viendo a Kit observando cómo alguien me desea. Yo también disfruto viendo a alguien desear a Kit.

Cuando él y yo éramos pareja, nos llevábamos a alguien a casa de vez en cuando. La nuestra no era una relación abierta, pero a veces disfrutábamos viendo cómo el otro recibía placer desde la perspectiva de una tercera persona, o competíamos para ver quién conseguía que alguien se viniera primero, o... bueno, había muchas cosas que nos gustaba hacer.

Empiezo a pensar que puede que nos guste hacerlo con Émile, sospecha que me confirma el tono de voz de Kit cuando se inclina a mi oído y dice:

—Acaban de invitarnos a subir a la cubierta privada.

Miro a Kit intentando captar su vibra, salvo por el pequeño detalle de que, más que nada, lo que hago es mirarle los pezones.

—¿Vamos? —pregunto.

—Eso depende —responde—. Seguro que va a querer hacer un trío con nosotros.

—A ver —digo—, tampoco sería nuestra primera vez...

—Eso era distinto —replica Kit con una mirada elocuente. «En aquella época también teníamos sexo tú y yo».

—No me preocupa —digo con ligereza—. ¿Y a ti?

Se aparta un mechón de pelo de los ojos.

—Bueno, ya me conoces: problemas con la figura paterna, probar las cosas una vez. Definitivamente, estamos en mi terreno.

—¿Hasta dónde estás dispuesto a llegar?

Me mira durante largo rato. Se queda así, mirándome.

—Hasta donde tú quieras —responde. Luego añade—: Si soy solo yo, ¿querrás mirar?

Me imagino dentro de un jacuzzi mientras Kit y Émile se acuestan en un camastro contiguo, los dedos competentes de Kit desabrochando el cinturón de Émile. El calor me lame perezosamente la base de la columna.

—Siempre que tú hagas lo mismo —le digo. Siento algo aquí dentro, algo peligroso. Me pregunto si Kit también lo siente.

—¿Y si nos quiere a los dos? —pregunta.

Bueno... entonces supongo que hoy tendré sexo con Kit.

—Entonces haremos lo de los pulgares —digo yo, refiriéndome al sistema que utilizábamos cuando hacíamos tonterías en algún sitio demasiado tranquilo o demasiado ruidoso para formular preguntas verbalizándolas. El pulgar en la barbilla para la luz verde y el pulgar en el lóbulo de la oreja para la roja. Kit asiente.

—De acuerdo. ¿Cómo llevamos lo de la cuenta?

—Bueno, si tenemos sexo en grupo, creo que se anula —digo yo—. Las reglas matemáticas y esas cosas.

—De acuerdo, nada de puntos, entonces —dice Kit, teniendo el caritativo detalle de compartir ese razonamiento—. Pero si es solo uno de los dos, debería haber una bonificación. Doble puntuación.

—Actuaré en consecuencia —digo.

En la cubierta privada, Émile descorcha una botella de champán de dos mil euros y, para nuestra sorpresa, descubrimos que es una muy buena compañía. Es interesante como solo puede serlo un hombre muy rico, bien armado de montones de anécdotas e historias sobre paisajes y vistas imposibles, retiros espirituales en yurtas y menús de degustación de cinco cifras en islas privadas a las que solo se puede acceder en barco. Pasamos un buen rato hablando solo de arte, vino y viajes, de Malibú y del rancho de caballos que construyó con sus propias manos en los Dolomitas.

Para mí, se vuelve más sexi cada segundo que pasa. He conocido a muchos ricachones y pocos se enorgullecen tanto como Émile de hacer las cosas él mismo. Sabe filetear un pescado y asar un filete, ensillar un caballo y preparar un *old fashioned* de muerte. Kit y yo nos miramos y creo que él también ha caído bajo su hechizo. En cierto modo, Émile casi me recuerda a un Kit mayor, coleccionista de los mejores y más delicados objetos y de las experiencias más enriquecedoras.

En realidad, ahora que lo pienso, también me veo a mí de mayor en él.

—¿De qué sirve tenerlo todo —nos pregunta Émile, recorriéndonos exuberantemente con su mirada— si no se está abierto a todo?

Y ahí está. La verdadera razón por la que estamos aquí.

Pasamos fácilmente a los preámbulos, el tanteo mutuo, el coqueteo. No es la primera vez para nadie y tanto Émile como Kit y yo tenemos mucha soltura, y no nos cuesta nada tomarnos confianza. Entonces Émile dice que somos una pareja preciosa, y Kit lo corrige:

—Ah, no, no estamos juntos.

Lo fulmino con la mirada y reacciona rápidamente.

—Quiero decir, que no estamos juntos de forma exclusiva.

—Me alegra oír eso —dice Émile—. Me pregunto si me dejarían mirar.

De todas las hipótesis que habíamos barajado, no se me ocurrió la posibilidad de que Émile solo quisiera vernos a Kit y a mí, nada más. Miro a Kit, preguntándome si se echará atrás, pero parece tranquilo, así que decido tranquilizarme yo también. Acerco la mano a la bandeja de fruta que hay en la mesa, entre el sofá de lona en el que nos sentamos Kit y yo y el sillón de cuero donde se sienta Émile.

—¿Qué te gustaría ver? —pregunta Kit.

La uva que estoy agarrando por poco se me resbala entre los dedos.

Émile agita el hielo de su copa de coctel. Dirige la mirada hacia mí.

—¿Sabe cómo llevarte al placer?

Qué pregunta…

Miro a Kit mientras respondo, desafiándolo a que mantenga la compostura.

—Sí.

—¿Me enseñarás cómo hacerlo a mí? —pregunta Émile a Kit.

Este me interroga con la mirada. Me cede la palabra, deja que yo decida qué va a pasar a continuación. Si estamos jugando a ver quién es más gallina, no pienso perder. Pero tampoco suplicar.

—Prefiero que te enseñe él —le digo a Émile.

Veo cómo este se pone de pie y se quita la camisa, dejando al descubierto unos músculos esculpidos y bronceados, incluidos los que sin duda podrían describirse como «canaletas del semen». Arroja la delicada prenda de lino sobre el sillón y se voltea hacia mí ofreciéndome la mano, con la manicura impoluta, pero las palmas carnosas por la musculatura de quien está acostumbrado al trabajo manual.

Sigo la reacción de Kit mientras dejo que Émile me levante. Veo cómo se inclina hacia delante, cómo lame el borde de su copa de champán.

Cuando Émile aprieta sus labios contra los míos, sabe a interiores de cuero personalizados y a fruta empapada en almíbar. Besa con el aplomo de un hombre que se ha cogido a más gente de la que he conocido en toda mi vida y el esmero de un amante que aún se preocupa por hacerlo bien. Estoy deseando que haya besado ya a Kit para poder comparar después.

Kit lo observa todo.

Separa los muslos cuando Émile se lo indica y tengo que reprimir el reflejo de elogiarlo por lo bien que sigue siempre las instrucciones. Así, su raquítico traje de baño dorado no deja nada a la imaginación y me doy cuenta de lo mucho que le gusta esto. Recorro con la mirada su vientre tenso, la desplazo hacia arriba, hacia los gráciles altiplanos de su pecho y las sinuosas curvas de sus bíceps y hombros, hasta llegar a su boca, laxa de avidez, y sus ojos oscuros, fijos en mi rostro.

Me toco la barbilla con el pulgar y Kit hace lo mismo. Luz verde.

—Bien —dice Émile, ajeno a esta pequeña conversación. Me coloca entre las piernas abiertas de Kit sobre el sofá, de espaldas a su pecho desnudo, con las piernas pegadas a la parte interna de sus muslos, templados por el sol. Mientras tengo los sentidos abrumados con todo eso, él se inclina y besa a Kit.

Está ocurriendo a escasos centímetros de mi cara, tan cerca que noto la vibración del gemido de Kit en mi propio pecho y veo el destello rosado de su lengua al deslizarse en la boca de Émile. Doy gracias por el champán, por el despecho temerario y el torrente de agua salada, porque verlos no me escuece tanto como podría haberme escocido ayer. Lo que hace es humedecerme por completo.

Se separan y Émile vuelve junto a la bandeja de fruta, toda ya madura y blanda por el sol del atardecer. Bajo la mirada a mis piernas abiertas entre las de Kit, preguntándome qué vendrá a continuación, deseando que venga. El corazón de Kit late desbocado detrás de mí, pero sus manos descansan a los lados, sin tocarme para nada. ¿Qué le pasó al Kit que era incapaz de quitarme las manos de encima, que no podía pasar tres días sin comérmelo todo? ¿Qué clase de Dios del Sexo tiene tanta contención? ¿Qué tengo que hacer para que me toque de una puta vez?

Pruebo a inclinar la cabeza hacia atrás y la apoyo sobre su hombro, con la cara ladeada hacia la suya. Veo cómo se le dilatan las pupilas, cómo agita las pestañas cuando detiene la mirada en mi boca, en mi cuello expuesto. Pero sus manos no se mueven.

Émile se arrodilla entre nuestras piernas extendidas, con el oro alrededor del cuello y las partes más saladas de su barba incipiente captando los rayos de sol mientras avanza sobre las rodillas. Lleva medio durazno en la mano, su pulpa húmeda y dorada, con un hueco en el centro donde debió de estar el hueso, y le dice a Kit que lo use. Que le enseñe lo que me gusta.

Puta madre...

Kit toma la fruta y examina su contorno, palpando su piel aterciopelada. Empiezo a preguntarme si no estará intentando ganar tiempo, si olvidó cómo me gusta que me toquen. Pero entonces recorre despacio el borde del centro rojo del durazno con la yema del pulgar, formando un círculo amplio y desordenado, presionando con más fuerza cuando llega a la carne más oscura de la cresta. Juro por todos los dioses que noto el contacto entre mis piernas.

Un sonido ahogado se me queda atrapado en la garganta.

Pongo la mano en el muslo de Kit para decirle que ya no puedo más, que me estoy muriendo de ganas, y cuando asiente, sé que es más por mí que por Émile. Casi parece que estoy soñando cuando se lleva el durazno a la boca y saca la lengua.

Émile y yo observamos con extasiada atención cómo Kit lame el centro amoratado del durazno. No hay rastro de su vacilación anterior, no hay vergüenza alguna en la forma en que lame y succiona, solo un entusiasmo familiar y voraz. Le resbala el jugo por la barbilla. Me cuesta creer lo que estoy viendo, que esté presenciando un espectáculo tan bello protagonizado por él.

Poniéndome una mano en un lado del cuello, Émile se inclina y sigue el ejemplo de Kit hasta que sus bocas se encuentran. Entonces se besan, y el néctar y la saliva gotean sobre mi hombro y mi pecho. Kit gime una y otra vez, emitiendo gimoteos desesperados, y tiene una erección junto a mí mientras Émile le coge la boca con la lengua, y me imagino metiéndole algo más en la boca, me imagino a Kit sembrando de besos pegajosos de néctar todo el camino de la boca de Émile a la mía.

Entonces Émile me besa con la misma boca que acaba de besar a Kit, con el jugo del durazno en su barba áspera, con Kit en sus labios. Sé que Kit me está mirando, que estoy empujando mi cuerpo hacia su erección, tan familiar para mí, y ya es demasiado tarde para detenerme. Es todo demasiado embriagador, ya estoy más allá de todo, demasiado catastróficamente caliente para sentir algún amago de vergüenza. Todo sucede a través de una bruma iridiscente de irrealidad y mi mano se mueve por instinto, deslizándose entre mis piernas. Por fin, por fin, Kit establece contacto deliberado conmigo, sus dedos me rozan la mandíbula, y yo respondo de forma automática, cierro los ojos, inclino la cara hacia su mano y…

Tenía que ser una sirena de niebla, de entre todas las posibles cosas estúpidas del puto mundo, la que nos interrumpa antes de que pueda meterme la mano en la parte de abajo del bikini. El yate ha regresado al puerto. Van a subir a bordo más invitados. Me incorporo, y la mano de Kit desaparece de mi cara.

—Ah —dice Émile, apartándose de mala gana. Se levanta, desperezándose atléticamente como si hubiera salido a correr un ratito en lugar de intentar hacer un trío—. El anfitrión debe atender sus obligaciones. Volveré.

Me toma la mano y me besa el dorso.

—Cuando lo haga, espero que hayan empezado sin mí.

Y luego se esfuma como un dios de la ropa blanca de lujo y, de repente, nos quedamos ineludiblemente a solas. Y, de repente, recobro el estado de sobriedad que no tenía hace dos minutos.

Eso fue…

Estábamos…

Kit se aparta primero, pero yo lo hago con más fuerza.

—Theo —empieza a decir Kit, sin aliento y con los ojos turbios.

Algo que hay que saber sobre Kit es que en realidad no se llama Kit. Sus papás empezaron a llamarlo así porque era rápido y astuto como un pequeño zorro, y a su hermano mayor le resultaba más fácil decirlo, así que se le quedó. Pero su verdadero nombre es Aurélien. El dorado. Le queda de puta madre.

El dorado no comete errores por descuido. El dorado no se flagela ni se le hacen nudos en el estómago por un amor del pasado. El dorado no estaba a punto de masturbarse delante de su ex, a quien todavía desea porque se ha dado demasiados atracones de caviar y necesitaba una válvula de escape para sus frustraciones. El dorado es amable, digno de confianza, meticuloso y tan insobornable que esto a duras penas pudo persuadirlo para que me tocara. No es justo, carajo.

—¿Sabes qué sería muy gracioso? —le digo.

Kit apenas reacciona. Noto con cierta satisfacción que sigue erecto.

—¿Qué?

—Si hiciera esto.

Tomo una botella de Dom Pérignon de la hielera de la mesa y salgo corriendo.

Bajo las escaleras corriendo hasta llegar a la cubierta principal, atravieso la fiesta para recoger mis zapatos y nuestras camisas y, por si acaso, unos posavasos con pinta de ser muy caros, y enseguida estoy bajando a toda velocidad por la pasarela en dirección al muelle, con las sandalias golpeteando como locas contra los tablones. Kit va unos segundos por detrás, persiguiéndome por el muelle, y me entran ganas de gritar con una risa histérica. Tengo ganas de volar. Yo también quiero ser como el dorado.

Corremos por las calles de Mónaco, con las camisas aleteando al viento y sujetando con fuerza una botella de Dom, y nos echamos a reír. Rebotamos entre las paredes de los callejones, con el arrebato de la descarga de adrenalina, y descorcho el champán. Las burbujas me resbalan por los antebrazos y me salpican los pies hasta que aprieto los labios sobre la botella y las atrapo con la boca. Se la paso a Kit, que se pone a beber mientras yo entono un canto marinero a todo pulmón:

—¡Adiós para siempre a todas las bellas damas españolas!

De pronto, casi se nos cae la botella y, al tratar torpemente de agarrarla para que no se estrelle contra el suelo, chocamos. Se me sale la sandalia, Kit me atrapa antes de que pierda el equilibrio y me apoya con delicadeza contra la pared más próxima.

Bajo el rosa florido de un atardecer en Mónaco, Kit está más arrebatador que nunca. Hemos bajado el ritmo, con la risa aún en nuestros labios, pero esta empieza a desmenuzarse en suaves y cadenciosas bocanadas de aire. Tengo la espalda apoyada en la pared de ladrillo y las manos de Kit sobre mis hombros.

Me muerdo el labio y lo miro a la cara, miro sus ojos oscuros y su boca expresiva, cada uno de sus ángulos inolvidables. Lo quiero. No quiero quererlo, pero lo quiero.

Me toca la cara como hace un rato, con las yemas de los dedos suaves sobre mi mejilla.

Y, entonces, me besa.

EL PRINCIPIO

(Versión de Kit)

Justo al noreste de Lyon, a orillas del Ain, había una aldea medieval llamada Pérouges rodeada de murallas de piedra dorada como la miel. Y dentro de esas murallas había una casa.

La casa era más bien pequeña y modesta, con maceteros desde los que se desparramaban enredaderas verdes por la entrada adoquinada como puntitos de un pigmento de acuarela. El jardín también estaba pintado de un exuberante verde inigualable y las colinas que había al otro lado de las murallas de la aldea eran verdes y de color ámbar y del negro azulado de los moretones por la humedad de la tierra. No sé por qué, las plantas nunca se marchitaban ni se oscurecían cuando apretaba los pétalos entre los dedos, aunque Maman siempre nos decía que no las tocáramos cuando estaban floreciendo. Cuando abría las contraventanas por la mañana, el aire sabía a iris y salvia.

(Un día, el amor de mi vida dijo que eso lo explicaba todo sobre mí: «Se puede arrancar al chico de la aldea de ensueño, pero no se puede arrancar la aldea de ensueño de su corazón»).

Cuando nos mudamos a California, nada era verde. Todo era polvo y arena, todo eran rocas. De color pizarra claro y café, pedregosa y abrupta, como los planetas alienígenas en los que se ambientaban las historias que escribía mi papá. Las únicas cosas que me resultaban familiares eran las que habíamos llevado de casa: los tazones para mezclar y los cucharones de madera, las varillas para batir huevos a mano, las bandejas de cerámica con bultitos que protegían los huevos en la estantería superior de la alacena. Cuando yo extrañaba nuestra casa,

Maman abría el libro de recetas de repostería francesa y nos poníamos a preparar algo juntos en la mesa de la cocina nueva. Aun así, extrañaba los colores.

Entonces llegó Theodora.

La primera vez que la vi, me pareció la cosa más radiante de la clase. El único punto de pura saturación de color que había visto desde mi llegada al desierto: con un rubio rojizo, cobrizo, las mejillas sonrosadas y pecas como polvo de canela; el labio de un rojo rabioso porque se lo mordía con los filos serrados de los dientes recién salidos. Tenía unos ojos como las colinas del Ródano, de un verde azulado por fuera y dorado como la miel en el centro. No encontré la palabra idónea en inglés para describirla hasta la primavera, cuando Maman nos llevó a Antelope Valley a ver el estallido de color de las flores silvestres en los montes. Era lo más espectacular que había visto, más espectacular que el mar desde la ventanilla de un avión o que el fondo de mi corazón. Tan profundo y ancho, tantas cosas unidas en una sola… Teníamos ocho años y Theodora sonreía.

Aprendí los nombres de todas las cosas que crecían y que jamás habría visto en mi hogar. Lupinos, prímulas, hierba de ojos azules, amapola de California, Theo. Superfloración.

El amor enraizó en mí antes de que conociera su nombre. Theo era una superfloración. Los pétalos no se marchitaron.

EL FINAL

(Versión de Kit)

—Kit —dice Thierry—, ¿sabes que los loros notan el sabor en la parte superior del pico?

Mi tío está reclinado en su silla favorita, leyendo una guía sobre el comportamiento de las aves en voz tan alta que lo oigo desde la cocina. No me importa. Después de tanto tiempo, me gusta oír su acento lionés entre los suaves golpeteos de la mantequilla fría contra la harina tamizada.

Enciendo la luz del horno.

—¿En serio? —le pregunto.

—Aquí dice que la mayor parte de las aproximadamente trescientas papilas gustativas del loro se localizan en el paladar. —Cierra el libro y lo aprieta contra el pecho, voltea la cara al sol que entra por las ventanas enmarcadas por las enredaderas—. Qué criatura tan extraña y maravillosa, ¿no crees?

Por la rama materna, de parte del padre del padre de su padre, llegan dos herencias: el amor por todos los seres vivos hermosos y un *pied-à-terre* en Saint-Germain-des-Prés. Gracias a este último, Thierry puede permitirse vivir en un departamento de Haussmann en el sexto *arrondissement* con el sueldo de un ceramista de medio tiempo y, gracias al primero, tiene todos los alféizares de las ventanas recubiertos de frondosas plantas.

Uno de mis recuerdos infantiles preferidos tuvo lugar en este departamento: estar recostado en los suelos de espiga, mientras Thierry le hablaba a Maman de la última mujer de la que se había enamorado ese mes, despertarme con las campanadas de Saint-Sulpice, escribir postales a Theo. No había vuelto desde la preparatoria, pero cuando recibí la carta de la École Desjardins, compré el boleto de avión.

—¿Solo trescientas papilas gustativas? Pues qué tragedia, en comparación con nuestras diez mil.

—Pues aun así son capaces de paladear muchos alimentos. ¡Incluso tienen comidas favoritas! Constança dice que al gris le encantan los mangos. Benny, me parece. Ay… No, el gris es Anni-Frid.

Escribe una nota en la mesita auxiliar, decidido a recordar qué pájaro de Constança tiene el nombre de qué miembro de ABBA.

Constança, la última novia de Thierry, vive en Portugal y odia las relaciones a distancia, así que mi tío va a dejar el *pied-à-terre* para irse a vivir a una casa de dos habitaciones en Lisboa con una caterva de aves. Admiro profundamente que sea capaz de pensar que cada mujer a la que conoce es su alma gemela. Este es el tercer país al que se muda, después de Bélgica por Lydia y Japón por Suzu. Pero esta es la primera vez que se siente lo bastante seguro como para plantearse vender el departamento.

—Lisboa está espectacular en esta época del año —dice Thierry—. Apenas extrañaré París.

—Esa es la primera mentira que has dicho hoy.

—No. También te mentí esta mañana cuando te dije que no había comprado helado. Era solo que no quería compartirlo.

—No pasa nada —contesto. Saco el bizcocho del horno y lo dejo encima de un trapo, luego lo llevo a la sala de estar. Es una *galette de Pérouges,* hecha con la receta de mi tía abuela—. Preparé un postre para los dos.

Thierry mira el bizcocho y luego mi cara.

—¿A qué viene esto?

—¿Acaso no puedo tener un detalle con mi tío favorito?

—Tienes los mismos ojos que tu mamá —contesta Thierry—. Y siempre adivinaba cuando quería algo.

—Bueno —digo, y hurgo en el bolsillo—, sé que estabas pensando en vender el departamento porque no hay nadie en París a quien pasárselo. Pero ¿y si lo hubiera?

Le doy la carta y observo mientras la despliega. Tras leer unas cuantas líneas, sonríe de oreja a oreja.

—¿En serio? ¿Vas a venir a París?

Asiento con la cabeza.

—Ay, Kit, qué encanto. —Se incorpora de un salto para abrazarme, y me hace dar vueltas como cuando era un niño—. Ay, pues claro, claro que es para ti. ¿Y Theo? Dime que Theo vendrá también.

Sonrío.

—Todavía no se lo cuento. Pero tengo un plan.

CINQUE TERRE

COMBINA CON:

Sciacchetrà, *focaccia* de Liguria
con albahaca fresca

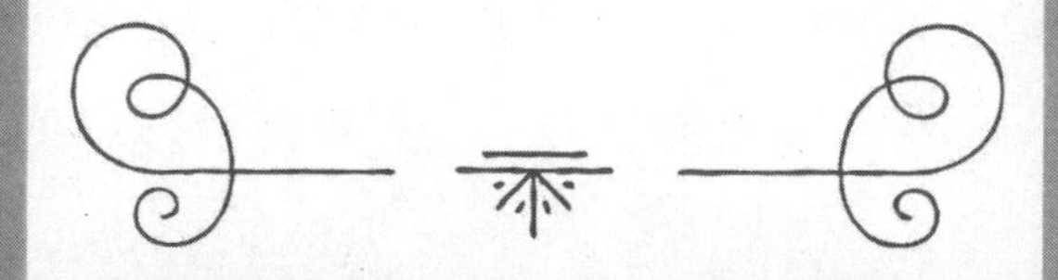

Los primeros seis meses después de que me dejara Theo, viví a base de sexo, cruasanes y un libro con la poesía completa de Rilke que saqué de la estantería de Thierry.

Me quedaba en vela leyendo y rodeando con círculos los versos que más me hacían pensar en Theo, copiaba los mejores hasta que juntos componían un nuevo poema. «El sueño en los ojos, la frente casi tocando algo lejano». Y «¿Acaso no era verano? ¿No era el sol… todo ese calor que emanabas, ese radiante calor inabarcable?». Y «A solas: ¿qué haré con mi boca?».

Bueno. Pues sexo y cruasanes, ¿qué voy a hacer si no?

Fue Maxine quien, al final de una larga velada que podría haber sido una primera cita de no ser porque supo ver al vuelo qué me sucedía, fue a consultar mi libreta en busca de una receta y se topó con la página en la que había escrito los versos de Rilke.

—¿Hace cuánto que sientes ese amor? —me preguntó.

—Casi toda mi vida —contesté.

—*Putain de merde* —dijo, y abrió la cigarrera.

Esa fue la noche en la que nos hicimos amigos y fue la noche en que le hablé del tour. El primer día de todos los veranos posteriores, ella me preguntaba si ese era el año en que canjearía el boleto, y todos los años yo le decía que no podía, porque estaba esperando. Mantenía la esperanza de que algún día, de algún modo, Theo volviera conmigo.

No es que haya amado el mismo recuerdo frío todo este tiempo. Rilke escribió: «Incluso tu ausencia conserva tu calor». Estoy enamorado del calor residual de Theo, de la hendidura que me dejó para que creciera alrededor, como un injerto. Todos esos pétalos vivos que no se marchitan.

Así es mi vida, en la cocina y en la cafetería y en la *épicerie*, tocando cáscaras de naranja todas las mañanas, y por las noches, repasando los rincones vacíos del departamento donde podría caber un mueble bar o unas botas, despertándome siempre en el lado izquierdo de la cama. Dejo espacio para que Theo continúe formando parte de mi vida.

Pero cuatro años es mucho tiempo, así que este año, cuando Maxine me pregunta por el boleto, le digo que lo haré como viaje de despedida. Llevaré la carta que no llegué a enviarle a Theo a una playa de Palermo y la enterraré en el mar, luego regresaré a París y pasaré el resto de mi vida amando a alguien a quien no volveré a ver.

Y, entonces, Theo sale como de un sueño y entra en el autobús de Londres, con más determinación, fuerza y atractivo irresistible que nunca. Se nota que no soporta tener que sentarse a mi lado, pero quiere intentarlo, así que le digo que sí, porque estoy dispuesto a aceptar las migajas que me ofrezca. Me llama amigo en la misma frase en la que me propone que nos acostemos con otras personas y también a eso le digo que sí, porque es una buena distracción. Porque mientras contemos conquistas, tendremos algo de qué hablar y he extrañado mucho oír su voz.

Y me mira mientras toco a otra persona y dormimos en la misma cama y pienso en ella cada vez que me zambullo en el cuerpo de alguien, y jadea junto a la palma de mi mano en la cubierta de un yate. No me queda sitio dentro para asimilar todo esto. Tiene que salir a borbotones. Así que la beso.

Beso a Theo porque estoy enamorado de ella. Siempre lo he estado. Siempre lo estaré.

Todavía me estoy acostumbrando al aspecto tan distinto que tiene Theo.

La última vez que la vi, el pelo le llegaba por debajo de los hombros y le caía por la espalda. Llevaba esmalte de uñas que se retocaba cuando empezaba a estropearse, se ponía sombra de ojos antes de ir a trabajar para que le dejaran más propina, usaba falda los fines de semana. A veces me percataba de cómo corregía la postura, como si pudiera suavizar la anchura natural de sus hombros, volverse más delicada.

Ahora es al revés, camina con los hombros hacia atrás, se mueve como si conociera mil maneras de usar el cuerpo y no temiera ninguna de ellas. Se le ha endurecido un poco la cara, con las facciones más marcadas, pero conserva un toque afable sin endulzar que hace que los desconocidos le cuenten sus secretos, y le destacan mucho las pecas. Usa botas prácticas y overoles con bolsillos cargo y gorros de tela feos, y tiene el pelo tan corto que el cuello y la mandíbula le quedan al descubierto.

Hace un mes habría jurado que jamás desearía a nadie más de lo que deseaba a la Theo que conocí. Entonces vi a esta nueva Theo y de repente «desear» se quedó corto. Esto es más como una «necesidad».

Estamos en Monterosso al Mare, la parte más al norte de las cinco villas arracimadas a lo largo de la curva de la costa noroccidental de Italia, Cinque Terre. Aquí los *palazzos* en tonos pastel se precipitan por empinados acantilados hacia el reluciente y azul mar Mediterráneo. Unos bancales cortan las colinas verdes, donde se cultivan aceitunas, limones y albahaca, y varias filas de sombrillas de rayas se amontonan en las playas que hay debajo. Es más agreste y cálido que la Côte d'Azur, pero el salitre en el ambiente es el mismo, y las playas turísticas son casi las mismas, así que pienso (con desdicha, sin poder evitarlo) en Mónaco. En el día de ayer, en la necesidad.

Pienso en Theo entre mis muslos abiertos, el sudor seco y el agua salada como única separación entre la piel de uno y otro. Pienso en lo cómoda que se instaló allí, lista para cualquier cosa, mientras que yo tuve que emplear todas mis fuerzas para que no me temblara la voz ni se me descontrolaran las manos. El peso de su mirada en mi boca, la presión de su mano en el muslo, su pelo húmedo en mi hombro, toda esa ansia histérica que vertí en Émile para que Theo no la percibiera. Estaba tan absolutamente dispuesto a hacer lo que fuera que ella deseara y tenía tanto miedo de que, si llegaba a tocarla, ella supiera que significaba mucho más para mí…

Mientras la observo cortar sin piedad las hojas de albahaca en pedacitos, me pregunto si volveremos a estar tan cerca en alguna otra ocasión.

Hoy Theo se ha puesto botas —sus contundentes Blundstone— con pantalones cortos de senderismo y la camisa de lino de ayer, que todavía huele a salitre y a champán caro. Tal vez eligiera esas botas para la excursión de esta mañana al campo de albahaca porque una buena viticultora siempre está preparada. O tal vez sea porque la besé, y ahora tiene en mente tirarme por la ventana del *palazzo* de un patadón.

Sujeto una hoja de albahaca entre el pulgar y el índice y la aprieto hasta que las fibras ceden, pero esa nueva herida mojada solo me recuerda el brillo del labio inferior de Theo en un callejón oscuro. La boca de Theo contra la mía durante cinco segundos antes de que me apartara y empezara a pedirle perdón. La risa despreocupada que forzó cuando le juré que estaba borracho y me había dejado llevar por la situación, que no lo había hecho en serio.

Regresamos al hotel en silencio y no me ha dirigido la palabra desde entonces. Ni en el trayecto de autobús ni durante el tour por el cultivo, ni cuando nos dieron tiempo libre para que recogiéramos la albahaca que quisiéramos, ni siquiera durante la adorable lección del viejo campesino sobre cómo preparar el pesto. Ahora mismo, está concentrada en picar hojas con una furia rabiosa en la que vuelca todo su corazón. La mesa cruje bajo su mortero, las botellas de aceite de oliva tintinean nerviosas.

—¿Estás bien, Theo? —pregunta Stig.

—Increíble —dice Theo con tono alegre, lo cual significa que está enojada, y cuando está enojada, rompe cosas.

Noto las manos torpes sobre la maza del mortero, el sabor del arrepentimiento amarguea tanto en mi boca que no identifico bien los otros sabores. Tardé en comprender por qué había hecho enojar tanto a Theo como para que me dejara plantado entonces, pero esta vez me es más fácil averiguarlo. Se supone que soy su amigo y la besé. Todos esos coqueteos e insinuaciones, la desnudez platónica y los intentos de tríos... Me convencí de que significaban algo que ella no comparte. Si pudiera, yo mismo me tiraría por la ventana del *palazzo* de un patadón.

Cuando probamos el pesto recién hecho de todos, el de Theo es potente, complejo y con un equilibrio perfecto, con la cremosidad justa, porque vertió el aceite de oliva al final en lugar de echarlo todo a la vez, como hicimos la mitad de los demás. Theo jamás se ha encontrado ante una habilidad útil y pautada que no haya sabido dominar al instante con determinación e instinto. «Aprendiz de todo, maestro de una mierda», me dijo una vez. Nunca he deseado a nadie más que a ella.

Mojo un pedacito de pan en mi mortero y descubro que no sabe a casi nada. Es la cosa más anémica y penosa que he probado desde la escuela de pastelería.

—No picaste suficiente la albahaca —comenta Theo, y se muerde el labio. Pasa un dedo por el borde de mi mortero y luego se chupa el aceite y las hierbas de la yema—. Sabe medio hecho. Maldita sea, déjate ir, hombre.

No tengo respuesta para eso. Tiene razón, pero aun si no fuera así, hoy merezco que me reprenda.

Cuando le estreché la mano en el acantilado de Dover, me pregunté qué motivos podría darle para que se quedara conmigo esta vez. Esta nueva persona con callos de carpintero en el punto en que cada dedo se une a la palma, que viaja ligero y cruza sola el océano, la Theo más robusta y corpulenta que se cortó el pelo... ¿Qué podría ver en mí?

Vio la amistad, y suerte que tuve por eso. No debería haber pedido más.

En el tren en el que recorreremos la costa hasta las cuatro otras aldeas de Cinque Terre, Theo se sienta enfrente de mí, al otro lado de una mesita gris, sin decir nada. Se pone los audífonos, con el tatuaje del cuchillo reluciendo como un mal augurio cuando cruza los brazos por encima del pecho. La miro y la extraño por duplicado, una vez como amante y otra vez como la amiga que tenía ayer.

Rilke escribió: «La dulzura susurrante, que antaño corría por nosotros, aguarda en silencio...».

Me paso el día viendo doble. La siguiente aldea, Vernazza, está llena de escaleras de piedra envejecida y turistas que van a la playa. Lo veo, pero también veo San Sebastián. Veo a Theo a mi lado en la arena, ambos asimilando la repentina revelación de que, en realidad, no nos habían abandonado, con el sol posado en sus hombros, y deseando con todas mis fuerzas haber tomado el siguiente avión en lugar de haberme quedado languideciendo en un departamento vacío una semana entera mientras escribía cartas dramáticas.

Más hacia el interior, en las colinas de Corniglia, bebemos vino de Vernaccia elaborado con las uvas blancas de la zona. Fabrizio nos cuenta que Miguel Ángel escribió una vez que Vernaccia «besa, lame, muerde, abofetea y clava el aguijón», y Theo dice: «Maldita sea, ¿está soltera?». Pienso en Burdeos y en la barriga llena de vino, de pie ante una fuente y atreviéndome a albergar esperanza, la punzada amarga al oír a Theo decir que fue bueno que lo nuestro terminara. Y pienso en las manos de Theo en las caderas de aquel ayudante del viñedo y me pregunto si un corazón roto puede llegar a cogerte si aprendes a amarlo lo suficiente.

De nuevo en la costa, el pueblo más grande y más bullicioso de los cinco, Riomaggiore, me recuerda a Barcelona, con sus iglesias góticas y sus puestos callejeros en los que venden conos de calamares. Recuerdo aquella segunda noche calurosa en la que le supliqué a Santiago que me cogiera para quitarme a Theo de la cabeza durante el tiempo necesario para recuperar el aliento. Cómo la oí en la acera de enfrente y elevé la voz, aun sabiendo que lo más probable era que no me prestara atención, y fingí que sí. Cómo pensar en eso hizo que se me pusiera tan dura que me desmayé y tuve que invitar a Santiago a desayunar para pedirle disculpas.

Cuando el tren nos deja en Manarola, estoy medio agonizante, medio excitado. Merodeamos por senderos polvorientos, a través de la ladera surcada por terrazas donde cultivan la uva, y subimos la cuesta hasta una *trattoria* de color rosa con unas vistas espectaculares en la que vamos a cenar. Supongo que Theo va a sentarse en otra mesa, pero no me «evita», qué va: me ignora de forma mucho más agresiva, cosa que por lo menos me resulta familiar. Se desploma en el asiento que tengo al lado en el *terrazzo* de la azotea, enfrente de los Calums.

Estos llevan todo el día sorprendentemente callados, y se limitan a hacerle un gesto con la barbilla para saludarla. Por norma general, no suelo perder el tiempo con los tipos típicamente masculinos salvo que, siendo francos, me estén cogiendo, pero me caen bien los Calums. Desprenden una especie de aire inofensivo, la benevolencia sincera y borreguil del actor Channing Tatum o de una vaca. A Theo le encantan, por supuesto, porque en otra vida Theo fue el patriarca de alguna hermandad.

Los meseros sirven botellas de vino blanco frío y una selección de *antipasti* de productos del mar: filetes de anchoas en salmuera con limón y aceite de oliva, calamar a las brasas en su tinta, pulpo a las hierbas. Luego llegan los platos de pasta recién hecha con tinta de sepia rebosantes de mejillones y almejas, y después unas barrigudas serviolas que relucen como si todavía estuvieran húmedas y recién pescadas.

Es una comida increíble y todos la disfrutamos sin hablar apenas.

Al final, Theo señala a los Calums con el tenedor y dice:

—¿Qué carajos traen ustedes dos? ¿Se emborracharon y se acostaron o qué?

Calum el Pelirrojo se ruboriza y, de pronto, Calum el Rubio se concentra fascinado en una gamba. Me pica la curiosidad.

—Ay, Dios mío... —susurra Theo, inclinándose hacia delante—. Lo hicieron.

—No lo hicimos —dice Calum el Rubio con la mirada fija en el camarón.

—Claro —corrobora Calum el Pelirrojo—, porque no paraste de apuñalarme por la espalda con el pene, hombre.

Bajo las cejas.

—Perdonen, pero ¿tuvieron sexo o no?

—¡No te apuñalé por la espalda! —suelta Calum el Rubio, exaltándose ante su amigo Calum—. ¡Aproveché la oportunidad!

—Pausa. —Theo levanta las manos—. ¿Qué pasó?

Ninguno de los Calums dice nada, los dos fruncen el ceño. Al final, es Calum el Pelirrojo quien habla.

—Anoche, en Mónaco, salimos con dos chicas, y los dos intentábamos, eh… bueno, ya saben.

—Darnos un revolcón —aclara Calum el Rubio.

—Pero entonces Calum se las llevó a las dos a casa, mientras yo estaba en el baño. Y ni siquiera me pidió permiso.

—¡Fue idea de ellas!

—¡La chica me gustaba!

—Pero si ni siquiera te decidías sobre cuál de las dos te gustaba más.

—¡Las dos eran preciosas!

—Tú habrías hecho lo mismo si no hubieras estado hecho mierda —dice Calum el Rubio—. Te dije que eres incapaz de aguantar el champán.

—¿Puedo decir algo? —intervengo antes de que Calum el Pelirrojo pueda contestar—. En mi experiencia, el sexo en grupo con alguien muy amigo puede volverse… —explico, evitando de forma deliberada mirar a Theo, pero noto sus ojos clavados en mí— emocionalmente complicado.

Calum el Pelirrojo frunce el entrecejo.

—¿A qué te refieres?

—Calum —le digo—, ¿cabe la posibilidad de que lo que te enojara no fuera lo de las chicas, sino el hecho de que Calum hiciera un trío y no te invitara?

Ambos Calums se quedan otra vez callados. Theo tampoco habla, ha cruzado los brazos y se dedica a dar vueltas al vino en la copa.

—¿Es eso? —le pregunta Calum el Rubio a Calum el Pelirrojo.

El Pelirrojo cruza los brazos.

—Habíamos prometido que, si alguna vez lo hacíamos, sería juntos.

—¡Cuando teníamos quince años, Calum! ¡No significaba nada!

—¡Pues para mí sí!

Theo se lleva los nudillos a los labios. Los Calums comparten un largo instante de contacto visual muy íntimo. Yo comparto un largo momento de contacto visual íntimo con el pescado del plato, mientras pienso en la semana que he tenido.

—No sabía que para ti fuera importante —dice el Rubio con cariño—. De verdad, no pensé que te importaría.

—Pues hirió mis sentimientos —contesta el Pelirrojo.

—Lo siento, amigo. Es que… me dejé llevar por el momento, supongo. No pensé.

—En defensa de Calum —interviene Theo, y se inclina hacia delante de nuevo. Parece que la expresión «me dejé llevar por el momento» activó algo en ella—, creo que todo el mundo tomó decisiones cuestionables en Mónaco.

Me mira a los ojos. Aprieto la mandíbula.

—Debía de haber algo en el ambiente, ¿no? —dice Calum el Rubio.

—Desde luego —corrobora Theo—. A ver, solo les digo que Kit me besó. ¿Lo pueden creer?

Se me cae el alma a los pies.

—¡No! —grita Calum el Pelirrojo, animado de pronto por la risa—. ¡Qué niño tan travieso!

Calum el Rubio también se suma y me obligo a soltar una carcajada y no ceder ante la provocación, pero empiezo a notar un cosquilleo en los senos nasales, lo cual solo puede significar una cosa. Theo observa con atención mi cara por encima de la copa.

—Sí, muy gracioso, no sé en qué estaría pensando —digo, y aparto la silla—. Discúlpenme.

Salgo de la terraza a toda prisa y con la mayor discreción, rezando para que no suceda nada hasta perderlos de vista. Cruzo el comedor, bajo las escaleras y llego a la calle… No paro hasta llegar al camino de grava, donde nadie salvo un hombre sentado junto a la calzada en una silla de cocina verá si empieza a sangrarme la nariz.

La mayor parte de las veces me parece romántico, e incluso algo sexi, que desde aquel golpe con el taxi acuático de Venecia, me salga sangre de la nariz en algunos momentos cuando siento una emoción especialmente intensa. Es como ser la víctima de una maldición en una tragedia griega o Satine en *Moulin Rouge*. Pero Theo no es tonta y, si esto sigue ocurriendo, me voy a delatar aún más de lo que ya lo he hecho.

Inclino la cabeza hacia delante y me apoyo en el murete exterior del jardín, esperando a que el sentimiento cese. Funciona: cuando me paso el pulgar por encima del labio superior unos minutos más tarde, está seco.

Suelto un suspiro y me planteo llamar a Maxine, o incluso a Paloma, solo para decirle a alguien lo que no puedo decirle a Theo.

Hubo un momento, un mes después de que Theo y yo nos instaláramos en el departamento de Palm Springs, en el que las cosas empezaron a cambiar. Levanté la mirada del libro que estaba leyendo y la descubrí mirándome con una especie de ternura secreta en los ojos y, por primera vez desde hacía mucho, me pregunté si me amaba del mismo modo que yo la amaba a ella. Si era así como siempre me había mirado cuando pensaba que no la veía.

Aunque me arrepienta, ese atisbo de esperanza fue el que tuve anoche. Fue solo un levísimo suspiro, una inspiración silenciosa por la nariz y luego una exhalación por la boca relajada, como si hubiera estado a punto de abrazarme con más fuerza de no ser porque ya me estaba apartando. Pero sería idiota si me aferrara a eso después de lo que acababa de decir en la mesa, como si para ella no fuera más que una broma, como si…

La puerta que tengo detrás se abre de golpe.

—¡Kit!

Theo se echa a correr por la calle, con el pelo alborotado y de color ámbar en el atardecer colmado de viento.

Sus botas repican contra la grava y lo primero que pienso es: «Bien». Theo debería caminar siempre con pasos rotundos. Debería dejar marcas hondas allá donde vaya para que todo el mundo se entere de que pasó por ahí, como un acontecimiento histórico. Los arqueólogos deberían poner cinta alrededor de sus huellas y estudiarlas con cepillos.

Se acerca a mí.

—¿Qué haces aquí fuera?

—Nada —le digo—. Es que… necesitaba tomar el aire.

—Nuestra mesa está en la terraza —señala Theo.

—Otra clase de aire.

—¿Por qué?

Todos los días de este tour he tenido ganas de contárselo. Y todos los días me he dicho que no. Pero he estado tan cerca de ella, y todo ha sido tan hermoso, y me he tragado ya tantas palabras… He cocinado los pedacitos de mi corazón roto. Si sigue provocándome, me temo que al final cederé.

—Theo, sé que anoche la cagué, y tienes todo el derecho del mundo a estar enojada —le digo, cerrando los ojos—, pero ¿era necesario el comentario? ¿Delante de los Calums?

—No pensé que fuera a importarte, porque dijiste que no significaba nada para ti.

Y me oigo decir:

—Significa mucho.

Rilke escribió: «¿Quién no ha temblado alguna vez al contemplar el telón de su corazón?».

—Significa mucho —repito—. Siento haberlo hecho y ojalá pudiera retirarlo, porque me ha encantado ser otra vez tu amigo, pero llevo días volviéndome loco por intentar ocultarte esto, y entonces en el yate, cuando pensaba que tal vez… cuando estuvimos a punto de… fue demasiado, Theo. Y, por un instante, no pude seguir fingiendo que no he deseado besarte desde que te subiste en ese autobús en Londres. —Respiro hondo—. Pero no volveré a hacerlo si no quieres.

Theo se me queda mirando con los labios abiertos, su pecho sube y baja. Los árboles tiemblan al viento por encima de nosotros.

—Lo sabía —dice por fin. Yo estaba preparado para el comentario, pero no para el tono de furiosa victoria con el que lo dice—. Tú también lo sientes.

El corazón me late desbocado. No puede referirse a...

—Theo, ¿qué sientes tú?

—Esta... esta... cosa entre tú y yo —dice Theo—. Este «problema».

Ah.

Theo continúa hablando mientras se echa a andar.

—En el pasado teníamos sexo —me dice—, y ahora ya no, pero no paramos de hablar de sexo en todo el día, y de pensar en el sexo y de pensar en la otra persona teniendo sexo con otra gente, y yo creía que eso ayudaría, pero está haciendo todo lo contrario. No coger tú y yo nos está haciendo perder la cabeza. Y creo que tenemos que hacer algo para remediarlo. Por ejemplo, quitarnos la tentación.

Apoyo las manos en los hombros de Theo para que deje de caminar. Una nube de polvo sube desde sus botas. Su cara casi toca la mía, con los ojos relucientes.

—¿A qué te refieres? —le pregunto—. ¿Crees que deberíamos tener sexo?

—No, eso sería demasiado parecido a volver, y no hemos vuelto —dice Theo como si nada—. Eso queda descartado. ¿De acuerdo?

—Eh... —Aparto las manos—. Sí, entiendo que tener sexo tú y yo podría dar la impresión de que volvimos.

—Sí —repite Theo, y asiente con la cabeza con mucho ímpetu—. Pero tenemos que hacer algo porque... —Toma aire y me atrapa con esa mirada tan fija—. Porque yo tengo unas ganas que me muero de coger contigo. Así que dime: ¿tú también quieres coger conmigo?

—Theo —le digo—. No te puedes ni imaginar las ganas que tengo.

—Genial —responde Theo. Se le sonrojan las mejillas, respira de forma superficial, como si estuviera a punto de echarse a correr. La amo—. Entonces, creo que... creo que deberíamos tener sexo, pero sin... sin tener sexo de verdad.

—Sí —digo de inmediato—. O... Bueno, no sé a qué te refieres, pero sí. Dime cómo.

—La regla de *Mujer bonita.* Nada de besos en la boca. —Lo piensa—. Ni contacto piel con piel de la cintura para abajo.

Asiento, notando el pulso en las yemas de los dedos; en otras partes de mi cuerpo. Puedo hacerlo. ¡Quiero hacerlo! Si esto es lo máximo que puedo tener de ella, lo aceptaré encantado. Y si esto es todo lo que quiere de mí, es fácil dárselo.

—¿Algo más?

—Creo que será mejor que no lo hagamos en nuestra habitación —añade—. Sería eh… terreno pantanoso.

—Claro —digo, como si no estuviera deseando meterme en ese pantano—. ¿Tenemos permiso para hacer que el otro se venga?

—Carajo, sería más que recomendable.

—Entonces sí. Un sí rotundo. ¿Cuándo?

Theo sopesa la pregunta durante un segundo entero.

—¿Ahora?

No tenemos ningún plan; tomamos una dirección al azar y volvemos a paso ligero hasta la zona de los viñedos. Tengo en mente buscar un claro resguardado o un rincón rocoso o, incluso, algún hueco de tamaño decente entre las viñas, pero entonces aparece ante nosotros. Un refugio de campo, cubierto de hiedra como si llevara un tiempo abandonado.

Nos miramos a los ojos. El pomo de la puerta está oxidado. Con un buen empujón, se abrirá.

—¿Te parece bien? —le pregunto a Theo.

—Me parece bien —declara Theo, y me azuza para que entre.

Dentro del refugio apenas hay luz. Un reflejo del atardecer se cuela por una ventana estrecha y alta para revelar las desvencijadas estanterías de macetas y sacos de grava, además de una mesa abarrotada de cacharros. Huele a abono húmedo y a granito mojado y, en menos de un minuto, ya me golpeé el codo con dos estanterías distintas.

—Auch, maldita sea —masculla Theo, y aparta algo metálico del paso con estrépito. Alejo de un empujón un rollo de tela metálica para emparrar y Theo arroja lejos un rastrillo; después, todo queda en silencio. Hemos eliminado todos los obstáculos. Estamos solos, en un rincón de intimidad, no hay nada entre nosotros salvo el aire.

Cuando la vista se me acostumbra a la penumbra, distingo el contorno del rostro de Theo. Tiene la expresión concentrada, mueve la mandíbula como si se pasara la lengua por la parte afilada de los dientes.

Dios, cuánto la extrañaba.

—Ni siquiera sé por dónde empezar —confieso.

—Por donde quieras —me dice.

Y nos abalanzamos el uno sobre el otro.

Al principio se parece más a una pelea que a otra cosa. Dos personas que conocen el cuerpo de la otra mejor que nadie, con años para pensar en todos los puntos débiles. Theo empuja el cuerpo con toda su fuerza contra al mío y yo devuelvo el empujón, levantamos polvo y piedras del suelo de losas mientras nos aferramos a lo que sea en busca de una presa. Me aprisiona un muslo entre los suyos y entierro la cara en el lateral de su cuello y la levanto. Pensaba que sería más difícil hacer esto sin besarnos, pero las manos van donde irían las bocas: sus yemas acarician la comisura de mis labios, mi pulgar ocupa el centro de su labio inferior. Maldecimos, gemimos y encajamos como hacíamos siempre.

Cuando soñaba con tenerla de nuevo en mis brazos, me imaginaba tomándomelo con calma, desnudándola poco a poco, un beso por cada noche separados. Carajo, me equivoqué por completo, me digo. Debería habernos visualizado hambrientos y delirantes después de haber devorado de todo salvo el uno al otro, sin una pizca de autocontrol para ir comiendo a cucharadas. Quiero arrancar el mantel de la mesa y darme un atracón. Quiero que se abra como un animal y me dé un mordisco. Todo lo que he ido probando desde Londres no era más que un aperitivo.

Le toco los labios y pienso en cómo se metió el vino en la boca en Burdeos y succionó hasta extraer el sabor de las cerezas que contenía. Le hago un chupetón en el cuello como quise hacerlo bajo los focos de la pista de baile en San Sebastián, paso la lengua por su clavícula como quise hacer cuando le vi el escote en París. Los dedos que rozaron mi piel en el agua cerca de San Juan de Luz, la voz ronca del balcón de enfrente en Barcelona, las manos hábiles de aquella cocina en Niza… Me permito poseerlo todo, por un instante.

Con un manotazo brusco, Theo despeja la mesa de trabajo y me arroja encima. Varias palas y tijeras de podar caen con estruendo al suelo. Una cubeta se golpea contra la pared. Se me doblan las rodillas y, de pronto, Theo se sienta a horcajadas sobre mí. Aprieta la parte inferior de la palma contra mi manzana de Adán y clava el pulgar en la piel tan vulnerable de debajo de la barbilla, saca el aire entre los dientes apretados. Mis manos le cubren la espalda, le agarro puñados de tela de la camisa y jalo para bajársela de los hombros.

Está a punto de rozarme el labio inferior con los dientes y, de pronto, me viene un recuerdo de esto, la pausa previa a un beso, el modo en que le encantaba hacerme esperar hasta que le suplicaba o era yo quien acortaba la distancia. Es lo que más deseo del mundo: un buen beso, uno intencionado, la clase de beso que merece Theo. En lugar de eso, inclino hacia arriba las caderas para que vea qué ha hecho.

Desplaza la boca hacia un lado, me la acerca a la oreja cuando nota lo tremendamente erecto que estoy y suelta una grosería.

—¿Es por mí?

—Sííí —le contesto, y se frota contra mí, dándome a la vez el alivio de la fricción y la agonía de no tener bastante. Noto la voz ronca y a punto de quebrarse, como la mantequilla quemada en la base del horno, pero no puedo dejar encerrado el humo cuando abre la puerta de golpe de semejante manera. Le daré todo lo que me pida. Mancharé de hollín las paredes de la cocina.

—Eres… Lo provocaste tú. Siempre lo consigues.

—En Barcelona, aquella mañana… —Contiene la respiración, sus uñas cortas se clavan en mi cuello. Deslizo una mano por debajo de su camisa para agarrarle de la cadera y atraerla hacia mí—. ¿También se te puso duro por mí entonces?

—Sí —repito. Ahora me muevo a la par que ella, o ella se mueve donde mi mano la guía, o quizá las dos cosas. Puede que siempre hayamos sido esta especie de único ser continuo y jadeante—. Soñé contigo.

—Cuéntamelo. Cuéntame lo que te hice.

—Estábamos… eh, estábamos en el bar, en París. Encima de la cama. Pero yo estaba debajo y… —Y ella me besaba, me decía que me quería—. Y me tocabas. Me lo agarrabas con la mano.

Theo inclina la cadera hacia delante.

—¿Puedo contarte un secreto?

—Claro.

—Esa noche yo también soñé contigo.

Reprimo un gemido.

—¿Cómo? ¿Dónde?

—Soñé que estábamos en ese último restaurante y me comías encima de la mesa.

—Maldita sea…

Nos movemos más deprisa, nos apretamos más. Theo me besa el pulso una y otra vez y con cada beso se me escapa un suspiro de la boca. Está tan caliente en el centro, caliente y abierta, pero fuerte, noto el bulto de su cremallera duro contra la tela blanda de mis shorts.

—No puedo… He pensado tanto en esto —dice Theo—. En ti. En tenerte dentro de mí. En estar dentro de ti. ¿Tú también piensas en eso?

—Sin parar —respondo, aunque no sé ni lo que digo—. Todo el puto rato, Theo, es como si… si solo viviera para eso, te he deseado tanto.

—Ah, carajo… —Un sonido desesperado, al borde del acantilado, medio gemido medio súplica. Noto su mano entre los dos, las yemas de sus dedos colándose por debajo de la cintura de sus shorts—. ¿Puedo…?

Casi me muero cuando oigo cómo me lo pregunta. Me muerdo tan fuerte el labio que noto el sabor dulce y metálico de la sangre.

—Sí, por favor, tócate.

Hunde la mano y noto el movimiento de sus nudillos contra mí cuando sus dedos encuentran el lugar idóneo, oigo su gemido de alivio y, a continuación, otro gemido, el que marca una necesidad pura y renovada. Está a punto de llegar al orgasmo. Recuerdo cómo se despliega, dónde están sus pliegues.

—Mierda, gracias —dice, mientras mueve las caderas y los dedos, tan mojada que lo oigo—. Tú también puedes.

—No me hace falta —admito, me acerco, estoy a punto, a punto, tan caliente solo con sus gemidos y con la increíble revelación de cuánto había deseado esto Theo. Cuánto me había deseado a mí. Dios, después de todo este tiempo, ¡me desea a mí! Y puedo tenerla de esta manera—. Solo… eh, no pares de hacer lo que haces.

—Dímelo otra vez —jadea—. Dímelo.

—Te deseo, Theo, te deseo, te deseo, por favor, por favor, por favor… Te…

«Te amo».

Gracias a la caridad divina, Theo se viene antes de que yo pronuncie la segunda palabra. Estoy justo debajo de ella y me abraza el cuello hasta que los espasmos dejan de recorrerme, va soltando suaves murmullos de aprobación con la cara enterrada en mi pelo. No me la creo. No es la primera vez que consigue que me venga sin tocarme, pero no de esta manera… en cuestión de minutos, y sin un mísero beso en la boca.

Me besa la barbilla, justo por debajo del labio inferior, y se echa a reír.

—¿Me recuerdas cómo se dice en francés «Dios mío»? —me pregunta.

Se me quiebra la voz cuando respondo:

—*Mon Dieu.*

—*Mon Dieu,* Kit, ¿cuándo fue la última vez que te viniste *dans* tus *pantalons*?

Gimo y trato de apartarla, pero se resiste, y me aprieta el cuello con más fuerza, hasta que reconozco que no quiero convencerla de que haga otra cosa.

—No me entra en la cabeza cómo sigues hablando tan mal en francés —le digo.

Cuando Theo se aparta, uno de los primeros rayos de luz de luna le ilumina los ojos. Está preciosa así, riéndose y satisfecha. Le acaricio la mandíbula con la almohadilla del pulgar y me digo que también tendré que darme por satisfecho con esto. Si lo único que puede volver a haber entre nosotros es esto, conseguiré que sea suficiente. Aprenderé a tocarla sin decirle todo lo demás.

(Rilke escribió: «¿Cómo impediré que mi alma toque la tuya?»).

PISA

COMBINA CON:

Souvenir de botella inclinada de licor de avellana con forma de la Torre de Pisa, *torta di ceci*

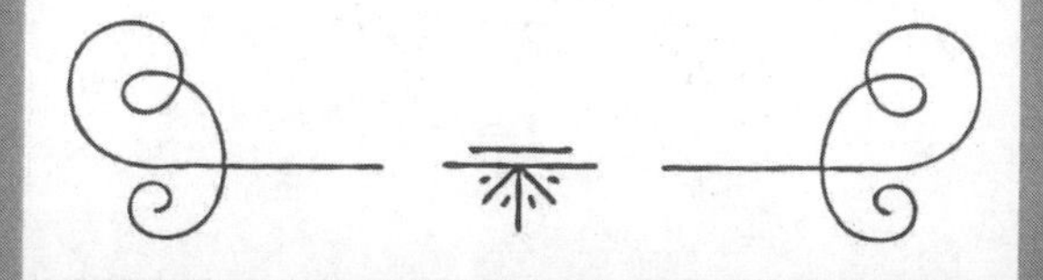

—Dijiste que comprobaste el radiador, ¿verdad?

—Sí, ya lo hice.

—¿Y el bloque del motor?

—Amor mío, no es mi primera vez —dice Orla. Entrecierra los ojos por debajo del sombrero de safari, cuya cuerda ondea con el viento de la Toscana—. Y la junta de culata también parece estar bien, así que no se nos ha averiado.

Theo pone los brazos en jarras y frunce el ceño, muy seria.

A la media hora de salir de Manarola, el autobús empezó a emitir un inquietante ruido como de lata a la que están destrozando a base de puntapiés. Fabrizio se acercó a los altavoces para decir que no había de qué preocuparse, que no pensáramos en el humo, pero solo por curiosidad, ¿alguien sabía cómo funcionaban los motores Volkswagen? Y ahora Theo está de pie junto a Orla en la zanja de una autopista italiana, con la mirada fija en el compartimento del motor del autobús mientras los camiones pasan a toda velocidad.

Fabrizio y yo las observamos desde la escalera del autobús, con la camisa empapada de sudor.

—¿Sabes qué? Estamos cerca del lugar en el que Génova venció a Pisa en la batalla de Meloria, con lo que comenzó el declive de la república de Pisa —me dice Fabrizio, con pinta de estar a punto de sufrir una insolación—. Puede que Pisa no quiera más visitantes de la costa norte. Quizá nos hayan mandado *un piccolo fantasma.*

—*Un piccolo fantasma* —repito.

—*Sì, bene* —dice Fabrizio, y me acaricia la mejilla con ternura.

Estoy librando mi propia batalla de Meloria, que consiste en mi deseo de ayudar a Theo frente al recuerdo de cuando anoche me estranguló en un gesto erótico en un cobertizo. La cosa menos útil que podría hacer ahora mismo es pensar en cómo podría repetirse. Pero lleva una llave inglesa y unos jeans desgastados y mi imperio marítimo empieza a desmoronarse.

—Pero lo oliste, ¿verdad? —le pregunta Theo a Orla—. El olor era dulce. Apuesto lo que quieras a que es el refrigerante. —Se frota la mandíbula pensativa, y deja una mancha de grasa de motor—. ¿Tienes un medidor de compresión de cilindros?

Signifique lo que signifique eso, resulta que Orla sí tiene uno. Theo lo prepara, Orla se sube al autobús para encender el motor y al cabo de un minuto de golpes sordos y resoplidos dirigidos a algún tipo de medidor, Theo grita:

—¡Tenía razón! ¡Se soltaron los tornillos!

Al parecer, es fácil de arreglar, porque la conductora está eufórica cuando saca la caja de herramientas. Las observo, mareado y radiante, mientras Theo mete la mano y hurga con la confianza despreocupada de una mecánica autodidacta. ¿Desde cuándo sabe hacer todas estas cosas?

—¡Kit! —me llama—. ¿Me echas una mano?

—Te toca, corazón —dice Orla, y me choca la mano como si me pasara la estafeta. Se sienta junto a Fabrizio y me guiña el ojo con descaro, y me arrepiento de haberle contado lo que siento por Theo mientras paseábamos por aquellos campos de lavanda en Sault.

Theo sonríe al ver que me acerco, le brilla la cara por el sudor y se ha ruborizado mucho por debajo de las pecas. Intento no recordar su peso sobre mi regazo.

—¿Traes la libreta de dibujo?

Tenemos que apretar los doce tornillos del cilindro, me dice, lo cual imagino que significa algo. Hay que hacerlo en una secuencia muy concreta que Theo tiene memorizada porque ya tuvo el mismo problema con su camioneta Volkswagen, pero no puede explicarla sin dibujar un diagrama con cartelitos. Vamos a ir ajustando los tornillos y leyendo la secuencia en voz alta por turnos para asegurarnos de que no se salta ningún paso.

—Ay, pero te vas a llenar de aceite —me dice Theo, mirando mi camisa de lino—. A lo mejor prefieres… ya sabes.

En lugar de terminar la frase, se quita la camisa y se la mete en el bolsillo trasero de los jeans, para que no se le manche. Todos los potentes centímetros de su constitución de nadadora quedan ocultos ahora por una mísera camiseta interior ajustada.

—Ah, claro —digo, a punto de volverme loco.

Me quito la camisa y se la tiro a Orla, quien le da vueltas por encima de la cabeza como si fuera una bufanda en un partido de futbol. Fabrizio aplaude. No hace falta que me digan que tanto Theo como yo nos vemos estupendos sin camiseta, y me encanta percibir la mirada de Theo puesta en mis hombros.

—Me encantan estas vistas toscanas, ¿a ti no, Fabs? —le comenta Orla a Fabrizio.

—*Sì* —responde Fabrizio, que nos devora con la mirada.

Alentados por los ánimos que nos dan Fabrizio y Orla (medio vítores sinceros medio sugerentes aullidos de lobo), arreglamos el motor. Theo me explica cómo funciona el torquímetro y guía mis manos cuando tomo la herramienta, mostrándome la cantidad precisa de músculo que debo emplear. El metal está duro y empapado de sudor, y la piel de Theo está casi pegada a la mía, y esta nueva faceta resolutiva y autoritaria que tiene me está volviendo loco, pero al mismo tiempo, también me resulta natural. Después de anoche, temía que se apartara de mí, pero se nota que se siente a gusto. Confía en que la ayude. Yo confío en que ella me deje ayudarla.

Al terminar, Orla enciende el motor y el autobús estalla en gritos de euforia. Theo pisa con fuerza y me planta una mano victoriosa en el pecho. Si todo fuera distinto, este sería el momento en el que la besaría.

En lugar de eso, apoyo la mano sobre la de ella y la levanto con suavidad después de apretársela un instante antes de soltarla.

Seguimos rumbo a Pisa.

La crema de mantequilla francesa tiene un color muy particular. Las cremas de mantequilla de Italia y Suiza presentan el brillo puro del merengue de clara de huevo, pero la crema de mantequilla francesa no se empieza a preparar con clara de huevo. Se utilizan las yemas, que se baten hasta que quedan finísimas, luego se mezclan con el caramelo de azúcar para hacer una *pâte à bombe* antes de incorporar la mantequilla. Una vez terminada, debería tener un aspecto más imponente que sus hermanas, con una sombra blanquecina dorada que significa que su elaboración es un grado más difícil.

Describiría el color de la Torre de Pisa a la luz de la tarde como crema de mantequilla francesa. En las fotos parece que está aislada, pero en la vida real, está en medio de una explanada de pasto con una catedral a juego, un baptisterio y un camposanto. El conjunto es muy armónico. Fabrizio dice que se llama la Piazza dei Miracoli, la Plaza de los Milagros.

Antes de que el grupo se separe, Fabrizio nos pide que nos pongamos en fila para tomarnos a cada uno la típica foto de la Torre Inclinada. Me quedo apartado con Theo a mirar. Lars posa como si sujetara el campanario a modo de cono de helado; ambos Calums fingen que se la cogen.

—¿No quieres una? —le pregunto a Theo.

—Bah, no.

Para ser alguien tan segura de su atractivo, Theo siempre ha sido muy tímida con las cámaras. Aunque me fijo en cómo observa al grupo y caigo en la cuenta de que, pese a todos los lugares que hemos visitado, no le he tomado ni una sola foto a ella.

—Oye, da igual que seas muy *cool*, puedes hacer turisteadas igual, ¿eh?

Theo se baja los lentes de sol.

—Podría decir lo mismo de ti.

—Ah, ¿crees que no puedo dejar de ser *cool*? Porque sí puedo, ¿eh?

—¿No te quitarán el pasaporte francés?

—Enseguida lo sabremos.

Salto encima de uno de los pilones de piedra que impiden que los turistas entren en el pasto y hago todas las poses más típicas, las más bochornosas (aguantar la torre, darle una patada, fingir que apoyo la espalda en ella) hasta que Theo deja de tomar fotos y empieza a pedirme que pare, gritando como si le doliera de tanto reírse. Pero, por increíble que parezca, funciona. Cuando le digo que ahora tiene que tomarse una ella, se ríe, suspira y dice:

—De acuerdo.

Tomo la foto: Theo con las manos manchadas de aceite delante de una torre de ochocientos cincuenta años de antigüedad, ambas altas, fabulosas y radiantes.

—Guau, hombre —dice cuando se la enseño—. La verdad es que esta me encanta.

—¿Sí?

Me toca el dorso de la mano al devolverme el teléfono.

—Sí.

Theo ha sido así con las fotos desde que teníamos once años, cuando todavía iba a los estrenos de los proyectos de sus hermanas. Fue en uno de los importantes, la peli de Willem Dafoe en la que salían tanto Sloane como Este, cuando Theo se puso un traje de saco azul con una corbata de estampado de flores. «Flores para Flowerday», dijo.

Nunca se me ocurrió que pudiera importarle a alguien. A Theo tampoco se le ocurrió, y desde luego, a sus papás menos, pues nunca se disgustaban si Theo pedía un corte de pelo o ropa que en teoría era para chicos. Así había sido siempre Theo, y ya. Pero, por algún motivo, sí tuvo importancia para los periodistas de la alfombra roja, que escribieron artículos sin parar acerca de lo enternecedor y progresista que era que dos personas famosas dejaran que su hija se pusiera un traje de saco para ir a un evento, y del magnífico referente de género que era Theo para otras personas. Lo exageraron todo. «¡Gana la diversidad! La niña se pone la ropa que quiere».

La prensa amarillista estaba desterrada en casa de Theo, pero si alguien viene de una familia famosa, de vez en cuando busca su nombre en la computadora de su mejor amigo. Teníamos trece años. A partir de entonces, Theo dejó de posar para las fotos y no se cortó el pelo en siglos.

Siempre he pensado que Theo puede ponerse lo que se le antoje, todo le queda bien. Me gustaba igual cuando llevaba un vestido ajustado y brillo en los labios que cuando llevaba una camiseta de manga corta y un bóxer de algodón, y no me importaba si prefería una cosa o la otra. Pero, en ocasiones, cuando se acercaba al espejo para pintarse los labios o se separaba la parte delantera de la camisa del pecho, yo notaba que Theo miraba a otra parte, como si no acabara de sentirse cómoda dentro del cuerpo que vestía.

En la foto con la torre, veo a alguien que llena su cuerpo por completo, hasta la piel. Son esos hombros relajados debajo de la camisa, la postura abierta, la mandíbula marcada, el pelo corto que le cae sobre la frente con unas ondas indómitas algo masculinas.

—Me encanta cómo llevas el pelo —le digo mientras nos dirigimos a la catedral—. Te queda genial.

—A mí también me gusta —responde, y prepara el boleto para enseñárselo al empleado. Tiene la expresión tierna, curiosa—. ¿Sabes qué? Me da la impresión de que, por fin, tengo el aspecto de cómo soy en realidad.

Entramos en la catedral y nos paseamos entre inmensas columnas corintias decoradas con hojas de acanto y por arcos románicos con franjas de mármol que alternan el blanco y el negro. Por encima de la nave central hay un techo dorado, con todos los artesonados decorados con flores y caras de ángeles. Nos separamos en la intersección de la nave con el transepto, bajo la cúpula con la pintura de la Virgen María ascendiendo al cielo en un remolino de nubes doradas.

Cuando me mudé a París, mi papá me dijo que conservara mi capacidad de maravillarme. Según él, el peligro de vivir en un lugar de ensueño era que puede convertirse en algo cotidiano. Sus palabras textuales fueron: «La novedad es la mitad de lo sublime», la clase de comentario que entonces me hizo creer que mi papá era un genio y que ahora hace que me imagine a Theo pintando el dedo para burlarse. Sin embargo, en algún momento de las eternas horas que pasé en el trabajo haciendo el mismo *gelée* durante tres meses seguidos, perdí las ganas de fijarme en las vistas de camino a casa. Dejé de fijarme en la belleza que antes me había maravillado cuando leía sobre ella en los libros.

Cuando estudiaba Bellas Artes no paraba de sorprenderme. La cualidad que me llevó a elegir a los artistas renacentistas como tema principal para poder escribir páginas obsesivas sobre cómo se fijaban en las emociones y cuerpos humanos, la parte de mí tan embelesada con el barroco que hizo que Theo me hiciera meter un dólar en un jarrón cada vez que mencionaba a Bernini... todo eso me abandonó poco después que Theo, pero de forma mucho más discreta. Apenas me di cuenta hasta que llegué a Burdeos, cuando me bajé del autobús en el *château* y noté que la capacidad de maravillarme volvía a mí como una amiga de toda la vida. Desde entonces, he ido desplegándome en cada parada, abriéndome a la novedad otra vez.

Aquí, en el ábside de la catedral, recuerdo cómo era tener dieciocho años y enamorarse del temario de una asignatura de Historia del arte. Admiro los inmensos lienzos pintados al óleo y recito pigmentos de la paleta renacentista, azurita y bermellón, verdín y *gamboge.* Recuerdo cuando me aprendí sus nombres y fantaseaba con ser un fabricante de queso del siglo XVI que veía por primera vez en su vida cómo los pigmentos reflejaban la luz. No sé si es Italia o Theo la que hace que todo esto vuelva a mí, pero se lo agradezco a ambas.

Me encuentro con Theo junto a un ataúd dorado, leyendo algo en el celular.

—Estaba buscando información sobre este tipo —dice Theo, y señala el féretro con la barbilla—. Es san Ranieri, santo patrón de Pisa. Me da la impresión de que podría ser amigo mío. Aquí dice: «Era un músico ambulante que tocaba toda la noche y dormía todo el día».

Sonrío porque me hace gracia cómo funciona su mente, y me inclino hacia ella para ver la pantalla.

—«Su vida giraba en torno a la comida, la bebida y la juerga». En algún momento me acosté con este italiano...

Avanza por la página.

—Ay, espera. Pero entonces se mete en un monasterio y regala todas sus posesiones. Aunque mira, uno de sus milagros es multiplicar los panes. Te encantaría, ¿no?

—Depende del pan. ¿Por qué no vamos al camposanto?

Caminamos hasta el cementerio alargado que recorre toda la zona norte de la *piazza*. Sigo a Theo por los arcos y los miles de metros de frescos, sin dejar de pensar en mi quesero imaginario y esos pigmentos imposibles, luminosos, mezclados al óleo, que el joven no habría visto hasta entonces. Lo más probable es que causaran en él la misma impresión que Theo causa en mí en este momento.

Junto al camposanto está el baptisterio circular, con la cúpula construida con ladrillos de terracota y placas de plomo cafés y grises. Una vez leí que el exterior se terminó casi dos siglos después de que empezara su construcción, y se aprecia en la estructura que, literalmente, va ascendiendo en complejidad. Empieza por unas sencillas columnas bizantinas y acaba en los ornamentados arcos góticos en punta de la cúspide. Por dentro es de mármol gris blanquecino y está prácticamente vacía salvo por la fuente en el centro del suelo y el púlpito esculpido que hay encima. El resto está abierto, rodeado por dos hileras de arcos gigantescos que sustentan un techo altísimo y curvado.

—Kit, mira esto —me dice Theo señalando un cartel sobre los cálculos matemáticos del techo del baptisterio—. ¿Qué crees que significa lo de «una acústica perfecta»?

Antes de que me dé tiempo a hacer suposiciones, una vigilante con una placa se aleja de su puesto de control e indica:

—*Silenzio.*

Theo abre mucho los ojos cuando el murmullo de los visitantes da paso al silencio. Desde debajo de uno de los altos arcos, observamos a la vigilante, que camina hasta la fuente y se planta justo debajo del punto más elevado de la cúpula. Y, entonces, se pone a cantar.

Al principio, sostiene una única nota larga y nítida, una *aaa* abierta que se despliega hacia el techo como un bostezo y se expande hasta llenarlo. Después canta una segunda nota más grave, pero la primera nota todavía pende en el aire, resuena entre los muros de mármol como si todavía la estuviera cantando. Luego canta una tercera nota, más aguda. Los ecos se superponen por capas, tan sonoros y ricos que parece que hay un coro de fantasmas en la logia en armonía con ella. Pero es únicamente su voz la que perdura y se suma, una y otra vez, en armonía consigo misma.

Una expresión de deleite maravillado cubre el rostro de Theo, y también ahí veo capa sobre capa, un yo antiguo seguido de un yo intermedio seguido del yo actual, la Theo que conocí en mi infancia y la Theo que llegué a considerar mía y la Theo que ahora llena su cuerpo. Están todas aquí, suspendidas en el aire, en armonía unas con otras. Quizá hayan estado siempre presentes. Quizá me resulte tan familiar y tan novedosa a la vez porque había oído el principio de la nota, pero no el acorde completo. La conocí antes de que sus arcos acabaran en punta, antes de que se inventara el pigmento que le daría los últimos toques a su ser.

Qué maravilla, qué milagro; en cierto modo, es una Theo más completa.

Tenemos entradas para ir a lo alto de la torre, pero estamos tan aturdidos por el calor que nos da pereza subir las escaleras. En lugar de eso, compramos *gelato* en una de las tiendas que rodean la *piazza* y admiramos la torre desde los peldaños de la catedral.

Theo inclina la cabeza para alcanzar a ver la cúspide del campanario; desde esta perspectiva, todos los arcos románicos repetidos forman un patrón de medias lunas que recuerda las filas de pastelillos en un mostrador. Se mete una cucharada de *gelato* de *amarena* en la boca y hace un ruido de satisfacción.

—Me siento mejor de lo que esperaba por lo de ayer —dice como si nada.

Mi cucharita se queda petrificada en el vaso de *fior di latte.* No esperaba que fuéramos a hablar de eso. Tuerzo la comisura de la boca en lo que confío que parezca leve interés y no un profundo y evidente alivio.

—¿Qué esperabas?

—No lo sé. Supongo que pensé que me incomodaría más. —Suelta una carcajada—. Conmigo, con lo que hice, o contigo, por hacer que me dieran ganas. Pero me siento… bien. Siento alivio, incluso. Creo que me alegro de que lo hiciéramos.

—Qué bien. Sí, qué bien, porque a mí… —Debería frenar. No debería pedir más. Pero creo que me moriría si esa fuera la última vez que me tocara—. Me encantaría que lo repitiéramos.

Una pausa. Theo clava la cucharita hasta el fondo de la bola de *gelato.*

—Sí.

—¿Sí?

—Sí, maldita sea, ¿por qué no? —Mira a lo lejos, donde las colinas doradas se topan con el inmenso cielo azul, con un peligroso tono de borrachera en la voz que hace que se me acelere el corazón—. O sea… en este mundo no importa nada salvo lo que deseas y lo que te hace sentir bien. ¿No? Pruébalo todo, coge como quieras, nada más importa. ¿Sabes a qué me refiero?

—Claro —contesto—. Soy francés. Lo inventamos nosotros.

—Exacto —dice Theo. Inclina la cabeza para mirarme—. Pero hay algo que debería contarte si vamos a seguir acostándonos.

Me preparo para una trampa, un truco.

—Soy todo oídos.

—A ver —empieza Theo—, no sé si a ti te pasó, pero después de que termináramos, digamos que empecé a dudar de quién era.

Pienso en mi primer año sin Theo, cuando me refugié en la poesía y la pastelería, cuando vertía todo mi amor en una persona tras otra y, aun así, me despertaba lleno a rebosar de amor la mañana siguiente y me preguntaba si el problema siempre había sido yo.

—Claro —respondo.

Theo asiente.

—El caso es que entonces volví a mi origen. A mi punto de partida, pues. Y empecé a repasarlo todo y a averiguar qué iba en dónde. Y una de las cosas más importantes que descubrí fue… —Una pausa, una arruga de concentración entre las cejas—. Creo que el género siempre ha sido más complicado para mí de lo que quería admitir.

Ah… «¡Ah!».

—No me veo necesariamente como algo concreto, estático —continúa Theo—, pero si tuviera que elegir, lo que más se acerca es ser una persona no binaria. Sé que soy un montón de cosas, pero una de las cosas que no soy es una mujer. ¿Tiene sentido?

A decir verdad, me daría igual si no tuviera sentido. Aceptaría cualquier cosa sobre Theo, aunque fuera en contra de las leyes de este mundo o del próximo. Pero lo que es más importante es que… ¡sí tiene sentido! No es tanto una revelación, sino, más bien, la explicación de algo que nunca había sido capaz de verbalizar sobre Theo, como el día que me enteré de lo que era una superfloración.

—Puede que eso tenga más sentido que cualquier otra cosa que me hayas dicho jamás —le digo. Theo se ríe como si le tomara el pelo, pero no despego la mirada de sus ojos—. De verdad. Claro que eres así. Siempre has sido así.

Theo parpadea.

—¿Lo dices en serio?

—Theo, eres… ¿Sabes lo grande que eres?

—Sí, mido uno setenta y siete.

—No lo estropees, hablo con el corazón —bromeo, y le doy un golpecito en el hombro con los nudillos—. Eres una persona… expansiva. Ocupas el espacio. Haces que el mundo sea más grande para acogerte. Así que, no, no me sorprende que no encajes dentro de una idea fija del género.

—Carajo, eso… lo que dijiste es increíble —dice Theo, con la voz tierna pero firme, las rodillas subidas hasta la barbilla—. Pero… Bueno, no siempre se lo cuento a todas las personas con las que me acuesto, pero si va a ser algo habitual, me parecía importante que lo supieras. Y, además, quería contártelo.

«Algo habitual».

—Me alegro de saberlo —digo en serio. Entonces expreso la preocupación que me lleva rondando desde hace un minuto—. ¿Puedo preguntarte… he estado usando el pronombre equivocado?

—Uf —suspira Theo. Apoya la frente en las rodillas—. ¿No del todo? Supongo que todavía estoy despegando poco a poco. Hace tres años que soy «elle» para todes mis amigues, pero no he desterrado el «ella» por completo todavía, porque a veces no puedo evitarlo. Ahora mismo no quiero contárselo a mis papás y prefiero morirme a ver algún titular idiota sobre «La hermana de Sloane Flowerday, ¡La Reina No Binaria!». Tampoco quiero tener que corregir a cada desconocido que me llama «*ragazza*», «*mademoiselle*» o «señorita». Y en el trabajo sería simplemente… eh, un despropósito. Así que, no sé, si mantengo el «ella» encima de la mesa de momento, esas situaciones me parecen menos horribles. Puedo asimilarlo de modo que no me duela. Es como recomendar un nebbiolo maravilloso, complejo y con mucho cuerpo a una mesa y luego ver que los comensales piden el tinto de la casa porque ya lo conocen y no tienen que pensar. «Técnicamente» no está mal, pero…

—Preferirías que lo hubieran intentado.

—Solo pienso que les proporcionaría una experiencia más rica —dice Theo, esbozando una sonrisa—. Pero, en fin, la gente con la que tengo más confianza dice: «Te presento a Theo. Es mi amigue». Y me gustaría que en ese grupo estuvieras tú.

De forma refleja, me llevo la mano al pecho, encima del corazón.

—Te presento a Theo. Es mi amigue —pruebo—. Sí, sabe mucho mejor así. Es más jugoso.

Theo empieza a hacer una mueca, pero no puede disimular la risa.

—¿Vas a dar una charla? ¿Sobre el sabor en boca de mis morfemas de género?

—Sí, claro —digo, y también me echo a reír—. Una cosecha muy buena. Un gusto final fuerte. Toques de disfraz de Indiana Jones para Halloween en quinto.

—Por lo menos la gente sabía de qué se suponía que iba yo. Todo el mundo pensó que tú eras Abraham Lincoln con vestido.

—¿Cómo iba a saber que nadie reconocería a Gustav Klimt? ¡Tenía once años!

—¿Y dónde encontró tu mamá un traje de druida de talla infantil?

—Lo cosió ella —digo, sin parar de reír—. Dios mío, a veces me preocupa que me apoyara demasiado.

—Le habría encantado vernos de Sonny y Cher.

—Sí —confirmo, más pausado—. La pasamos bien aquella noche.

Un grupo de turistas sale en tropel de la torre y pasa por delante como una marea de vaporosos vestidos veraniegos y bermudas. Los observamos en un silencio cómodo mientras escuchamos a su guía, que recita la historia del campanario en mandarín hasta que la voz queda absorbida por el resto de los turistas que llenan la plaza.

—En parte me gusta que, la primera vez que nos acostamos, les dos fuéramos en *drag*—dice Theo, y se voltea hacia mí—. El sexo es mejor cuando la persona con la que estás te comprende de verdad, y comprende cómo mirarte.

Pienso en sus palabras.

—Por si sirve de algo... —Busco la mejor manera de expresarlo—. Sabes que la atracción hacia los hombres se nota de una forma distinta de la atracción a las mujeres, ¿verdad? Tiene un sabor distinto, o procede de una parte diferente.

Theo asiente; hemos hablado de esto con frecuencia.

—Sí.

—Pues sentirme... atraído por ti —digo, rebajando la intensidad de la emoción—, esa atracción siempre ha nacido de otra parte completamente distinta. O bueno, quizá de todas partes a la vez. Pero nunca ha sido tipo una cosa o la otra.

—Me gusta.

El sol hace destacar el dorado de los ojos de Theo. Disfruto del momento.

—Así que... —cambio de tema—. ¿Algo habitual?

Theo sonríe de oreja a oreja. Alarga la mano y por un momento entrelazamos los dedos manchados de aceite, luego se pone de pie de un salto. Casi es la hora de volver con Fabrizio.

—Sí —dice Theo—. Pero la última vez yo hice la tarea.

—¿Eh, la tarea?

—Te toca mover ficha. —Retrocede dos pasos, sin dejar de sonreír, y rebota varias veces con los talones—. Yo te espero.

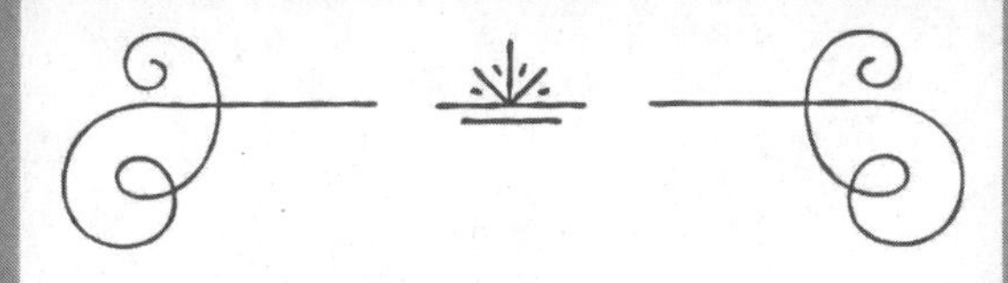

FLORENCIA

COMBINA CON:

Campari *spritz*, *cornetti alla marmellata di albicocche*

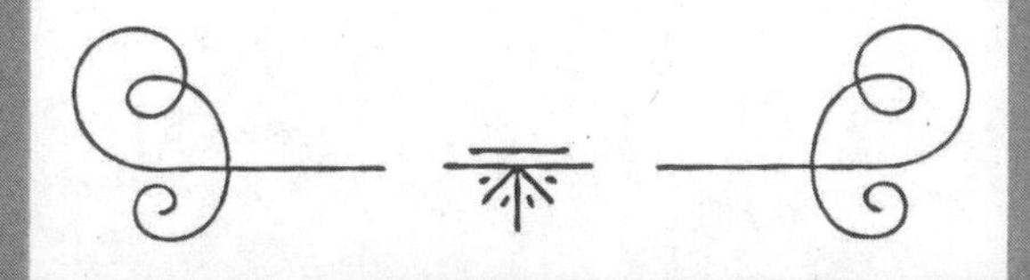

Creo que no hay nada tan auténtico, tan duradero, ningún tributo más adecuado al Renacimiento que estar cachondo que te mueres mientras caminas por las calles de Florencia.

Filippo Lippi era un monje carmelita cuando se enamoró de la monja que posaba para sus cuadros de la Madonna. Botticelli ansiaba con tanta pasión a su musa, Simonetta, que la pintó encarnando a Venus diez años después de su muerte. Es casi seguro que Donatello se desataba el *doppietto* para Brunelleschi. Da Vinci quería matar-cogerse a Miguel Ángel, mientras que Miguel Ángel estaba tan obsesionado con el joven Tommaso Cavalieri que se esculpió a sí mismo en pose sumisa entre las piernas del amo desnudo y tituló la obra *El genio de la victoria*. Básicamente, Rafael murió de agotamiento de tanto pintar y coger.

Y yo, yo estoy parado ante las piedras negras en la terraza de una cafetería, contemplando a Theo mientras se come un bollo.

Lleva esos pantalones de lona oscuros, los que hacen que parezca que lleva todo el día trabajando en una imprenta accionada a vapor. La camisa se le pega a las partes más marcadas de los hombros y se estrecha en la cintura. Mientras muerde la punta del *cornetto*, baja las cejas y luego las sube, pasa de curiose a complacide.

Ahora tenemos una tercera compañera de viaje: la convicción mutua de que volverá a haber sexo. Y de que yo elegiré cuándo y cómo. Cada momento es pegajoso como el jarabe, cargado de dobles intenciones y anticipación; lo noto denso en el paladar, lo saboreo como si fuera «el» momento.

Aunque tengo un plan. Me quedé hasta tarde en la estrecha cama del hostal florentino elucubrando cuál sería el momento idóneo, eligiendo el lugar adecuado, y no llegaremos allí hasta dentro de dos horas, así que me toca esperar. Theo lo merece.

Me obligo a mirar los vasos de café de papel que Theo me pone en las manos. Ambos son cafés oscuros, uno solo, el otro con una gota de leche. Theo termina de meterse los euros en la cangurera y toma el café más oscuro; unas migajas de *cornetto* salen volando por el cálido aire matutino.

Mientras nos echamos a andar por un callejón estrecho hacia el Duomo, le pregunto:

—¿Ahora bebes café solo?

—Desde que empecé a tomar café todos los días con mi *sommelier* —dice Theo—. Así lo toma él. Según mi teoría, es la fuente de todo su poder.

—Ay, El Sommelier… ¿sigue siendo el mismo? ¿El que llevaba la coleta y el tatuaje de una rata fumando un puro y los…?

—Los abrigos largos de cuero, sí.

—¿También continúa el mismo chef pastelero? —pregunto. Me gustaba aquel viejo.

—Para nada, ahora hay un tipo nuevo, pero no es tan bueno —comenta Theo—. Tú sigues pidiendo lo mismo, ¿no? ¿Poca leche y mucha azúcar?

Sonrío. Es una broma de hace tiempo, algo que farfullé una vez que estaba demasiado cansado para el inglés, esas cosas que no se olvidan.

—Poca leche y mucha azúcar —confirmo. Theo tuerce la boca en una sonrisa de satisfacción. Da otro mordisco al *cornetto* y deja al descubierto la mermelada de color naranja que hay en el cremoso centro—. ¿De qué está relleno?

—*Albicocca* —dice con un acento italiano digno de Super Mario. Traga y me lo traduce—: Chabacano.

—¿Café solo y además sabe italiano? Guau, Theo Flowerday cada vez se parece más a Bourdain —digo, sin ocultar del todo que me atrae muchísimo. Me tiraría a Anthony Bourdain en cualquier etapa de su vida, y les dos lo sabemos.

—Sí, igual que Tony, he aprendido todos los términos culinarios y los insultos gracias a trabajar en la alta cocina. *Vaffanculo!* —Un adolescente italiano que pasa por delante se da la vuelta—. ¡No era por ti! *Scusa!*

Entramos en otra calle estrecha, los edificios tienen las mismas paredes cafés y doradas y las mismas persianas verdes que la de antes, y que todas las anteriores. Turistas, taxis y gente en moto abarrotan la calle y las aceras altas de adoquines, pero lo que domina la vista es la imponente estructura que se cierne cuando se ensancha la calle, el lateral de una catedral tan ancha y alta que eclipsa el mundo que hay más allá. Un gajo de cúpula de ladrillo asoma como una luna creciente roja.

Theo levanta el *cornetto* y hace encajar su forma con la de la cúpula.

—¿En qué se diferencia esto y un cruasán?

—Un *cornetto* lleva huevos en la masa —le cuento—. La masa del cruasán es básicamente mantequilla. Por eso los cruasanes son más hojaldrados y la textura del *cornetto* se parece más a...

—Un brioche —apunta Theo.

—Exacto —digo sonriendo. Maxine ya me dijo que Theo había sido *un bon étudiant*—. ¿Puedo probarlo? Tengo entendido que los chabacanos son más dulces en Italia.

Theo me pasa el *cornetto* y lo pruebo, dejando que la compota toque todas las partes de mi lengua.

—Desde luego, son más dulces —digo. Theo me mira con cara divertida—. ¿Qué pasa?

Toma los lentes de sol del bolsillo de la camisa y se los pone.

—¿Recuerdas lo que hacías en ese sueño del que te hablé?

¿El sueño en el que se lo comía a Theo encima de la mesa de un restaurante en Barcelona? Antes me olvidaría de cómo se hace una barra de pan.

—Sí.

—Bueno, pues en mi sueño también te comías un chabacano.

Theo sonríe y se echa a correr hacia la *piazza*.

Cuando me he recompuesto lo suficiente de lo que dijo y consigo llegar hasta elle, está delante de la catedral con la cabeza inclinada hacia atrás. Su sonrisa se ha ensanchado para dar paso a una risa silenciosa e incrédula que suele reservar para un truco especialmente bueno en una película de *Rápido y Furioso*.

—Buf, creo que es lo más increíble que he visto en mi vida —dice.

Cuando te pasas cuatro años estudiando el arte y la arquitectura del Renacimiento y te especializas en el sur de Europa, es inevitable que sientas un amor romántico hacia el Duomo di Firenze: la Cattedrale di Santa Maria del Fiore, la catedral de Florencia, el Duomo, como quieras llamarlo. He soñado con estar aquí delante. En el plano intelectual, sabía que triplicaría la altura de Notre-Dame y tendría una vez y media su volumen. He leído acerca de cada detalle elaborado, desde la arquitectura que inventó Brunelleschi para hacer que la cúpula fuera físicamente posible hasta los cientos de miles de intrincadas losas de mármol verde, rosado y blanco colocadas a mano para adornar el exterior. Y, aun así, me sobrecoge.

Me recuerda a un pastel. Los detalles de la celosía de las ventanas son como pasta comestible para modelar, la vegetación que hay encima de los portales son adornos de azúcar y el mármol policromado lo componen precisas capas de un *joconde* de vainilla, frambuesa y pistache. Igual que la Torre de Pisa, solo puedo comprender el Duomo si lo comparo con un postre.

—No puedo creer que las personas construyeran esto —digo admirado—. No puedo creer que lo esté viendo.

Theo se voltea hacia mí.

—¿No habías…? Pensaba que ya habías estado en Italia…

—Solo en Venecia.

—Ah. Entonces, ¿el resto de puntos del tour serán nuevos para les dos?

Se me había olvidado que elle no lo sabe.

—Todos han sido nuevos para mí, salvo París; porque había estado en Niza, pero cuando tenía cinco años. Se suponía que íbamos a ir a todos estos sitios juntes. No me parecía bien ir sin ti.

Theo se muerde el labio, con los ojos ocultos por los lentes de sol. De pronto pienso en la dureza de su voz en París, cuando dijo que no podría haber ido sin mí. Entonces creí sus palabras, pero ahora... *je ne sais pas.*

—¿Quieres ver algo interesante? —dice por fin.

—Me cuesta imaginar algo más interesante que lo que estoy viendo ahora mismo.

—¿Qué te parece cuatro personas compartiendo un cono?

Parpadeo.

—¿Qué?

Sigo su mirada hasta la heladería en la que los Calums, Dakota y Montana se están pasando un único cono de *stracciatella* entre todos.

—Oooh. —Doy mi aprobación con un gesto cuando Calum el Pelirrojo da un lengüetazo a la bola de helado, y luego se lo ofrece a Montana para que lo pruebe—. Se han contagiado del espíritu italiano.

—Yo no haría eso con alguien salvo que me lo hubiera cogido —dice Theo—. Las dos chicas de las que hablaban el otro día, las que hicieron el trío con Calum el Rubio... ¿Crees que se referían a Dakota y Montana?

Dakota lame una mancha de chocolate de la mano de Calum el Rubio y tengo que contener un aplauso. Putones *forever.*

—Pues me alegro por ellos. Parece que saben armarla.

—A lo mejor llegaron a un empate —comenta Theo—. A lo mejor no fuimos les úniques que pasamos a la acción en Cinque Terre.

Nos reunimos con Fabrizio en nuestro punto de encuentro en la *piazza*, y está discutiendo con otro guía en un italiano muy vehemente para conseguir la mejor ubicación delante de la catedral. Acaba la frase con fuego en la mirada y un gesto de «vete a la mierda» que hace con la mano debajo de la barbilla, pero consigue el lugar que quería, cosa que hace que vuelva a ponerse de buen humor al instante.

—*Buongiorno, amici!*—grita dando palmadas—. ¿Empezamos nuestro tour a pie por Florencia? *Sì?* Creo que hoy, como tenemos tantos enamorados en el grupo —juro que sus ojos se clavan con picardía en los míos—, quiero proponerles una ruta especial por la *passion* de la historia florentina. Las aventuras secretas, las traiciones, los grandes amores, los escándalos… ¿Qué les parece? ¿Sí? *Andiamo!*

Empezamos por la catedral. Fabrizio describe con voz melosa todos los lienzos cargados de intención, todos los detalles, las rayas contrastadas del mármol rojo de Siena, el verde de Prato y el blanco de Carrara. Señala con el dedo el lugar donde un cantero despechado montó, en secreto, una cabeza de toro con los cuernos apuntando a la sastrería que pertenecía al marido de su amante. Luego nos invita a ir al Palazzo Pazzi, un palacio alfombrado que antaño fue el hogar de la poderosa familia del mismo nombre, que conspiró para apuñalar a los príncipes Médici, todavía más poderosos, en el altar del Duomo y en mitad de la misa del Domingo de Resurrección. En el exterior del *palazzo* hay una puertecilla más o menos a la altura del pecho, una ventana para el vino que perdura desde los tiempos de la peste, y que a Theo le resulta tan deliciosa que se queda rezagade para tomar una buena foto para El Sommelier.

La siguiente parada es… ¡vaya!

Los viejos callejones están tan pegados y son tan intrincados que la Piazza della Signoria parece surgir de la nada. Se desparrama en un lago de piedra negra, con grupos de turistas que avanzan pegados como bancos de peces. Justo delante, el agua surge de una majestuosa fuente de mármol embellecida con figuras de bronce de faunos y sátiros, y una inmensa e imponente escultura de un hombre desnudo sobre un carruaje con forma de concha en el centro.

—¡La fuente de Neptuno! —anuncia Fabrizio mientras hace una floritura.

He contemplado las nalgas de un millar de esculturas desnudas, y aun así juro que esta recreación de Neptuno es extraordinariamente sexi. Puede que sea la calentura del ambiente, pero el culo musculoso y pleno de Neptuno es…

—Irresistible —jadea Theo. Se ha quedado sin aliento al correr para alcanzar al grupo—. Ese culo es irresistible.

Me volteo hacia elle y le veo sofocade por el esfuerzo, unas sombras de sudor empiezan a notársele en la camisa. Calentura en el ambiente, *buongiorno*.

—¡*Sì*, muy sexi! —exclama Fabrizio—. Tan sexi que al final el escultor denuncia a este Neptuno y a sus otras esculturas de desnudos por incitar a la gente al pecado.

—¿Es en serio? —pregunto.

—Más o menos —dice Fabrizio, y me guiña un ojo.

Ante una estatua de bronce de un hombre montado a caballo, Fabrizio nos cuenta que el gran duque Cosme I de Médici se enfureció tanto cuando su chambelán desveló su plan de casarse con su amante que lo apuñaló en el corazón con una lanza de jabalina en medio del Palazzo Pitti. Estudiamos las esculturas de la Loggia dei Lanzi: la icónica *El rapto de las Sabinas* de Giambologna, con su cuerpo arqueado y dolorosamente vivo; un Perseo de bronce con la cabeza cortada de Medusa, tan difícil de cocer que, en un acto desesperado, el orfebre arrojó las sillas y las sartenes de la cocina al horno para alimentar el fuego. Nos habla del mujeriego hijo de Cosme, Francisco, presente en el patio del Palazzo Vecchio, retratado en un fresco con paisajes austriacos cuando se casó con Juana, la archiduquesa de Austria: escenarios que le hicieran compañía mientras el marido se tiraba a la amante que había instalado en un palacio cercano.

Después de la galería de los Uffizi, cruzamos el Arno por el Ponte Vecchio, donde los hombres del Renacimiento cogían de manera furtiva en las trastiendas de las carnicerías. Visitamos el palacio de Blanca Cappello, la amante a quien Francisco de Médici amaba tanto que mandó asesinar a su esposa austriaca, cuya historia acabó cuando el hermano de él (supuestamente) los envenenó a los dos. Dentro del Palazzo Pitti, donde todavía se expone la mayor parte de la colección de arte de la familia Médici, vemos obras de Lippi y Rafael, y Fabrizio nos habla del deseo insaciable que los arruinó a ambos.

Todo es tan magnífico, tan cálido, tan sabroso que, cuando termina el tour en los jardines de Boboli, siento que estoy empalagado de Florencia. Estoy sudando y me cuesta controlarme. Theo está sonrosade y le brilla la cara de tanto calor. Casi llegamos al lugar que planeé para nuestro encuentro. Por fin, este es el momento.

—Bueno —dice Theo. Fabrizio nos dio la tarde libre. Nos dejó junto a un estanque con hojas que tiene una estatua desnuda del dios del mar en el centro—. Hemos vuelto al punto de partida. A Neptuno el Sexi.

No puedo esperar más.

—¿Puedo enseñarte una cosa?

Guío a Theo para alejarnos por unos serpenteantes túneles de encinas hasta un lugar recóndito, a la sombra del palacio, en la esquina norte del jardín. Está tranquilo y vacío, tan alejado del paso que ningún otro turista se ha molestado en descubrirlo.

—Mierda —dice Theo cuando nos acercamos. Se quita los lentes—. ¿Qué es eso?

—La gruta de Buontalenti.

Es una obra arquitectónica extraña y fantástica; la mitad de la fachada es de mármol con pilares y la otra mitad es de estalactitas de cemento que parecen gotear y florecer. Si una casa pudiera ser engullida por unas algas encantadas o si la tierra pudiera cobrar vida y recuperar sus sedimentos, tendría un aspecto similar a esto.

—Una vez leí sobre este sitio —digo—. La encargó Francisco de Médici.

—No lo creo, ¿el putón que era novio de Bianca Cappello? —pregunta Theo—. ¿El hijo de papi por antonomasia?

—Ese mismo putón, sí —respondo entre risas—. Vamos.

Arrastro a Theo por la puerta abierta y entramos en la primera estancia, donde las paredes están esculpidas como una cueva natural, con coral esponjoso y estalagmitas y ramas floridas que se desparraman hacia el techo abovedado. Varios frescos de la naturaleza se adentran a través del tragaluz del techo hacia una sala más profunda, con una estatua de Paris y Helena en agonía.

—¿Francisco traía aquí a Bianca para acostarse con ella? —pregunta Theo.

—Uf, casi seguro.

La tercera estancia de la gruta, la más honda, es redonda, y tiene pájaros pintados que revolotean entre enredaderas, rosas y lirios. La pieza central es una fuente de mármol de Venus bañándose, esculpida por Giambologna. Como todas sus mujeres, esta Venus fue cincelada en pleno éxtasis, con las curvas del cuerpo fluidas y sensuales. Si Francisco y Bianca cogían en alguna de estas salas, era en esta.

Theo se aparta para recorrer todo el perímetro de la estancia, mira con detalle las hojas de las paredes.

—¿Sabes qué? —me dice—. Me da la impresión de que los florentinos cogen mucho.

Me muevo en sentido contrario y paso por delante de Theo cerca de una de las hornacinas de mosaico.

—Eso es lo que más me gusta del arte renacentista. Es puro sexo.

—¿Incluso cuando el tema es Jesucristo?

—¡Sobre todo cuando el tema es Jesucristo! ¿Qué mejor excusa para colgar cuadros de hombres desnudos por tu *palazzo*? —digo—. Creo que el Renacimiento surgió en Florencia debido al sexo. Todo el mundo se dedicaba al sexo, o lo deseaba, o intentaba no desearlo para poder hacerse fraile, así que lo empapaba todo. Es el entorno perfecto para el despertar artístico. El sexo está en todas las cosas bellas que han ocurrido en el mundo, y cualquier cosa bella puede convertirse en sexo.

Theo se ríe.

—¿Alguna vez te has planteado que si te tomas el sexo demasiado en serio?

—La verdad es que no. Nunca me he preguntado si me equivoco al aceptar el milagro de la tierna humanidad dentro de mi corazón —digo, solo medio en broma.

—¡Con ustedes, el puto Kierkegaard del pito! —responde Theo.

Vamos dando vueltas en sentido opuesto alrededor de la sala, cerrando el círculo a cada vuelta y acercándonos cada vez más a la fuente.

—Entonces, ¿qué es el sexo para ti? —le pregunto.

—Es... físico —dice Theo, y recorre los pechos de Venus con la mirada—. Tiene que ver con estar dentro de tu cuerpo, con la fuerza, el aguante, el instinto y, bueno, en parte tiene que ver con ganar.

—Acabas de describir el deporte —comento, divertido.

—Bueno, vale, pero es más que eso. Es como… darse un banquete. Placer a corto plazo. Es divertido y excitante, una de las mejores formas de pasar una hora, puede que pruebes algo nuevo y descubras que te gusta, y un día eches la mirada atrás y recuerdes lo bien que sabía. Pero no tiene por qué ser algo más profundo.

Volvemos a cruzarnos y quedamos cara a cara un instante.

—¿De verdad piensas eso?

El sudor reluce en el hueco de su garganta, y deseo tanto a Theo que tomaría ese sudor con los dedos y dejaría que me mirara mientras lo chupo. Lo lamería como un perro.

—Bueno... —dice Theo, se mueve, traga saliva—. Tal vez se parezca más a preparar una buena comida. Curiosidad, creatividad.

—Paciencia.

—A veces.

—Siempre.

Ya casi llegamos a Venus, el espacio entre nosotres es mínimo.

—A veces no es más que mantequilla y una sartén caliente —dice Theo, casi en un susurro—. O… un durazno y un cuchillo muy afilado.

Me mira desde el pedestal de la fuente, dando la espalda a la diosa del amor.

—No sé —comento—. ¿De qué sirve un cuchillo si el durazno no está maduro?

—¿Eso qué es? ¿Un poema?

—Claro. Sobre la impaciencia.

—Te dije...

—Me dijiste que me lo mostrarías —digo. Sin apartar la mirada de la cara de Theo, le tomo las muñecas por fuera—, así que hazlo.

La tomo sin apretar demasiado para que elle pueda liberarse si quiere. Aguardo a que me confirme que es esto lo que desea: que se incline hacia delante, que abra los labios. Luego, me aparto ligeramente.

Me observa, con el ceño fruncido por la confusión, mientras levanto una de sus muñecas hasta la boca y, a conciencia, despacio, le doy un beso suave en la parte interna. Por un instante, Theo se queda de piedra, los ojos como platos. Y entonces se echa a reír y se abalanza sobre mí, alargando las yemas de los dedos hacia mi mejilla y estirando la otra mano. Sin embargo, no dejo que me toque.

No quiero apresurarme. Quiero ir con cuidado, tocarle como merece que le toquen.

Le coloco las manos por detrás de la espalda, pegadas a la fuente. De este modo, aguantando sus palmas contra el mármol, mi cuerpo enmarca el suyo. Un centímetro más y nuestros pechos se hincharían, nuestras caderas se alinearían, así que me aseguro de que no ocurra ninguna de esas cosas cuando le beso el cuello. Theo inhala con fuerza y luego suelta el aire en una risa.

No para de reírse mientras le planto besos en el cuello y por toda la mandíbula, hasta la mejilla y las sienes. Noto la piel caliente y salada bajo los labios, impregnada de ese aroma de hojas de naranja amarga y especias tan característico de Theo. Al poco rato, deja de reírse.

—Vamos... —Inclina el cuerpo hacia delante, pero yo me aparto, incluso cuando trata de pisarme.

—Paciencia —le recuerdo.

Theo se queja, pero ya no vuelve a pisarme.

Me acerco al otro lado de su cuello y hago lo mismo y, entonces, los resoplidos y quejas de frustración de Theo se convierten en suspiros. Beso y juego y le paso la lengua por la piel hasta que su cuerpo se relaja y cede, hasta que me doy cuenta de que ya no emite sonido alguno.

Cuando me aparto para mirarle, hay tensión en su frente y en las comisuras de sus labios, una expresión que conozco porque es la que pongo cuando no quiero que mi rostro desvele lo que siento. Así es como se expresa el estar sobrecogido por la enormidad de un sentimiento, el temer que estalle antes de lo previsto.

Mis ojos hablan por mí. «¿Qué ocultas?».

Los de elle responden: «Por favor, no preguntes».

Una parte de mí quiere seguir forzando el juego hasta que Theo se desmorone. Pero una parte mucho mayor quiere ser dulce. Me gustaría que elle tuviera piedad conmigo.

—¿Las mismas reglas? —pregunto, ahora con la voz.

Theo asiente con la cabeza.

—Las mismas reglas.

—Dime si algo es excesivo.

La jalo por la muñeca para que se dé la vuelta y vuelvo a ponerle las manos sobre la fuente. Está de espaldas a mí, con la cara volteada hacia Venus, de modo que no puedo vérsela. Por fin, aprieto mi cuerpo sediento contra el suyo, pecho contra espalda, caderas contra culo, piernas entrelazadas. Husmeo por debajo del cuello de su camisa y le muerdo el cuello hasta que gime e inclina la cadera hacia atrás y separa las rodillas. Acaricio sus antebrazos, noto los músculos flexionados que agarran el mármol, luego sigo por el estómago, noto la suavidad y la dureza que tiene.

Con la mano en la hebilla de su pantalón, vuelvo a preguntarle:

—¿Las mismas reglas?

—Las mismas putas reglas, sí —suelta Theo, mientras hace un esfuerzo titánico para no mover las caderas.

Cuando por fin llego al límite de mi propia paciencia, le suelto el cinturón y meto la mano por la parte delantera del pantalón de Theo hasta que la palma de mi mano encuentra esa parte cálida, suave e hinchada entre sus piernas.

El primer contacto es como un puñetazo para les dos. Theo ahoga un sonido grave y desesperado. Esta semana he estado dentro de la boca de alguien, he pasado la lengua por la raya del culo de un desconocido y, aun así, tener la palma sobre el cuerpo de Theo por encima de la ropa interior —ni siquiera adentrarme más, ni siquiera recibir sus caricias— me parece más intenso, más íntimo.

Lleva puesto el mismo tipo de bóxer sedoso que llevaba en Barcelona, lo bastante fino para dejar que se traspase la sensación, lo bastante suelto para permitir el movimiento. Hundo la mano un poco más, froto con el dedo anular los contornos de la abertura en el centro, la sugerencia de una separación. Theo responde con otro gemido desesperado, las suelas de sus botas se arrastran por el suelo cuando separa las piernas aún más.

Mi mano libre flota hasta su garganta, sin apretar, solo sujetándola con los dedos sueltos y separados, para notar el ascenso y descenso rápido de su respiración. Le inclino la barbilla hacia un lado, araño con suavidad el filo de su mandíbula y luego, un poco más abajo, el pulso. El latido es más rápido y podría derretirme de gratitud por poder estar así durante el tiempo suficiente para poder medir y comparar.

—¿Aún quieres que tenga más paciencia? —suplica.

Asiento con la cara enterrada en su pelo, sonrío ante el tono irascible de su voz y, por fin, le doy lo que me pide.

Mis dedos encuentran con facilidad su destino, hinchado y evidente, incluso a través de la barrera de la tela cada vez más empapada, y lo confirma el grito breve y sobresaltado de Theo. Es sencillo ajustar la muñeca y encontrar el ángulo perfecto; es como moverme por mi departamento con las luces apagadas, sin necesidad de ver cómo son las cosas en mi propio hogar.

Le toco como recuerdo que le gusta, con fuerza y ritmo constante, infatigable, y me recibe a cada movimiento, haciendo mucho ruido cuando se acerca al orgasmo. Muevo la mano de la garganta a su boca; me muerde la carne.

Cuando por fin se viene, es con una sacudida brusca de las caderas y un alarido furioso. Le estrecho entre mis brazos hasta que escupe mi mano con una risa jadeante y baja.

—Maldita sea —dice en una exhalación—. No sabía que pudiera venirme con eso.

—¿Lo ves? —digo, y le beso detrás de la oreja—. Paciencia.

—Vete a la mierda. —Deja de agarrarse a la fuente y se voltea hacia mí. Tiene la cara sofocada y satisfecha, surcada por una media sonrisa—. ¿Quieres que ahora yo…?

Baja la mirada. Estoy medio erecto, me duele medianamente, pero no puedo tener lo que más deseo. No aquí, no ahora.

—No te preocupes. Esto era solo para ti.

Una emoción complica su expresión, se le tensan los músculos de los ojos. Esta vez, relaja las facciones antes de que me dé tiempo de interpretarlo.

—Bueno, pues nada —dice—. Yo pago la comida. ¿Tienes hambre?

Con elle, siempre tengo hambre.

—*Focaccia* —dice Theo al día siguiente.

—*Schiacciata.*

—*Focaccia?*

—Que eso es *schiacciata.*

—No veo la diferencia, la verdad.

Señalo por encima de las cabezas de la docena de turistas amontonados en el All'Antico Vinaio con nosotres, hacia la bandeja de *schiacciate* doradas que hay encima del mostrador de cristal de ingredientes para los sándwiches.

—¿No ves que el pan es más fino que el de la que nos comimos en Cinque Terre?

—No —dice Theo—. Vuelve a explicármelo.

Le brillan los ojos a la luz del mediodía que entra por la parte abierta de la *focaccieria,* y sé que sí advirtió la diferencia. Solo quiere averiguar cuántas veces soy capaz de repetir lo mismo. Nada activa tanto a Theo como una prueba de resistencia.

—Pues, aunque se parecen, la *focaccia* y la *schiacciata* tienen texturas completamente distintas. La *focaccia* debería ser blanda y ligera, casi esponjosa. La *schiacciata* se amasa durante más tiempo y sube más rápido, así que es más plana y gomosa.

—Ajá. —Theo se da golpecitos en la barbilla, luchando abiertamente por no reírse—. No sé si creerte.

Un panadero mayor sale del obrador y apila una docena más de rectángulos crujientes de *schiacciata* en el mostrador. Suda y se ríe, manchado de harina hasta los codos, y le sonrío. Conozco muy bien a esta clase de panaderos. Los que se deleitan en la rutina segura de una cocina sencilla regentada por otra persona, contentos con seguir mezclando ingredientes, amasando y horneando la misma receta practicada a diario. Siempre son los panaderos más felices. Lo envidio.

—¿Quién va ahora?

Pido mortadela y *stracciatella* con *crema di pistacchio*, Theo toma una *salame toscana* con alcachofas y berenjena especiada. La fila llega hasta el callejón que hay junto al Palazzo Vecchio, pasada la máquina de condones y anillos para el pito, así hasta los escalones de la galería de los Uffizi, pero cuando veo mi bocadillo, comprendo al fin por qué Theo insistió en esperar. Es casi del tamaño de mi cabeza.

Por la tarde nos separamos: yo voy a la galería de los Uffizi para ver los cuadros de Botticelli y Theo se une a la visita guiada de Fabrizio para ver el *David* de Miguel Ángel. Holgazaneo junto a una estatua de Lorenzo el Magnífico mientras me acabo el bocadillo y dejo que el resto del grupo se adelante. Me cae francamente bien la pareja sueca, pero llevo toda mi vida esperando ver los cuadros de este museo y quiero hacerlo solo. Quiero que sea algo especial. Maxine dice que «me paso de sofisticado», pero es solo porque me encantan los momentos perfectos.

Cuando las nubes están preciosas, el regusto del pistache se asienta en mi lengua y una brisa cálida sopla desde el Arno, dejo que la muchedumbre me arrastre y entro en el museo.

El arte es la razón por la que estoy vivo. No lo digo en sentido figurado, aunque lo más probable es que también sea cierto, sino que lo digo en sentido literal, biológico.

Mi papá tenía treinta y un años cuando decidió estudiar en París. Conoció a mi tío Thierry a través de compañeros de la universidad mientras leía con fruición poesía romántica francesa con un visado de estudiante, y en una de las caóticas fiestas para artistas de Thierry en el *pied-à-terre*, se fijó en los cuadros de acuarela de la cocina. Se quedó embelesado. Resultó que la artista era mi mamá y Thierry tenía pensado ir a la casa familiar, en Pérouges, así que lo invitó a acompañarlo.

Mis papás juraban que fue amor a primera vista. Mi mamá tenía diez años menos, vivía y pintaba en el dormitorio del piso superior de casa de mis abuelos, a tres puertas de la casa donde me crie. Se pasaron la noche caminando por el pueblo, hablando sin más. Al amanecer, se besaron y, cuando llegó el atardecer, mi papá le había dicho a su antiguo compañero de departamento en Ohio que vendiera sus cosas, porque no pensaba volver.

Cuando era pequeño, me sentaba con mi mamá mientras ella pintaba flores en el jardín… o, después de mudarnos, en el invernadero. Me hablaba de sus artistas favoritos, sacaba libros de las estanterías y me enseñaba qué habían pintado. Manet, Monet, Van Gogh. Su preferido era Cézanne. Siempre pienso en ella cuando veo un membrillo en un cuadro.

Después de su muerte, me sentaba en su lugar predilecto del jardín y pintaba acuarelas para que el caballete no estuviera vacío. Pintaba con jugos de cereza y moras sobre la cobertura de las tartaletas tal como me había enseñado cuando aprendíamos a hacer postres juntos. De adolescente en Nueva York, me pasé horas y horas deambulando por los museos, en busca de membrillos. Y cuando tuve oportunidad de ir a algún sitio a estudiar lo que fuera, elegí Historia del arte para estar más cerca de ella y Santa Bárbara para estar cerca de Theo.

Acabé la carrera lleno de curiosidad e inspiración y descubrí que solo me servía para trabajar en un museo, haciendo lo mismo todos los días y contemplando siempre el mismo puñado de obras. Yo quería seguir descubriendo, hacer cosas. Eso es lo que me llevó de vuelta a la repostería, y ahora resulta que hago lo mismo todos los días. Me paso el tiempo en la misma zona de una de las cocinas más prestigiosas de París, repitiendo pasos de recetas que escribió otra persona sin desviarme en absoluto. Y lo hago muy bien, cosa que, según tengo entendido, debería ser gratificante.

Todo esto para decir que me muero de ganas de ver qué me ofrecen los Uffizi.

Merodeo por pasillos largos de techos artesonados en los que destacan flores y querubines pintados a mano, procuro saborearlo todo al máximo. Los paneles dorados, la *Madonna* de Lippi, el díptico de la duquesa y el duque de Urbino. Me salto las salas con los cuadros de Botticelli, pues decido que los reservaré para el final. Entonces llego a la *Anunciación* de Miguel Ángel, los mapas al fresco en la terraza de arriba, el *Tondo Doni* de Miguel Ángel, y la *Venus de Urbino.* Una vez satisfecho, retrocedo, paso por delante de los retratos de duques y duquesas que visten los pasillos y entro en las salas dedicadas a Botticelli.

Allí me recreo con cada uno de los cuadros. Saco la libreta de dibujo, pero no hay forma de captar lo etérea que es cada pieza, la luminosidad; cómo el pincel de Botticelli podía plasmar hasta el último pétalo de las flores con una precisión científica y, aun así, imbuirlo todo con la gracia velada de un sueño. Transcurren veinte minutos mientras contemplo *La Primavera,* maravillado por las ondas sedosas de los velos de las Gracias, los capullos que salen de la boca de la ninfa para convertirse en flores que adornan la túnica de la diosa, el rostro orgulloso, sereno y levemente sonriente de la propia Flora.

El teléfono me vibra cuando llega un mensaje de Theo: una foto granulada hecha con zoom del pito y los huevos del *David.*

Qué bonito, contesto. Respondo con una foto de *La calumnia de Apeles,* un cuadro dramático de gente supersexi con ropa vaporosa que pelea en una ornamentada sala del trono. Así me imagino Númenor. Theo responde: Qué aplicado, y luego <3, y entonces manda una foto del culo del *David.*

Por fin, cuando la multitud se dispersa un poco, me aproximo con actitud reverencial a *El nacimiento de Venus.*

Al llegar el ansiado momento de contemplar por primera vez ese pelo mecido por el viento, esa icónica sombra de dorado cobrizo, caigo en cuenta de que ya he visto ese color antes. Tres veces, para ser exactos, en Sloane, Este y Theo.

Venus es una Flowerday rubia color fresa.

Me resulta raro ver algo de Theo en una representación de la feminidad divina. En realidad, nunca he visto mujer alguna dentro de Theo (aquí, Theo diría «bueno, técnicamente…» y mencionaría una de las ocasiones en las que invitamos juntes a una chica a nuestra casa), pero de vez en cuando he visto otra cosa. Alguna cualidad eterna, inefable, presente en este cuadro. Veo a Theo en la forma en que Venus apoya el peso en un lado del cuerpo y sube la cadera en un *contrapposto*, veo la mandíbula y la barbilla de Theo en el rostro de Venus, la sutil sonrisa de Theo en la forma de la boca de Venus, la vitalidad de la risa de Theo en cómo vuela el pelo de Venus.

Sin embargo, cuanto más contemplo el cuadro, más empiezo a ver también partes de mí. Su mirada, la fluidez de su cuerpo, la forma en que apoya los dedos en el pecho. Si Theo estuviera aquí, ¿me reconocería en Venus igual que yo le reconozco a elle? ¿Se maravillaría, igual que me maravillo yo, de que hayamos confluido aquí en un Botticelli, surgiendo entre la espuma marina?

Me imagino a Theo a unas calles de aquí, debajo del *David* de Miguel Ángel, ese monumento a la belleza masculina, encontrándonos en él igual que yo nos encontré en Venus. Comparando sus propios muslos con los del *David*, mis labios con los de la estatua, las rodillas de Theo, sus hombros, mi cintura, nuestras clavículas. Confío en que Theo observe ese mármol tan hermosamente cincelado y vea puntos donde su propio cuerpo encierra tanta masculinidad divina como ese *David*. Confío en que le ayude a sentirse reconocide.

Me quedo en compañía de Venus hasta dos minutos antes del aperitivo, pues me resisto a apartar la mirada. Venus me evoca mil sueños de Theo y yo en una playa cubierta de pétalos, mi boca llena con el sabor de la sal marina y el agua de rosas y las flores del limonero. De repente, se me ocurre una idea para un dulce: una magdalena con forma de concha infusionada con agua de rosas y ligeramente salada, besada por un *crémeux* de limón y rociada con prímula caramelizada. Lo apunto, aunque no sé para qué me servirá.

En Francia, es costumbre tomar un *apéro* antes de cenar. En mi familia, era kir en un vaso de jugo con un toque de Lillet Blanc. *Crème de cassis*, vino blanco y un trocito de cáscara de naranja y miel. Maman decía que un *apéritif* debía ser dulce para ayudar a que la comida pasara bien, aunque sospecho que, simplemente, le gustaba el sabor del Lillet.

En Italia, en cambio, el *aperitivo* debe ser amargo. Vermut, Campari, Aperol. La filosofía es que las hierbas amargas preparan el paladar porque lo aturden y lo dejan en blanco, como una *tabula rasa*, para los posibles sabores que lleguen después. Eso es lo que nos cuenta Fabrizio en la puerta de un café cerca del Duomo, donde quedamos para tomar unos Campari *spritz* rojos anaranjados en unas enclenques mesas de cafetería que se bambolean sobre los adoquines de la *piazza*.

El sol de la tarde ilumina a Theo por detrás cuando se recuesta en la silla. Observo cómo sonríe a Dakota, quien descubre que un *spritz* es la única forma de conseguir un vaso lleno de cubitos de hielo en Italia y pide tres más en una rápida sucesión. Theo apunta los sabores, se pasa los dedos por el pelo, se reclina en la típica postura de Theo con las piernas separadas, se quita una bandana y se la ata alrededor del cuello. Cuando me mudé a Estados Unidos, pensé que Theo podría haber sido uno de los *cowboys* de las novelas del Oeste que me compraba mi papá.

Cowboy, flores. David, Venus, Theo.

No sé cómo no se me ocurrió antes. Desde luego, tuve la corazonada mucho antes de que Theo lo expresara con palabras. ¿Cómo no iba a tener Theo desde el principio todo lo que yo deseo? Todo lo que me atrae más, todos los aspectos de lo masculino y lo femenino que más me gustan. No sé si amo a Theo porque soy *queer* o si soy *queer* porque amo a Theo, pero lo que sé es que no hay nada que necesite y que Theo no tenga. Si soy un hombre en búsqueda constante del hedonismo, Theo es la respuesta definitiva. Lo máximo en todo.

Me pregunto si, de no haber estado sole un tiempo, Theo habría llegado a descubrir esto. O ¿acaso la seguridad y la familiaridad le impedían crecer? ¿Habría habido siempre un límite en lo que se conoce elle misme, en lo que puedo llegar a conocerle yo?

Menuda tragedia habría sido el conformarse con un amor cómodo y limitante.

Siempre he compartido la idea de los franceses de que una comida debería comenzar con algo dulce, pero empiezo a preguntarme si tienen razón los italianos... si, en ocasiones, el descubrimiento requiere primero algo amargo.

—¡Theee-ooo, Theee-ooo, Theee-ooo!

Fueron los Calums los que empezaron con los vítores, pero al final se unió toda nuestra mesa, que golpea con los puños hasta que los platos saltan. Theo se pone de pie, ruborizade, pero claramente encantade de ser el centro de atención.

—¡De acuerdo, lo haré!

Fabrizio nos acerca tres copas vacías y Theo se da la vuelta mientras sirvo un vino tinto diferente en cada una. Cuando termino, Theo vuelve a sentarse y todos nos inclinamos para ver mejor el espectáculo.

Theo toma la primera copa y orea el vino.

—Ay, *baby*. Color rubí intenso, que vira al granate en el borde. Brillante a la luz. De entrada, se me ocurre que la uva principal es la Sangiovese y además, eh, uva de la Toscana. —Se acerca la copa a la nariz e inspira fuerte—. Guau. De acuerdo, el primer aroma es a muchos frutos oscuros. Cereza negra desde luego. Mora, quizá granada. Espera. —Se lleva la copa a los labios y cierra los ojos al probar el vino—. Mmm. Tiene muchas capas. Con mucho cuerpo e intenso, y se mantiene el sabor a los frutos. Un toque de balsámico, un toque de *orégano*, un toque de cuero. Y muchos taninos, pero son suaves, como si hubieran tenido mucho tiempo para reflexionar. Perdura mucho en boca. Como si te acostaras con una monja sexi. Tiene que ser brunello, reserva. De unos diez años. Ligeramente caramelizado, a decir verdad, lo que significa que fue una cosecha cálida, y 2014 fue un año más fresco así que... ¿quizá de 2015?

—2016 —leo en la etiqueta de la botella, con la boca abierta de asombro—. Pero sí, acertaste.

Montana suspira encantada y toda nuestra mesa aplaude. Calum el Pelirrojo se mete dos dedos en la boca y silba. Theo hace una leve reverencia en broma.

Cata los otros dos y sabe identificar un chianti clásico y un carmignano. Cada respuesta recibe una calurosa ovación. Un ridículo globo de orgullo se hincha en mí. Hace tanto tiempo que deseaba que Theo se volcara en algo del modo que yo sabía que era capaz de volcarse y aquí está, demostrando que es genial.

Una vez leí una frase de *La señora Dalloway* que se me quedó grabada porque describía a la perfección el lugar que ocupaba Theo en mi vida. Clarissa ve a Sally con el vestido de fiesta de color rosa y, después de escuchar a todas las demás visitas y las actividades de la casa, piensa: «Todo eso no era más que un paisaje de fondo para Sally». Para mí, Theo es el eterno primer plano. Le pongo en el centro de cada sala. Y es gratificante cuando toda la sala está de acuerdo.

La Trattoria Sostanza es toda nuestra, la han reservado entera para una interminable comida italiana. En el restaurante apenas cabe todo nuestro grupo, pero eso hace la experiencia todavía más auténtica. Las botellas de vino y agua pasan de mano en mano, los platos con aceite y hierbas pasan de mesa en mesa, las cestas de pan se reparten como quien pasa el canasto de limosnas en la misa del domingo. Tengo la espalda contra la de Stig, como si fuéramos dos viajeros del norte apretujados en el mismo vagón en un Grand Tour. Fabrizio se inclina hacia delante en la mesa de al lado y grita para que lo oigamos mientras explica qué contienen los platos de una comida italiana.

—Eso es lo hermoso. ¡En Italia no tienes que elegir entre pasta o carne! ¡Puedes tomar pasta de *primi* y carne de *secondi*!

De *primi*, nos sirven unos tortellini hechos a mano con mantequilla y una pasta cortada de forma irregular con una sencilla salsa de carne, y luego llega el *secondi*, con el que de verdad nos damos el atracón. Fabrizio se explaya sobre las sutilezas de la cocción tradicional toscana que hacen que un plato de campo como la *bistecca alla fiorentina* tenga un sabor tan complejo: las ascuas del carbón deben mantenerse a la temperatura exacta, lo bastante calientes para conseguir una costra aromática cuando la ternera se coloca encima durante pocos minutos, pero no tan calientes como para cocerla demasiado en el brillante centro rojo rubí. Junto a eso, nos sirven un pollo empanizado frito a la sartén con un centímetro de pura mantequilla dorada que no precisa explicación alguna: es una puta delicia.

Pero cuando nos retiran los platos para los *dolci*, pienso que el plato que más me ha sorprendido es el *tortino di carciofi*; huevos revueltos en una sartén alrededor de una montaña de alcachofas fritas para formar una tortilla esponjosa y perfectamente redonda.

—Fabrizio —intervengo—, ¿conoces la historia de Caravaggio y las alcachofas?

No la conoce, así que le cuento que Caravaggio, un joven y exaltado peleonero bisexual y uno de los pintores italianos más admirables de la historia, fue a cenar con unos amigos a una *osteria* en Roma. El mesero le presentó un plato de alcachofas, algunas cocinadas con aceite y otras con mantequilla, y cuando Caravaggio preguntó cuál era cuál, el mesero le dijo que las oliera para averiguarlo.

—Y entonces Caravaggio...

Una mano se desliza por mi pierna y pierdo por completo el hilo de pensamiento.

A mi lado, Theo da un sorbo de vino con aire inocente, como si su otra mano no estuviera rozando la costura de mis shorts por debajo del mantel.

—Continúa —me dice Fabrizio—, ¿qué hace Caravaggio?

—Eso, Kit —me anima Theo sonriendo. Sube aún más la mano—. Continúa.

Miro a Theo con expresión suplicante, abochornado por la forma en que mis piernas se abren en un acto reflejo bajo la mesa.

—Así que Caravaggio se enoja, agarra las alcachofas y... eeeh... —La palabra se evapora cuando Theo me planta toda la palma de la mano encima de la entrepierna. Finjo que me dio tos y alargo la mano hacia la copa—. Le tira el plato entero a la cara al mesero.

—¡No! —suspira Fabrizio.

—Le da en todo el bigote.

—En el bigote, no —dice Theo.

—*Non i baffi!* —repite Fabrizio—. ¿Y luego?

—Y luego… —Theo me aprieta un segundo que me vuelve loco antes de apartar la mano; me deja con ganas de más. Se me olvida el final de la historia—. Y luego se levanta de un salto, roba la espada de un tipo que está en la mesa de al lado e intenta atacar al mesero, y entonces fue cuando lo arrestaron.

Fabrizio, encantado, me agradece esa nueva historia que podrá contar en Roma. En cuanto se enfrasca en otra conversación, me acerco a la oreja de Theo.

—¿Qué estás haciendo?

Theo sonríe con cara angelical.

—Contarte mis planes para esta noche.

—Ajá —asiento—. Es bueno saberlo.

Después de ese episodio, supongo que vamos a escabullirnos en cuanto acabe la cena, pero cada une de nosotres acaba con el brazo de uno de los Calums pasado por encima del hombro y, antes de que podamos protestar, nos arrastran a las calles de Florencia. Stig también nos acompaña, igual que Fabrizio, Montana y Dakota, y algunas de las personas más jóvenes del grupo. Recalamos en un bar oscuro con relucientes mosaicos de cristal y cubículos de cuero rojo, con un pez espada colgado en la pared. Fabrizio le dice a Theo que pida para el grupo y el mesero descorcha dos botellas de un brunello joven.

Después de tantos días juntos, la conversación fluye con naturalidad. Theo y Stig comparan sus impresiones sobre viajar de mochilero por las Rocosas frente a hacerlo por Jotunheim. Fabrizio y los Calums debaten qué playas de Nueva Zelanda son sus preferidas. Apoyo los codos en la barra y suplico a Dakota y Montana que me cuenten más sobre su viaje de trabajo a Tokio, donde tomaron ácido con un príncipe marroquí. Theo insiste en pedir dos botellas más para el grupo, esta vez de un morellino di scansano más suave y dulce.

En la tercera ronda, Stig y Fabrizio se ponen a vociferar sobre la Copa del Mundo, y Dakota y Montana han acercado la cabeza la una a la otra al fondo de la barra y susurran tapándose la boca con la mano. En el otro extremo, los Calums fingen de modo muy poco convincente que están leyendo la carta de cocteles en lugar de parar la oreja para ver qué escuchan. Me fijo en que Theo acepta una copa de un mesero muy guapo que le mira con interés, pero al instante elle ya voltea el cuerpo hacia mí y nuestras rodillas chocan.

—Tengo una pregunta —digo.

Theo levanta la ceja mientras bebe. «Suéltala».

—¿Todavía sigue en pie la competencia?

Traga saliva.

—Sí, ¿por? ¿Quieres anularla antes de perder?

—No, solo me preguntaba cómo vas a encontrar tiempo para mantener tu ventaja si te dedicas a acostarte conmigo.

Pasa un momento. Fabrizio sigue soltando pestes sobre el equipo nacional portugués. Dakota se acerca a los Calums.

—Eh, en cuanto a eso... Tengo que confesarte una cosa —me dice Theo—. Puede que haya... inflado un poco los números.

—¿A qué te refieres?

—No me acosté con la chica de la frutería de San Juan de Luz.

—Pero... —Veo la intención en su mirada cuando me dijo lo bien que se lo pasó con Juliette, noto el nudo acalorado en las entrañas—. Los vi besándose.

—Sí, nos besamos, pero entonces... Digamos que me agobié. No quería contártelo porque estaba un poco celose de Paloma y tú. Así que no vamos seis a cuatro, sino cinco a cuatro.

Niego con la cabeza.

—Cinco a tres.

Entonces es Theo quien frunce el ceño.

—¿Qué?

—Tampoco me acosté con Paloma.

Theo deja la copa en la barra con fuerza.

—¿Qué? ¡Te fuiste con ella!

Pero es cierto. En cuanto Paloma se apartó después de nuestro beso, me dio una palmadita en la mejilla como si fuera un perro perdido y me dijo: «Creo que preferiría ser tu amiga». Y, entonces, me invitó a su casa por caridad, y me senté en su cocina y le hablé de mi trabajo y le pregunté cómo sabía ella que no quería hacer lo que hago yo.

—Sí —reconozco—. Hicimos crepas y hablamos de la escuela de cocina. Eso fue todo.

Bueno, puede que también le confesara entre lágrimas lo mucho que amo todavía a Theo mientras el tío abuelo Mikel me preparaba una taza de té.

—Pero tú… me dijiste…

—Técnicamente, nunca dije que me había acostado con ella —señalo—. Me limité a no contradecirte.

—A ver, para que lo aclaremos —dice Theo, y apoya las palmas de las manos abiertas en la barra—, ningune de les dos cogió en San Juan de Luz.

—Pues no.

—Maldita sea. —Se reclina en el asiento. Se ríe con incredulidad—. En fin, pues vaya bochorno para les dos…

—¿Tú crees? —pregunto sonriendo—. Puede que la única cosa mejor que el sexo sea tener amistades en la Côte d'Argent.

—Un sentimiento muy profundo para el Dios del Sexo de la École Desjardins.

El… *quoi?*

—¿El qué?

—Vamos, no seas modesto. —Theo pone los ojos en blanco—. Maxine me lo contó todo.

Ay, no. Eso puede significar cualquier cosa.

—¿Qué te contó Maxine exactamente?

Theo se encoge de hombros.

—En resumidas cuentas, que te abriste camino por la escuela de pastelería chupando y cogiendo a todo lo que se meneaba, y que todes estaban enamorades de ti.

—¿Enamorades de mí? —repito incrédulo—. Theo, ¿no te… no se te pasó por la cabeza que mi mejor amiga podría haber exagerado para hacerme quedar bien delante de mi ex?

—Bueno... —Theo parpadea—. En ese momento, pensaba que ella era tu novia.

—Ay, Dios. No, Theo, no. —Me paso la mano por la cara. No podemos seguir haciendo esto—. ¿Quieres saber la auténtica verdad?

Theo duda solo un segundo.

—Sí.

—Es cierto que en la escuela de *pâtisserie* tuve... mucho sexo —reconozco. Los labios de Theo forman una línea fina, como si creyera que estoy fanfarroneando—. Y estoy seguro de que algunas de esas personas sentían algo por mí, porque yo... yo pasé un tiempo con el corazón en carne viva. Como si vertiera mucho amor en muchas direcciones, porque intentaba, no sé, sacarme todo el que tenía dentro. Porque te habías ido tan de repente y tan por completo... y yo no podía acabar con todo eso.

Theo baja la mirada de mi rostro a la servilleta de coctel, suaviza el gesto de los labios.

—Pero, aunque esta puede ser una forma magnífica de llevarte a alguien a la cama, es una forma terrible para conseguir que se quede a tu lado —continúo—. Yo era un desastre. Nadie me aguantaba más de una semana. Tuve que aprender a ligar con facilidad porque así no tenía que dormir solo en el departamento que, en teoría, iba a ser para nosotres. Eso es todo. Maxine es una santa, pero también es increíblemente protectora. Te habría contado cualquier cosa con tal de hacerme quedar bien.

Una pausa, el ruido del bar es lo único que nos acompaña. Parece que Theo esté rumiando esta información. Pongo el pulgar en el pie de la copa, confiando en que no le parezca demasiado patético.

Por fin, con una voz tan baja que apenas se oye, elle pregunta:

—Entonces, ¿te resultó duro? Cuando yo...

No debería sorprenderme que Theo crea que me resultó fácil que elle saliera de mi vida. Desde que nos conocemos, el gran error de percepción de Theo ha sido pensar que la gente no le extraña. Le cuesta creer que tiene mucho que ofrecer, que la gente quiere que esté en su vida y piensa en elle con cariño cuando se va. No espera que a nadie le importe si se va. El tema ya nos había afectado antes, y muchas veces… Cuando me mudé a Nueva York, cuando Theo dejó los estudios, cuando teníamos una conversación tensa y me evitaba durante días. Bajo presión, se desvanecía y tenía tan poco amor propio que se sorprendía de que me hiciera daño.

En mi memoria, veo a una pequeña Theo junto a mi antigua casa en el valle. La había llevado el chofer familiar y la había dejado ahí con una maleta a punto de reventar.

Theo versión adulto continúa:

—Digamos que supuse que, cuando te instalaste en París, dejaste de pensar en mí. Creía que habías encontrado mejores entretenimientos y que yo era, ya sabes… Una trama secundaria.

Hemos cambiado en muchos sentidos desde que nos conocimos, pero parece que algunas cosas siguen igual.

—Theo, jamás podrías ser una trama secundaria. Pensaba en ti todos los días, te lo juro. Quería pasar el resto de mi vida contigo y, de pronto, habías desaparecido. Y me pareció un corte… limpio. Como si ni siquiera hubieras dudado. Y eso me hizo polvo.

—Por si te sirve de consuelo, a mí también me destruyó —dice Theo después de una pausa.

Por mucho que me duela imaginarme a Theo sufriendo, sí que me sirve de consuelo. Me ayuda, de algún modo extraño y triste, saber que se quedó tan jodide como yo. Que yo estaba solo en el sentimiento no porque elle no lo sintiera, sino porque no me lo contó.

—Entonces, ¿puedo preguntarte por qué lo hiciste? Sé por qué cortamos y sé que pensaste que yo te había abandonado, pero todavía no entiendo por qué no me llamaste en cuanto llegaste a casa.

Espero que Theo se haga le dure, que responda con un «Tú tampoco me llamaste», pero apoya las yemas de los dedos en el tallo de la copa y se queda pensative.

—Creo que siempre estuve esperando que me dejaras atrás —responde—. Y me pareció que por fin lo habías hecho. Me sentí humillade y furiose (uf, qué enojade estaba) y una parte de mí necesitaba una victoria, nada más. Bloquear tu número y cortar de tajo me pareció que era «hacer» algo, como... como si tomara el control de lo que me estaba ocurriendo. Pero, Kit, para mí tampoco fue fácil. Era imposible que lo fuera.

Trato de asimilar esto, busco las palabras que puedan hacer que Theo comprenda que no es alguien que yo pudiera dejar atrás jamás. Me preparo para hacerle sonreír.

—Así pues, dime —le insto con el mayor deje de acento estadounidense que me queda, mientras me apoyo en la barra—. ¿Qué tan terrible fue?

Theo sonríe.

—Hombre, fue una mierda —contesta, y se ríe como si hablara de un accidente con el *longboard*—. Durante los primeros seis meses, el único momento en el que no pensaba en ti era cuando trabajaba en la camioneta, así que, o sea, me salieron ampollas en lugares que nunca había imaginado. Tenía el estómago destrozado, me dolía la espalda sin parar, dormir era una mierda. Fue un puto infierno, *bro.*

Asiento con cara seria.

—Te entiendo, *bro.*

—E incluso una vez que pasó lo peor, fui incapaz de llamarte. Sabía que las cosas te saldrían bien y entonces me daría cuenta de que tenía razón, de que yo había sido un lastre para ti.

Deslizo la mano por la barra hasta que nuestros meñiques se rozan.

—Nunca fuiste un lastre para mí —le digo—. Confío en que a estas alturas lo sepas.

—Estoy esforzándome en creerlo —dice encogiéndose de hombros un momento—. Pero esto ayuda. Igual que ayuda ver que te las arreglas bien y saber que eso no tiene por qué cambiar cuánto me gusto a mí misme.

Una punzada en el corazón.

—A mí también me gustas —le digo.

—¡Gracias! ¡Tú a mí también! —exclama Theo con una sonrisa—. Míranos, sentades aquí en Italia hablando de nuestra vida, ¡y ni siquiera me afecta que seas feliz y hayas triunfado en París! Soy feliz de que seas feliz. ¡Eso es madurar!

—Sí… —Soy feliz y he triunfado… Eh, ¿sí? ¿No?—. Yo también soy feliz al verte así.

Y así nos quedamos, bebiendo, hablando y gustándonos mutuamente. El resto del grupo se va marchando y varias caras nuevas los sustituyen. Miramos con una atención maravillada cómo Dakota se marcha con un Calum de cada brazo y luego, vemos con encantado aturdimiento cómo Montana toma a Stig de una manota y lo jala para salir justo detrás de los otros tres.

También nosotres deberíamos irnos, pero no sé cómo terminar nuestra conversación.

—Mierda —dice Theo mientras busca en los bolsillos con qué pagar otro Negroni—. Me quedé sin euros.

Seguro que tengo algunas monedas sueltas por el fondo de la mochila… vaya, pues no. Saco la mano vacía.

—¿Y si damos por concluida la noche?

—Eh… es una opción —dice Theo mientras juguetea con un anillo de oro liso que lleva en el dedo índice. Se lo quita y lo sujeta sobre la palma—. O siempre podemos recurrir a la Maniobra de San Francisco.

El brillo travieso en sus ojos ilumina el recuerdo: Theo y yo, tan enamorades que ni siquiera tuvimos que fingir para que creyeran nuestra falsa pedida de mano. Cualquiera que nos hubiera visto, habría dicho que lo nuestro era para toda la vida.

—No te atreverás —digo, en parte porque temo que lo haga, en parte porque sé que decir eso es la mejor manera de lograr que sí lo haga.

—Claro que sí.

—No te creo.

Theo se levanta y da golpecitos en una copa con una cucharita para llamar la atención. Cuando suficiente gente nos mira, hinca una rodilla en el suelo del bar y alza la mirada hacia mí, parece une apueste trotamundos que vino para sacarme de mi vida provinciana.

—Kit Fairfield —dice Theo, y me ofrece su anillo—, eres la persona más guapa de este bar. Y siempre hueles bien. Y me gustas, y te he extrañado muchísimo. ¿Me harías el honor de pasar el resto de tu vida conmigo?

Daría absolutamente todo lo que tengo por que hablara en serio.

Sonrío como si nada y respondo:

—Amor mío, pensaba que nunca me lo pedirías.

Mientras la muchedumbre se pone a vitorear, me levanto y agarro a Theo para que se incorpore. Me pone el anillo en la mano izquierda y me queda bien. La parte interior todavía mantiene el calor de su piel. Nos reímos al unísono, arrastrades por el momento, nos apretamos las manos mientras el mesero descorcha una botella de champán y alguien entona:

—*Bacio, bacio, bacio!*

—¡Quieren que nos besemos! —grita Theo.

—Vamos, no se diga más —le animo.

Así pues, elle me toma en sus brazos y me inclina hacia atrás. Por un segundo de aturdimiento, lo único que veo es su cara, pegada a la mía y surcada por una mezcla de emociones, e intento decirle con mis ojos que lo haga sin más. Sin pensar, bésame, hechízame, castígame.

Desliza la mano entre nuestras bocas y besa el dorso de su propia mano. Los borrachos aplauden; el mesero hace sonar una campana. Sabemos cómo hacer que las cosas sean convincentes.

De camino al hostal, nos metemos en un callejón; tengo la espalda contra una pared de estucado amarillo y la boca de Theo en el cuello. Nos soltamos y estamos mareades de tantas horas de beber sin parar, cansades y buscando el cuerpo de le otre con un deseo equiparable al de recuperar una taza de café abandonada. Antes estaba caliente y fuerte, pero ahora el azúcar se ha asentado en el fondo.

Abro los ojos y veo unas persianas de color verde oscuro enfrente de nosotres, un gato recostado en el alfeizar que hay debajo. Es uno de esos detalles que me recuerda que estos lugares son reales y pertenecen a personas a quienes casi nunca conoceremos al pasar, que

Florencia nos olvidará pese a que nosotres la recordemos el resto de nuestra vida. Esa evanescencia me resulta tremendamente romántica.

Me dejo llevar por costumbre ante la presión cálida de sus muslos. Elle me besa en el cuello, en la mandíbula. Nos movemos despacio... tan despacio que cuesta saber cuándo dejamos de intentar coger y nos dedicamos, simplemente, a abrazarnos.

Rodeo con fuerza la cintura de Theo con los brazos. Theo me toma por la nuca con una mano, entierra los dedos en mi pelo. Hacía tanto tiempo que nadie me agarraba así. Hacía tanto tiempo que me faltaba Theo. Podría llorar de alivio.

Nos quedamos así, sin hablar y sin soltarnos, hasta que el gato de la ventana maúlla, como si nos regañara, y Theo rompe el abrazo entre risas. Hace una broma con voz temblorosa y demasiado alta, arrastrando las palabras.

Sin embargo, noté cómo se le detenía la respiración pegade a mí y veo el peculiar brillo en sus ojos cuando pasa por delante del resplandor del escaparate de una tienda. Cuando le devuelvo el anillo, se lo mete en el bolsillo sin mirarlo. Sonríe como si no fuera nada. No sé si creerle.

CHIANTI

COMBINA CON:

Chianti *riserva* después de una larga excursión en bici, *pesche di Prato*

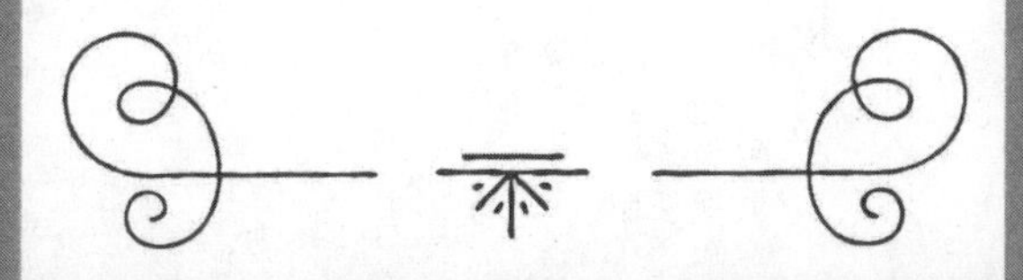

Vamos hacia el sur. Orla nos lleva rumbo a Siena a través de las colinas, pasando por delante de las torres de San Gimignano y los palacios amurallados de Montepulciano, así como por pastos de vacas, olivares y campos de trigo hechos de retazos. A lo lejos, las colinas cobrizas y verdosas se despliegan una tras otra como sábanas revueltas en una cama tan ancha como el cielo. Salimos de la autopista por el este y entramos en carreteras de grava llenas de baches que nos hacen rebotar en el asiento hasta que el autobús frena ante una puerta de piedra cubierta de vegetación.

Theo, que se quedó dormide en mitad de una frase antes siquiera de que arrancara el autobús, se despierta con un respingo contra mi hombro y continúa hablando donde lo dejamos.

—Una especie de… —dice, da un inmenso bostezo, se frota los ojos— cosa con círculos y cuadrados. O, mejor dicho, con cuadrados y rectángulos. Todo el chianti *classico* se hace en Chianti, pero no todo el chianti hecho en Chianti es chianti *classico*.

—Claro —respondo, y le acaricio un mechón suelto—. Lo que digo yo siempre.

Theo frunce el ceño, adormilade.

—¿Ya llegamos?

—Ya llegamos.

Nuestro destino es Villa Mirabella, un caserón toscano centenario ubicado a las afueras de Greve in Chianti. Antes de que Theo se quedara dormide, me estaba explicando lo importantes que son esos dos detalles: algo sobre las falsificaciones y las subzonas y el porcentaje de uvas de Sangiovese y que solo un grupito de nueve bodegas tiene el certificado legal para producir chianti *classico.* No lo sé. Theo es una persona fascinante llena de pensamientos interesantes, pero básicamente me he limitado a mirarle la boca.

—*Ciao a tutti ragazzi!*, ¡hola a todos! —saluda Fabrizio. Nos recuerda que el reparto de habitaciones será como siempre: habitaciones compartidas para las parejas que reservaron juntas y habitaciones individuales para quien viaje solo. También nos dice que nos servirán una cena preparada con ingredientes recién recolectados en un campo de la zona a las nueve, o a la hora que quiera el cocinero—. Tienen el resto del día libre; para nadar, ir en bici, comer, beber, hacer el amor, lo que prefieran.

Salimos del autobús y tomamos el camino delantero para llegar a un *terrazzo* con suelo de grava delimitado por arbustos, a la sombra de varios árboles de Júpiter, higueras, limoneros, manzanos, olmos, álamos blancos, grupos de hortensias con flores rosadas. Bajo unas sombrillas amarillo limón hay distintas sillas de rayas también amarillas y mesas de terraza. Todo culmina en la propia villa, de cuatro plantas y el doble de ancha que la terraza, con la fachada de estuco blanco engullida en la hiedra y las glicinias trepadoras.

Una mujer bastante mayor con un vestido del mismo tono de amarillo que las sombrillas nos espera en el umbral, con una cesta de sábanas limpias y la seriedad imponente de quien está al mando. Por parejas, distribuye las llaves antiguas mientras Fabrizio lee los nombres de la lista, hasta que solo quedamos Theo y yo.

Tras mucho murmurar en italiano, la *signora* se retira dentro de la casa y Fabrizio nos lleva aparte.

—*Amici, la signora* Lucia me dice que hay un error. Cuando le mandé los nombres de las personas del tour, hubo… ¿cómo se llama… un malentendido? Como la primera reservación que hicieron iba junta, tienen el mismo número de reservación. Es muy raro que los huéspedes reserven juntos y luego cancelen juntos, y luego usen esa reservación otra vez para el mismo tour, pero por separado… Entienden que puede complicar las cosas para nuestro hombrecillo de la oficina,

¿no? Y les cuento que tenemos un empleado nuevo y creo que no lo hace muy bien. Una personalidad terrible. A ver si conseguimos mandarlo a la oficina de Alemania. —Fabrizio se pierde en sus pensamientos con cara seria, es probable que se esté imaginando a ese terrible oficinista vestido con unos *lederhosen* especialmente incómodos—. Pero el problema es... Lucia les asignó la misma habitación.

—Ah.

Miro a Theo.

—Es...

—Y le pregunto si hay más habitaciones, pero resulta que están en obras en la tercera *villetta*. Incluso le conté de su situación, pero...

—No pasa nada —dice Theo con seguridad. Fabrizio y yo nos callamos—. No nos importa.

—¿De verdad?

Fabrizio arruga mucho la frente.

Me mira, luego mira a Theo, y luego otra vez a mí.

—Ah, ya veo. —Una sonrisa le llena la cara—. Entonces, *meraviglioso*. ¡Aquí tienen la llave! Última habitación en el piso de arriba. *Grazie mille!*

Nos entrega una pesada llave de cobre con una borla de seda verde y se va después de guiñarnos un ojo, murmurando para sus adentros.

—Definitivamente, piensa que cogemos —comento.

Theo me sonríe con malicia.

—¿Por qué no iba a pensarlo?

Casi todo el mundo ha dejado la puerta de la habitación entreabierta, así que distintas conversaciones en inglés, holandés y japonés se cuelan por las escaleras antiguas conforme subimos. Atisbo algunas cosas al pasar por cada rellano, sofás azules acolchados con volutas de flores blancas sobre alfombras desgastadas, montones de libros viejos apilados en los alféizares y mesitas rayadas que tienen pintados capullos de rosas. Es como si algún baronet y su familia hubieran sacado los caballos para ir al pueblo de al lado y fueran a regresar en cualquier momento con los chismorreos más candentes sobre el precio del grano.

En el piso superior, nuestra habitación es luminosa y cálida, con una cama roja tapizada con un estampado de las mismas flores que las cortinas que rodean las ventanas abiertas. El techo forma una tosca rejilla de gruesos maderos y baldosas de terracota, y hay un jarrón con flores naturales junto al armario pintado a mano. Mi mochila aterriza junto a la de Theo en la mullida alfombra.

—Esto es una locura —dice Theo—. Como una puta peli de Guadagnino.

Por debajo de las ventanas, detrás de la villa, unos peldaños de ladrillo y unos senderos polvorientos conectan las terrazas y los jardines llenos de flores para formar una diminuta e intrincada aldea que pertenece a los terrenos de la casa. El resto de los edificios, todo *villettas* con losas de arcilla, tienen las puertas abiertas para dejar entrar a los invitados o dejar salir los olores de las aceitunas recién prensadas y los guisos de cerdo. Inhalo hondo y juro que oigo música romántica para piano en el ambiente.

—Tienes razón —contesto, y me aparto de la ventana—. Es irreal.

Cuando me doy la vuelta, me encuentro a Theo a los pies de la cama, quitándose la camisa por la cabeza con el mismo movimiento fluido que vi en la autopista a Pisa. Sin embargo, esta vez no lleva nada debajo.

Después de pasarme la infancia trotando desnudo por el campo francés y la época adulta ya sea estudiando desnudos artísticos o ya sea viviendo en París, la desnudez no me cohíbe. No obstante, me he convertido en un caballero de la época eduardiana para Theo y solo para Theo. Cada centímetro de piel que se me ha vuelto a revelar ha provocado que flexionara los dedos y el corazón me latiera en el estómago, tanto si era un atisbo de hombro como el ombligo o una axila con vello de durazno. Cuando puso mi mano sobre su cadera en aquella habitación de Barcelona, tuve que recitar los pasos de la *pâte à choux* mentalmente para no perder la cabeza por completo. Y ahora esto, un pecho desnudo de repente a la luz de una mañana en la Toscana.

Desvío la mirada, por si no quería que le viera, pero entonces Theo tira la camisa y se planta delante de mí, con el torso al descubierto como si nada. Así pues, miro.

Veo la misma caja torácica con la misma marca de nacimiento que parece una huella dactilar en la parte superior izquierda, las mismas pecas que le salpican el esternón. Los mismos pezones rosados. No hay cicatrices nuevas, que yo vea, pero sí percibo que ha estado haciendo músculo para darle una forma nueva a su pecho y convertirlo en algo más sutil y masculino que antes. Parece fuerte, ágil, fabulosamente decidide y hermosamente ambigüe, como el *Baco* de Caravaggio.

—¿Qué…? —Trago saliva—. ¿Qué vamos a hacer?

—Yo me estoy cambiando. ¿No viste el cartel que había abajo? —Theo se inclina para sacar un traje de baño de la mochila—. Tienen alberca.

Lo siguiente que se quita Theo son los pantalones, y yo no puedo apartar la mirada. Solo queda la ropa interior, así que mete los pulgares por el elástico de los calzones. Qué distinto es ahora de cuando se desnudó en Barcelona, tan descaradamente despreocupade y, en ese momento, me doy cuenta de que está alardeando.

—¿Qué? —pregunta—. ¿Acaso pensabas que quería…?

—¡No!

—Porque hacerlo en la habitación va en contra de las reglas.

—Esta noche te recordaré que dijiste eso —le suelto, y recupero la compostura quitándome también la camisa. Theo aborrece cuando las chicas se ponen en modo mojigato eduardiano—. Voy contigo.

—Genial, me encanta que hoy podamos holgazanear —dice Theo para hacer la plática. Se baja la ropa interior—. Tengo los pies destruidos.

—Yo también. —Mis shorts caen al suelo—. Y estoy catatónico después de ver tantos Botticellis.

—Ay, ya no te conté sobre la visita guiada de Fabrizio al *David.* —Theo se incorpora, completamente desnude. Sin ningún disimulo, recorro con la mirada todo su cuerpo, de los tobillos a los bíceps, pasando por el punto que toqué en la fuente de Venus. Todavía sonríe, aún sigue hablando—. ¿Sabías que al principio iban a colocar la estatua en lo alto del Duomo?

Asiento con la cabeza.

—Y Da Vinci quería relegarla a la parte de atrás de la Loggia dei Lanzi, donde nadie pudiera verla.

—Buah, era tan descarado que quería cogerse a Miguel Ángel... Casi da pena ajena —dice Theo.

Me quito los calzones, completamente consciente de la evidente dureza de mi entrepierna. No me da vergüenza que se note lo mucho que deseo a Theo. Le mostraría muchas más cosas si me lo pidiera.

Theo mira. Theo sigue mirando...

—¿Te has dedicado a hacer sentadillas?

—Más bien muevo sacos de harina al fondo de la despensa.

—Ajá.

Y entonces alguien llama a la puerta y se rompe el hechizo. Theo se ríe y dice «ups» y se esconde detrás de un armario, y yo me pongo el traje de baño para recibir lo que nos trae una camarera muy amable.

—Vino de bienvenida —exclamo, mientras observo la botella de tinto que me dio. Theo sale con el traje de baño puesto justo cuando le estoy dando la vuelta a una tarjeta con un monograma atado al cuello de la botella y descubro que hay una nota escrita a mano—. Ay, es de... ¿tu hermana? Debe de haber llamado con antelación. Qué detalle de su parte.

La tarjeta dice:

Theo,

Puede que me pasara un poco. Lo siento. Te quiero.

Sloane

PD. La oferta sigue en pie.

—Déjame ver —me pide Theo, y me quita de las manos la botella y la tarjeta. Se le nubla ligeramente la expresión mientras la lee, frunce un poco los labios—. Ah, estupendo. No sé en qué otro lugar íbamos a encontrar vino en un sitio como este.

Abre el armario y lo tira dentro. Cuando vuelve a mirarme, sonríe.

—¿Estás listo?

Vaya, parece que... eso sí era algo que se suponía que yo no tenía que ver.

—Espera, voy a agarrar mi libro.

Por supuesto, Theo es le primere en meterse en la alberca.

Más allá de la última *villetta* y de un muro de árboles, el terreno se extiende y da lugar a un prado en pendiente con una alberca ancha que tiene vistas panorámicas de las colinas circundantes. Hay varios camastros de rayas amarillo limón protegidas por sombrillas en el pasto, y me dejo caer en una con la camisa abierta al sol y el libro en la última página que leí. Hace calor y el aroma de la glicinia llena el aire, y por encima de los pájaros y el chasquido de las tijeras de podar del jardinero, oigo la sucesión limpia y discreta de las brazadas de Theo.

Al cabo de un rato, otras personas entran en la alberca, y un hombre vestido de lino amarillo trae bandejas de *antipasti* y hieleras con vino frío. Las parejas de luna de miel se pierden en las colinas con bicicletas alquiladas y cestas de mimbre. Un cocinero se asoma por una ventana de persianas verdes y llama a una mesera. La *signora* Lucia deambula por ahí, regando las plantas con una cariñosa diligencia que me recuerda a Maman, lo cual tiene más de dulce que de amargo en un lugar como este.

—¿Te importa si me siento? —pregunta Calum el Pelirrojo, que lleva una mullida toalla blanca por encima del hombro.

—En absoluto.

Me ofrece una copa de vino frío color ámbar y él se queda otra.

—¿Cómo dicen aquí? *Salute?*

—*Salute*—repito, enternecido.

—Hoy será un día a la sombra para este tipo pelirrojo —me dice, y se coloca debajo de la sombrilla en el camastro que está a mi lado. Anoche pensé que tenía la cara enrojecida de tanto beber, pero ahora veo que luce una espectacular quemadura solar florentina. Saca una tableta y un diario de campo muy desgastado de la bolsa de lona—. No me importa. Tengo un montón de trabajo atrasado.

Levanto los lentes de sol para echar un vistazo a sus hojas, abarrotadas de notas con fecha y de tablas de datos trazadas a mano.

—¿A qué te dedicas, Calum?

—¿Yo? Soy biólogo de animales salvajes.

—¿En serio? —Me lo había imaginado como bombero sexi o lanzador de peso olímpico—. ¿Con qué tipo de animales trabajas?

—Pues desde hace aproximadamente un año he estudiado tiburones blancos en especial, pero me interesan mucho todos los depredadores marinos indopacíficos. Hice el doctorado sobre el reconocimiento social químico táctil del pulpo de anillos azules.

No se me ocurre una respuesta más maravillosamente asombrosa de un hombre a quien oí eructar el alfabeto francés la semana pasada.

—Entonces, eres doctor.

Sonríe.

—Que no te oiga Calum, porque se molestará. Él es doctor de verdad, o eso dice.

En la alberca, Calum el Rubio está parado de manos, lo único que sale del agua son las piernas y los pies. Tiene un tatuaje en la pantorrilla de un camarón con un sombrero de *cowboy*.

—¿Ese hombre?

—Trabaja en urgencias —dice Calum el Pelirrojo con una risa afectuosa, como si reconociera que esa es una de sus actividades favoritas—. Deberías preguntarle. Le encanta contar historias de terror.

El agua me salpica los pies y levanto la vista por encima del libro para ver a Theo en la orilla de la alberca, con los codos apoyados junto a una bandeja de fruta y queso que exuda por el calor.

—Que no se te mojen los *crostini* —le digo.

Theo agarra un racimo de uvas y se mete una en la boca como un emperador romano.

—¿En serio no te vas a meter?

Le enseño el libro.

—Voy en el último capítulo. Lucy está a punto de admitir que está enamorada de George.

—Ah, bueno… —Se pone unos lentes invisibles—. Si Lucy está a punto de admitir que está enamorada de George.

Sacude los pies en el agua, con las uvas puestas sobre la cabeza, y sonrío.

Cuando estábamos en París, contemplé a Theo caminando con paso decidido por el boulevard Saint-Germain y me pregunté si estaba viendo lo que podría haber sido si hubiéramos hecho juntes el tour gastronómico como teníamos pensado. Contrasté esa idea con la imagen que había vivido en mi mente todos estos años, la imagen de une Theo en una vida paralela que se había mudado conmigo a Francia.

Pero aquí, en Chianti, veo las cosas tal como son, no como podrían haber sido. Nosotres, en dos arcos que se inclinan uno hacia otro. Theo en el agua, yo contento de sentarme junto a la alberca con un libro y buenas vistas.

Por primera vez, me parece mejor así.

Sigo leyendo, contemplo cómo Lucy y George vuelven a estar juntos, se confiesan su amor y regresan a Florencia para casarse. Cuando llego a la última página, siento un cosquilleo dulce en los senos nasales por la emoción, como las burbujas del *prosecco.* Una gotita de agua aterriza en la página y creo que he derramado una lágrima auténtica hasta que oigo la voz de Theo por encima de mí.

—¿Aún no has acabado?

Está de pie junto a mi camastro, con hilitos de agua resbalándole por el cuerpo. No me di cuenta de cuándo salió, pero ahora sí me doy cuenta, ya lo creo.

—Ven, vamos —dice, y se termina mi vino—. Quiero ver qué tienen para comer.

—Casi termino. —Me tiembla un poco la voz—. ¿Me das un minuto?

Baja la copa vacía para mirarme como es debido.

—¿Estás llorando?

—¡Es una historia muy bonita!

—¡No me digas! ¡Estás llorando! —exclama Theo, y entonces se sube al camastro, sacude la cabeza mojada sobre las páginas y se abalanza con malas intenciones. Su piel mojada roza la mía, fría donde la mía está caliente. Intento salvar el libro poniéndolo por encima de mi cabeza y acomodo el cuerpo de Theo rodeando con una mano la parte baja de su espalda. Se retuerce medio encogide sobre mi regazo, con las rodillas por fuera de mis muslos, riéndose.

—No me da vergüenza —digo.

—Ya lo sé.

—Solo permito que el arte toque mi alma.

—De acuerdo —dice Theo, y hace un gesto con la mano como si me mandara a la mierda, pero sin dejar de sonreír.

—Me dejo transportar. Experimento cosas.

—Sigue. —Theo baja el libro—. Experimenta.

Habla en broma, pero decido tomármelo en serio. Aliso la página con la mano libre y retomo el párrafo final, el que se mojó con las gotas de agua de la alberca.

—«La juventud los envolvió —leo en voz alta, aunque intento no levantarla demasiado—. La canción de Faetón anunciaba pasiones correspondidas, amor alcanzado. Pero los dos tenían conciencia de un amor más misterioso que aquel. La canción se apagó; escucharon el río, que llevaba las nieves del invierno hasta el Mediterráneo».

Por un momento, Theo se queda inmóvil. Luego se sienta bien, toma una botella de una hielera que está cerca y me rellena la copa antes de ofrecérmela.

—Vaya, pues sí. En realidad, es muy bonito. —Tiene los ojos vidriosos, la mirada perdida—. ¿Vienes a comer conmigo?

Volvemos haciendo ruido al andar por el camino de grava que lleva al comedor de la casa principal, donde nos espera un bufé antiguo con parras y capullos de rosa pintados que rebosa de comida: *prosciutto* de dos colores, *mozzarella* sobre rodajas de berenjena, frijoles enormes salteados con ajo, higos y caquis recogidos del jardín y cortados en rodajas de modo que su piel resplandece con la luz que entra por las ventanas abiertas. Llenamos nuestro plato y lo llevamos al *terrazzo* más grande.

Mientras comemos, descubro a Fabrizio mirándonos dos mesas más allá, salta a la vista que se ha percatado de la naturalidad con la que Theo me pone *panzanella* en el plato. Se lo comento a Theo, quien de inmediato vuelve a verme con ese brillo pícaro. Se asegura de que Fabrizio todavía nos mira y entonces desliza la mano sobre mi muslo.

Esta vez no hay mantel para tapar nada. Solo nosotres en nuestras sillas de rayas delante del telón de fondo verde del jardín, con la palma de Theo en la parte interna de mi muslo, a la vista de todos. Con la punta del dedo corazón roza la costura elástica de mi traje de baño.

Una parte de mí quiere que suba la mano un poco, pero pienso en lo que ocurrió hace un rato, cómo escondió la botella de vino en el armario, cómo se ruborizó cuando leí la tarjeta de Sloane. Me pregunto qué trata de ocultar detrás de ese gesto.

Con cariño, levanto su mano y le doy un beso en el centro de la palma. Entrelazo los dedos en los suyos y apoyo nuestras manos en la mesa, entre nosotres.

Theo no la aparta ni se ríe. Me mira a los ojos un momento prolongado, retándome a actuar como si esto tampoco significara nada. Al ver que no lo hago, se pone los lentes de sol y continúa comiendo con una sola mano, como si nada hubiera cambiado, pero noto el rubor por debajo de las pecas.

Después de comer, rentamos unas bicis y nos dirigimos a las colinas; cuando quitamos los pies de los pedales y nos paramos a contemplarlas, están borrosas, de un bronce verdoso. Aquí el sol es una fabulosa esfera enorme en el cielo, igual que en Florencia, pero no resulta tan abrasador. Se hunde en las colinas como el aceite en un pan denso y bien subido, y nosotres nos extendemos en ese pan como un par de higos felices.

Cuando volvemos, ya casi es la hora del *aperitivo.* Nos llevamos la copa de amaro al huerto posterior de la casa, donde un jardinero cuida de las aceitunas jóvenes de color verde brillante. Arranca dos de la rama para que las probemos y se ríe con malicia al ver que nos atragantamos por lo amargas que están. Theo bromea diciendo que es el aperitivo italiano más auténtico que hemos probado hasta el momento.

Sirven la cena en una mesa larga colocada entre el huerto y la casa, cubierta por celosías en arco cubiertas de hiedra y con luces titilantes. Nos paseamos delante de pesadas bandejas de ragú de jabalí y esponjosos *gnocchi* con ejotes y tomates frescos. Aquí la comida es abundante y contundente, como si pretendiera preparar el cuerpo para la cosecha en lugar de para deleitarse con jarras de vino bajo un cielo crepuscular.

Theo se sienta enfrente de mí, el sol le besa la piel y el viento le arremolina el pelo, lleva puesta esa preciosa prenda de lino negro que se puso la segunda noche de París. Unas lucecitas de ensueño motean su piel entre las hojas. Me muero de ganas de acariciar esa piel. Me imagino pasando la yema del dedo por el centro de su pecho hasta el punto donde acaba el escote en pico.

Dejo que me descubra mirándole. Me llevo el borde de la copa a los labios y le muestro el contorno de mi mandíbula, cómo se me mueve la garganta al tragar. Elle se muerde el labio.

Al poco, la magia dulce y confusa de la casa nos transporta de un instante al siguiente y, de forma natural, nos retiramos a una sala de estar cálida y oscura. La *signora* Lucia saca bandejas de *cantucci* crujientes con almendra espolvoreada, y Fabrizio sirve un viscoso *vin santo* en copitas de fino cristal para que podamos mojar las galletas antes de comerlas, como hacen en la Toscana.

Parece que también es típico de la Toscana el ponernos cómodes en sillones antiguos y contar historias larguísimas en voz alta, porque así es como pasamos el resto de la noche. Le pregunto a Calum el

Rubio si puede contarme sus mejores historias de urgencias, sabiendo que odiaré la respuesta tanto como la amará Theo. La anécdota que decide compartir es de su primera visita a urgencias, mucho antes de que empezara a estudiar.

Calum el Pelirrojo y él tenían trece años, eran amigos inseparables que nunca salían a hacer surf sin el otro, y gracias a eso fue capaz de actuar con tanta rapidez cuando Calum se hundió en un charco rojo. Un tiburón blanco le había arrancado un pedazo del hombro y se habría desangrado si el Rubio no lo hubiera arrastrado hasta su tabla, hubiera remado con ambos a bordo hasta la costa y le hubiera apretado una toalla en el hombro hasta que llegó la ambulancia. Theo y yo lo escuchamos con las manos tapándonos la boca.

—Brindo por ese maldito tiburón —dice Calum el Rubio, y levanta la copita de *vin santo*—. El motivo por el que hago lo que hago.

—Eso, eso —añade el Pelirrojo, y levanta su copa—. Una criatura admirable. No podemos guardarle rencor, ¿verdad?

—Brindo por eso —dice Theo—. Por cierto, ¿qué opinan de *Tiburón*?

Al final, los Calums se retiran a sus habitaciones, sospechosamente, casi a la vez que Montana y Dakota, y Theo me atrae con pereza hacia elle. Suelta un largo suspiro cuando apoyo la cabeza en su hombro. Le escucho mientras les cuenta a los suecos una historia sobre una botella de vino que la mamá de El Sommelier dejó en la repisa de la ventana, y entonces, cuando Lars pregunta cómo es posible que una sola botella costara tanto, Theo saca el celular y llama a El Sommelier con el manos libres puesto.

—¡Hola, cuánto tiempo! —dice El Sommelier con voz ronca al tercer tono.

—¡Hola! —dice Theo inclinándose hacia delante—. Oye, estoy en Chianti con una pareja sueca y acabo de contarles la historia del romanée-conti de tu mamá. No se creen que costara cuarenta y dos de los grandes. ¿Puedes decirles que es verdad?

—Habría tenido ese precio, sí.

Lars niega con la cabeza y sonríe incrédulo.

—Increíble.

—¡Gracias! —dice Theo—. Es…

—Pero, Theo —le interrumpe El Sommelier—, te olvidas del final de la historia.

—¿Ah, sí?

—Mi hermano y yo abrimos la botella y nos la bebimos —continúa—. Y carajo, fue el mejor vino que he probado en mi vida.

La frente de Theo se arruga ligeramente, como si en cierto modo esa información le hubiera dolido.

—Pues sí, se me había olvidado esa parte.

—Oye, ¿por qué no me has dicho nada sobre el tema ese de los distribuidores de Scottsdale? —pregunta El Sommelier—. ¿Estás estudiando en Chianti? ¿Has hecho catas? Recuerda que las subregiones de Chianti fueron por lo que te tumbaron en el examen escrito…

—Sí, tranquilo —dice Theo abriendo mucho los ojos de repente—. Ahora ya me las sé…

—Más te vale, si quieres aprobar esta vez.

Theo agarra el celular y cuelga la llamada.

Los demás no parecen haberse dado cuenta y Theo se ríe para quitarle importancia al asunto, pero no me mira a la cara. Se termina la copa, murmura que está cansade y se va.

Solo he visto llorar a Theo tres veces: cuando se cayó de un árbol y se rompió el brazo a los nueve años, la primera vez que me vio después de la muerte de mi mamá y el día que me fui a Nueva York. No es que Theo no experimente grandes emociones. Es que las reprime.

Entrecierra los ojos y arruga la nariz, como si le irritara malgastar energía en algo tan inútil, luego relaja la expresión de la cara y sigue adelante.

Ahora mismo está poniendo esa cara.

Me encontré a Theo en el piso de arriba, sacando todo lo que lleva en la mochila para buscar el neceser. Ahora está en el baño, quitándose la ropa.

—Theo, ¿hay algo…? ¿Estás bien?

—Sí —gruñe, y sale del lino húmedo para zambullirse en una camiseta—. Es solo que, de repente, me entró un cansancio brutal.

—Podemos hablar del tema si quieres. Puedes contármelo.

Intenta abrir el neceser, pero la cremallera está atascada.

—No quiero —me suelta.

Da un tirón brusco y el neceser se abre de repente y expulsa todo lo que hay dentro, que cae al suelo. Maldice y se pone de rodillas, mientras recoge tubos y frascos.

—Theo —digo mientras me arrodillo a su lado. Me aparta las manos—. ¡Theo!

Por fin, se queda quiete. Se sienta sobre los talones y mira el techo de terracota, con el protector labial y la pasta de dientes aferrados en los puños, la cara de un intenso rojo moteado.

—La… la cagué.

—De acuerdo. ¿Qué ocurrió?

—Ni siquiera es algo que haya ocurrido. Creo que… creo que soy yo. Sí, soy una mierda.

—No es verdad —digo, sin tener la más remota idea de a qué viene esto. Le tomo la mano y con cariño voy aflojándole los dedos poco a poco, uno a uno.

—Sí lo soy. Soy una mierda, no lo puedo evitar, da igual cuánto madure y cuánto me esfuerce… Y te juro que me esfuerzo un montón, carajo… —Se le quiebra la voz. Traga saliva para aguantar el llanto—. No puedo cambiar las cosas: soy así. Lo llevo dentro, y por eso me paso la vida cagándola.

—Eso no es cierto. Theo…

—He reprobado tres veces el examen de *sommelier*.

Eso consigue que, por fin, deje de fijarme en su protector labial. Me siento y observo cómo se le tensa la mandíbula.

—Te mentí —confiesa con voz átona, amarga—. No era mi intención mentir, solo dar a entender, pero te impresionó tanto el pensar que había aprobado, y la intención es hacer el examen en cuanto vuelva a casa, así que pensé, bah, si me lo hubiera preguntado dentro de un mes, sería cierto. Pero, sinceramente, seguro que encuentro la manera de cagarla otra vez, así que pensé que mejor te lo contaba.

—De acuerdo. —Parpadeo despacio mientras proceso la información—. ¿Eso… eso es todo?

Theo frunce el entrecejo, como si no fuera lo que me tocaba decir.

—Lo del bar ambulante en la camioneta también se va a la mierda.

Ay, no.

—¿Cómo que se va a la mierda?

—*Kaputt.* Cuenta en ceros. Peor. Números rojos. —Se pone a recoger cosas con brusquedad y las mete descuidadamente en el neceser—. Se me ocurren mil ideas geniales, me gasto todo el presupuesto en *kumquats* encurtidos artesanales y en azafrán persa de importación para un puto coctel, se me olvida contestar a los mails de la clienta y todo se va a la mierda. Perdí el trabajo de ese bodorrio porque me distraje… ¡contigo! —Echa fuego por los ojos… No sé si es una confesión o una acusación—. Y ahora… ahora no veo cómo voy a salir a flote. Ese evento iba a salvarme. Ahora tendré que vender la camioneta para pagar los gastos de las tarjetas de crédito. Así que también te mentí sobre eso. No soy nada de lo que te dije. Vaya, ahí está.

Cierra la cremallera del neceser, se pone de pie y lo arroja a la mesita. Luego se sienta en el borde del colchón y se lleva las rodillas a la cara. Parece furiosísime consigo misme.

Suspiro y me pellizco el puente de la nariz.

—¿Por qué… por qué me mentiste sobre todo eso?

—¡Porque quería que pensaras que había salido adelante, maldita sea! —exclama Theo con aflicción—. Quería que pensaras que había madurado. Quería que me vieras por primera vez después de cuatro años y te quedaras maravillado.

—Eso habría ocurrido de cualquier manera.

Pone los ojos en blanco con mucha exageración.

—Lo que tú digas. No podía permitirme que sintieras lástima por mí, y ahora tampoco, pero… Por favor, no me mires así.

—¿Así cómo?

—Como si pensaras que puedo hacer mejor las cosas —dice Theo—. Sloane también me miraba así.

—¿Sloane? Eh... ¿por eso te mandó el vino?

—Traté de hablar con ella sobre el tema y me lo dejó caer, ya sabes. Lo de mi complejo de «niñe de papi».

Frunzo el ceño.

—¿Tu...?

—Intentó darme dinero. Dijo que era una «inversión», o sea, como si no fuera caridad. Y cuando le dije que no, empezó a soltarme el rollo de que me complico la vida a propósito solo para demostrar que puedo arreglármelas sole.

—Ah. Y ¿cuándo fue eso?

—En Niza. Cuando te fuiste con Apolline.

Las piezas de los últimos días empiezan a reordenarse.

—Así que, cuando llegamos a Mónaco, ¿estabas...?

—En plena autodestrucción, sí.

Me levanto del suelo y me siento a los pies de la cama. ¿Eso es lo que significa para elle todo lo que ha pasado? ¿Autodestrucción?

No sé si eso cambiaría en algo las cosas, la verdad. ¿Qué importa si Theo coge conmigo para destruirse, o si yo me estoy destruyendo para coger con Theo?

Me paso los dedos por el pelo y me concentro.

—¿Cómo te sientes ahora?

Theo responde después de una pausa prolongada, con voz baja pero firme.

—No puedo construir mi vida por el hecho de ser une Flowerday. Quiero construir mi vida por ser Theo.

—Pues entonces no uses tu apellido —sugiero—. Ni los contactos, ni los favores... Nunca te ha hecho falta nada de todo eso para ser genial. —Elijo mis siguientes palabras a conciencia—. Pero, Theo... quizá sí deberías plantearte aceptar el dinero.

Theo me fulmina con la mirada.

—Tú lo aceptarías, ¿verdad?

—Pues sí. Y luego lo invertiría en algo que valiera la pena.

—Ese es el problema —insiste Theo—. Yo no haré nada que valga la pena con eso. Tomaría el dinero de Sloane y me lo gastaría, y entonces eso quedaría pendiente para siempre entre nosotres. No puedo arriesgarme. Es mi hermana y mi mejor amiga y no puedo… no puedo…

La frase sin terminar queda suspendida entre Theo y yo. «No puedo perder a otra alma gemela».

—No sabes si pasaría eso, Theo.

—Los precedentes indican lo contrario —responde—. Quiero hacer todas esas cosas por mi cuenta y… no puedo, y ya. Fui idiota al pensar que sí podría.

—Pues emplea el dinero en contratar a alguien que te ayude.

—¿Qué? ¿Y hacer perder el tiempo también a otra persona? Bastante tengo con perder el mío.

Apoyo la cabeza en las manos, a punto de llegar al límite de mi paciencia.

—Por Dios, Theo, a veces…

Se voltea hacia mí con ojos llorosos.

—¿Qué? ¿Te frustro? Mira, pues ya tenemos esa puta cosa en común. Carajo, ¿no crees que me encantaría ser de otra manera?

—¡No hace falta! —las palabras explotan como una aceituna amarga en la prensa, aplastadas más allá de los límites de mi piel—. *Je te jure,* Theo, jamás he conocido a una persona con más que ofrecer al mundo y con menos fe en sí misma. Eres inteligente, con un enorme magnetismo, eres fuerte e impresionante, y… y ¡vital! Y me niego a seguir escuchando cómo hablas de esta manera sobre alguien a quien quiero, así que, por el amor de Dios, ¡para ya!

Theo se queda en silencio, con los ojos como platos y la boca abierta por la sorpresa. Noto el corazón en la garganta. Cuando me doy cuenta de lo que hice ya es tarde: dije que quiero a Theo. Continúo hablando antes de que elle se percate también.

—Lo entendiste al revés —le digo—. Es lo demás lo que tiene que arreglarse, no tú. ¿Quieres hacer el favor de escucharme? Has sido lo bastante buene como para llegar hasta aquí. Eres lo bastante buene para solucionarlo. Eres lo bastante buene para cualquier cosa que te propongas, pero tienes que creer que es posible.

Theo no responde. En la habitación en penumbra, nos quedamos sentades en silencio en lados opuestos de la cama. Cada une lucha contra su corazón.

Poco a poco, Theo comienza a desplegar el cuerpo. Se reclina en la cama con la cara hacia el techo y extiende un brazo hacia mí con la palma abierta. Me inclino hacia atrás y bajo los hombros hasta que apoyamos una cabeza en la otra. Pongo la mano encima de la suya y elle entrelaza nuestros dedos.

—Ni siquiera sé por dónde empezar —me dice.

—Por donde quieras —respondo.

Nos recostamos bocarriba con los brazos y las piernas extendidos, como si flotáramos juntes en un ancho mar. Theo respira despacio, inhala y exhala, hasta que una de las exhalaciones sale en forma de risa triste en voz baja.

Poco a poco, nos vamos acercando. Theo pasa el tobillo sobre el mío. Mis dedos se deslizan hasta la fina piel de su pulso. Cuando volteo la cara hacia elle, ya está de costado, mirándome, con los ojos cargados de deseo y otra cosa inmensa que no parece en absoluto destructiva. Parece un ser con raíces, algo que vive y ruge.

—Quiero cambiar las reglas —dice Theo.

—¿Qué reglas?

—Las nuestras.

—Ah.

—Creo que sí debería estar permitido usar nuestras habitaciones.

Me resulta imposible reprimir la sonrisa.

—Te dije que te recordaría…

—No seas imbécil —dice Theo con un afecto tan puro que me envuelve el corazón—. ¿Sí o no?

Fácil.

—Sí.

Nuestra ropa cae al suelo mientras rodamos por la cama, agarrando, pellizcando y lamiendo piel. Theo me empuja por los hombros para pegarme al colchón y se sube encima de mí. Me muerde el cuello, me deja una marca en el hombro, frota toda la parte delantera de su cuerpo contra el mío, como si quisiera estar todavía más cerca. Gimo y jadeo cuando me mete mano por encima de la ropa interior y enseña los dientes al oírme.

—Te extrañaba —me dice, igual que me dijo la última noche de Florencia.

—Yo también te extrañaba —jadeo.

Se aparta para arrodillarse entre mis piernas.

—¿Sabes qué otra cosa extrañaba? —pregunta.

Apoya las manos por detrás de mis rodillas y me coloca en una posición que hace que se me corte el aliento. Es una de nuestras posiciones clásicas: yo con las piernas separadas, Theo con las caderas entre las mías, la parte suave y dura de piel hinchada que recubre su hueso pélvico presionada contra la raya de mi culo. Cuando estábamos así, la cosa solía acabar de una de estas dos maneras. A veces, cuando habíamos tenido tiempo y previsión para prepararnos, Theo me penetraba con un pene de silicón resbaladizo y chato hasta que las hebillas de su arnés tocaban la parte posterior de mis muslos. Y a veces, me guiaba para que me metiera en su cuerpo, inclinaba las caderas hacia mí con un ritmo tan suave e incansable que era imposible saber quién cogía a quién.

Pero en el menú de esta noche no hay ninguna de esas dos cosas. Da igual que yo note lo mojade que está a través de la ropa interior, o que esté dispuesto a aceptar cualquier cosa que decida darme. Coger puede transformarse en un millar de cosas que no son coger, y nuestras reglas permiten muchas de ellas.

Como si pudiera oír mis pensamientos, se aparta con decisión y dice:

—Quiero proponer otra enmienda.

—Me parece bien —digo igual de seguro.

—Me gustaría que te saques el pito.

Algo parecido a un eclipse solar sucede dentro de mi cerebro. Lo miro directamente y, por un instante, me quedo cegado.

—Pero no voy a tocarlo —añade.

—No vas... ¿No vas a...?

—No. Te lo tocarás tú. Y yo te diré cómo.

—Eh... Creo que eso ya estaba permitido, técnicamente.

—No seas tan quisquilloso, maldita sea.

Sonrío y levanto la barbilla.

—Pues no demuestres que te encanta.

Las manos de Theo se endurecen, pero su expresión hace todo lo contrario.

—¿Eso es un sí?

—Sí. Carajo... Sí, pero necesitaré lubricante.

En ese preciso momento, alargamos la mano a nuestros respectivos neceseres, cada uno en una mesita. Nos paramos en seco y nos echamos a reír.

—¿Qué tienes tú? —me pregunta Theo—. ¿Puto aceite de coco extravirgen y orgánico?

Palpo dentro del neceser en busca de la forma conocida y tiro el tubo en la cama a la vez que Theo tira el suyo.

—No, el aceite de coco puede provocar infecciones por hongos —digo—. Soy un amante más considerado...

Theo mira mi tubo de lubricante de quince mililitros, tamaño de viaje.

—Eso no es mucho.

—Traje repuestos.

—Ajá. —Asiente pensative, como si no me estuviera doblando ahora mismo igual que a un *pretzel* bávaro—. Muy ecológico.

Leo la etiqueta en el bote mucho más grande de color azul zafiro de Theo, y casi me mareo.

—¿Con base de aloe? ¿Y me llamas a mí burgués?

—Cállate —dice, así que me callo.

Fiel a su palabra, no me toca. Levanto las caderas cuando me lo indica con un instructivo arqueo de las cejas, y me baja el calzón hasta que me queda por debajo del culo, dejando mi pito duro y pesado expuesto a la luz melosa de la lamparita y a la suave brisa que nos trae una conversación desinhibida por el vino a través de las ventanas abiertas. Baja la mirada hacia mí, hacia ese brillo mojado y reluciente de anticipación que ya asoma.

—Sigues poniéndote tan guapo cuando te urge —murmura, como si yo no tuviera que oír sus palabras. Respondo de todos modos, emito un gemido grave con la parte de atrás de la garganta para instarle a que me dé lo que necesito.

Entonces Theo levanta la cara, me mira fijamente a los ojos y aparta la mano.

—Las manos en la almohada. No te muevas hasta que te lo diga.

Una vez más, hago lo que me manda. Theo se mueve, separa más las rodillas, saca algo pequeño y chato del neceser y se lo coloca debajo de la ropa interior. Una pausa —clava los dientes en el labio en un momento de concentración aturdidoramente adorable— y entonces oigo el leve rumor de su pequeño vibrador al encenderse.

Suelta un breve «ja». Desliza la cadera hacia delante y utiliza mi cuerpo para aplicar la presión donde la necesita y, a través de la única capa de tela que nos separa, la vibración resuena dentro de mí, se mete en el músculo que antaño entrenó Theo con sus dedos.

—Caraaajo —exhalo.

Durante un rato, me conformo con mirar, apaciguado por la forma tan sensual que tiene Theo de frotarse contra mi culo, mientras elle disfruta. Sin embargo, eso es como *huîtres gratinées* de *apéro*, demasiado exquisitas y saciantes para deleitar el paladar, pero no suficientes para servir de almuerzo. Levanto la voz, gimo en vano al aire y, aunque me desquicia, sigue sin tocarme.

—Por favor... Dime que haga algo.

Theo me besa la corva y dice, con actitud generosa:

—Mójate.

Alargo el brazo hacia el tubo más cercano (el de Theo) y entonces gimo al notar el lubricante frío sobre la piel caliente y sensible. Theo responde con una embestida de las caderas para dar su aprobación, así que repito el sonido y me pongo el lubricante.

—¿Y ahora qué, Theo?

Noto la mirada lastimera en mi cara, soy consciente de lo poco que me ha costado enseñarle mi garganta y el blanco de los ojos, y se me hincha el corazón al pensar que se la estoy poniendo muy fácil. Quiero recordarle lo buene que puede ser en algo cuando se lo propone, lo bien que puede tomar el control, llevar a cabo un plan hasta el último detalle.

—Ve despacio —continúa hablando en voz baja y segura, aun mientras sus caderas aceleran y los músculos del centro se flexionan—. Tócate para mí, ¿de acuerdo?

—Sí, de acuerdo. Sí.

Theo da órdenes cortas y tranquilas, y mi mano y mi cuerpo responden. Me habla a la par que cambia la presión y la velocidad, mientras giro la muñeca y noto el brillo viscoso en la palma. Me sube las rodillas hacia la barbilla hasta que me arden los muslos, me prepara para una bendita y laxa rendición. «Sé que puedes hacerlo, preciosidad, puedes aguantar más», me guía justo hasta el borde del precipicio y entonces me hace parar y mirar cómo se viene elle. Después, vuelve a empezar.

Me pondría a gritar de frustración si no fuera la gloria ver esa imagen. Tan liberade, tan orgullose. Esto es lo que sabe hacer Theo. La orden, la fuerza deliberada de su voluntad y deseo, la forma de habitar por completo su cuerpo, la puta habilidad para cogerme mejor que cualquier persona haya hecho o pueda hacer, la potencia que tiene, el aguante interminable que me deja sin aliento. Theo es una catástrofe en el sentido en que un terremoto es una catástrofe, un acto de los dioses. Es el derrumbe de un imperio y el estallido automático y repentino del cristal al estampar una copa contra el suelo para tener buena suerte. Elle lo es todo y elle es Theo. Theo le singular, Theo le eterne, Theo la superfloración.

Por fin, en algún punto de ese valle, en la unión de las colinas y en el centro rojo y maduro de las viñas, Theo me besa la cara y me habla con una voz que he oído en mi departamento oscuro y vacío un millar de veces, cuando estoy a punto de llegar al orgasmo: «Termina para mí, Kit, déjame verte». Y es tan fácil ofrecérselo, porque lo único que deseo más que esa liberación es que Theo me mire mientras lo hago.

Cuando al fin termino —carajo, cuánto tarda en llegar ese final, por Dios—, lo hago con un sollozo que se me atasca, con la mano libre enredada en el pelo de Theo, con el semen esparcido por toda mi piel. Theo abre la boca mientras me mira y un segundo orgasmo parece tomarle totalmente por sorpresa. Un sonido suave y admirado rompe el aire.

Durante un buen rato, me limito a mirarle a los ojos, y elle mira maravillade los míos, y siento el mismo miedo impresionante de esta mañana, como si viera una parte de elle que se supone que no debo ver. Casi aparto la mirada. Pero me estrecha en sus brazos y no me suelta, ni siquiera después de que nos quedamos dormides.

Me permito fantasear con que tal vez, solo una vez, cuando yo oí su voz al oído en mi cama del sexto *arrondissement*, elle estaba al otro lado del mundo, oyendo la mía.

La mañana inunda por completo el techo de madera y terracota, lo convierte todo en puro y pálido trigo y chabacano. La villa está tranquila y el olor de pan recién hecho sube desde las cocinas. Todavía no deben haber servido el desayuno.

Levanto la cabeza para mirar a Theo con esa luz mientras el momento perdura: la forma de su boca, la parte que se hunde en la clavícula, la suave sombra que proyecta su nariz y que se mezcla con las pecas más oscuras de sus mejillas. Hacía tanto tiempo que no me despertaba de una forma tan apacible junto a Theo, y llevo toda la vida esperando a despertarme junto a este Theo.

Cuando me doy por satisfecho, salgo de las sábanas.

En París, las horas tranquilas antes de vestirme son mis favoritas del día. Hago la rutina de cuidados de mis plantas, o escribo la lista del súper, o remiendo calcetines con una aguja de zurcir e hilo, o doblo la ropa limpia que había tendido en el balcón. Es cuando me siento más lleno de potencial, como si pudiera solucionarlo todo. Por eso, esta mañana me llevo la libreta a los jardines y me planteo cómo puedo ayudar a Theo.

No me percato de que hay otra persona paseando por el terreno hasta que me acomodo contra la fuente: es la *signora* Lucia, que corta con cuidado las flores que pondrá hoy en los ramos. Miro en silencio cómo la brisa le mueve el vestido, rodeada de cosmos y zinnias, dalias y rosas. Me ve y sonríe, me saluda con la mano enguantada.

Me recuerda mucho a mi mamá, de verdad.

Maman quería a Theo como si fuera su cuarte hije, y Theo la quería como si fuera una segunda madre. Aparte de Ollie y Cora, no hay nadie en este mundo que conozca la forma, el sabor y el peso exacto de perderla. Ese fue uno de los golpes más dolorosos de perder a Theo: perder aquel vestigio de mi mamá también, el depósito de su amor en el corazón de Theo. Me encantaba poder hablar de ella sin tener que explicar nada.

La *signora* Lucia se lleva las flores a la casa y yo dibujo y pienso en Theo. Deben de ser cerca de las siete. Las cucharas de servir tintinean contra las bandejas a lo lejos, algunas charlas tranquilas cobran vida en la terraza. Unos cuantos huéspedes han salido a buscar café y fruta, pero la mayoría duerme después de trasnochar. Supongo que Theo hará lo mismo.

Sin embargo, unos minutos más tarde, Theo llega con paso firme al jardín, lleva botas, unos jeans claros y una camisa casi sin abotonar.

—Sabía que te encontraría aquí —dice, poniendo la misma voz sofisticada y afectada que puso en la alberca cuando se burló de mí por estar leyendo ese libro—, haciendo tus ejercicios de taxonomía matutinos.

Sonrío.

—¿De qué otra forma me ganaré el favor del párroco? Nunca aprendí a tocar el piano.

—Tócalo a él —me propone—. Oye, ¿quieres ir a dar una vuelta en bici antes de irnos? Al parecer, hay un sendero que pasa por un castillo antiguo. Veinte minutos de ida y otros tantos de vuelta. Podría estar bien.

—¿No tenemos que recoger todo dentro de poco?

—Todavía falta un hora y media para irnos. Y ya metí nuestras mochilas en el autobús para que no tengamos que volver a subir. No tardaremos.

Cambio el peso del cuerpo, mientras delibero. Tengo el celular en la mochila, así que no podré controlar la hora. Tendré que confiar en Theo. Veo la esperanza en sus ojos, un sutil brillo soleado.

—De acuerdo —digo—. ¿En qué dirección?

ROMA

COMBINA CON:

Cardinale con hielo, *gelato* semiderretido

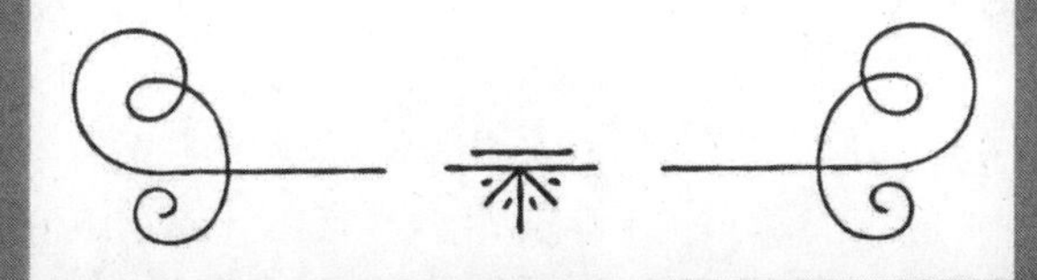

Por suerte, la *signora* Lucia sabe conducir estándar, con cambio de velocidades.

Estamos en la autopista, en algún punto entre Chianti y Roma, y vamos tres en el asiento corrido de la camioneta que Lucia suele utilizar para recoger cajas de vino de las bodegas vecinas.

Todo lo que podía salir mal en nuestra excursión en bicicleta salió mal: Theo se perdió, se me ponchó la llanta de la bici y una cabra se puso a perseguirnos hasta echarnos de la carretera. La primera hora fue una peripecia bucólica y entrañable, hasta que nuestras discusiones de broma se transformaron en una pelea en toda regla, y cuando Theo mencionó que el autobús salía a las nueve, me paré en seco y le dije que, según el programa, la hora de salida era a las ocho. Llegamos tarde para tomar un autobús que ya se había ido y nadie nos había esperado porque Theo había tenido el detalle de hacer una cruz junto a nuestros nombres cuando metió el equipaje en la cajuela.

Para cuando conseguimos comunicar lo sucedido y hacer que un conserje llamara a la agencia encargada de organizar el tour (porque Theo nunca había llegado a guardar el número de Fabrizio en su celular) hacía ya una hora que había salido el autobús. Si daban media vuelta, el grupo entero se perdería el tour en Vespa por los monumentos de Roma, programado para la tarde. Fue justo entonces cuando la *signora* Lucia entró heroicamente en escena, tomó el teléfono y le dijo a Fabrizio que ella se encargaría de todo.

Así que ahora, aquí estamos, camino de Roma en una camioneta para labores agrícolas vieja y oxidada, con el fantasma italiano de mi mamá muerta, quien, por lo visto y para colmo, solo sabe dos palabras en inglés: «hola» y «vaca».

Theo y yo vamos con los brazos cruzados, el cuerpo tenso y sin tocarnos.

Por debajo del ruido del motor y del casete con los grandes éxitos de Patty Pravo, casi oigo a Theo rechinar los dientes. Tengo la mirada fija en las imágenes en miniatura de María y Jesús que cuelgan del retrovisor e intento recordar la agradable sensación que experimenté al despertar esta mañana.

—Vaca —dice la *signora* Lucia con cara de aburrimiento mientras señala por el parabrisas cubierto de polvo a un rebaño que pasta tranquilamente en un campo. Ha ido señalando con el dedo cada uno de los pastos para vacas por los que hemos pasado en lo que parece ser una visita turística agrícola de lo más rutinaria. Theo y yo emitimos sonidos de admiración estilo «mmm».

Pasamos por dos campos más hasta que al fin Theo despega la mandíbula superior de la inferior y dice, mirando al frente:

—¿Por qué no dices en voz alta lo que sea que estés pensando y acabamos con esto de una vez?

Ahí vamos.

—No hay nada que decir —respondo—. Debería haber comprobado la hora de salida del autobús antes de irnos. Debería haberme asegurado de que le decías a alguien adónde íbamos.

—Dicho de otra forma: que deberías haber sabido que la cagaría.

—Yo no nos habría metido en esta situación, no.

Asiente enérgica y rápidamente con la cabeza.

—Claro, porque tú nunca te equivocas.

—Yo sabía a qué hora salía el autobús.

—Sí —dice—. Y yo me jodo, supongo.

—¿Por qué estás enojade conmigo?

—Porque oigo la superioridad en tu puto tono de voz, Kit —me suelta Theo, mirándome a la cara por fin—. Como si pensaras que soy una especie de niñe idiota.

No pienso eso, ni mucho menos, pero ya hemos tenido esta misma conversación mil veces, y no va a cambiar nada si se lo digo. Lo de anoche debería haber sido prueba suficiente, pero quizá ese sea justo el problema. Quizá en el fondo tampoco creyó lo que le dije entonces. Quizá simplemente lo cubrí todo con una costra y esto la rompió.

—La verdad es que hay algo que me gustaría decir —empiezo—. No creo que esto tenga nada que ver con lo del autobús. Creo que estás un poco sensible por lo de ayer.

—Ah, genial, o sea que estás aquí para salvarme de mí misme y decirme cómo me siento —dice Theo, con las mejillas teñidas de un rojo encendido—. Todo esto me está llevando de vuelta a los viejos tiempos. Es un milagro que haya sobrevivido sin ti todos estos años, ¿verdad?

—No pongas en mi boca palabras que no he dicho —respondo, conservando un tono de voz neutro y mesurado—. No pienso eso.

—Pues se parece bastante a lo que dijiste entonces.

—Vaca —dice la *signora* Lucia, señalando, y Theo y yo decimos «mmm».

—¿Qué «entonces»? —le pregunto—. ¿«Entonces» cuándo?

No dice nada, y en ese momento me arrolla como si yo mismo estuviera rodando por la autopista, todo despellejado por el asfalto, con quince groserías en francés colisionando en mi cabeza.

—Te refieres al avión —digo—. ¿En serio quieres hablar de eso ahora?

—No, si solo lo digo por decir —responde con voz tensa. Cuando se aparta un mechón de pelo de los ojos, le tiembla la mano—. Pero vaya, no me invento nada.

—No recuerdo haber dicho nada por el estilo —replico, con la garganta seca.

Lo que sí recuerdo es lo siguiente: el zumbido en los oídos cuando Theo me despertó zarandeándome. El sobre que llevaba en la mano; me había revisado la mochila buscando algo para comer y lo había encontrado. El rugido sordo de los motores mientras atravesábamos el océano, el sabor agrio del sueño en mi boca. Recuerdo a Theo sujetando las hojas y preguntándome qué mierda era eso, cómo las había plegado cuidadosamente en tres partes. Mi carta de aceptación y los papeles de nuestro departamento.

Habíamos hablado de París tantísimas veces… Desde siempre, yo le había contado un montón de historias sobre el *pied-à-terre* en Saint-Germain-des-Prés. Esta era la primera vez que Theo cruzaba el Atlántico, pero cuando nos quedábamos hasta tarde viendo *Sin Reservas,* la serie de Anthony Bourdain, o escogiendo algún camembert de la quesería que está junto a Ralph's, jurábamos que Theo me acompañaría en una de mis visitas y yo le enseñaría todos los lugares a donde me llevaban Thierry y Maman cuando era pequeño, y nos pasaríamos el día comiendo y besándonos, y bebiendo kir con un chorrito de Lillet Blanc. ¿Verdad que sería gracioso, decíamos, si no volviéramos nunca más? Si nos quedáramos a vivir allí para siempre, empezásemos una nueva vida y abriéramos el Fairflower en alguna esquina florida…

Theo sabía que yo había enviado una solicitud de admisión a varias escuelas de cocina de ciudades de todo el mundo, incluida París, así que cuando entré en la École Desjardins unos meses después de que hubiéramos reservado el tour, se me había ocurrido una idea: le diría a Thierry que me cediera el *pied-à-terre* a mí cuando él se marchara. En nuestro tour, Theo vería París por primera vez, yo le enseñaría todas las cosas de las que elle se enamoraría y, entonces, le daría la sorpresa. Sin que elle lo supiera, yo había cambiado los boletos de regreso a casa desde Palermo para que tuviéramos que hacer una escala de dos días en París e iba a llevar a Theo al *pied-à-terre* y hacerle entrega de nuestro sueño en un sobre. Una flamante casa en París, una nueva vida, todo listo y preparado de antemano. No tenía que preocuparse por nada, no tenía que gestionar ninguno de los detalles más aburridos y engorrosos. Lo único que tenía que hacer era venir conmigo.

Me eché a reír y me encogí de hombros: «Vaya. Y yo que quería que fuera una supersorpresa romántica…». Y entonces a Theo le cambió la cara, que se le puso blanca como el papel, y dijo: «Creí que lo de postularte en París era una broma». Y fue entonces cuando todo se vino abajo.

Las primeras preguntas empezaban todas por «cómo», preguntas que no me esperaba porque creía que tanto Theo como yo sabíamos las respuestas. ¿Cómo iba a costearme los estudios de pastelería en París? Le pediría a mi papá que me prestara el dinero. ¿Cómo íbamos a trasladar todas nuestras cosas hasta Europa? El *pied-à-terre* ya estaba amueblado. ¿Cómo se suponía que iba a emplear Theo el tiempo mientras yo estaba en clase? Podía hacer una inmersión en los vinos franceses a los que tanto se había aficionado últimamente; aprender todo lo necesario para que fluyera con ganas en el Fairflower algún día. ¿Cómo iba Theo a hacer eso cuando ni siquiera hablaba francés? Yo le enseñaría. ¿Cómo iba a funcionar el plan, desde el punto de vista legal? Esa era la más fácil. Dije: «Tengo la doble nacionalidad. Nos casaremos y punto».

Y Theo repuso: «No me jodas que es así como piensas pedirme matrimonio».

—¿En qué estabas pensando? —pregunta Theo—. ¿Cómo te pudo pasar por la cabeza planearme una vida entera sin preguntarme siquiera si era esa la vida que quería?

Me pellizco el puente de la nariz, tratando de atrapar allí toda la frustración y el dolor que siento. Me hizo la misma pregunta hace cuatro años, y mi respuesta lo estropeó todo. Pero sigue siendo la misma.

—No eras feliz, Theo —digo—. Y tenía miedo de que, si seguías haciendo lo mismo, nunca llegaras a serlo.

«Maldita sea, ¿se puede saber qué derecho tienes tú —dijo Theo en aquel entonces— a decidir eso por mí?».

De verdad que estaba convencido de que a Theo le encantaría la idea de no tener que volver a pagar renta, no tener que volver a hacer turnos dobles ni a oír más broncas o a gente echando pestes en la cocina, no tener que volver a rotar por los únicos cinco restaurantes que realmente nos gustaban, no tener que ir por ahí evitando a exligues, no tener que volver a preocuparse por el historial de crédito ni por quién le iba a dar un seguro cuando cumpliera los veintiséis. Una vida sin límites en la ciudad más bella del mundo, donde nadie tenía por qué conocer el apellido de su familia. Y Theo y yo, juntes. Podíamos hacer cualquier cosa juntes.

Theo no era feliz. No lo había sido desde que dejó la natación y la universidad. Timo era un déspota y le hacía trabajar muy duro, le hacía ganarse a pulso cada pequeño ascenso: de lavaplatos a ayudante de mesere y de mesere a jefe de sala a base de sudor y ampollas, y de largas y agotadoras noches que solo hacían que el hombro se le pusiera cada vez peor. Se arrastraba por el suelo de cansancio. Se entusiasmaba al descubrir nuevas aficiones que abandonaba al cabo de apenas una semana. Y, a veces, había un pequeño y extraño brillo de desconexión en el fondo de sus ojos, como si hubiera algo viviendo ahí, en su interior, algo que no estaba recibiendo la atención que necesitaba, algo tan esencial que podría dejarle vacíe para siempre si acababa extinguiéndose de pura desidia.

Y el caso es que nunca llegó a decirme que estaba equivocado, pero Theo tenía la absoluta, feroz y obstinada convicción de que tenía todo el derecho a sentirse desgraciade.

Le dije: «No puedo seguir viendo cómo te rindes». Le dije: «Puedo ayudarte». Le dije: «Me preocupa el hecho de que a veces te autosaboteas». Y Theo me contestó: «¿Tú te das cuenta de que siempre hablas de mi vida en primera persona?».

—No era una vida que me gustara —dice Theo ahora—, pero era mi vida.

En aquel entonces, Theo me había hecho más preguntas: ¿Cuánto tiempo llevaba planeando aquello? ¿Me había planteado en algún momento si decirle que abandonara su vida, que se mudara de continente y se fuera a vivir a otro lugar donde ni siquiera sabía hablar el idioma, en el *pied-à-terre* de mi familia, era un gesto romántico o simplemente controlador? ¿Había tenido en cuenta, aunque solo fuera por un momento, que Theo odiaba las sorpresas? Y yo pensé: «¿Sabía yo acaso que Theo odia las sorpresas?».

Le recordé el Fairflower, todos los menús que habíamos estado diseñando, todos nuestros sueños, y Theo me contestó que eso era justo lo que era para elle: un sueño. Una idea bonita en la que pensar, nada más. Yo no lo sabía, y eso para Theo no era ninguna sorpresa. Me dijo que siempre creo saber más que les demás, y que nunca les doy espacio para corregir sus propios errores, que vivo en mis propias fantasías y que solo oigo lo que quiero oír. Tampoco sabía eso, la verdad.

Estuvimos dando vueltas y más vueltas a lo mismo durante horas, en aquellos estrechos asientos de avión, durante todo el servicio de la cena y entre bandejas tibias de plástico con lasaña, soltando todo lo que nos habíamos estado callando todo ese tiempo. Nos habíamos peleado una o dos veces en nuestros años de infancia, pero no habíamos llegado a aprender a pelearnos como adultes en una relación. No sabíamos cuándo parar. Yo le dije todas las veces que me había mordido la lengua y le había dejado tomar las peores decisiones, y Theo me contestó que a elle le daría vergüenza dejar que sus papás le pagaran para poder llevar la vida que llevaba como yo dejaba que hicieran los míos. Me dijo que solo me importaban mis propias ideas sobre el éxito y la trascendencia, y yo le dije que, al menos, no tenía miedo de intentar conseguirlos. Yo estaba completamente seguro de que sabía cuál era el camino exacto y directo que le llevaría a la felicidad, pero elle se negaba a seguirlo.

A veces, me pregunto si aquella pelea habría supuesto el fin de la relación si la hubiéramos tenido en casa. Si hubiéramos podido quedarnos a gusto soltándolo todo, nos hubiéramos tomado una noche para serenarnos y nos hubiéramos visto en la cocina a la mañana siguiente, quizá habríamos seguido juntes. Pero lo cierto es que la tuvimos a bordo de un avión a Londres sin nada que hacer salvo estallar. Pasamos las dos últimas horas hasta Heathrow en silencio, y no se me ocurría nada sincero que pudiera convencer a Theo para que no me dejara. Así que no me sorprendió cuando vi que todo apuntaba a que iba a dejarme.

—Tú no sabías qué querías hacer —le digo ahora—. Y yo creía que podía ayudarte a averiguarlo, y tenía miedo de lo que pasaría si no lo hacía.

—Tú querías ir a París —contesta Theo—. Querías la vida que querías, que, de hecho, es la vida que tienes ahora, cosa que, sinceramente, parece la prueba definitiva de que yo no tenía nada que hacer en esa vida. Yo era un accesorio.

Me dan ganas de enterrar la cabeza entre las manos.

—Theo —le digo, con un tono que suena cansado incluso para mis propios oídos—, no sé de qué otra forma quieres que te lo diga: tú eras mi vida. Tú y solo tú. Siempre fuiste lo más importante.

—Bueno, pues no debería haberlo sido —me suelta—. Nadie debería ser eso para nadie, Kit. Así es como una persona se convierte en un objeto. Así es como te olvidaste de preguntarme si París era lo que yo quería.

Tomo aire y digo:

—Lo sé.

El casete de Patty Pravo llega al final y la música se disuelve en un discreto ruido blanco a través de la radio de la camioneta. La *signora* Lucia apaga el aparato.

Theo interrumpe el silencio del interior del vehículo:

—¿Qué?

—Lo sé. Tienes razón. Está bien, así que, por favor, ¿tenemos que seguir repitiendo toda la pelea? Ya me resultaba bastante dolorosa antes de saber que estaba equivocado, así que ahora no podría soportarlo, de verdad.

—¿Crees… Crees que tengo razón?

De pronto, me choca darme cuenta de que no se lo he dicho. Es una carga tan grande que se me olvida que no todo el mundo sabe que la llevo.

—Theo —digo—, lo de París es la cosa de la que más me arrepiento en mi vida.

Theo me mira, con unos ojos tan concentrados en bucear en los míos que no consigo leer nada más en ellos.

—Sigue —dice entonces, una respuesta tan absolutamente típica de Theo a un momento de muda vulnerabilidad que tengo que contener una sonrisa.

—Tenías razón —le digo—. Cuando tengo un sueño, me obsesiono de tal manera con él que no veo nada más. No te veía a ti. Consideraba tu vida como un problema que había que resolver, y hacía planes con lo que yo creía que era lo mejor para la versión de ti que había en mi cabeza, la que yo quería, y estaba tan seguro de que tenía razón que olvidé que ni siquiera había conocido a esa persona. Esa es la parte más jodida. Nunca estuve enamorado de la versión de Theo que me habría seguido a París. Yo solo te he querido siempre a ti.

Lo he vuelto a hacer, he olvidado hablar en pasado cuando le digo que le quiero. Me pregunto si Theo se dará cuenta esta vez.

—Sí, eso... —dice Theo, con la mirada perdida. Por un momento, tengo la sensación de que me ha descubierto, pero entonces dice, con una risa desganada y triste—: Eso es muy jodido.

Yo también me río, no puedo evitarlo. Me sale en forma de suspiro.

—Por si no lo he dicho —le digo—: lo siento. No debería haber hecho nada sin consultártelo antes.

Theo no dice nada, pero es un silencio sereno. Asiente con la cabeza y voltea la mirada al parabrisas, que va revelando poco a poco los arrabales de Roma a lo lejos: bares de carretera de estructura cuadrada, bloques de pisos de estuco, cipreses puntiagudos... Los veo desfilar por la ventanilla con una extraña sensación en el pecho, como el momento en que el azúcar burbujeante dentro de un cazo se convierte en caramelo. Como un alivio, como un giro en los acontecimientos.

Al cabo de media hora, Theo pone su mano sobre la mía. Media hora después, cuando llegamos a la ciudad, habla por fin:

—Debí haber vuelto a comprobar el horario del autobús esta mañana —dice—. Fue culpa mía.

En ese momento tengo el autobús tan olvidado que sus palabras me arrancan una carcajada de sorpresa.

—Yo también podría haberlo comprobado —digo.

Theo me aprieta la mano.

—Y en honor a la verdad —dice mientras la camioneta avanza entre los frondosos edificios rosas y amarillos de Flaminio—, hubo días en los que me habría encantado poder fulminar mágicamente todos mis problemas y volver a empezar de cero.

—Creo que casi todo el mundo quiere eso a veces.

—Me pasaba entonces y me pasa todavía —prosigue—. Pero si vuelvo a empezar de cero con mi vida, quiero que sea mía.

Asiento con la cabeza.

—Lo sé.

La *signora* Lucia nos lleva a una parada de autobús a la orilla de una *piazza*, frente al mercado donde debería estar almorzando el grupo del tour. Le decimos «*Grazie mille, grazie mille*» una y otra vez, hasta que nos hace señas con la mano para que nos vayamos, y entonces nos echamos a correr.

Cuando éramos adolescentes, Theo se enojaba mucho cuando hacíamos carreras para ver quién corría más rápido. Les dos tenemos piernas veloces, y Theo siempre ha tenido la potencia y la actitud desafiante de su parte, pero yo lanzo zancadas más largas y cuento con mejores reflejos. Theo siempre se quedaba un paso por detrás.

Ahora, mientras cruzamos la *piazza* corriendo, yo me quedo rezagado. Theo avanza a un ritmo atronador, como si estuviera desenvainando una espada en lugar de sacar el teléfono de la cangurera, con el sol de Roma relumbrándole en el pelo como los laureles en la cabeza de un gladiador. Está espectacular desde este nuevo ángulo.

Mira por encima del hombro y me sorprende un paso por detrás, y algo florece en su rostro. Se da la vuelta antes de que pueda poner nombre a ese algo.

Fabrizio nos recoge con cara de inmenso alivio en la puerta del Antico Forno Roscioli mientras el grupo termina de comer. Los Calums han tenido el detallazo de guardarnos unos trozos de pizza crujiente recubierta de pesto y la mitad de una *crostata* de cerezas ácidas, que nos comemos a enormes y precipitados bocados acompañados con los restos de la cerveza Peroni tibia de Stig. Por poco, pero lo conseguimos.

Nos dividen en grupos de seis, nos dejan en manos de une conductore sonriente con un esplendoroso casco colgando de los dedos y nos alejamos del mercado para unirnos a nuestras flotas de Vespas. Theo y yo estamos entre los últimos en la asignación de grupos, pero no aparece nadie para llevarnos. En su lugar, Fabrizio nos dedica una enérgica sonrisa y nos dice:

—*Amici*, ¡vengan conmigo!

Al doblar la esquina, nos espera un grupo de conductores y una fila de Vespas *vintage* de un arcoíris de colores pastel como si fuera una caja con un surtido de *macarons* parisinos variados. Un apuesto hombre de mediana edad con unos guantes de moto sin dedos saluda alegremente a Fabrizio y lo besa con fuerza en la mejilla de su cara bronceada. Empiezo a sospechar que hay alguien enamorado de Fabrizio en cada ciudad de este tour.

—¡Les presento a Angelo! —nos dice Fabrizio—. Cuando vine a Roma por primera vez, me ofreció mi primer trabajo como conductor de esta Vespa para un grupo de turistas cuando solo tenía dieciocho años. Aprendí todo lo que sé de él. —Se voltea hacia Angelo—. Y yo era tu conductor favorito, ¿verdad?

—*Sì* —contesta Angelo—. Todas las chicas quieren hacer el tour cuando te ven. Muy bueno para el negocio.

—Y ahora —continúa Fabrizio—, cuando mis tours visitan Roma, yo te los traigo a ti. Y como regalo especial, me dejas conducir como en los viejos tiempos, *sì?*

Cada integrante del tour se empareja con un conductor: una pareja de luna de miel con dos robustos hombres mayores casi idénticos a Lars; Stig con una mujer pequeña que lleva muchos *piercings* en la nariz y tiene que ponerse de pie sobre el asiento para colocarse el casco en la cabeza, y Dakota con Angelo. Cuento las motos y veo que me falta una. Lo único que nos queda a Theo y a mí es una Vespa de color amarillo canario con un sidecar a juego.

—Fabrizio, no —dice Theo al darse cuenta de lo que está a punto de ocurrir.

—Fabrizio, *sì!* —responde, ofreciéndonos sendos cascos—. Uno de ustedes irá en el sidecar y el otro se sentará detrás de mí. ¡Así!

Señala a Dakota sentada a horcajadas en el asiento de la Vespa, detrás de Angelo, con los muslos apretados contra los de él y los brazos alrededor de su cintura. Une de nosotres tendrá que hacer eso con Fabrizio y quien no vaya de paquete se sentará agazapándose en el sidecar como el típico perro con lentes de aviador de los dibujos animados.

Theo se coloca el casco en la cabeza y se voltea hacia mí.

—¿Lo echamos a la suerte?

—¿Y si nos turnamos? ¿Nos cambiamos de lugar en las paradas? —le propongo. Me echo el pelo hacia atrás y me pongo el casco, y Theo se echa a reír inmediatamente. Arrugo la frente—. ¿Qué pasa?

—¡Mírate! —Saca el teléfono para tomarme una foto y me enseña la pantalla, mi frente arrugada con gesto confundido y los mechones de pelo saliéndome por la parte inferior del casco—. ¡Dios, es perfecto!

—Tengo una pinta superchic —digo—. Parezco uno de esos motociclistas que se pasean por la costa de Amalfi.

—Pareces un hombre bala a punto de salir disparado del cañón de un circo para gais.

—Pues aún mejor.

—Lo sé —dice Theo, como sorprendiéndose de decirlo tan en serio.

Le guiño un ojo y me abrocho la correa del casco, ciñéndola a la barbilla, mientras señalo a Fabrizio, que ya se sentó detrás del manubrio.

—Ve tú primero con él. Así me lo calientas para cuando me toque a mí.

Y después de hacerme el saludo militar, como diciendo «¡A la orden!», Theo pasa una pierna por encima del asiento de la Vespa.

El sidecar no es tan estrecho como parece y, una vez que acomodo las piernas, casi me resulta hasta confortable. Theo, a quien esto sigue pareciéndole la cosa más graciosa de la historia, saca una docena de fotos más y entonces Fabrizio arranca la moto y sale disparado.

Los demás conductores se colocan en formación mientras nos incorporamos a una de las arterias principales de Roma, el Corso Vittorio, según señala un letrero que veo de reojo. Los edificios se alzan a nuestro alrededor en majestuosos bloques de color crema y marfil de aire distinguido, revestidos de balaustradas de piedra y apuntalados por unas columnas jónicas con volutas en espiral en los remates. El cielo es de un azul resplandeciente y la carretera vira hacia el oeste, hacia la corriente apresurada y de aguas verdes del Tíber. El motor ronronea y Fabrizio canturrea al viento mientras avanza zigzagueando entre el tráfico romano, y yo miro a Theo desde mi sidecar.

Es como une hije del desierto, que vuelve a la vida con el sol y el calor. Su sonrisa se hace cada vez más amplia en sus labios mientras la mañana desaparece en el retrovisor de Fabrizio. Entrelaza los dedos alrededor de la cintura de nuestro guía y pone la cara al viento, contemplando Roma con auténtico asombro.

Creo que al final, ahora que ya nos hemos dicho todo lo que teníamos que decirnos, puede que no salgamos tan mal de esta.

Cruzamos un puente en arco hasta el tambor redondo del castillo de Sant'Angelo, en cuya cima, según cuenta la leyenda, el arcángel Miguel enfundó su espada para señalar el final inminente de la grave epidemia de peste de Roma. Tocando el claxon sin cesar, los coches nos empujan hacia la fachada de travertino del Palacio de Justicia y, de nuevo, por encima del Tíber hacia el serpenteante laberinto de estrechas calles empedradas que nos llevan hacia el Panteón.

Al llegar al templo, Fabrizio se voltea hacia Theo y grita para que le oiga a pesar del rugido del motor:

—Cuando terminemos, vuelvan aquí, por esta calle, y luego den vuelta en la primera a la izquierda y la primera a la derecha para meterse en el callejón y encontrarán el hostal entre las *osterias* al final de la calle. Orla les dejará el equipaje en las habitaciones, al final de las escaleras.

—Ajá... —dice Theo mientras contempla con asombro las antiguas columnas del Panteón, sin prestar atención a nada de lo que le acaba de decir.

—*Grazie!*—grito yo, dejando encantado que Theo disfrute del momento sin interrupciones. Ya me acordaré yo por elle y por mí.

Nos adentramos en una callejuela con una llave muy antigua de la que mana un chorro de agua cristalina. Ya había leído algo sobre ellas (son las *nasoni*, las fuentes públicas cuyo suministro de agua procede en parte de los acueductos romanos originales), pero hasta ahora no había creído del todo su existencia. Recogemos el agua formando un cuenco con las manos y, por turnos, presionamos las llaves con los dedos para que el chorro salga hacia arriba, como en una fuente normal. Fabrizio inclina la cabeza hacia un lado y mete la boca bajo el chorro, y sorprendo a Theo mirándome cuando sigo su ejemplo y recojo el agua fresca con la boca abierta hasta que me resbala por la barbilla.

A continuación, me toca a mí ir detrás de Fabrizio. Le rodeo la cintura firmemente con los brazos, aprieto mis muslos contra los suyos y a los dos se nos suben los shorts de tal manera que se nos mezcla el sudor. Me dedica un cumplido admirando la suavidad de mi piel mientras acelera y yo le doy las gracias con la más coqueta de mis sonrisas. Theo nos observa abiertamente, con avidez curiosa, desde el sidecar. Hay dos cosas capaces de resistir sin problemas el paso del tiempo: las antigüedades de Roma y la emoción que le produce a Theo verme con un hombre entre las piernas.

El tour prosigue a través de un amasijo de piedra y hiedra, las ruinas de la plaza donde asesinaron a Julio César, la extensión de hierba del Circo Máximo sobre la que corrían antiguamente los cascos de los caballos y las ruedas de las cuadrigas, los templos de Hércules Víctor y Portuno, tan bien conservados que cualquier granjero romano bien podría pasearse por ellos con una vaca para venderla en el Foro Boario. Acabamos en el Arco de Constantino, cuyo aspecto no ha cambiado apenas desde que los emperadores victoriosos desfilaban a través de él hace mil setecientos años; sigue aún en pie, con aire orgulloso e imponente, sobre el telón de fondo del Coliseo, un poco más allá.

Recorremos el Coliseo a pie, golpeteando con las suelas de nuestros zapatos las mismas losas que pisaron miles de sandalias antiguas. Fabrizio tiene la voz ronca de tanto hablar mientras va recitando una historia tras otra y recreando batalla tras batalla. Luego volvemos a salir por los arcos, pasamos junto a las ruinas de la fuente en la que los gladiadores se lavaban las heridas y llegamos a la cima del monte Palatino y a sus amplias vistas cenitales del Foro Romano.

En un tour largo, los días siempre parecen prolongarse mucho más allá de sus límites. Se cubren tantísimas cosas en tan pocas horas, una detrás de otra, que al final resulta impensable que el día pueda haber empezado en un lugar diferente. Como si solo existiera el aquí y el ahora, y luego otro aquí y otro ahora, esta fuente de aquí y aquella bebida de allá y este cristal centelleante, cada uno atrapado en un instante que transcurre en la memoria para siempre, cada uno sustituido de forma instantánea por lo que viene después. Todo perpetuamente fugaz, el cuerpo exhausto y el cerebro en un estado de felicidad absoluta. Así transcurre este día.

Fabrizio nos da tiempo libre para explorar el Foro Romano. Theo y yo paseamos por la misma calle principal donde los senadores tramaban sus intrigas, los mercaderes intercambiaban mercancías y las mujeres ejercían el oficio más antiguo del mundo, todos trabajando o rezando o apostando o difundiendo rumores, y pasamos junto a los restos aún en pie de los arcos del triunfo.

Nos imagino a Theo y a mí en ese mundo. Yo sería el panadero, horneando hogazas de masa madre con las cenizas humeantes, con hojas de olivo en el pelo y harina en la túnica. Theo sería el joven auriga picarón que me compra el pan todas las mañanas y trae locas a las vírgenes vestales. Nos echaríamos miraditas, pero no nos tocaríamos hasta que estuviéramos a solas, apretándonos en los rincones secretos de los templos, y cuando se atara las correas de cuero en el pecho antes de una carrera, llevaría mi nombre grabado en la parte interior de las tiras.

—Es increíble que hace dos mil años sintieran exactamente lo mismo que sentimos ahora —reflexiona Theo en voz alta—. Todo el mundo quería que le quisieran, comer bien, hacer obras de arte y coger.

—La condición humana —convengo.

Nos detenemos en el templo más impresionante, uno provisto de diez gruesas columnas que aún sostienen el friso sobre su pórtico. Un cartel nos informa que originalmente se construyó como templo consagrado a la emperatriz Faustina la Mayor. Su marido, Antonino, quedó tan destrozado cuando ella murió que la deificó, ordenó hacer estatuas de oro a su imagen y semejanza, acuñó monedas con su efigie y erigió este templo en su nombre para rendirle culto. Quería que todo el imperio la venerara como él y el culto a Faustina se extendió.

—Me parece muy romántico: querer tanto a tu esposa como para llegar al extremo de crear una secta en su nombre —digo.

—Pues yo no sé —comenta Theo con un dejo irónico en la voz—. ¿Le preguntó alguien a Faustina si quería ser una diosa?

Me río, más que dispuesto a aceptar que me dé un codazo en las costillas si eso significa que ahora podemos bromear sobre el tema.

—Tienes razón —contesto—. Muy presuntuoso por parte de Antonino, la verdad.

Al salir del Foro, nos damos cuenta de que no hemos comido lo suficiente y aún nos quedan cuatro horas para la cena de grupo. Con un hambre canina y un calor insufrible, elegimos la primera pizzería que vemos, en parte porque el mesero es atractivo y en parte por la gran cantidad de agua vaporizada con la que están rociando la terraza al aire libre. Todo, desde las sillas hasta los cubiertos, está un poco húmedo y reluciente con las gotitas de agua refrescante. Cuando el mesero sexi se lleva nuestras cartas, deja dos rectángulos secos en su lugar, encima del mantel de papel café.

—¿No hay demasiados aspersores de agua? —pregunta Theo—. Me siento como si estuviera en una de esas cafeterías que recrean una selva tropical.

—No, está bien, es muy agradable —digo, viendo cómo una gota de agua le resbala por el lado del cuello—. Es como ser un pepino en la sección de verduras del supermercado.

Me tomo un *spritz* de *limoncello*, Theo pide una copa de orvieto frío y compartimos una pizza. Cuando terminamos, subimos caminando hasta la Fontana di Trevi, que está a reventar de turistas llenándose de helado y compartiendo crujientes *supplì* fritas y rellenas de queso y tomate. Encontramos un sitio cerca de la fuente y nos sentamos.

—Y ahí nos espera nuestro amante, Neptuno el Sexi —digo, admirando la fuente—. Siempre vuelve a buscarnos.

—Creo que eso no tiene tanto que ver contigo y conmigo sino con el hecho de que Neptuno es un tema muy popular en materia de esculturas para fuentes.

—No, no, tenemos un rollo muy especial con él.

—Mmm. Espera. —Theo estudia la fuente con más detenimiento—. Yo conozco este lugar, aparece en la comedia romántica por excelencia…

—*La princesa que quería vivir* —digo.

Y al mismo tiempo, Theo termina de decir:

—*Lizzie McGuire: estrella pop.*

Y nos reímos.

Miro a Theo, la cara llena de pecas, el pelo alborotado por el casco y encrespado por el vapor de agua, conmigo, a mi lado en Roma después de todo. Mi auriga. Siguió su propio camino en la vida, que le ha traído hasta aquí, y yo tengo la suerte de verlo.

Pienso en Faustina en el Foro, en Theo en el avión. Quiero hacerlo mejor esta vez. Quiero saber qué es lo que quiere elle. Y sea lo que sea lo que quiera, quiero dárselo.

Así que, esta vez, se lo pregunto:

—Theo —digo—. ¿Qué quieres?

Es una pregunta abierta. Puede significar lo que Theo quiera que signifique.

Se queda pensando en su respuesta durante un largo rato, viendo cómo el agua cae salpicando contra el fondo de la fuente.

—Aún tengo que pensarlo —me dice—. Pregúntamelo otra vez mañana.

Esa noche cenamos en la típica *osteria* familiar escondida en un callejón que solo se puede encontrar si se sabe dónde buscar. No es nada del otro mundo —un sitio sencillo y del montón entre callejuelas recubiertas de hiedra y estatuas heroicas—, pero tiene algo especial. Las paredes están forradas de retratos en blanco y negro de bisabuelos, pósteres con dibujos de pizzas pintados a mano, fotos granuladas de nietos embadurnados de salsa e instantáneas con autógrafos de célebres cantantes de Italia. Todas las mesas están cubiertas de manteles de vinilo a cuadros rojos y blancos y los platos desparejados rebosan pasta de mil formas y colores distintos.

Después, Theo y yo llegamos al fin a nuestras habitaciones. Para nuestras dos noches en Roma, nos alojaron en un antiguo edificio de departamentos reconvertido en hotel. Nuestras habitaciones están al final de cinco tramos de escaleras de mármol tan empinadas que subimos el último tramo jadeando y prácticamente a rastras. En un polvoriento rellano al aire libre, iluminado con guirnaldas de luces, Theo abre la puerta de su habitación y encuentra nuestras mochilas dentro.

Cuando voy a tomar la mía, me quita la llave de mi habitación y me dice:

—Quédate aquí.

En la habitación de Theo, nos turnamos para quitarnos el sudor reseco del cuerpo con regaderazos de agua fría. Aun así, hace demasiado calor como para plantearnos vestirnos, y desde ayer en la villa italiana —Dios, ¿cómo puede haber pasado solo un día de eso?— no hay razones para andarse con pudores. Dejamos las toallas húmedas en el baño y nos recostamos desnudes sobre el edredón, boca arriba y con cuidado de no compartir el calor corporal tocándonos. Dejamos un cerco húmedo con la cabeza en las fundas de las almohadas, que acaban empapadas.

No miro a Theo con verdadera intención, pero tengo a mi lado la constatación simple y extraordinaria de su cuerpo: el ángulo de sus antebrazos desde el codo hasta la muñeca, el relieve de sus espinillas y el robusto nudo óseo de sus tobillos, el vello pelirrojo que le salpica las piernas y que se vuelve más tupido entre ellas. Tiene el pecho casi tan liso como el mío estando así, recostade, con unas sutiles protuberancias de un tono más rosado en cada pico. No es solo la belleza de su cuerpo, sino su presencia despreocupada, la forma en que se me permite recostarme a su lado en una habitación tranquila, lo que me emociona.

—Kit —dice Theo.

—Theo —digo yo.

—Tienes una erección.

Cierro los ojos.

—Lo sé.

Theo separa los pies, dejando en el edredón dos marcas suaves bajo sus talones al hundirlos. Se desliza una mano —esas manos fuertes y preciosas— por el vientre y se la introduce entre las piernas. Luego la levanta a contraluz hacia la lámpara y me muestra la humedad que brilla en las yemas de sus dedos.

Es una admisión y una pregunta. Respondo a ambas extendiendo el brazo y empujando la palma de mi mano hacia abajo.

Y permanecemos así, encima de una cama en Roma, doce horas después de ajustar cuentas, tocándonos.

Ya habíamos hecho algo así alguna vez, cuando teníamos diecinueve años e íbamos drogades y carcomides por la añoranza. Una noche hasta tarde en mi habitación, una conversación interminable que había derivado hacia las personas que nos estábamos cogiendo en vez de coger Theo y yo. Durante años fingimos no acordarnos de cuando nos metimos bajo la misma manta con las manos por debajo de la cintura, el susurro del algodón y el murmullo de la piel, pero yo no podía olvidar lo que sentí al descubrir el ruido que hacía Theo al venirse.

Es imposible que nuestra historia se repita con tanta exactitud, que estemos aquí en esta cama amándonos y sin decírnoslo otra vez, pero me lo pregunto. Veo cómo se mueve la mano de Theo y gimo mientras me toco, y me lo pregunto.

—Kit —dice Theo, y por un momento espeso pienso que en realidad está suspirando mi nombre de placer, hasta que repite—: Kit.

—¿Sí?

—Quiero cambiar las reglas otra vez.

—Está bien —digo enseguida—. Está bien, de acuerdo.

—Nada de besos, ni de penetración —dice—, pero todo lo demás se vale.

Detengo el movimiento de mi mano.

—¿Todo lo demás?

—Todo lo demás.

—¿De verdad?

Se inclina y desliza la boca por la comisura de la mía. No es un beso, pero se parece lo bastante como para hacer que me estremezca.

—Por favor —dice Theo. Nunca le he dicho que no a nada cuando Theo me lo pide amablemente.

En un segundo, me levanto del colchón con un salto espectacular y me doy la vuelta, aprovechando el impulso para recostar a Theo de espaldas y clavarme entre sus muslos. Deja escapar un grito que es más bien una carcajada mientras va levantando las piernas en el aire.

—Carajo, ¿siempre has sabido hacer eso?

Me desplazo hacia delante, apoyando los hombros por debajo de la firme curva de su culo.

—He aprendido algunas técnicas nuevas.

Theo esboza una sonrisa exuberante.

—Mi estudiante ejemplar de la escuela de pastelería...

—Todo tuyo —repito, con el corazón estremecido.

Acerco mi boca hasta que Theo empieza a jadear, hasta que sus caderas se despegan de la cama dando fuertes sacudidas, hasta que entierra las manos en mi pelo, agarrando y jalando y aplastando mi cara contra elle con tanta fuerza que se me nubla la vista de felicidad en la periferia de los ojos.

Se viene a gritos y, en cuanto recobra el aliento, me levanta jalándome de la raíz del pelo y me empuja hacia atrás, abalanzándose sobre mí hasta que acabo sentado con la espalda contra la cabecera. Aparece un tubo de lubricante de no sé dónde —tal vez de la mesita de noche, la verdad es que no me importa—, se lo echa en la palma de la mano y entonces... entonces...

Theo me la envuelve con la mano.

La textura de su mano es distinta de como la recordaba, más callosa, con más cicatrices, pero su forma, la presión de cada dedo y la inclinación de su muñeca, la forma en que su palma se amolda a mí... todo me resulta tan arrolladoramente familiar que casi me vengo en cuanto me toca. Se me humedecen los ojos al instante, y no soy capaz de avergonzarme. A través de la imagen borrosa, veo la cara de Theo, su feroz determinación mientras me unta de lubricante con una mano y se unta el interior de los muslos con la otra.

Luego se encarama encima de mí y encaja las caderas sobre las mías, y por un segundo delirante pienso que va a ignorar las reglas y a cogerme a la antigua usanza, y estoy más que dispuesto a dejar que lo haga.

Pero en lugar de eso, gira el cuerpo hacia un lado y se hunde en mi regazo. Cierra sus fuertes piernas a mi alrededor, atrapándome la totalidad del miembro entre los muslos, piel untuosa contra piel untuosa, piel suave que abarca por completo mi erección.

Me sale de la boca un torrente de palabrotas, tan rápido que ni siquiera sé en qué idioma hablo. Tal vez tenga don de lenguas ahora mismo. O tal vez hable en latín. Estoy rodeado tan repentina y completamente que casi no puedo ni pensar, casi no puedo controlar la forma en que mis manos agarran a Theo para que se quede donde está, de lado encima de mí, con el hombro pegado a mi pecho y los muslos apretados. Mueve las caderas en un alarde de provocación, para llevarme al límite, y vuelvo a soltar otra grosería al comprender lo que me ofrece.

—¿Quieres que siga? —me pregunta, mirándome fijamente a la cara, viendo sabe Dios qué en ella.

—Quiero, claro que quiero —contesto sin resuello. «Te quiero».

Apoya las manos en la cama por detrás para levantar una fracción de su peso y separarse de mi regazo, dándome espacio para moverme.

—Demuéstramelo.

Todo —la habitación, el calor, el día, el dolor que siento en el corazón— se desvanece cuando empujo hacia arriba, hacia la fusión resbaladiza entre sus muslos.

Ante la ausencia de pensamiento, mi cuerpo toma el relevo, *glissando*. Un término que recuerdo a medias de las composiciones clásicas. El efecto de ir deslizándose de forma suave y continua de una nota a otra de distinta altura, de grave a agudo, de abajo arriba. Una evocación de la magia o de la emoción o de la gracia, escrita en odas al mar en verano. Eso es justo lo que está sucediendo entre nuestros cuerpos.

Es una sensación tan maravillosa que no me imagino necesitando nada más, hasta que Theo cambia de posición y percibo el contacto de un calor nuevo y húmedo, la forma familiar de su sexo aún alborotado por el efecto de mi boca. Hace restallar las caderas hasta encontrar la fricción que necesita, peligrosamente cerca de dejar que me deslice en su interior. Cuando vuelve a venirse, su mirada aterriza en mi cara como un consuelo, como una orden y, entonces, llega mi culminación. Ya está, no hay remedio posible para mí.

Estoy tan fuera de mí que no me doy cuenta hasta más tarde, en un momento de duermevela en plena noche, de que estuvimos a punto de romper las dos únicas reglas que nos quedan.

A la mañana siguiente, tengo la cabeza de Theo sobre mi almohada y tres mensajes nuevos de Maxine en el celular.

vi a guillaume esta mañana en la cafetería y parecía un poco desanimado. creo que te extraña. o al menos algunas partes de ti.

Y sigue:

Aún estoy esperando que me pongas al día sobre la situación con theo. qué pasó después de mónaco?? si te rompió el corazón de nuevo, nos mataré a los tres.

Y luego:

Cenamos el lunes por la noche?

Apago la alarma del celular antes de que despierte a Theo y releo los mensajes de Maxine mientras me lavo los dientes, pensando a qué lunes se refiere. Entonces caigo en cuenta: está hablando del próximo lunes. Es decir, en menos de siete días. Es decir, que falta muy poco para que termine el tour.

Durante dos semanas y media, he vivido en esta burbuja fuera de la realidad, en la que paso todos los días comiendo, bebiendo, tocando y admirando obras de arte, aturdido por el exceso de idiomas y la falta de sueño. Donde Theo está a mi lado y hemos recuperado nuestra amistad, y compartimos almohada y nos despertamos con el sabor de la otra persona en la lengua. Casi se me olvida que mi vida en París ha seguido adelante sin mí y que ahora la tengo tan cerca que cenar con Maxine en nuestro bistró habitual es algo que podría estar haciendo en cuestión de días.

Escupo y me enjuago, pero en mi boca permanece la efervescencia de una leve sensación de pánico. Cuento el tiempo que queda. Un día y una noche más en Roma, Nápoles mañana y luego el colofón: dos días en Palermo. Cuatro días y cuatro noches para volver a casa en avión, a Francia, y para que Theo tome otro avión a California. No hay nada que le impida bloquear de nuevo mi número si quiere. Estoy seguro de que eso no va a ocurrir, no después de todo esto… pero ¿y si ocurre?

¿Adónde esperaba que nos llevara esto al final?

Oigo el crujido de las sábanas en la cama, además de un gruñido grave, desperezándose.

—¿Kit? —dice la voz de Theo, ronca por el sueño—. ¿Estás aquí?

—En el baño.

Oigo otro gruñido y el crujido de los resortes de la cama, y Theo entra arrastrando los pies en el minúsculo baño mientras se pone una camiseta del revés. Lleva el pelo alborotado, los ojos entornados y un reguero de baba reseca en la barbilla. No sé cómo podría sobrevivir si volviera a perderle de nuevo.

—Creí que te habías ido, como ayer.

—¿En Chianti? ¿Te molestó que me levantara temprano?

Asiente con la cabeza y busca a tientas su neceser. Le guío la mano hasta la cremallera antes de que tire el desodorante a la pila del lavabo.

—Quería que nos despertáramos juntes —dice Theo, lo que me deja momentáneamente sin habla. Apoya la frente en mi hombro, dejando que sostenga su peso.

Intento decirle a mi corazón que se tranquilice, que Theo solo se puso así de tierne porque está medio dormide, pero sigue acelerado de todos modos.

Nuestras mochilas están pegadas a la pared junto a la cama, la mía con toda la ropa ya guardada y con la cremallera bien cerrada; la de Theo volcada en el suelo y con la ropa medio doblada desparramada por la alfombra. Resoplo, me río y, cuando empiezo a colocar las camisas de Theo en una pila más ordenada, palpo con la mano algo sólido dentro de una bola de calcetines.

Veo asomar parte de una etiqueta, una que reconocería en cualquier lugar. La botellita de whisky que le regalé a Theo por nuestro primer aniversario, destilada el año en que nos conocimos. La que se suponía que íbamos a bebernos al final de nuestro tour de hace cuatro años.

La guardó. Creí que ya se la habría bebido, o que la habría tirado, pero la guardó durante todo este tiempo. Y cuando decidió qué meter en la mochila, le hizo espacio. Tomó la decisión de traerla aquí, sin saber siquiera que nos encontraríamos.

—¿Adónde dices que vamos esta mañana? —pregunta Theo desde el baño.

Vuelvo a tapar la botella con los calcetines y me aparto de su mochila antes de que asome la cabeza por la habitación.

Mi tono de voz es admirablemente normal cuando respondo:

—A la Galleria Borghese.

Una hora y media más tarde, Orla nos deja en la plaza de España. Fabrizio nos lleva a la inmensa zona verde de los jardines de Villa Borghese, que antiguamente era una extensión de viñedos hasta que el cardenal Scipione Borghese lo convirtió en su destino de recreo personal en el siglo XVII, como corresponde a cualquier cardenal gay e inmoral que se precie. Su colección de obras de arte —algunas obtenidas abusando de las arcas del papa y otras abusando de la influencia de este— aún sigue ocupando la Villa en el centro de los jardines. Ahora es un museo público.

Fabrizio nos da un recorrido introductorio por las piezas más famosas y luego nos deja explorar por nuestra cuenta. Cuando le pregunto a Theo por dónde quiere empezar, me dice:

—Enséñame tu escultura de Bernini favorita.

Así que le conduzco a *Apolo y Dafne*, y cuando le pregunto qué quiere ver a continuación, me dice que siga sin elle.

Es fácil imaginar este lugar como el destino de moda en Roma para las reuniones artísticas más extravagantes del siglo XVII. Por dentro, es lo más de lo más en términos de exceso *camp*, desde el trampantojo que cubre el techo del salón hasta los miles de adornos dorados de la Sala de los Emperadores.

Abro mi libreta y voy a la caza de detalles para llevármelos a casa: la carita del unicornio en los brazos de la *Dama con unicornio* de Rafael, los ojos de la mujer enjoyada del *Amor sacro y amor profano* de Tiziano, los cariñosos trazos que Caravaggio utilizó para el rostro de su amante Mario en el *Niño con un cesto de frutas*. Pero cada vez que paso por la sala de *Apolo y Dafne*, Theo sigue allí, clavade en el mismo sitio.

Me desvío hacia el vestíbulo, hacia la escultura de mármol brillante de una mujer desnuda de cintura para arriba, recostada en un lecho de sábanas vaporosas, con una manzana en la mano. Recuerdo haberla estudiado. Es la *Venus Victrix*, la escandalosa imagen de Paulina Bonaparte esculpida cuando su hermano Napoleón la casó con un Borghese. Es una mujer interesante —una de las grandes figuras en cuanto a putones franceses se refiere— y por eso la admiro, pero sigo pensando en Theo. En lo de anoche.

En mi cabeza, vuelvo sobre nuestros pasos desde que nos tocamos por primera vez en Cinque Terre. El nerviosismo de la voz de Theo en Pisa cuando accedió a que siguiéramos involucrándonos, como si estuviera arrojándose al vacío desde una peligrosa cornisa. La emoción desconocida contra la que luchó en la cueva de Florencia y cómo me agarró el pelo en el callejón. La mañana siguiente en Chianti, esa sonrisa descarada e invulnerable y su cuerpo desnudo a la luz del día, cómo intentaba protegerse con sexo y bromas y luego se derrumbó sobre mí cuando ya no podía más. La forma en que me arrastró a su habitación y a su cama anoche. La botella en su mochila.

La verdad es que no he querido plantearme en serio qué podría significar todo eso. He estado absolutamente dispuesto a creer que Theo nunca querría volver conmigo, porque si no tengo nada que esperar, no tengo nada que perder. No puede volver a dejarme si no espero que se quede a mi lado.

Sin embargo, empiezo a pensar que tal vez es posible, que hay una posibilidad de que Theo aún pueda amarme.

Theo podría amarme. ¡Theo podría amarme!

El tour está a punto de terminar y, si existe alguna posibilidad de que Theo sienta lo mismo que yo, no puedo dejar que se vaya a Estados Unidos sin saberlo.

Si Theo me ama, entonces... entonces eso lo es todo para mí. Lo quiero todo. Quiero estar con elle el resto de nuestra vida, pase lo que pase, sea lo que sea lo que me pida. Esta vez lo haría bien, lo planearía de forma que elle no tuviera que renunciar a nada para que nuestras vidas encajaran. No volveré a pedirle nunca más que me siga a ningún lugar. No espero que se vaya de California e, indudablemente, no esperaría que se mudara a París. Al fin y al cabo, ¿cómo podría, cuando eso ni siquiera me ha hecho feliz a mí?

Cuando...

Miro fijamente a Paulina y repito ese mismo pensamiento, sopesándolo.

«Eso ni siquiera me ha hecho feliz a mí».

Ojalá pudiera pedirle su opinión a Paulina. ¿Me hace feliz París? ¿La hizo feliz a ella venir a Roma?

Por supuesto que no. Ella era feliz en Francia, poniéndose rubor en los pezones y haciendo el amor con hombres que no eran sus educadísimos maridos de alta cuna, dejándose atrapar con las faldas levantadas por detrás de los biombos. Posó desnuda para esta escultura, la estatua encargada para presentarla como esposa ante la sociedad romana, solo por el puro placer de hacerlo, y su marido la escondió en una caja en el desván.

No creo que mi vida en París me haya arrebatado mi esplendor, pero a veces siento que está guardado en una caja en el desván. Podría bajar esa caja. Podría enviarla a otro lugar, alguno donde a Theo le gustaría estar. Elle podría ayudarme a quitarle la tapa. Sabe manejar mucho mejor que yo cualquier clase de herramienta.

Esta noche, me digo, respirando hondo. Esta noche, después de cenar, invitaré a Theo a tomar una copa y le diré lo que siento. Le preguntaré si siente lo mismo. Y si es así, le diré que iré donde elle quiera.

—Theo —digo—, tengo una pregunta muy importante que hacerte.

Es de noche y estamos en el Trastevere, con el estómago lleno de pasta, en una mesa diminuta de un café en un callejón minúsculo, examinando la carta de vinos bajo un tapiz de hiedra. Es más bien Theo quien examina la carta de vinos mientras yo leo en voz alta los nombres de denominaciones italianas desconocidas solo para que Theo me corrija la pronunciación.

Theo levanta la mirada de la carta con las cejas paralizadas en un ceño reflexivo.

—De acuerdo.

—Si fueras la uva de un vino, ¿qué uva serías?

Se relaja al reír.

—¿En serio? ¿Esa es tu pregunta?

—Siempre dices que cada uva tiene sus propias características y su personalidad —señalo—, así que, ¿cuál es la que más se parece a ti?

Se queda pensando.

—Creo que tengo que ser una uva blanca de California.

—Bueno, es verdad, eres blanca y de California.

—Un chiste muy original, viniendo del blanquito del sur de Francia.

—*Merci beaucoup.*

—Y vete a la mierda también, *oui* —dice Theo alegremente—. Podría ser una viognier.

—Tengo que decirte que eso suena muy francés.

—Lo es, originalmente, pero también se cultiva en California. Con cuerpo, textura rica. Puede sonar raro, pero con ella se hace una especie de vino oleoso… Y creo que eso encaja conmigo. Algo con peso, a lo que le gusta establecerse y estar ahí pasando el rato durante mucho tiempo.

—Lo veo, sí. ¿Y a qué sabe?

—A durazno, sobre todo, pero también percibo mandarina y madreselva, y muchas otras notas florales. Lo cual es un poco como yo, supongo.

Pienso en lo que acaba de decir.

—¿Sabes? Creo que daba por sentado que serías una variedad de uva para un tinto, pero la verdad es que eso que dices es perfecto para ti.

—Ay, Kit. Tú eres un tinto.

—¿Un tinto yo? ¿Por qué?

—Vamos… Profundo, indulgente, inmortalizado en un millón de cuadros renacentistas, hecho para verterse entre las nalgas en una bacanal. Eres un tinto sin duda.

—Sí suena parecido a mí —digo, asintiendo con aire pensativo—. Pero un tinto ligero de cuerpo.

—Yo diría que de cuerpo medio, pero ligero en la base. Afrutado.

—Naturalmente.

—Francés. Junto al Ródano. Si eres una uva, tienes que ser una gamay.

—He oído hablar de esa uva. ¿Cómo es?

—Bueno, versátil, para empezar.

—Eso por supuesto.

—Toques de granada y frambuesa. Tierra. Muy floral también. Peonía, iris. —Lanzándome una mirada elocuente, añade—: Violetas, en realidad.

—Haces eso muy bien. Lo sabes, ¿verdad?

—Es raro. Creo que casi… ¿me da miedo hacerlo bien?

—¿Qué quieres decir?

—He estado pensando en algo —me dice—. Hoy, en la galería Borghese, me dije: «¿Y si elijo una sola cosa de esta galería y me quedo todo el tiempo con ella? En lugar de recorrer el museo entero a toda velocidad en busca de cientos de dosis de dopamina en cinco segundos, ¿y si me quedo aquí delante y dejo que esto sea lo único que experimente?».

—¿Y qué te pareció?

—Me parecía… incómodo. Aburrido. Hasta que empecé a fijarme en detalles que no había visto antes, como la nervadura de las hojas y las tiras de las sandalias. Y pensé en cuánto tiempo debieron de tardar en esculpirla, y en adquirir la habilidad para esculpir algo así, de manera que busqué a Bernini.

—Tú buscando a Bernini… —repito, incrédulo—. Después de hacerme a mí echar un dólar en un bote cada vez que hablaba de Bernini…

—¡Lo sé! Pero lo busqué, y resulta que empezó a esculpir cuando tenía ocho años. ¡A los ocho! Dibujaba y estudió algo de arquitectura, pero fue a la escultura a lo que dedicó toda su vida, hasta los ochenta y un años. Y, entonces, pensé en Gaudí con la Sagrada Familia. Y empecé a pensar en tener algo a lo que dedicarte en cuerpo y alma, y en mis hermanas y en mis papás, y en cómo siempre han tenido ese algo suyo y nunca lo han cuestionado y siempre han tenido éxito en ello. Y, al final, me pregunté, ¿y yo qué? ¿Qué es lo mío?

Une mesere nos trae nuestra botella de vino, un tinto que eligió Theo. Le enseña la botella a Theo y deja que lo pruebe. Theo da su visto bueno y le mesere nos sirve.

—Sigue con lo que decías —insisto cuando le mesere se ha ido—. Qué es lo tuyo.

—De acuerdo, pues lo primero fue ser le hije mayor, y… bueno, es evidente que fracasé estrepitosamente en eso.

Arqueo las cejas.

—¿Ah, sí?

—Pues claro —dice Theo, poniendo los ojos en blanco—. Sloane es todo lo que debe ser la mayor: valiente, confiable…

—¿Una figura protectora, líder, un modelo a seguir? —sugiero—. Pues recuerdo perfectamente que eras todas esas cosas al menos para una persona: para mí.

—Puede que sí —dice Theo, sonrojándose un poco—. O… sí, supongo que sí. Pero aun así. Fue… Fracasé como el primogénito de los vástagos Flowerday. No me necesitaban. No tenía los dones de la familia. A eso es a lo que me refiero.

—De acuerdo —digo, aún insatisfecho con esa caracterización, pero sintiendo curiosidad por ver adónde quiere ir a parar Theo—. Entiendo lo que dices.

—Y durante un tiempo lo mío fueron las fiestas en casa, y todo el mundo sabe cómo acabó eso, y luego fue la natación, que se suponía que iba a ser lo definitivo, así que me lancé demasiado a ello y me jodí el cuerpo y perdí eso también. Y después, creo que me asusté, así que empecé a poner un poquito de mí en un montón de cosas en lugar de entregarme tode yo a una sola cosa. Es como que, si siempre estoy empezando algo, siempre puedo estar en esa fase inicial en la que todo es nuevo y fantástico y lleno de posibilidades, y si nunca intento terminarlo, nunca llego a la parte en la que la cago y lo estropeo todo.

En todos los años que estuve deseando que Theo se comprometiera en ser feliz, nunca se me ocurrió planteármelo de ese modo, pero tiene sentido.

—Y entonces —digo—, ¿a qué te conduce eso?

Toma un sorbo de vino y me mira con aire pensativo.

—Pregúntame otra cosa —me dice—. Pregúntame lo que me preguntaste ayer.

Me recuesto en la silla.

—Theo —le digo—. ¿Qué quieres?

—Creo que lo que quiero —dice Theo— es… tener paz.

—Paz —repito despacio.

—No sé si me he permitido tener paz alguna vez. Creía que quedándome a vivir en un solo lugar toda mi vida la conseguiría, pero puede que no conozca la paz hasta que elija una cosa que quiera hacer y ponga toda la carne en el asador para entregarme a ella en cuerpo y alma, hasta el final. Aunque la cague hasta el fondo, aunque me ponga en evidencia, a mí y a mi familia, y me tenga que ir a vivir al culo del mundo en el barco de exploración de Calum para hacer labores de investigación sobre los tiburones. Al menos por fin sabré cómo es eso.

Me dan ganas de tomar la mano de Theo y decirle cuánto tiempo llevaba esperando a que tomara esta decisión. A que creyera en tomarla. En lugar de eso, me conformo con imaginarme dejando mi vida en París para perseguir el sueño que elija Theo, sea cual sea. Me imagino cuadrando las cuentas del bar ambulante en la camioneta de Theo, o besándole el pelo mientras se prepara para el examen de certificación de *sommelier,* o sustituyendo al nuevo chef pastelero de Timo que a Theo no le cae bien. Podría ser feliz allí, siempre y cuando Theo me quisiera a su lado.

—¿Quieres saber lo que pienso? —le pregunto.

—Sí.

—Creo que te mereces un poco de paz. Y puedes hacer lo que decidas. —Doy un sorbo y añado—: Y deberías haberme dejado hablar más de Bernini.

Theo se ríe.

—Sí, supongo que sí.

—Y para que conste —continúo—, elijas lo que elijas, no tienes por qué hacerlo en solitario.

Theo asimila mis palabras y se acerca un poco más.

—Hace tiempo que quiero preguntarte algo —me dice—. Creí que habías ido a la escuela de pastelería para poder abrir tu propio local. Ibas a sacar también el título en *management* culinario, ¿verdad? ¿Por qué trabajas en la cocina de otro chef?

La pregunta me toma por sorpresa; necesito unos minutos para pensar en mi respuesta.

—Cambié de idea —contesto.

—¿Por qué?

—Conocí a otros *pâtissiers* en París —explico de la forma más sencilla que puedo—. Vi todo lo que implicaba intentar sacar adelante algo de la nada en una ciudad así, y me di cuenta de que tenías razón. El Fairflower era una fantasía.

La expresión de Theo se dulcifica y un brillo inusitadamente tristón le danza alrededor de los ojos.

—Pero era una fantasía bonita, ¿no? —dice—. ¿Todavía piensas en eso?

—Pues claro.

—Yo también —dice—. A veces me pregunto si…

No acaba la frase, mirando hacia algo que hay detrás de mí.

—Ay, Dios…

—¿Qué?

—Ese hombre de ahí —dice—. Por un segundo, creí que era tu papá.

Miro hacia atrás, examinando las mesas de la terraza de al lado hasta que veo al hombre al que imagino que se refiere Theo: un sesentón con la barba desaliñada y cierto parecido con Victor Garber, escribiendo en un cuaderno con una pluma fuente de aspecto caro.

—Ah, pues sí. Es verdad que se parece a él, ¿no?

—Sería muy típico de Craig estar de verano sabático en Roma y no decírselo a nadie.

—Desde luego. Podría ser el escritor residente en San Pedro y no nos enteraríamos hasta que apareciera en la misma foto que el papa.

Theo se ríe y, mientras se lleva la copa a los labios, me viene a la cabeza un pensamiento horrible.

El patrón de mi papá: decidir lo que quiere dejándose llevar por algún capricho romántico, obsesionarse con la fantasía, perseguirla sin importarle cómo puede afectar a la gente que quiere o si los demás desean lo mismo que él o no. Eso fue lo que le hice a Theo con París.

¿Estoy a punto de hacerlo otra vez?

Dije que esta vez lo haría mejor, pero aquí estoy, a punto de presentarle otro sueño diseñado única y exclusivamente por mí, diciéndome que es mejor plan dejar mi vida por la suya que al revés. Como si el amor romántico tuviera que significar dejarlo todo y disolverse en otra persona. Theo nunca me ha pedido eso, ni entonces ni ahora.

—¿Kit? —me dice—. ¿Oíste lo que te acabo de decir?

Pestañeo y vuelvo al presente.

—Perdón, ¿qué?

—Te pregunté si pido otra botella o quieres volver a la habitación.

Veo la promesa en sus ojos, y nada me gustaría más que descubrir qué tiene en mente para rematar la noche anterior, pero no puedo. Ya se me escapó dos veces que le quiero, casi se lo digo anoche en la cama. Estoy a una copa de decírselo aquí mismo, en esta mesa. Si le toco esta noche, no podré contenerme.

Solo quedan unos pocos días para que acabe el tour, pero siguen siendo algunos días. Si le ofrezco algo que no quiere, tendrá que soportarme a miles de kilómetros de distancia de casa con su pasaporte estadounidense. ¿Qué me da derecho a hacerle eso? ¿El hecho de que sigo pensando que yo sé lo que le conviene? ¿El hecho de haberme hartado de París, tal como pronosticó mi papá, y querer un nuevo sueño que me salve del hartazgo? ¿Mi ridícula e incurable obsesión con el amor?

Digo lo único que se me ocurre para desviar la atención.

—¿Te acuerdas de cómo íbamos con lo de la puntuación?

Por un momento, Theo no tiene ni idea de a qué me refiero. Luego cae en cuenta y suelta la carta de vinos.

—Cinco a tres —dice—. ¿Por qué?

—Por nada... solo me preguntaba si la competencia aún seguía en pie.

—¿Es que pensabas empatar o algo, ya que salimos?

—No —respondo—. Estoy demasiado cansado. Esta noche necesito dormir de verdad.

Theo asiente y, por suerte, no vuelve a hablar de la habitación.

Necesito dar un paso atrás. Necesito pasar la noche encerrado en mi propia habitación y esperar que, para cuando lleguemos a Nápoles, ya haya conseguido recuperar el control de mis impulsos.

NÁPOLES

COMBINA CON:

Un buen vaso de *limoncello*, *cannoli*

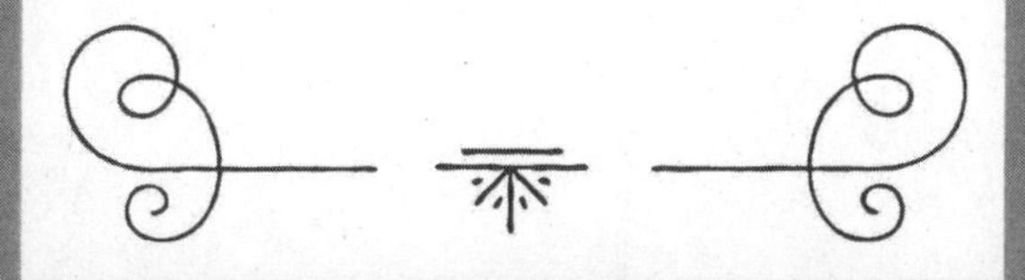

Fabrizio tiene un sabor especial, un punto de maduración bacanal que no he identificado aún. Estoy seguro de que, si se lo preguntara a Theo, lo adivinaría inmediatamente, porque las mismas notas aparecen en el vino que estamos tomando.

—¿Cuerpo? —me pregunta.

—Robusto —digo, percibiendo la contundencia en la lengua, la intensidad de los aromas.

—¿Dulzor?

—Muy poco. Es como… como frutas negras maduras al principio. ¿Grosellas negras tal vez? Pero es más… ¿intenso?

—Eso está muy bien. ¿Intenso cómo?

—Mmm. —Lo pienso.

—Todas las respuestas son válidas —dice Theo—. Di lo primero que te venga a la cabeza.

—¿Humo? O… ¿tierra? ¿Grano de pimienta?

—Muy bien, eso está muy bien. Sigue, más allá de las primeras impresiones. ¿Qué gustos persisten al final?

—Es como… ¿a carne, tal vez? ¿A cuero?

Theo junta las manos de golpe, con satisfacción.

—Exacto. ¿Y notas como que te recubre el interior de la boca, por la parte de delante? ¿Como si se aferrara a ella?

—Sí —digo—. Eso significa que tiene muchos taninos, ¿verdad?

—Así es —contesta Theo—. Bien, pues este vino es un aglianico del taburno. Se elabora con uvas aglianico, que se cultivan a unos pocos kilómetros tierra adentro de aquí, donde hace el calor necesario durante suficientes meses del año para que una uva de maduración tardía como esta pueda prosperar, así que tiene unos sabores más intensos a frutas negras maduras por el largo periodo de maduración, y las uvas en climas más cálidos también tienen la piel más gruesa, lo que significa que permite que proliferen más taninos en el vino, porque los taninos están en la piel y las semillas, así que si te gustan los vinos con alto contenido en taninos o los vinos intensos o los vinos con sabores a frutas oscuras, podrían gustarte los vinos de clima cálido, y… ¿por qué me da la impresión de que no me quitas el ojo de encima?

Niego con la cabeza; acabo de darme cuenta de que me olvidé por completo de mi copa. Cuesta acordarse de otra cosa cuando veo a Theo hablar con tanto entusiasmo y con ese brillo en la cara. Casi ni me acuerdo de que no puedo ponerle la mano en la cintura así como así.

—No, sí tiene sentido —digo—. Vinos de clima cálido, claro. Aromas de carne, cuero, maduros, rotundos, pero a la vez, por raro que parezca…

—Suaves.

—Suaves. Casi suena como…

Y en ese preciso instante, como si fuera una señal, Fabrizio aparece deslizándose por nuestra esquina de la mesa, con la camisa entreabierta aleteando bajo el sol de la tarde, con su voz de chocolate derretido, lánguida de risa, y el cálido soplo de aire que le alborota los rizos del vello de su pecho.

—… a Fabrizio.

—Bueno —dice Theo—, los dos son de aquí.

Por fin llegamos a Nápoles, la ciudad natal de nuestro guía, situada en la parte inferior de la costa de la bota de Italia, y Fabrizio está en su elemento. Le está haciendo el amor apasionadamente a su elemento. No para de lanzar cumplidos y besos y de señalarnos manjares históricos, haciendo aparecer continuamente conos de comida callejera y recitando las estrofas más relevantes de poemillas napolitanos. Adora esta ciudad y sus ajadas calles con una intensidad irresistible.

Cuanto más nos empapamos de la ciudad en su presencia, más me encandila Nápoles. Y cuanto más me encandila Nápoles, más me parece que Fabrizio es su hijo predilecto.

Nápoles lleva existiendo de forma ininterrumpida desde hace casi treinta siglos, y esa larga existencia se hace notar muchísimo: las tiendas y las *trattorias* abarrotan las antiguas calles alrededor del Centro Storico, engalanadas con hileras de banderas, guirnaldas de luces y ropa secándose al sol, con las fachadas irregulares de piedra recubiertas con cables de satélite y hiedra trepadora. Hay algo que ver en cada centímetro de pared: ya sean las rayas de grafiti sobre el yeso amarillo o los dinteles con hojas esculpidas o ladrillos viejos que el desconchado del yeso ha dejado al descubierto. Los escaparates están a rebosar de mesas con marionetas y figurillas, panderos pintados a mano, flores de papel y lentes de sol baratos. El aire está impregnado de aceite y levadura, atravesado por un millón de ruidos a la vez: motos que aceleran, discusiones, risas, ancianos que tosen con el humo de los puros que se fuman, un acordeón en la calle de al lado... Es un festival magnífico y descarnado del exceso de estímulos.

Ya visitamos tres iglesias espectaculares y ya recorrimos la Via dei Tribunali, donde Fabrizio nos enseñó cuáles son los rigurosos requisitos legales de la pizza napolitana: la masa, que solo se puede estirar a mano, la temperatura obligatoria de fermentación, la distribución de los tomates triturados en el sentido de las agujas del reloj y los distribuidores locales oficiales para el queso. Empuñamos cuchillos y tenedores para lanzarnos sobre la margarita con una marinara rojo sangre salpicada de albahaca, y hemos hecho fila en los puestos callejeros para probar la pizza *a portafoglio,* plegada en cuartos y envuelta en papel de estraza.

Todo ello nos trae hasta aquí, a la terraza de un bar de vinos, el grupo completamente borracho de excesos después de entregarnos a tantísimos caprichos. La abundancia de Nápoles ha acabado con nosotres. Hasta Orla está derrotada en su taburete.

El día de hoy no es especial solo para Fabrizio, también es el último día de Orla. Mañana tomaremos el ferri a Palermo y ella se llevará el autobús de vuelta a Londres. Estamos muy tristes por tener que decirle adiós y, para agradecerle que nos haya llevado de aquí para allá, la convencimos de que pase el día con el grupo.

—¿Qué sueles hacer tú mientras estamos por ahí dando vueltas? —le pregunta Dakota, sirviendo más vino en la copa de Orla.

Se encoge de hombros.

—Salir a caminar. Ir a darme un masaje. Llamar por teléfono a mi mujer. Leer novelas románticas pornográficas.

—Creo que te quiero, Orla —dice Theo. Orla levanta su copa y le guiña un ojo.

En mitad de todo esto, no he estado a solas con Theo más que unos segundos, pero ahora que está a mi lado, soltando groserías y diciéndome cómo usar la boca, vuelvo a estar al borde del precipicio.

Podría tocarle. Quiero tocarle. Deslizar la mano por su nuca, apretar la rodilla contra su muslo. Incluso le gustaría. Pero tengo a flor de piel todo lo que no debería decir en voz alta, de modo que acabará por asomarse a la superficie si nos acercamos demasiado.

Me aparto unos centímetros de Theo y me meto la mano debajo del muslo antes de que pierda la cabeza. El movimiento no le pasa desapercibido.

—Oye —dice Theo en voz baja—. ¿Estás bien? Pareces preocupado, como si hubieras olvidado algo en algún lugar.

Sí, mi corazón en California y mi pito en un departamento de un quinto piso en Roma.

—No... solo estaba pensando que aún no hemos probado ningún dulce napolitano. —Vacío mi copa y lo llamo a gritos—: ¡Fabrizio!

Voltea su hermosa cabeza hacia mí.

—*Sì, Professore?*

—¿Dónde puedo probar las *sfogliatelle*?

Y sin perder el tiempo, Fabrizio me aparta del lado de Theo y me arrastra a una *pasticceria* al final de la cuadra, donde puedo entretenerme con las capas de hojaldre y descargar parte de mi frustración sexual en él. Siempre es tan fácil coquetear con Fabrizio... Se lo toma muy bien y responde a mi coqueteo aún mejor: me guiña un ojo, levanta las cejas y me roza la mandíbula con el pulgar. Me gusta tanto... Casi hasta me sirve de ayuda.

Fabrizio nos lleva a cenar a una pequeña *osteria* del barrio español con las paredes revestidas de azulejos de mayólica pintados. Una mujer mayor sale de la cocina para recibirnos con un vestido rojo de cuello blanco, con el pelo oscuro y ondulado cortado a ras de la cara y una mirada penetrante bajo unas cejas fuertes y expresivas. Es soberbia y domina la sala con el desparpajo y el aire imperturbable de una mujer que debió de ser increíblemente arrebatadora y sexi en sus tiempos mozos. Fabrizio le da dos besos en las mejillas y nos la presenta como su mamá.

—Tardé muchos veranos en convencer a la agencia de viajes del tour —nos explica Fabrizio—, pero ¡esta noche cenaremos en *il ristorante di famiglia*!

El menú es un recorrido por los platos napolitanos más emblemáticos: *pappardelle* con ragú napolitano de ocho horas de cocción, *pasta alla genovese, braciola,* calamares asados y pulpo al vino blanco. Como *antipasti,* la mamá de Fabrizio nos saca un plato tras otro de *involtini* de berenjena y *mozzarella* frita. Devoramos más pasta de lo humanamente posible y seguimos con cerdo y ternera troceados y guisados en el ragú. Es, con una presentación modesta y sin pretensiones, la mejor comida que he probado en Italia.

Tal vez sea el ambiente de una *cucina* napolitana tradicional. Tal vez sea el papá de Fabrizio, que está sudando a mares bajo su espesa barba en la cocina mientras remueve unas enormes cazuelas de estofado, comunicándose únicamente a gritos a través de la ventanilla de la cocina con la voz de un hombre acostumbrado a conseguir unas ofertas increíbles del carnicero local. Tal vez sea la mamá de Fabrizio, que entra y sale bailando para servir más platos de *parmigiana* o pellizcar las mejillas de Fabrizio o avasallar a alguien preguntándole por qué no se ha terminado el plato. O tal vez sea lo feliz que parece Theo aquí, que casi llora de risa al ver en las paredes las fotos de Fabrizio adolescente con sus hermanos.

Justo en el momento en que la mamá de Fabrizio empieza a regañarlo por lo largo que lleva el pelo, noto un prolongado zumbido del celular en el bolsillo.

Seguramente es Cora, que olvidó que estoy en Italia y llama para charlar sobre lo que ha estado leyendo, o igual es Maxine, para preguntarme por una receta que es más fácil de explicar por teléfono. Pero no es ninguno de sus nombres el que aparece en la llamada entrante.

Me levanto de la mesa y salgo, escabulléndome por la puerta principal.

—¿Paloma? —respondo.

—*Bonsoir, mon petit américain* —dice la nítida voz de Paloma al teléfono—. *Ça va?* ¿Dónde estás?

—Todo bien —le digo—. Estoy en Nápoles.

—Ah, Napoli. —Paloma suspira—. Una ciudad preciosa. Un pescado excelente. ¿Estás comiendo bien?

—Muy bien —digo frotándome el pecho, donde noto la amenaza de un ardor de estómago inminente—. Demasiado bien, incluso.

—Como debe ser —contesta Paloma—. ¿Y tu Theo?

Presiono los hombros contra la pared de ladrillo del restaurante y echo la cabeza hacia atrás.

—Mi Theo, tan brillante como siempre.

—¿Ya le confesaste tu amor?

Tapo el teléfono con la mano, como si Theo pudiera oírnos desde dentro, de algún modo.

—Paloma, no es que no me alegre de hablar contigo, pero ¿hay alguna razón concreta por la que me llames ahora?

—Sí, la hay —me responde—. ¿Te acuerdas de la *pâtisserie* que está debajo de mi casa? ¿La de los *macarons* y la señora mayor?

—Sí.

—Cada jueves le llevo la cena con pescado fresco, por eso le caigo bien, y me cuenta todos sus secretos. Normalmente me habla de

François, que vive al otro lado de la calle y que le parece muy guapo, pero hoy me habló de la *pâtisserie.* Quiere cerrarla el año que viene.

—Oh, no —exclamo, sin comprender aún muy bien por qué Paloma sintió la necesidad de llamarme para esto.

—Y resulta —continúa— que quiere venderla. Quiere encontrar a algún joven *pâtissier* que pueda hacer algo bonito con ella y que se quede allí mucho tiempo, como lo hizo ella. Me preguntó si conocía a alguien y pensé en ti inmediatamente.

—Ah —digo—. Ah, guau.

—¿Y? —exclama—. ¿Qué te parece?

Me parece un sueño. La clase de sueño maravilloso y envuelto en algodón de azúcar que nunca es tan fácil como me lo imagino. La clase de sueño que perseguía cuando perdí a Theo, la clase de sueño que mi cocina de París me arrancó de la cabeza.

—Es un detallazo por tu parte, Paloma —le digo—, pero tengo un trabajo, ¿recuerdas?

—Sí, el trabajo que odias.

—No lo odio.

—Pero no te gusta.

—Eso no significa que pueda dejarlo así, sin más.

—¿Por qué no?

—Porque le he dedicado todo este tiempo —digo—. Es la razón por la que me he esforzado tanto. —Es la razón por la que perdí a Theo.

Paloma se ríe, con un gruñido breve y sarcástico.

—*Crois-moi* —responde—, *ça ne veut rien dire si cela ne te rend pas heureux.* —«Eso no significa nada si no te hace feliz».

No encuentro respuesta para eso.

La puerta del restaurante se abre de golpe y la gente sale tropezando entre risas y conversaciones achispadas, con la cara roja por la embriagadora satisfacción después de una buena comida, sencilla y preparada por alguien que ama lo que cocina. Oigo a los papás de Fabrizio dentro, bromeando con el personal y repartiendo cajas con las sobras a los últimos comensales. Parece una buena vida. Una vida caótica y plena, posible porque es una vida compartida.

—Piénsalo —me dice Paloma.

Theo me ve al salir, arqueando las cejas con aire de curiosidad y con los labios llenos de aglianico, y me despido rápidamente de Paloma y cuelgo.

—¿Quién era? —pregunta Theo.

—Cora. —Me guardo el teléfono en el bolsillo—. ¿Adónde va todo el mundo ahora?

—A distintos lugares —contesta Theo—. Pero espera a oír adónde conseguí que nos inviten.

—¿Adónde? —Primero se limita a enarcar las cejas y entornar los párpados de esa manera que tiene de insinuar que se trata de algo muy bueno o ligeramente ilegal, lo cual también suele ser bueno—. ¡¿Adónde, Theo?!

—Fabrizio quiere saber si queremos ir a ver su departamento.

Espero el remate del chiste, pero parece que no lo hay.

—¿Estás bromeando conmigo?

—Te lo digo completamente en serio —contesta—. Vive a diez minutos a pie de aquí. Dice que quiere dormir en su cama esta noche y me preguntó si queremos compartir una botella de vino con él.

—¿Tú y yo?

—Tú y yo.

Le miro fijamente. A pesar de todo el coqueteo y nuestras bromitas y fanfarronadas sobre hacer el amor tántrico y sensual con Fabrizio, nunca pensé que nuestro guía fuera a hacernos una proposición. Sin embargo, pienso en la calidez de su caricia en mi mejilla, en cómo nos eligió especialmente para que fuéramos con él en Vespa por Roma, cómo nos observaba mientras arreglábamos el motor del autobús.

—¿Piensas… piensas lo mismo que yo? —le pregunto—. ¿Crees que quiere…?

—He captado unas señales muy fuertes, sí. Al menos contigo o conmigo. O incluso a la vez. Parece como si nos considerara un dos por uno.

—Ay, Dios… ¿Porque le dejamos creer que somos pareja?

—No creo que debamos descartar que sea por eso, no.

—De acuerdo. —Me meto los nudillos en la boca—. ¿Y…? ¿Y queremos?

—A ver —dice Theo—. Es Fabrizio.

—Es Fabrizio.

—¿Cómo no vamos a querer hacerlo? A menos que… se te ocurra una razón para no hacerlo.

—No, sería… el sexo sería increíble, si es contigo y conmigo.

—¿Y si es solo contigo o solo conmigo?

Veo la imagen como un fogonazo en mi cabeza: veo a Theo desde los pies de la cama, con las manos sobre las caderas mientras jadea sobre una almohada. O Theo reclinándose en una silla, descubriendo que he estado practicando mucho con el reflejo faríngeo. Siento una oleada de calor enroscándose en mi vientre.

—Entonces… —digo—. ¿Nos lo jugamos a todo o nada?

Theo tarda un instante en entender por dónde voy y entonces se le pone la cara roja de indignación.

—¿Cómo? ¿Después de haberte destruido en casi todas las ciudades donde hemos estado? De eso ni hablar. Si es solo contigo, puedes anotarte el doble de puntuación, porque… Bueno, ya lo sabes.

—Porque es Fabrizio.

Theo asiente, mordiéndose el labio.

—Porque es Fabrizio. Pero si somos tú y yo, seguimos las reglas de Mónaco y es nulo. ¿Trato hecho?

—Trato hecho.

—No es tan difícil —dice Theo—. Solo tienes que elegir uno.

—Pues la verdad es que sí lo es. —Examino las filas iluminadas con cajas de distintos colores a través del cristal—. No sé qué significan la mitad de estas palabras.

—¡No tenemos tiempo para esto!

—¡Entonces ayúdame, Theo! —le digo, sintiéndome más aturdido aún—. Eres tú quien sabe algo de italiano.

—Sí, pero lo creas o no, en mi trabajo en el restaurante no aprendí cuál es la palabra para decir «condones».

Estamos en un callejón a un par de cuadras del departamento de Fabrizio, bañades por el resplandor de una máquina expendedora de Durex. Nuestro hotel está al otro lado del Centro Storico y no hay tiempo de ir allá por suministros. En vez de eso, estoy examinando unas cajas en las que se leen cosas como PERFORMA y PLEASURE-MAX y también, enigmáticamente, JEANS, intentando descifrar cuál de ellas puede aportar un menor elemento de sorpresa al sexo en grupo con la persona que amo y nuestro sexi guía turístico. Ya llegamos diez minutos más tarde de lo que dijimos, y a la pareja de turistas alemanes que tenemos detrás se les está agotando la paciencia.

—Tengo la seguridad casi absoluta de que los condones son esos que dicen PROFILATTICI —dice Theo.

—Sí, como profilácticos, hasta ahí llego, pero ¿y el resto de las palabras? ¿Cuáles son los normales, sin sabores ni efervescencia ni nada de eso? ¿Y cuál es el lubricante, Theo? ¡¿Cuál es el lubricante?!

—¡Los de abajo!

Señala la última fila de la máquina, llena de tubos de líquido de plástico de colores brillantes con dibujos de frutas. En todos aparece la palabra LUBRIFICANTE.

—¿Los que se parecen a los caramelos ácidos que comprábamos en el 7-Eleven cuando teníamos diez años? No pienso usar eso.

Theo se agacha para examinarlos.

—No creo que esta máquina expendedora venda lubricante artesanal de comercio justo para delicados anos parisinos, Kit.

—¿Y cómo sabes que va a ser para mí?

Me mira fijamente, con una expresión cómplice, y cambia de tema.

—¿No crees que Fabrizio tenga condones en su casa?

—No podemos presentarnos con las manos vacías, eso sería muy desconsiderado —le digo—. Además, ¿y si no tiene? Quién sabe cuándo fue la última vez que estuvo en su casa.

—Está bien, está bien. —Saca su teléfono—. En esa caja dice «*Settebello Classico*», que significa... —Teclea una y otra vez—. ¿«Siete hermosos clásicos»? ¿Qué es eso?

—Toma el lubricante natural. —Lanzo un suspiro—. El que tiene esas hojitas en el tubo.

—¿Y si eso significa que tiene sabor a pesto o algo así?

—Supongo que es un riesgo que estoy dispuesto a correr —respondo mientras Theo pulsa los botones.

Decidimos que los preservativos JEANS se llaman así porque están diseñados para caber discretamente en un bolsillo, así que compro una caja, me meto dos en el bolsillo de la camisa y regalo los cuatro restantes a la pareja de alemanes por su paciencia. Luego seguimos el camino que Fabrizio le indicó a Theo, atravesamos el barrio español y subimos cuesta arriba hacia un barrio cuyos edificios recuerdan a los coloridos *palazzos* apilados unos encima de otros de Cinque Terre. Fabrizio vive cerca de Castel Sant'Elmo, en el tercer piso de una casa escuálida de color rosa rojizo con los postigos amarillos y unos balcones de hierro de color blanco.

—O sea que... —dice Theo, con la mano suspendida sobre el timbre—. ¿Vamos a hacer esto?

Una mueca le arruga el rostro: no es de duda, sino de leve preocupación, tal vez. Una posible vía de salida, por si la necesito, aunque me da miedo dar importancia a lo que sea que le esté haciendo pensar que pueda necesitarla.

—Sí —afirmo, pasando por delante de Theo para tocar el timbre.

Mientras subo las escaleras y veo cómo las botas de Theo golpetean cada peldaño, me digo que no es una mala idea, como hice con Émile en Mónaco. Será excitante, fácil y divertido, como debe ser el sexo, y me aseguraré de que tanto Theo como Fabrizio y yo nos sintamos a gusto y bien. Como las veces que tuvimos sexo con una tercera persona cuando aún éramos pareja... solo que sin la mano tranquilizadora de Theo sobre la mía, o sin la certeza serena de que volveremos a casa luego, Theo y yo, o sin el amor.

Theo llama a la puerta... y no es Fabrizio quien la abre.

—¡Hola! —dice la que tal vez sea la mujer más guapa del continente—. ¡Bienvenidos!

Theo y yo nos quedamos con la boca abierta en el tapete ante esa inesperada aparición de Venus, con el pelo oscuro y degrafilado, los labios pintados de color ciruela y un fino vestido que le llega a la mitad del muslo. Abre la puerta de golpe y nos descubre a Fabrizio, que se ha puesto una camiseta y pantalones, y nos recibe con una sonrisa radiante en los labios.

—¡Amigos míos! ¡Aquí están! *Benvenuti!* ¡Pasen!

Tengo que darle un golpecito a Theo en el hombro para que se mueva.

—*Amore, questo è Kit, e quello è Theo* —nos presenta Fabrizio a la mujer antes de voltearse hacia donde estamos—. ¡Amigos, ella es Valentina, mi esposa!

—Tu... —Me aclaro la garganta—. ¡Tu esposa!

Theo abre los ojos tanto como yo y mantenemos una conversación mental completa en medio segundo.

«¡No sabía que estaba casado! ¿Tú sabías que estaba casado?».

«¡Claro que no sabía que estaba casado, Kit, o no habría dado por sentado que nos estaba invitando a coger!».

«¿A ti te mencionó alguna vez que tenía esposa?».

«Creo que no... ¿Eso es raro? Es raro, ¿verdad?».

«Pues está muy buena».

«Está buenísima».

—*Ciao, piacere!* —dice Theo, inclinándose para darle un beso al aire a Valentina antes de darme un codazo en las costillas.

—¡Encantada de conocerlos! —dice Valentina en inglés con un ligero acento—. ¡Fabrizio habla muy bien de ustedes!

Yo también recibo un beso en el aire, mientras trato de encontrar algo que decir. El departamento es pequeño y acogedor, lleno de suaves colores pastel, muebles de mimbre cariñosamente desgastados y campanas de viento colgantes. Hay unas velas encendidas en la mesita de centro y, a través de las puertas entreabiertas del balcón, se ve el Vesubio en el horizonte.

—Su casa es increíble —le digo a Valentina—. Gracias por invitarnos.

Valentina sonríe y me aparta el pelo de los ojos. Considero la posibilidad de que se trate de algo parecido a un intercambio de parejas —cosa que probablemente aceptaría de buena gana después de dos o tres copas de vino— hasta que Fabrizio grita:

—¡Orla! ¡Llegaron nuestros amigos!

A Theo se le ponen los ojos del tamaño y la forma de dos *arancini.*

—¿Orla?

—Sí, ¿acaso no se los dije? Siempre invitamos a Orla a tomar unas copas en su último día del tour. ¡Por eso los invité!

—No, no nos lo dijiste, pero... ¡Hola, Orla!

Orla se asoma por la esquina con una botella de vino en la mano. Va descalza y sus calcetines tienen dibujos de pequeños koalas. Debería haber reconocido sus botas de montaña junto a la puerta.

—¡Buenas noches, queridos! Valentina, amor, ¿dónde dijiste que estaba el sacacorchos?

Valentina sale flotando para enseñárselo, y Fabrizio dice:

—Vengan, siéntense, tenemos espacio en la cocina para todos.

Theo y yo intercambiamos otra mirada.

«¿No es genial?».

«Esto es muy genial».

—¡Ya vamos! —digo, quitándome los zapatos.

—No es lo que creíamos que iba a ser —murmura Theo—, pero sí.

Así que aquí estamos, a la mesa de Fabrizio y Valentina, en una cocina lindísima con vista al mar, mesas amarillas y estanterías con teteras antiguas llenas de conchas. Orla abre el vino, Fabrizio lo sirve y Valentina pone platos de aceitunas marinadas y pan crujiente. Encima del horno hay una foto enmarcada de los dos riendo a carcajadas con unos trajes de baño diminutos, sumergidos hasta sus muslos perfectos en las aguas cristalinas de una playa de arena blanca. *Mon Dieu.* Así que ha estado casado de verdad todo este tiempo.

—Y dime, Valentina —dice Theo, recuperando ya su encanto por pura fuerza bruta—, ¿qué te ha contado Fabrizio de Kit y de mí?

—Ah, me ha dicho que tú sabes mucho de vinos —contesta—, así que espero que este te guste. Lo tomé de la bodega del restaurante de sus papás, aunque no siempre sé si su mamá tiene buen gusto.

Fabrizio da un brinco con aire teatral y suelta una retahíla de palabras en italiano; Valentina no le hace ningún caso.

—Es perfecto —comenta Theo con aire divertido.

—Y me dijo que tú eres *pâtissier* en París, muy impresionante —continúa, sonriéndome—. Y que son una pareja de amantes desdichados que se han vuelto a enamorar en el tour de Fabrizio.

Mi cara, que hasta ese momento notaba caliente por el efecto de la noche templada y los cumplidos de Valentina, se me enfría de golpe.

—Ah, no, no somos… —empieza a decir Theo.

—Lo nuestro es una simple amistad —digo antes de tener que soportar el resto de la frase de Theo—. Nos separamos hace años, es cierto, y el tour nos reunió.

Me volteo y veo la mirada de Theo, aguda y penetrante.

—Exacto —dice—. Pero… en plan amistad.

—Ah, entiendo —dice Fabrizio, con tono de decepción—. *Colpa mia.*

Centro toda mi atención en las aceitunas que tengo delante, evitando con extrema cautela la mirada comprensiva de Orla.

—Bueno, pero aun así —dice Orla—, vuelven a ser amigos, y eso es fantástico. Algunas de mis mejores amigas del mundo son mis exnovias. Tengo una en Copenhague que nos presta su departamento a mi esposa y a mí cuando queremos comer arenques.

—Ah, he oído que Copenhague es muy bonita —dice Valentina—. ¿Podemos ir la próxima vez?

—Fabs, ¿aún no has llevado a esta chica al tour escandinavo?

—Siempre le pido a la agencia que nunca me envíen a hacer el tour por Escandinavia —contesta Fabrizio—. Demasiado frío. No hay suficiente sol.

—Bah, no seas tan tonto: ahí es cuando tienes que dejar que tu chica te haga entrar en calor. Valentina, cielo, yo te llevaré.

Theo se ríe y yo me río, y está todo bien.

Hablamos durante una hora mientras se pone el sol. Orla y Fabrizio cuentan anécdotas de sus tours más locos y Theo y yo hablamos de las personas más raras que hemos conocido en nuestros respectivos trabajos. Valentina nos cuenta que trabajaba en Roma como profesora de inglés cuando conoció a un guía y conductor de Vespa que quería aprender inglés para viajar por el mundo, cómo se besaron por primera vez en el puente más antiguo de Roma porque él quería acompañarla a hacer historia. Orla nos cuenta que conoció a su esposa cuando iban a la escuela en Derry y que esperó quince años para confesarle lo que sentía. Son historias sencillas y cálidas, ese algo humano tan mágico que ocurre en el transcurso de la vida cuando salta la chispa entre dos almas gemelas.

—Mi mamá me decía que sostuviera la botella así —Fabrizio sujeta el vino por la base, con la palma de la mano hacia esta y el brazo completamente extendido—, y que cuando fuera lo bastante mayor para sujetarla así y tocarme los labios, ya tendría edad para bebérmela.

—¿Y a qué edad fue eso? —pregunta Theo.

—¡A los once! —Y nos atacamos de risa otra vez.

Todo va bien hasta que me inclino para rellenarle la copa a Theo y se me cae un condón del bolsillo de la camisa directamente en el plato de aceitunas.

—Ay, Dios... —susurra Theo.

Intento interceptarlo antes de que alguien se dé cuenta, pero la envoltura de papel metalizado se ha cubierto de aceite de oliva y sale disparado de entre mis dedos. Aterriza con un pequeño y húmedo «¡plop!» junto a la copa de Fabrizio.

La mesa se queda en silencio.

—Perdón —digo—. Eso es... vaya defecto de diseño, ¿verdad? Si hay algo que debería ser fácil de agarrar cuando está recubierto de aceite...

Fabrizio aplaude con alegría.

—¡Así que están juntos otra vez!

—¿Qué? —exclama Theo.

—Sí, claro, cuando dos amantes se reencuentran, el sexo es mejor que nunca. Lo único que quieres es hacer el amor, día y noche. —Toma la mano de Valentina, con el rostro radiante y el romanticismo de un poeta, y le planta un beso en el interior de la muñeca—. Cuando vuelvo a casa después de un tour, Valentina y yo…

—Fabs, cariño —dice Orla—. Ahórranos los detalles.

—No, no es eso lo que Kit y yo… —dice Theo.

—No es para eso —digo yo.

Fabrizio detiene su avance por el brazo de Valentina.

—¿Es para otra cosa, entonces?

Y ha sido un día tan largo, con tantas cosas que procesar, que no se me ocurre ni una sola excusa.

Un brillo asoma a los ojos de Fabrizio.

—Aaah… ¿Creíste que te invitaba aquí para…? Ah, no recuerdo la palabra en inglés. —Se voltea hacia su esposa—. ¿El sexo con tres personas?

Valentina lo ayuda solícita:

—Un trío, *amore.*

—Tríoamore.

—No, *amore.* Trío.

—Ah, sí. Trío.

Theo y yo nos miramos.

«¿Se lo decimos?».

«Por supuesto que no se lo decimos, carajo».

—Theo y yo… —empiezo.

—No estábamos…

—Yo no diría que…

—Quiero decir, puede que diera la impresión…

—Es solo que… —Estamos perdiendo el hilo—. Tal vez…

Theo me mira, con los ojos como platos.

—Supongo que tal vez…

—El caso es que… —A la mierda—. Sí. Sí, creíamos que querías tener sexo con Theo y conmigo.

Al cabo de un segundo, Theo añade:

—Consentido.

Orla se recuesta hacia atrás y bebe un buen trago de vino.

—Y sentimos mucho haberlo dado por sentado —le digo—. Perdónanos tú también, Valentina.

—No, tranquilos, no pasa nada —dice Valentina—. Esto ocurre a veces cuando intenta hacer amigos. —Toma la cara de Fabrizio entre las manos y la mueve de un lado a otro—. Mira a este hombre, ¿quién podría resistirse?

—No paro de decirle que no coquetee tanto con los clientes —nos dice Orla—, pero creo que no sabe parar.

—Es que estoy lleno de amor, no puedo evitarlo… —dice Fabrizio con gesto serio—, y además también soy muy guapo. Es una cruz que tengo que cargar.

—No saben la de gente que termina el tour pensando que podría haberse acostado con Fabrizio si hubiera tenido la oportunidad —continúa Orla—. Creo que hasta podríamos vender camisetas: CLUB DE CASICOGIDOS POR FABS: EL TOUR EUROPEO.

—Proporciono unas experiencias memorables a los clientes.

Orla suelta un bufido y dice:

—Cariño, está bien que te guste recibir tanta atención. Si no fuera así, llevarías tu anillo de casado en el dedo.

—Sí, ahora que lo dices, no tenía ni idea de que estuvieras casado —interviene Theo—. En serio, Valentina, lo siento mucho.

—La verdad es que eso fue idea mía —explica Valentina, soltando a su marido—. Una vez, no mucho después de casarnos, olvidó el anillo de matrimonio en casa y volvió del tour con el doble de dinero en propinas, así que ahora le digo que lo deje aquí. La gente da más propina cuando cree que está disponible.

—Especialmente los estadounidenses —añade Orla.

—Santo Dios… —Escondo la cara entre las manos—. Yo soy estadounidense.

—¡*Professore*, no! —exclama Fabrizio—. Contigo no es solo por las propinas.

Cuando levanto la cabeza, Fabrizio nos mira a Theo y a mí con elocuente y pura sinceridad.

—Yo disfruto con la gente en todos los tours, pero en algunos conozco a personas que creo que podrían ser mis amigos —dice Fabrizio—. Y quería traerlos a casa y presentarles a mi esposa porque espero que después de este viaje podamos seguir en contacto, si quieren. Espero que no nos perdamos la pista cuando nos vayamos de Palermo.

Hay algo admirable en su franqueza. «Me gustas. Quédate en mi vida». Dicho así, es la cosa más sencilla del mundo.

Me vuelvo hacia Theo y veo que sonríe.

—Nos encantaría —dice Theo.

—*Che bella!* —dice Fabrizio levantando su copa—. Entonces, ¡brindemos por eso! ¡Por la amistad!

Valentina añade:

—¡Y por el amor!

—Tengo una pregunta para ti —me dice Fabrizio cuando ya nos terminamos el vino.

Estamos solos en la cocina. Theo está en el balcón con Orla y Valentina, sus risas se cuelan de vez en cuando por la puerta entreabierta como la brisa del mar. Las aceitunas en salmuera nos han dado ganas de comer algo dulce, así que me ofrecí como voluntario para hacer el postre con lo que tengamos a mano, y ahora Fabrizio está haciendo de ayudante mientras yo improviso un *gâteau au yaourt*, un bizcocho francés de yogur, lo primero que aprendí a hornear.

Tengo las manos hundidas hasta las muñecas en un tazón grande de porcelana blanca y azul celeste, heredado de la luna de miel de los papás de Fabrizio en Siena. El fondo del tazón está esmaltado con la figura de un monstruo marino deliciosamente grotesco. Fabrizio dice que se supone que es un delfín, el símbolo de una de las diecisiete contradas de Siena, pero tiene escamas y cejas. Viva la zoología medieval.

Mientras voy mezclando la ralladura de limón en el azúcar con las yemas de los dedos, me doy cuenta de que no he dedicado ni un segundo a pensar en el siguiente paso. Estoy siguiendo la receta de memoria, avanzando sobre la marcha y soñando con terminarlo con la mermelada de chabacano casera de Valentina en lugar del glaseado de limón tradicional. Puede que sea lo más divertido que he hecho con el horno desde mi primera semana en el trabajo.

—¿Cuál es esa pregunta? —le digo a Fabrizio.

—Estás enamorado de Theo, ¿no?

Por poco vuelco el cuenco.

—¡Fabrizio!

—Tranquilo, no pueden oírnos —me tranquiliza agitando su batidor. Lo dejé a cargo de los ingredientes secos—. Hay demasiado ruido de la calle.

Suspiro.

—¿Tanto se me nota?

—Si te soy sincero, sí. Pero me lo dijo Orla.

—Orla… —Eso me pasa por dar por sentado que todas las mujeres que llevan un sombrero de safari son confiables.

—Debes saber que hablamos de todo. El tour es siempre el mismo, pero las personas son diferentes. Los clientes son nuestro entretenimiento.

Satisfecho con el azúcar, tomo el yogur que Valentina sacó del refrigerador y lo añado.

—Bueno, espero que los hayamos deleitado con un buen espectáculo —le digo con total sinceridad.

—Creo que ahora mismo es una tragedia. Dime, ¿por qué no están juntos? ¿No le dices a Theo lo que sientes? —Me lee la cara y suelta el batidor con desesperación—. Pero ¿por qué, *Professore*?

—Porque no sé si me lo merezco.

Casco los huevos, añado la vainilla y, mientras lo bato todo, le cuento a Fabrizio la versión resumida de nuestra historia. Nuestra vida en común, el error de París, la ruptura, mi papá, cómo insisto en querer imponer mis deseos a Theo, lo que estuve a punto de hacer anoche en Roma antes de conseguir dominar mis impulsos. Cuando acabo, le digo a Fabrizio que vierta la harina, la levadura y la sal en mi cuenco mientras yo sigo mezclando.

—Lo entiendo —dice Fabrizio—. Tú quieres a Theo. Y no quieres ser para Theo un amante egoísta que le quite opciones.

—Sí.

—Así que le quitas la opción de estar contigo.

Mi mano vacila sobre el batidor.

—No, eso no es lo que…

—Así es como lo entendí yo.

—Solo… solo quiero hacer lo correcto pensando en Theo.

—*Sì*, y solo tú sabes qué es lo correcto, ¿verdad? —Está en la despensa, buscando el último ingrediente, un aceite de sabor neutro. Habla con tono despreocupado, como si se dedicara a dar ideas y consejos trascendentales para la vida de sus clientes todos los días—. Ah, lo que me temía: solo hay aceite de oliva. ¿Te sirve?

—Mmm… sí, claro —le contesto sin apenas oírlo.

Coloca el aceite junto al tazón de su mamá, observa mi expresión y me acaricia la mejilla con gesto afectuoso.

—Cuando conocí a Valentina —dice—, había otro hombre que la quería. Era hijo de un hombre rico, con un buen trabajo cerca de casa, y a su mamá le gustaba mucho él y yo no le gustaba nada, así que creí que ella sería más feliz con él. De modo que cuando él le dijo que la quería, ella me preguntó: «Fabrizio, ¿qué debo decirle?». Y yo le contesté: «Quiero que seas feliz». Y cuando él le pidió matrimonio, ella me preguntó: «Fabrizio, ¿qué debo decirle?». Y yo le repetí: «Quiero que seas feliz». Y la noche antes de su boda, vino a mi puerta y me preguntó: «Fabrizio, ¿qué debo hacer?». Y volví a repetirle: «Quiero que seas feliz». Y ella me dijo: «Fabrizio, idiota, lo único que quiero es ser feliz contigo».

El timbre del horno anuncia que ya se precalentó.

—A lo que me refiero es a que, si hubiera dicho antes lo que sentía, el papá de Valentina no habría tenido que decirle al cura por qué su hija no iría a la boda —dice Fabrizio con una sonrisa—. No me correspondía a mí protegerla de mi corazón. Solo tenía que dejar que ella lo viera y decidiera si se quedaba con él o no.

Vierte el aceite en el tazón y me quita el batidor de la mano, sustituyéndolo por una cuchara de madera muy usada. Debería empezar a batir si quiero que la masa se integre, pero me quedo paralizado en el lugar, abrumado por la verdad pura y dura. Tal vez no sea cuestión de si merezco decírselo o no; tal vez la cuestión es que Theo merece saberlo.

Se oyen más risas desde el balcón. La puerta se abre.

—Voy a decirte una cosa más —añade Fabrizio en voz baja—. La forma como me miró Valentina la noche antes de su boda… así es como te mira Theo a ti.

Cerca de medianoche, con el estómago lleno de vino, aceitunas y pastel, Theo y yo pedimos un taxi para volver al hostal. Cuando ya llevamos recorridas dos cuadras en el taxi, estallamos en una carcajada incrédula y largamente postergada.

—No puedo creer lo que acaba de pasar —dice Theo, secándose los ojos.

—¿Creo que este podría ser el comienzo de una larga amistad, para siempre? ¿Con Fabrizio? ¿O algo así?

—Qué mierda… —Se pasa una mano por la cara—. Dios, lo de esa competencia era… una estupidez absoluta. Somos un par de imbéciles, ¿no?

—Está claro que no ha sido mi mejor ejecución —digo—. Sexualmente, sí, pero no en el plano intelectual.

—Es una estupidez —concluye Theo—. Y es inmaduro. Somos personas adultas.

—Eso me dicen constantemente.

Theo sacude la cabeza.

—Pero cuando te vi por primera vez en Londres, fue como si volviera a ser mi yo insegure de los veintidós años.

Desde que apareció aquel primer día, me he preguntado qué sintió al verme. No quería que fuera eso, pero es agradable recordar que no llegó a odiarme. Aún pensaba lo suficiente en mí como para que le preocupara lo que yo pensara de elle.

—Cuando te vi, pensé que estaba soñando —confieso—. No me creía mi suerte.

Theo frunce el ceño como si no lo entendiera.

—¿Tu suerte?

—Ni me pasaba por la cabeza que algún día tuviera la oportunidad de hacer las cosas bien —le digo. Con miedo a atribuirme demasiados méritos, añado—: Y no sé si lo he hecho, pero...

—Creo que sí. —Theo me interrumpe con una débil sonrisa—. Quiero decir, es un proceso, o lo que sea, pero ya no estoy enojade contigo. No fue culpa de nadie.

—Eso está bien —digo, notando cómo una oleada de calor se me acumula en el pecho. Ojalá pudiera meter sus dedos dentro de mí y dejar que lo sintiera, pero me conformo con confesar algo más, con desahogarme un poco—. La competencia... cuando me lo propusiste, dije que sí porque era una excusa para poder seguir hablando contigo. Eso era lo único que quería en realidad. Aunque también disfruté del sexo, lo reconozco.

—Yo no... No lo entendí cuando empezamos, pero creo que quería demostrar que ya había superado lo tuyo —dice Theo—. Demostrártelo a ti y a mí también. Y tal vez también quería darte celos.

—¿Por qué?

—Por esa manía de necesitar ganar en la ruptura, ya me he dado cuenta de que eso no tiene ningún sentido —admite Theo—. No me deja espacio para que me importes tú como persona. No quiero que dejes de importarme. Quiero que seas feliz.

Veo cambiar el semáforo en el reflejo de los ojos de Theo y pienso en la historia de Fabrizio. «Lo único que quiero es ser feliz contigo».

—Ahora mismo soy feliz —le digo.

Theo asiente.

—Y yo soy muy feliz de que seas feliz.

Lo noto en la boca del estómago: Fabrizio tiene razón. Tengo que decirlo. Theo debería saber que tiene otra opción.

Le quiero. Debería decírselo. Se lo diré en Palermo.

—Entonces, ¿la cancelamos? —pregunto—. ¿La competencia?

—Sí. —Theo asiente—. Se acabó.

—De acuerdo. —Hago un gesto como pellizcándome y arrancándome algo de delante de la cara, como si me estuviera quitando una máscara invisible, y la tiro al aire—. Hecho.

Theo arruga la frente al caer en cuenta.

—¿Eso es de *Contracara*?

Sonrío. Sabía que le gustaría.

—Eso es de *Contracara*.

—Dios... —exclama, sonriendo y echando la cabeza hacia atrás contra el reposacabezas—. Uno de los grandes.

—Tal como hemos descubierto, puedo estar comiéndome un durazno durante horas.

—Hablando de eso, que conste en acta que yo iba a la cabeza y habría ganado.

—Ya pasó, Theo.

—No, si solo lo decía por decir...

PALERMO (PRIMER DÍA)

COMBINA CON:

Bitter amaro, sfinci di San Giuseppe

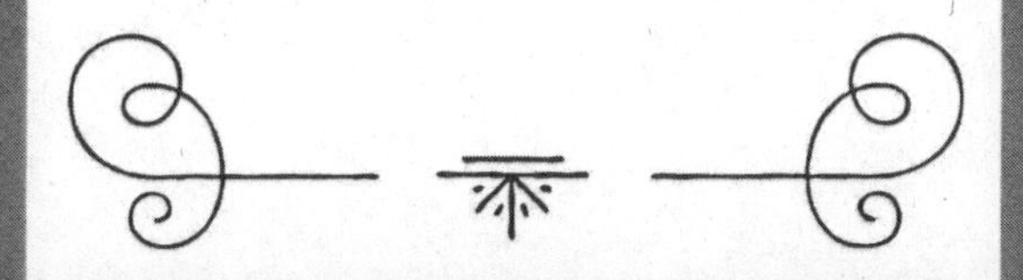

La primera vez que casi le digo a Theo que le quiero, estamos en el Mercato di Ballarò de Palermo.

—*Quanto* —dice, articulando despacio cada sílaba—. No *quando,* que es cuándo. *Quanto* significa «cuánto».

—*Quanto* —repito.

Theo asiente con la cabeza.

—Esa es la única palabra que te hace falta saber.

—*Quanto?* —le preguntamos a la anciana de rostro curtido que está asando *stigghiola* bajo una espesa nube de humo, y nos vende unas brochetas de tripas de cordero por dos euros. *Quanto* cuestan los *panelle* (buñuelos de garbanzos crujientes) y *quanto* los *pani ca' meusa* (bocadillos de bazo de ternera). Seguimos recorriendo el ruidoso e interminable mercado callejero, entre carritos desvencijados y tinas humeantes tapadas con trapos a cuadros, entre contenedores de pescado fresco de olores punzantes y puestos de hortalizas tan llenos a rebosar que las hojas de alcachofa caen en cascada hasta el suelo. Probamos todo lo que podemos. Unos pasos por delante, Pinocho cabecea asomándose por encima de la multitud como nuestra alegre estrella polar.

—Es demasiada presión lo de tener que elegir los mejores *arancini* —digo, examinando otro carrito que los vende—. Es algo que solo puede ocurrir un vez en la vida: comernos nuestros primeros *arancini* en Sicilia.

—A mí todas las bolas fritas de arroz me parecen preciosos regalos de Dios —dice Theo—. Oooh... ¡Pero es que esas de ahí son gigantes, por Dios! *Ciao! Quanto?*

Una vez, al poco tiempo de vivir juntes, arruiné sin querer una planta de tomillo. Había caramelizado con mucho mimo unas cebollas y unos higos y había preparado una *pâte feuilletée* para hacer una *galette* perfecta, y cuando fui a cortar unas ramitas de tomillo para darle el toque final, tiré la maceta por la ventana. Mientras lloraba la desaparición de mi tomillo, apachurrado sobre la acera, Theo lo sustituía por una cucharada de hojuelas de pimiento rojo sin tener en cuenta para nada mi opinión. Fue algo improvisado y actuó por instinto, y el resultado fue mejor.

Me encantan los ingredientes porque contienen recuerdos. Contienen anécdotas, historias, personalidades... Un durazno conserva el recuerdo de todos los dedos que lo han tocado. El proceso de curado de una vaina de vainilla se prolonga durante meses. A veces, cuando doy el primer bocado a algo, intento nombrar cada ingrediente por separado, encontrar al jardinero que podó el árbol que dio las aceitunas para el aceite que recubre esta sartén específica en esta cocina específica bajo la supervisión de un cocinero específico, que vino a trabajar pensando en la sartén que utilizaba su mamá en casa.

A Theo también le importa todo esto, pero es de las personas que comen, ante todo, por instinto. Entiende los ingredientes como viejos amigos que no necesitan nada cuando vienen. Sabe cuándo poner en práctica sus conocimientos y me recuerda cuándo pensar menos y, simplemente, abrir la boca sin más. Me cuestiona, me sorprende, me desafía. Lo que yo hago es degustar, y Theo consigue que lo haga mejor.

Theo compra un *arancini* del tamaño de una toronja y lo parte por la mitad, salivando al revelar un centro formado por arroz amarillo especiado y ragú oscuro. Cuando le llega a la lengua, cierra los ojos y sus hombros se estremecen de placer.

Casi se lo digo entonces. En mi cabeza está clarísimo: «Estoy enamorado de ti».

El hombre que sumerge pulpos enteros en una enorme tina de agua hirviendo grita a todo pulmón:

—*Polpo, polpo!*

Y ya es tarde, el momento ha pasado.

La segunda vez, casi se me escapa en una carcajada.

Estamos en las escaleras del Teatro Massimo, el edificio de la ópera cercano al centro de la ciudad, haciendo la digestión entre un puesto del mercado y otro. Theo cuenta los escalones, encuentra un lugar y se recuesta todo lo largue que es en uno de los peldaños.

—¿Qué estás haciendo?

—*El Padrino,* tercera parte —dice, como si tuviera que ser algo obvio.

Habla con la vista hacia el cielo, con la cabeza casi apoyada en la superficie de piedra.

—Aquí es donde muere Mary al final.

—Cómo podría olvidarlo. —Me subo y lo miro desde arriba. Se le han resbalado los lentes de sol sobre la frente, y se le ven las pecas en todo su esplendor—. Pues te aviso que a mí Sofia Coppola no me pareció que estuviera tan mal.

—Eso es porque tienes un corazón muy blando y te gustó *Vírgenes suicidas.*

Le tiendo la mano y me dirige esa mirada familiar, los ojos entrecerrados, la boca tensa en las comisuras de los labios, como diciendo: «Si digo algo más, nos dará un ataque y acabaremos muertes de risa les dos». Esa mirada hizo que nuestros profesores dejaran de asignar los asientos de clase por orden alfabético para mantenernos separades.

Me toma de la mano y, en lugar de dejar que le jale hacia arriba para levantarle, tira de mí hacia abajo, a su lado.

A veces, cuando recién me conoce, la gente me toma por una persona seria. Ven a un graduado en Bellas Artes tomando un expreso en una cocina parisina y se imaginan al típico sibarita que solo lee a Nietzsche. No saben lo escandalosa que es mi risa, ni cómo me parto de risa tomándole el pelo a la gente, ni los chistes sucios que Theo y yo nos enseñábamos en élfico para contarlos luego en el festival renacentista cuando teníamos trece años. Es una lástima, porque me gusta eso de mí. Mis partes favoritas de mí son las que hace aflorar Theo, las que se desarrollaron a la par con las suyas.

Casi se lo suelto mientras nos reímos a carcajadas en los escalones. Las piedras reflejan el sol como nos reflejamos le une en el otro, y pienso: «Te quiero».

Y, en ese momento, Theo dice:

—¿Ese tipo de ahí se está atragantando con una salchicha?

—¿Qué? —exclamo.

Resulta que hay un turista en la acera atragantándose con un trozo de salchicha. Nos incorporamos cuando Calum el Rubio entra en acción y realiza una maniobra de Heimlich con pericia hasta salvarlo. La multitud aplaude, y el turista le da a Calum un abrazo agradecido. Es un héroe. Ya no es nuestro momento, sino el de Calum.

—Carajo —dice Theo mientras seis brazos envuelven a Calum por completo: los de Dakota, Montana y el Pelirrojo—. Esta noche seguro coge.

La tercera vez, las palabras se me quedan pegadas en las muelas como una cáscara de naranja confitada.

Escondida en el monasterio, detrás de la Chiesa di Santa Caterina, hay una pequeña *dolcería* que vende dulces elaborados siguiendo las recetas de las monjas. En Venecia descubrí que la mayoría de los dulces más famosos de Italia tienen su origen en las cocinas de los monasterios, donde eran elaborados por monjes y monjas sin más lujos que el azúcar y la harina. Estas monjas hacen los *cannoli* favoritos de Fabrizio de todo Palermo.

En la plaza que está entre la iglesia y el monasterio, toda la gente sigue anonadada con el heroísmo de Calum el Rubio. Theo está ayudando a Montana a arreglar el tirante roto de un vestido con unos seguros y no deja de alternar la mirada entre esta, los Calums, Dakota y viceversa, observándolo todo.

Nuestras miradas se cruzan.

«Estoy recopilando información muy valiosa, tú ve por los *cannoli*, ya después te contaré lo que haya averiguado».

Dentro de la *dolcería*, cada dulce alude a la sencillez de una cocina con solo un puñado de ingredientes y la obsesión de una monja enclaustrada. Pasta de almendra moldeada en forma de concha y rellena de nata y mermelada de chabacano, o esculpida y pintada hasta recrear higos, peras y duraznos de aspecto vívido y realista. Algunos pasteles extravagantes están coronados con volutas de glaseado blanco y montones de fruta azucarada; un cartel anuncia que son el *TRIONFO DI GOLA*, el TRIUNFO DE LA GULA. Dios, ojalá pudiera titular así mis memorias...

Pido *cannoli* para dos, el de Theo con unos trocitos extra de pistache y naranja confitada. Una vez fuera, bajo la fuente de San Domenico, a Theo el tamaño le parece increíble.

—¡Pero si son gigantes! Carajo, parece un burrito... —Toma su *cannolo* sin tener que preguntar cuál es el suyo y luego se fija en la bandeja que llevo en la otra mano—. ¿Qué es eso?

—Te traje otra cosa —digo, enseñándole un bollo redondeado, recubierto de glaseado blanco y coronado con una cereza confitada.

Theo ladea la cabeza.

—¿Se supone que tiene que parecerse a...? —Mira al santo de la fuente y luego susurra—: ¿A una teta?

—Sí, se llaman así: «tetas» de Santa Águeda —digo—. Las vi y supe que tú también tenías que verlas.

—Desde luego que sí —dice Theo, tomando el pastelito alegremente—. Ah, eso me recuerda...

Me informa sobre el estado actual del polígono sexual formado por los Calums, Dakota y Montana, el cual ya se consumó en todos sus lados salvo en el de Calum con Calum, pero la súbita exhibición de las habilidades como salvavidas del Rubio puede estar reavivando una llama nostálgica en el Pelirrojo. Montana y Dakota hacen todo lo posible por alentarlo, porque Montana es una perfeccionista que necesita completar todas sus colecciones. Yo escucho con la boca llena de un mascarpone espeso y azucarado, y me sorprendo animando más que nunca a los Calums. Me parece un desperdicio no haber tenido nunca sexo con la persona que te salvó de las fauces de un tiburón.

Por encima del hombro de Theo, Calum el Pelirrojo arranca con el pulgar un poco de mascarpone de la barbilla del Rubio. Me pregunto si se ha pasado la vida como yo, buscando pequeñas formas de cuidar de la persona que nos salvó cuando éramos jóvenes. Espero que le produzca tanta felicidad como a mí.

—Los *cannoli* están increíbles, por cierto —dice Theo, masticando un poco de naranja—. Eres superbueno en esto de pedir las cosas por mí.

Miro a Theo a los ojos. Tiene que haber detectado la expresión suave de mi rostro, lo dulces que me saben sus palabras al decirme que he sabido cuidar bien de elle. Sus mejillas se tiñen de rosa. Esta ha sido siempre la parte que menos le gusta reconocer, el hecho de que cuidar de elle es algo que quiero hacer y algo que puede permitirse que ocurra.

Ahora no aparta los ojos. Levanta la barbilla y me sostiene la mirada. El momento se cierne sobre nosotres como una red de pesca en el mar.

Voy a decírselo en cuanto encuentre las palabras adecuadas: «Estoy enamorado de ti. Adoro cada parte de amarte, incluso las partes que no crees que mereces. Eres el amor de mi vida».

Empiezo a decir:

—Estoy...

De pronto, le suena el teléfono. Es Sloane, y hace poco que vuelven a hablarse, así que Theo tiene que contestar.

—Por supuesto —digo—. Por supuesto.

La cuarta vez que casi le digo a Theo que le quiero, estamos bajo un cielo cuajado de estrellas.

La Martorana tiene casi mil años y parece un lugar que no pertenece a este mundo. Es un testimonio físico de la historia de la isla, con su fachada barroca española y su campanario románico injertados sobre la cúpula bizantina original y la espléndida yesería mudéjar. En el interior de la basílica, los mosaicos griegos dorados relucen desde el suelo hasta los techos abovedados.

Recuerdo la noche en que Theo y yo fuimos al desierto y me abrazó bajo el remolino de mermelada de moras de la Vía Láctea. Me besó tan hondo como de aquí al cielo, cada punto de contacto con la piel era tan afilado y ardiente como una estrella. Me enseñó la galaxia y me hizo sentirla. Ese es uno de los dones naturales de Theo, la forma en que la belleza se mueve a través de elle como si fuera un vitral. La belleza le ilumina y elle responde transformándola.

Se detiene en esta luminosa iglesia y mira el techo de la nave, que forma un arco hacia arriba en un cielo de azulejos azul oscuro y brillantes estrellas doradas. Otra galaxia para Theo.

Lo que quiero decirle es: «¿Sabes que refractas la luz?». Pero «te quiero» podría acercársele mucho si lo dijera bien, en un susurro cargado de reverencia bajo un cielo de mosaico.

Doy un paso hacia Theo.

Suena una campana; la iglesia está a punto de cerrar.

La quinta vez, acabamos de dar cuenta de una de las comidas más interesantes de nuestra vida.

El primer restaurante de Palermo con una estrella Michelin se encuentra en el interior de los soportales de piedra de lo que antes fue el taller de escultura renacentista de Antonello Gagini. En cierto modo, sigue siendo el taller de un artista: mollejas de ternera glaseadas con naranja sanguina e hinojo confitado, anémona de mar con *ricotta* salada y salsa Choron. ¿Qué es todo eso sino una obra de arte?

Durante la cena, Theo echó un vistazo deprisa a la carta de vinos para meterse al *sommelier* en el bolsillo, apuntando notas e ideas en una servilleta mientras seguía conversando con los suecos. Estaba en plena forma, todo caos e intención, un abordaje agresivo y un resultado digno. Me recordó que Timo aún no tenía su estrella Michelin cuando me fui de California. Theo le ayudó a conseguirla.

Recuerdo lo que dijo en Roma, que aún sueña con el Fairflower. Puede que yo ya no crea en ese sueño para mí, pero… ¿y si es para les dos? ¿Un futuro maravilloso en el que Theo hace lo que mejor sabe hacer y yo hago lo que mejor sé hacer, y descubrimos que los años que hemos vivido por separado hemos aprendido lo que necesitábamos para convertirlo en realidad?

Puede que no hubiera funcionado en aquel entonces, pero tal vez podría funcionar ahora. No sé dónde, ni cuándo. Pero si Theo cree en algo y pone toda la carne en el asador, todo es posible.

Estamos en un callejón junto al restaurante y Theo está charlando alegremente con le mesere en su pausa para fumar mientras yo le miro desde la acera. Theo es… Theo es genial. Me siento tan orgulloso de conocerle, de tener el privilegio de ser importante para una persona como elle… Quiero estar a su lado para siempre. Quiero construir algo con elle, algo nuevo, algo que solo podríamos hacer ahora; quiero inventar ese algo con elle y confiárselo, dejarlo en sus manos.

Vuelve con una bolsa de papel y me la ofrece.

—Parecía que este era tu favorito.

Dentro hay una pequeña porción para llevar de la *panna cotta* de azafrán que comimos como *dolci.* Sé lo que significaba cuando hice esto por Theo en París, con la esperanza de demostrarle que sentía haberle hecho daño, que todavía me importaba y que ahora quería hacer las cosas bien.

Al levantar la vista, me encuentro con la atractiva y resistente figura de Theo acariciándose los mismos nudillos que se magullaba por mí en nuestros años de infancia. Le conozco. Conozco a esta persona mejor que la palma de mi mano, mejor que a Bernini o la Tierra Media o la importancia de una buena mantequilla. Y elle me conoce, y sigue mirándome.

Tiene que ser este el momento, por fin. Aquí, en la esperada Palermo, al final del día, con el estómago lleno. Aquí es a donde nos ha traído todo. Le tomo la mano y entrelazo mis dedos con los suyos con delicadeza.

—Theo…

No me oye. Alguien grita su nombre al mismo tiempo, el doble de fuerte que yo, invitándonos a tomar algo. Theo me mira y sé que quiere ir. Siente demasiada curiosidad por lo que pueda pasar, demasiado miedo de perdérselo.

Separo nuestras manos.

—Vamos.

Saltamos de bar en bar, recorremos todas las terrazas, las barras pegajosas y las pistas de baile, a través de la espesa niebla de la noche siciliana. Tomamos shots de amaro amargo y pedimos negronis con *prosecco.* Sigo esperando otra ocasión, un momento tranquilo con Theo, pero están pasando muchas cosas. Todo sigue estallando a nuestro alrededor, copas que se caen derramando su contenido, besos robados y ascuas encendidas flameando en las puntas de los cigarros.

Perdemos a nuestros amigos en un bar oscuro y abarrotado con música en vivo, una mujer que toca el contrabajo y un hombre que toca el saxofón. Theo sujeta una copa con espinas de pescado dentro y se queja de que mi tolerancia al alcohol no tiene sentido, de que debería estar más borracho. Apenas podemos oírnos, así que nos balanceamos sin pronunciar palabra, empujados por los cuerpos que nos rodean, flotando en una marea incandescente.

El grupo empieza a tocar una nueva canción y reconozco los primeros acordes. Incluso con la letra en italiano, la reconocería en cualquier sitio.

—¿En serio? —grita Theo—. ¿Están cantándola de verdad?

—«Can't Stop Loving You» —le confirmo.

Phil Collins, en un bar de Palermo. Estamos soles elle y yo entre la multitud, mirándonos con los ojos muy abiertos, meciéndonos de forma inverosímil al ritmo de una canción que hemos cantado juntes miles de veces, sin saber que sería la historia de nuestra vida. Nada podría convencerme de que no es una especie de señal.

Theo se inclina hacia mi oído y me dice:

—¿Quieres...?

No consigo oír el final de su frase.

—¿Qué?

Lo intenta de nuevo.

—¿Quieres, por favor...?

—¡No te oigo!

La música cambia, atenuándose hacia el final de la primera estrofa, más sosegada: «I could say that's the way it goes, and I could pretend and you won't know...».

Esta vez, oigo a Theo cuando me mira a los ojos y me dice:

—Bésame.

Es como si se le fuera a romper el corazón, como si estuviera suplicando clemencia por una causa perdida cuando extiende la mano para tocarme la cara.

—Un beso, y te prometo que nunca volveré a pedírtelo —me dice—. Lo superaré algún día, te lo juro, y podremos ser amigues, pero es que... necesito el mejor beso para recordarlo.

La multitud nos empuja hasta juntarnos, y siento como si estuviera en otro lugar, como si estuviera en todas partes, como si todos los corazones de la sala tuvieran que estar sincronizados con el martilleo del mío.

—¿Para recordar qué, Theo?

Y me responde:

—Qué se siente estar enamorade de ti.

La música vuelve a arrancar con el estribillo. A Theo se le cae la copa al suelo cuando tiro de elle hacia mí.

—No puedo creer que lo hayas dicho tú primero —digo gritando, por encima de la música.

Separa los labios.

—¿Es que... tú...?

—Nunca dejé de quererte —le digo al fin—. Theo, nunca dejé de quererte.

Cuando sonríe, el cielo se llena de oro, las colinas verdes se despliegan en el horizonte, hay un país de infinitas posibilidades, se siente el alivio de doblar la última curva antes de llegar a casa. Le tomo por la cintura y le beso con todo mi ser, con todo lo que hemos ido creando en común, mi boca en su boca como si las hubiéramos esculpido con nuestras propias manos para este instante, y Theo me sujeta la cara entre sus manos y me devuelve el beso, intenso y seguro.

Y lo entiendo, al fin, en el calor abrasador de su boca. Me quiere. Y yo le quiero. Así de sencillo, sin más.

Nos quedaban dos reglas: ni besos, ni penetración.

Empezamos con los besos.

Nos besamos en la calle atestada de gente enfrente del bar, una de las docenas de parejas que se empujan contra las rugosas paredes de piedra bajo las guirnaldas de luces encendidas, con la lengua de Theo en mi boca y mis manos en su pelo. Nos besamos en el camino de vuelta al hostal, con mi labio atrapado entre los dientes de Theo. Nos besamos en la escalera que lleva a nuestras habitaciones y, de nuevo, en el pasillo estrecho y húmedo, jadeando con la boca lánguida, con las manos en todas partes. Nos besamos como si acabáramos de inventarlo, como si todo lo demás que hemos hecho desde que llegamos a Italia fuera casto y esto sí fuera sexo de verdad.

Empujo a Theo hasta la puerta de mi habitación y me relamo en su boca, tragándome sus gemidos como *vin santo*, pesados, dulces y persistentes.

—Ya que estamos en plan sincero —digo sin aliento, apartándome lo justo para poder sacar la llave de la habitación—, quiero que me cojas.

—Estaba a punto de decirte lo mismo —replica Theo entre jadeos.

Acto seguido, entramos tropezando en la habitación, forcejeando contra la pared, quitándonos la ropa a desgarrones. Me paro un momento a dar las gracias a Italia por habernos inspirado a no abrocharnos todos los botones de la camisa, porque en cuestión de segundos ya nos deshicimos de ellas, nos las hemos quitado para poder apretarnos pecho con pecho, piel con piel, deslizando unos labios húmedos y crudos en otro arrebato de besos furiosos. Consigo de milagro desabrochar los shorts de Theo sin mirar, y Theo me afloja los cordones, y entonces nos quedamos prácticamente desnudes.

Por un momento nos miramos a los ojos y permanecemos inmóviles bajo el resplandor ambarino de la noche de Palermo que se cuela a través de la ventana, nos paralizamos bajo la intensidad de la atención mutua.

Y, en ese momento, Theo sonríe y es lo más bonito que he visto en todo el viaje.

—Es muy raro cuando pones esa cara tan seria —dice.

—Tú también.

—Tipo, ¿quiénes somos?

Me río, y digo, porque puedo:

—Te quiero.

—Te quiero —contesta Theo. Me quiere.

Se agacha para rebuscar en sus shorts en el suelo y saca algo brillante y dorado del bolsillo; cuando creo que es uno de esos putos condones JEANS de anoche, veo que en vez de eso me da una moneda de un euro.

—¿Lo echamos a cara o cruz?

Cuando estábamos juntes, así era como decidíamos quién se cogía a quién cuando les dos queríamos lo mismo. Si salía cara, le tocaba a Theo; si salía cruz, me tocaba a mí.

Lanzo la moneda al otro lado de la habitación.

—Lo quiero todo.

Se le ensombrece la mirada.

—¿Todo?

—Todo.

Me jala por el ángulo de la mandíbula, me marca la boca con un beso y luego me empuja encima de la cama.

Veo trabajar su cerebro por detrás de las pupilas dilatadas, elaborando una estrategia, haciendo planes para mí. Yo ya tenía una erección, pero que me mire así es demasiado.

—En cuatro patas.

Un cálido escalofrío me recorre el cuerpo y hago lo que me dice. Theo se sube a la cama detrás de mí, acaba de desnudarme y pasa directamente a la acción con su boca.

Hace tiempo que creo que el hecho de que te coma Theo Flowerday basta para que cualquiera entienda por qué los escritores de novela erótica a lo largo de la historia llamaban «crisis» a un orgasmo. La dedicación, la destreza, la resistencia, el entusiasmo totalmente desinhibido, el control de la respiración de les nadadores… me prodiga todo eso, me tantea, me provoca y me presiona con la lengua hasta que gimo y me hundo sobre los codos, separando las piernas y girando las caderas.

—Así, muy bien —dice, con un aliento sorprendentemente fresco sobre la piel húmeda. Dejo escapar otro gemido—. Te estás portando muy bien. ¿Quieres más?

—Por favor… —digo, con la voz quebrada ya del todo. Acabamos de empezar.

Le indico a Theo dónde encontrar el lubricante de mi bolsa y observo por encima del hombro cómo se lubrica los dedos con la confianza de la experiencia. Me doy cuenta de que Theo ha cogido mucho desde la última vez que lo hizo conmigo y, conociéndole, habrá aprendido un millón de nuevas formas de hacerlo bien. Ya era el mejor sexo de mi vida, pero es que ahora puede ser incluso mejor.

Esta noche puedo acabar como Rafael, en esta cama de hostal. Theo podría matarme.

Me abre con delicadeza y parsimonia. No he dejado que nadie me penetre así desde que me fui, pero Theo es paciente, como prometió. Me besa la parte baja de la espalda y se abre paso dentro de mí hasta que la tensión se transforma en placer en lugar de dolor, y luego en algo más allá del placer, en una plenitud abrumadora, como si por fin me hubieran devuelto una parte que me faltaba. Y entonces las yemas de sus dedos rozan ese cúmulo de terminaciones nerviosas en mi interior.

—Carajo —exclamo entre jadeos, con la espalda arqueada por el impacto de la sensación. Theo sonríe sobre mi piel.

—Justo donde lo dejé.

—Más. Por favor.

Vuelve a empujar, rozando el mismo punto, y dejo escapar un sonido entrecortado. Mis hombros ceden al fin. Me retuerzo para colocarme una almohada debajo, acomodando la barbilla en el hombro, tratando desesperadamente de ver a Theo levantarse en equilibrio sobre sus rodillas y situar las caderas detrás de mí. Tiene los dedos hundidos tan adentro que me aprieta el culo con la palma de la mano y, cuando nos miramos a los ojos, me envuelve con la mano izquierda y —carajo, Dios...— cierra el puño.

—Voy a cogerte así —me dice Theo, con voz áspera, pero decidida—. Y justo cuando estés a punto de venirte, quiero que me lo digas. Entonces cambiamos, y me coges hasta que terminemos les dos, ¿de acuerdo?

—Sí —acierto a decir—. Carajo, sí, eso suena perfecto. Eso es lo que quiero.

—Hasta entonces —dice Theo—, quiero que te portes bien y lo recibas todo.

—Sí —digo, más cachondo de lo que he estado en toda mi vida—. Sí.

Apoya la pelvis en el dorso de su propia mano y me coge justo como dijo que lo haría, impulsándose con el constante e implacable balanceo de sus caderas para guiar los dedos hacia dentro y hacia fuera, deslizando las yemas de los dedos sobre ese punto sensible de mi interior. Su otra mano sigue el ritmo, de manera que cada vez que empuja hacia dentro, sus caderas me empujan hacia el apretado círculo de su puño. Tenía razón: nunca me habían cogido así, nunca me habían dejado clavado entre dos puntos de placer y me habían retenido ahí con todas sus fuerzas. Theo es más fuerte y más segure que nadie, y me siento increíblemente bien ahí debajo de elle.

—Dios... —gime Theo—. A veces eres un putón.

El corazón se me sube a la garganta y se me escapa un sonido débil y agradecido.

—¿Te gusta? —me pregunta—. ¿Te gusta que te llame así?

—Sí, sí... carajo, me encanta... Es... Es como un elogio.

—Es que lo es —dice con la parte más grave y suave de su voz—. Eres tan bueno... Tan tierno... Un putón perfecto para mí.

Dejo la boca entreabierta para que pueda cogerme con todo el repertorio de sonidos que quiera arrancarme de la boca, apoyando una de las manos en la cabecera para que entre mejor. Esto es increíble, me gusta tanto... Es increíble estar con Theo, estar en casa y en buenas manos. El pensamiento complejo se evapora en el firmamento refulgente, y muy por debajo, muerdo la almohada y solo quiero cosas muy sencillas: que me abrace y me coja y me diga que soy guapo, que soy bueno para la persona que quiero.

—Theo —tartamudeo, conteniéndome a duras penas—. Theo, estoy a punto.

—¿Sí?

Lo último que mi cuerpo desea es que Theo deje de acariciarme, pero encuentro la entereza para meterme la mano entre las piernas y apartar la suya, deslizándola por la humedad que he estado derramando constantemente sobre las sábanas.

—Sí.

De repente, las manos y el cuerpo de Theo me abandonan.

Las partes de mí que se habían vuelto dúctiles, derritiéndose, se enfrían al instante como la roca volcánica. Tengo el pito duro de pura necesidad, de pura intensidad, de puro deseo irrefrenable de liberar todo lo que he llevado encerrado dentro de mí durante mucho más tiempo del que llevamos en esta cama. Recobro el dominio de mí mismo con la intención de usar mi fuerza. Ahora quiero ser yo quien dé. Quiero oír a Theo suplicarme como yo le he estado suplicando hasta hace un momento, quiero...

Noto que algo me golpea ligeramente en un lado de la cara.

Pestañeo y bajo la mirada. Es un condón. En la envoltura de aluminio se lee: JEANS.

—Creí… creí que no nos habíamos quedado ninguno de esos.

Me volteo y veo a Theo sin ropa sobre las sábanas, recostade sobre los codos con una rodilla doblada, con las mejillas pecosas enrojecidas por el esfuerzo y con un halo de sudor en la frente. Sonríe con satisfacción por su rendimiento y ejecución hasta el momento y por su cómico sentido de la oportunidad, ahora.

—Fabrizio me pasó uno antes de irnos —dice—. Vamos, quiero verte.

En un segundo, me planto en el suelo y le arrastro a los pies de la cama, sujetándole por los tobillos, mientras suelta un gritito de sorpresa.

—¿Te referías a esto con lo del sexo duro?

—Sí —digo, poniéndome entre sus piernas y jalando a elle hacia mí de manera que sus caderas están prácticamente en el borde—. Ven aquí.

—*Zut alors*, ahora me siento como un saco de harina… Puta madre…

Le interrumpo tocándole sin más preámbulos, dibujando un círculo directo y delicado a la vez con la yema del pulgar, como a elle le gusta, como hice con aquel durazno en Mónaco. Contengo una grosería al comprobar lo increíblemente mojade que está, a pesar de que es la primera vez que le toco esta noche. Toda la humedad, todo este abandono deshecho en mis dedos… todo se debe a lo mucho que ha disfrutado cogerme. Cuando me doy cuenta, ya estoy arrodillándome, en parte con un hambre voraz, en parte con súplica.

—¿Qué estás haciendo? —me exige, mirándome mientras se apuntala sobre los codos—. Se supone que tienes que cogerme.

—Déjame saborearte —le digo—. Por favor. —Y Dios sabe que Theo es incapaz de negarme el alimento.

Me lleno la boca con ese sabor agridulce suyo, innato y vital, me meto entre sus labios y los saboreo. Mi lengua se sumerge un instante, relamiéndose —Theo gime—, y decido que ya tengo suficiente para satisfacer mi ansia.

—Gracias —digo, encantado al ver el pliegue de fastidio entre sus cejas mientras me levanto. Le agarro las caderas, sin llegar a apretar donde quiere que lo haga—. ¿Quieres que siga?

—Puto calientahuevos… —se queja. Mi corazón se llena de regocijo—. Haz algo, por favor… lo que sea…

—Lo haré, si te portas bien como una buena… —Hago una pausa—. ¿Cómo debo llamarte?

Theo pestañea, como si acabara de pedirle que resuelva tres acertijos en plena cogida.

—Sobre todo, no me llames «chica».

—No, de acuerdo. ¿Y «chico»?

—A veces —dice Theo. Baja la mirada hasta el punto en que nuestros cuerpos casi se encuentran, mordiéndose el labio al ver la imagen—. Podría ponerme en plan pasivo, si quieres —dice con voz grave y entrecortada.

Mi cuerpo responde por mí, con visible entusiasmo.

—¿Sí? —exclamo sin resuello—. ¿Y quieres que yo me ponga en plan activo?

Theo levanta la vista con los ojos muy abiertos, con un brillo nuevo y salvaje en ellos. Asiente rápido y enérgicamente.

Le acerco la envoltura del condón al labio inferior.

—Entonces pórtate bien y haz lo que yo te diga.

Sin más instrucciones, lo abre con los dientes.

Cuando estoy listo, llevo mis manos a la parte posterior de sus muslos, empujándole las rodillas hacia el pecho, y enseguida lo capta también. Un rubor de vulnerabilidad se le derrama como el vino por la garganta, pero no aparta la vista. Me sostiene la mirada y se abre para mí.

—Así, perfecto —digo, tomándole por la cintura, con voz trémula—. Dios, te adoro, maldita sea…

La facilidad del primer embate nos arranca un grito ahogado a les dos, como si su cuerpo hubiera reservado un espacio solo para mí. Un solo movimiento con las caderas y me hundo hasta el fondo, y estamos allí juntes, fluides, envolventes y, sobre todo, en territorio conocido.

—Cógeme —me suplica Theo. Así que eso es lo que hago.

Como acompañamiento de las embestidas furiosas, desesperadas y profundas, los sonidos de nuestros cuerpos inundan nuestra pequeña habitación en penumbra. Theo es todo un espectáculo. Levanta la cabeza para mirar hasta donde le alcanza la vista, con los músculos abdominales temblando por el esfuerzo, mordiéndose el labio con los dientes, con el pelo rebotándole en la frente. Cuando se desploma sobre la cama, cae de espaldas en gloriosa rendición. Apenas controlo mi cuerpo, pero estoy completamente inmerso en él, consciente de cada terminación nerviosa, de cada roce electrizante, de todo en absoluto.

Siempre me ha maravillado lo parecidos que eran nuestros cuerpos, que tuviéramos casi exactamente la misma altura y tamaño, como si estuviéramos tan conectados que, al crecer, éramos un espejo en el cual ver nuestro propio reflejo. Me maravillaba lo fácil que era tocarme y fingir que tocaba a Theo, cómo teníamos el mismo apetito insaciable. Y en esta cama, en nuestros cuerpos, me siento abrumado al comprender que nunca hemos dejado de reflejarnos mutuamente. Nos hemos convertido en una combinación perfecta, dos amantes con la misma capacidad y el mismo deseo de coger y ser cogidos.

Me subo a la cama y agarro una pierna de Theo para mantenérsela abierta mientras se funden nuestras bocas.

—Te quiero —le digo, temblando de pies a cabeza, con nuestras caras lo bastante cerca como para compartir la misma respiración.

Me rodea el cuello con los brazos y presiona la frente contra la mía.

—Te quiero —responde—. Te quiero tanto, maldita sea…

Eso es lo único que me hace falta para llegar al clímax. Me contengo el tiempo suficiente para ver cómo abre la boca al alcanzar la primera convulsión, y luego me veo arrastrado mar adentro con elle, sumergido en el férreo abrazo de Theo, con lágrimas abrasadoras en los ojos. Nunca me había venido así. Nunca me había sentido tan agradecido por nada. Nunca he amado a Theo tanto como en este momento.

El amor echó raíces en mí antes incluso de que supiera su nombre, y me he sentado a su sombra durante mucho tiempo sin comer su fruto. Ahora es como si al fin hubiera tomado un pedazo en mis manos y lo hubiera partido. Y es tan dulce por dentro…

También ácido, un poco verde aún… pero tan tan dulce…

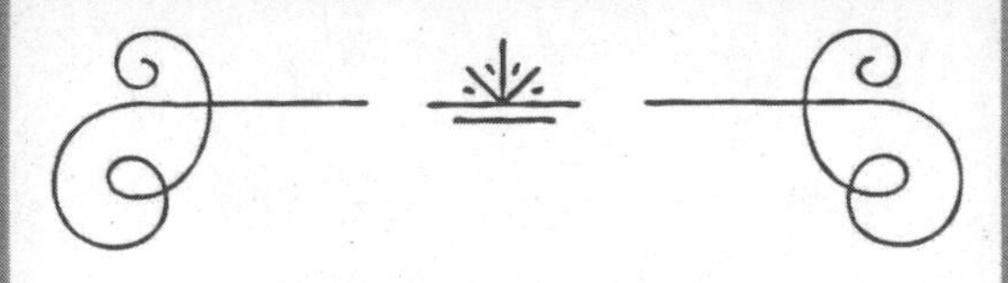

PALERMO (SEGUNDO DÍA)

COMBINA CON:

Granita y brioche, whisky de catorce años.

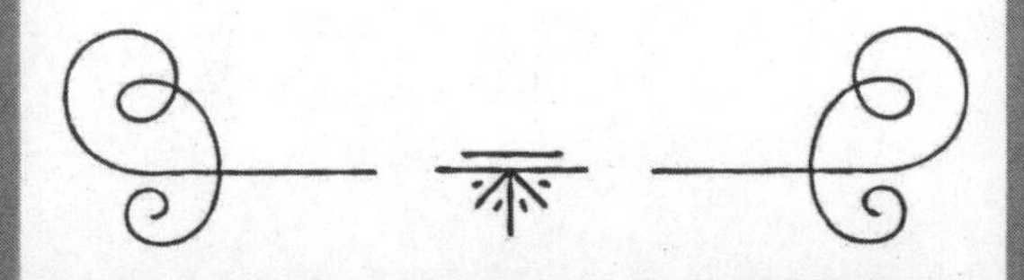

Cuando llegamos a Sicilia, Fabrizio nos contó el mito de su creación. Tres ninfas recorrían la Tierra danzando, recogiendo lo mejor de cada elemento: el suelo más fértil y la flora más fragante, la fruta más madura y las piedras más lisas. Se encontraron en la parte más azul del Mediterráneo, donde el cielo era más brillante, y se pusieron a bailar allí, arrojaron sus tesoros al mar y fue así como se formó la isla.

Mientras camino con Theo hacia la estación de Palermo Centrale bajo la luz de una cálida mañana siciliana, compartiendo una *granita di caffè* con una sola cuchara, pienso que tiene que ser verdad.

Es el último día del tour y el broche de oro es una excursión a Favignana, una de las pequeñas islas de la costa noroeste de Sicilia. Nos reunimos con el grupo en la entrada de la estación de tren, con los boletos con destino al puerto de Trapani, donde tomaremos un barco hasta la isla. Montana nos saluda con la mano al vernos, con sus lentes de sol glamurosos centelleando bajo el sol.

—¡Eh, anoche los perdimos! —dice—. ¿Dónde se metieron?

Theo y yo nos miramos sin poder disimular la risa. Montana dirige la mirada a nuestras manos, con los dedos entrelazados.

—¡Ay, Dios! ¡No puede ser! —exclama—. ¡Guau! ¡Me alegro un montón por ustedes!

Theo arquea una ceja con expresión sorprendida.

—¿En serio?

—Pues claro. Todo el mundo sabe que están locamente enamorados el uno del otro.

—¿Ah… ah, sí?

—Sí, Calum y Calum siempre están hablando de las ganas que tienen de que se den cuenta de una vez —continúa, como si fuera *vox populi*—. ¡Ko, ven a ver esto!

Dakota se acerca, nos mira las manos y dice, simple y llanamente:

—Me matan.

Para cuando nuestro tren llega a Trapani, parece que todo el grupo se ha enterado ya de que volvemos a estar juntes. Nos paramos delante de una *gelateria* frente al muelle, comemos burbujas de brioche fresco relleno de helado y observamos con perplejidad cómo la gente finge no estar mirándonos. Los suecos chismean en sueco acelerado, la pareja de recién casados que dieron indicaciones a Theo en Chianti también está cuchicheando, e incluso Stig parece fascinado con nuestra saga.

—¿Somos… les famosetes del tour? —me pregunta Theo.

Sacudo la cabeza, asombrado.

—Creo que somos sus Calums.

—¿Y por qué no les obsequiamos el espectáculo que están esperando?

Me agacho y le doy a Theo un beso contundente e intenso. Sabe a café, pistache y filtro solar, como el amor de mi vida.

A bordo del ferri, Theo y yo encontramos un rincón en la popa del barco y vemos Trapani encogerse a lo lejos mientras la inmensidad de agua azul se va extendiendo cada vez más. Nos inclinamos de lado a lado, soportando nuestro peso mutuo, con el viento azotándonos el pelo en un remolino de color café y rosa dorado. El sol nos acaricia los hombros.

Cierro los ojos y me empapo de la brisa del mar, como si pudiera llevar este momento en mi cuerpo para siempre.

—Trajiste lo tuyo, ¿verdad? —dice Theo.

Abro la cremallera de mi bolsa y le enseño lo que prometí llevarme a Favignana: el sobre que contiene la carta que no llegué a enviar hace cuatro años, la que pensaba arrojar al mar el último día de mi viaje en solitario.

Por su parte, Theo abre su cangurera para enseñarme su propio cargamento, el que había prometido traer también: la botellita de whisky de aniversario.

—*Amici!* —La voz de Fabrizio resuena cálida a nuestra espalda. Nos damos la vuelta y lo encontramos abriéndose paso a través de un grupo de pasajeros con los brazos abiertos—. ¿Es verdad lo que oigo? ¿Por fin están juntos?

Theo me lanza una sonrisita cómplice y eso es respuesta suficiente para Fabrizio. Nos toma en brazos y nos planta tremendos besos de felicitación en las mejillas. Promete pedir más *prosecco* para la cena de esta noche y se va corriendo, loco de alegría por ser testigo del renacer de un romance.

Theo se toca la mejilla, sin dejar de sonreír.

—No tengo valor para decírselo.

—Yo tampoco —respondo—. No creo que tenga por qué saberlo.

Anoche, después de asearnos y volver a compartir cama, no pudimos conciliar el sueño. Estábamos demasiado desbordades de excitación, aún con el subidón de adrenalina, demasiado anhelantes de caricias postergadas, ansioses por decirnos todo lo que nos queríamos decir. Theo quería ver mis libretas de dibujo, así que las saqué y fui hojeándolas con elle detrás de mí, dejándome un reguero de besos sobre la espalda desnuda.

Al llegar a la parte superior de mi hombro, se detuvo.

—Oh.

No me di cuenta de que había llegado a mi tatuaje hasta que pasó el dedo por encima.

—«Supera todas las joyas» —dijo en voz baja—. Acabo de recordar por qué lo sé.

Cuando me volteé hacia Theo, vi lágrimas en sus ojos.

Y, de repente, estábamos en otra cama. No éramos dos personas adultas que habían vuelto a encontrarse, sino dos niños con los ojos muy abiertos en un dormitorio con estrellas en el techo, durante el peor verano de mi vida.

Sucedió de una forma que creo que a mi mamá le habría encantado. Casi como en un cuento de hadas; una maldición de silencio en un jardín encantado, un sueño eterno. Durante mucho tiempo me aferré a esa idea para que su muerte no pareciera un sinsentido tan cruel, pero en realidad, solo fue un simple y estúpido accidente. Estando en el invernadero, se resbaló y se dio un golpe en la cabeza. Se fue a dormir convencida de que no era nada grave, pero nunca llegó a despertarse. No sufrió ninguna enfermedad, ningún suceso terrible. Un día estaba allí y al día siguiente ya no estaba, y la vida tal y como yo la conocía desapareció con ella.

Yo tenía trece años. Ollie tenía dieciséis y Cora diez. Ninguno de los tres sabíamos qué hacer, ni siquiera papá; sobre todo, papá. Pero Theo, de alguna manera, sí lo sabía.

Su relación con nuestra familia era lo bastante íntima como para saber lo que necesitaba cada uno de nosotros y, a la vez, lo bastante alejada como para hacer las cosas que ninguno de nosotros podía hacer. Se pasó todo el verano recorriendo en *scooter* tres kilómetros de ida y otros tres de vuelta desde su casa hasta la mía. Nos preguntaba cuáles eran nuestros platos favoritos, escribía listas de ingredientes y asignaba a Ollie la tarea de hacer el súper. Sabía que a mí me encantaba la repostería y que a Cora le encantaban los pasteles, pero que no podía recurrir a las recetas de Maman en ese momento, así que sacaba en préstamo libros de cocina de la biblioteca y robaba números de la revista *Good Housekeeping* del supermercado. Y cuando yo estaba varios días sin poder conciliar el sueño, se metía en la cama conmigo y me leía en voz alta mi libro favorito, *El Silmarillion.*

—Maman me lo leyó cuando tenía seis años —le dije entonces.

—¿En francés, no? —me preguntó Theo de esa forma tan sencilla y directa suya—. Bueno, pues yo te lo estoy leyendo en inglés, así que es diferente.

Para entonces, hacía años que sabía que amaba a Theo. Pero en mi cama en el desierto aquel verano impensable, supe que, pasara lo que pasara entre nosotros cuando fuéramos grandes, siempre sería la persona que había hecho aquello por mí. Eso siempre importaría más que cualquier otra cosa.

Nunca encontré palabras para decirle lo que significaba aquello para mí, pero cuando Theo cumplió trece años aquel otoño, intenté plasmarlo en una tarjeta de felicitación. En el reverso, escribí unas frases de mi capítulo favorito de *El Silmarillion*: la historia del hombre mortal Beren y la princesa elfa Lúthien. Después de largos y duros años en tierras salvajes, Beren vio a Lúthien bailando en los claros de Doriath bajo la luz de la luna y se enamoró de ella.

Escribí para Theo una frase del discurso de Beren al papá de Lúthien, el rey: «Y he hallado aquí lo que no buscaba, pero que ahora deseo tener para siempre. Porque está por encima de la plata y el oro, y supera todas las joyas».

Nunca se lo dije a Theo, pero estuve varios años dándole vueltas a la idea de tatuarme esas últimas palabras. Finalmente, lo hice un año después de nuestra ruptura. Todavía quería hacerme el tatuaje. Aún significaba algo para mí. Había tenido la fortuna de ser amado hasta el fondo de mi alma dos veces en mi vida, y aunque esas dos personas ya no me acompañaran, el amor había estado ahí. Seguía ahí, en la manera en que me había dado forma como persona.

Cuando Theo tocó el tatuaje en el mar cerca de San Juan de Luz, pensé que lo había deducido. No sabría decir si me sentía decepcionado o aliviado de que no lo hubiera hecho. Pero anoche, cuando lo reconoció, cuando esas palabras me recordaron lo que significaba para mí, le miré a los ojos y lo supe. Simplemente lo supe.

—Te quiero más que a nada en el mundo —le dije—. Pero no puedo seguir adelante con esto.

Era lo último que quería decir, pero también lo único que podía decir. Ya había perdido a Theo una vez por perseguir un sueño sin tener en cuenta el precio a pagar. No puedo volver a correr ese riesgo, ni siquiera si el sueño es elle.

El problema es que no puedo prometer que no repetiré los mismos errores. No puedo saber si esto terminará, ni cuándo, ni cómo, y no sé si podríamos recuperar después nuestra amistad si así fuera. De modo que, si hay, aunque solo sea una posibilidad de que algún día no pueda volver a verle, y si puedo cambiar ese destino ahora mismo por el simple hecho de no correr ese riesgo, entonces yo me bajo aquí. Firmo ya mismo.

Permaneció en silencio durante un largo rato, con la mejilla apoyada en mi omóplato.

—Yo tampoco puedo —dijo al fin.

Vivimos en continentes diferentes, dijo. Tenemos vidas diferentes.

Una de las verdades fundamentales de Theo es que, el noventa y nueve por ciento de las veces, sacrificará lo que quiere para proteger lo que tiene. Nuestra amistad es algo seguro, y Theo elegiría esa seguridad por encima de cualquier otra cosa.

—Pero aún te amo —me dijo.

—Sí —convine yo—. Aún te amo.

Nos besamos, lloramos y nos dijimos que estábamos haciendo lo correcto. Que esa era la clase de decisiones dolorosas que las personas adultas aprendemos a tomar para conservar algo para siempre. Que dejará de doler tanto algún día y entonces agradeceremos haberlo hecho.

—¿Y ahora qué? —preguntó entonces Theo.

Estaba tan arrebatadoramente espectacular en ese momento, con el pelo revuelto, los chupetones en las clavículas y los ojos húmedos y enrojecidos… Tenía que decirle adiós. Pero pensé que algo así merecía una despedida de verdad.

—¿Y si estamos juntes el último día —dije—, solo para ver cómo es?

—¿Nos conseguiste un barco?

—A ver —dice Theo, mirando la embarcación desde el muelle, con las manos en las caderas como un capitán vigilando su navío—, técnicamente, es un bote.

Contemplo con arrobo el barquito que flota en las aguas cristalinas que rodean Favignana. Sus costados redondeados e inflables brillan al sol como el merengue italiano. Tiene dos filas horizontales de bancos y un motor adorablemente pequeño en la parte trasera, y gracias a Theo, es nuestro por unas horas.

—Nos conseguiste un barco.

Theo salta a la cubierta del bote con decisión. El líquido de los bocadillos que llevo en la mano empieza a gotear a través del papel encerado y a resbalarme por las muñecas, pero casi no me doy ni cuenta.

—Me dijiste: «Ve por unos bocadillos, yo iré a buscar algo de beber», y resulta que volviste con un bote.

—¡Ah, también traje bebidas! —Saca una bolsa del súper de debajo de un banco y me enseña una botella húmeda de vino blanco—. Ya no está tan frío, pero es bueno.

—Theo, ¿se puede saber cómo…?

—Le caí bien a un tipo de la enoteca, no te preocupes —dice sin darle mayor importancia, como si engatusar a un desconocido para que te preste un barco en una remota isla mediterránea fuera algo que pudiera hacer cualquiera—. Vamos, solo nos lo prestan dos horas. Pásame los bocadillos y sube.

Cuando tenía dieciséis años y vivía en Nueva York, envidiaba a todas las personas del valle que podían ser testigos de la carrera de Theo como rey de las fiestas en casa. Yo quería ver a Theo así, pavoneándose por la habitación como un James Dean juvenil, conjurando mágicamente el objeto del deseo de cualquiera. Dudaba de si volvería a ver alguna vez el regreso de ese Theo, hasta ahora.

—Puto James Dean —me digo en voz baja, y hago lo que dice Theo.

Todos los lugares en los que hemos parado en este tour han sido excepcionales, pero Favignana no se parece a ningún otro lugar. La isla está formada por unas rocas beige blanqueadas por el sol, de un color tan uniforme que incluso las casas achaparradas que bordean sus calles tienen el mismo tono de color cascarón de huevo. Aquí las playas son tranquilas, bolsas naturales de arena blanca entre escarpadas orillas rocosas y algún que otro matojo de hierba verde amarillenta. Y el agua… el agua es tan clara y cristalina que es como si los barcos flotaran en el aire por arte de magia.

Como la isla es demasiado pequeña para perderse, tenemos tiempo para explorarla por nuestra cuenta. Theo y yo ya hemos recorrido la mayor parte de las carreteras polvorientas yendo de la mano, pasando por casas con todas las ventanas y puertas pintadas de un tono idéntico de azul marino, por terrazas repletas de macetas de cactus donde las mujeres mayores cuelgan sábanas en los tendederos y los hombres limpian mejillones. Finalmente, encontramos el camino de vuelta a la playa, donde nos separamos para comer.

Lo admito, fui un poco engreído con la comida. Cerca de una caleta, encontré una camioneta amarilla que vendía pescado fresco y pedí dos bocadillos gigantes rellenos de kebab de atún y tomate, empapados de *agrodolce* de cebolla y rociados con limón entre dos rebanadas de pan con aceite y aliño de hierbas. Huelen increíble, pero es innegable que no tienen nada que hacer comparados con un barco. Esta vez Theo ganó.

Una vez a bordo, le pregunto:

—¿Tú sabes manejar este cacharro?

Theo se encoge de hombros y agarra la palanca con mano segura.

—Seguro que enseguida le entiendo. Soy el Cazador de Cocodrilos.

—¿El qué? —pregunto, pero el ruido del motor sofoca mis palabras.

Como ocurre con casi todo lo que Theo se propone, solo necesita unos minutos de ensayo y error para agarrarle el modo. No tardamos en desplazarnos como si nada por la bahía turquesa, siguiendo la curva de la isla.

Intento por todos los medios no pensar en que mañana a estas horas estaré de camino a París, en que ya nos habremos separado y no sé cuándo volveré a ver a Theo. En lugar de eso, memorizo cada detalle de este preciso instante: la luz del sol sobre las olas, el zumbido del motor y de las ráfagas de viento, los peces plateados moviéndose como flechas por debajo de nosotros. Theo, con su polvareda de pecas, el pelo al viento, la sonrisa radiante.

Guía la embarcación de forma que nos adentramos en una caleta aislada entre sinuosas paredes de roca escarpadas y echa el ancla. Nos quedamos fondeando allí, comiendo y bebiendo por turnos de la botella.

—Carajo… —exclama Theo con un gemido mientras mastica—. ¿Cómo es posible que este sea el mejor sándwich que haya comido en mi vida?

—Tengo una teoría sobre eso —digo—. Yo lo llamo el «sándwich contextual».

—¿El «sándwich contextual»?

—Sí —contesto—. A veces, en cuestión de bocadillos, un sándwich perfecto no es solo un tema del sándwich en sí, sino del entorno. De la experiencia de comer el sándwich. El contexto puede elevar un buen sándwich a la categoría de experiencia religiosa.

—Te sigo —dice Theo, asintiendo con aire reflexivo—. Creo que es eso y también el *agrodolce* de cebolla.

—El *agrodolce* de cebolla lo es todo —reconozco—. Me dan ganas de hacerle un hijo.

—¡Ah! —Theo se levanta de golpe, rebosante de inspiración—. *Agrodolce* de cebolla, al vuelo.

—Bueno, lo acabo de decir, tomaría el *agrodolce* de cebolla y le haría un hijo.

—Algo que se pueda comer, Kit.

—¿Y por qué no un bebé? Como Saturno devorando a su hijo.

—Kit devorando a su bebé cebolla —fantasea Theo—. Ya estoy viendo el cuadro.

—Los historiadores del arte lo odian.

—Con toda la razón.

—Pero en realidad…: —Mastico y trago otro bocado, sopesando la pregunta—. Creo que haría algo sencillo. Lo hornearía con una buena *focaccia.* Dejaría que surtiera su efecto sexi sin más.

—Mmm. La *focaccia* tiene mucho aceite de oliva, ¿verdad?

—Efectivamente.

—De acuerdo, pues yo tomaré el aceite de oliva y lo emulsionaré con una clara de huevo —dice Theo—. Le añadiré jugo de limón, jarabe de albahaca, Gin Mare y un poco de agua con gas. Un gin fizz mediterráneo.

Imagino una mesa de bistró en algún lugar cerca del mar y, encima de la mesa, ambas cosas: un cuadrado de *focaccia* con cebolla agridulce en un plato despostillado, un vaso de jugo con gin fizz y una sola hoja de albahaca fresca traída de un huerto de Cinque Terre. Me doy cuenta de que no quiero pensar en el siguiente platillo; quiero sentarme aquí con esta combinación tan ideal.

—¿Has pensado alguna vez —le pregunto a Theo— en lo increíble que es que una bebida o un plato de comida puedan ser muy buenos por separado, pero que, si los combinas de la forma adecuada, se conviertan en toda una experiencia?

—Bueno, sí —dice Theo tomando un trago de vino—. Ese es el trabajo de un *sommelier*.

—Ah. Claro, es ese, ¿no? El trabajo de un creador de experiencias.

—Sí soy —dice Theo, con un leve tono de orgullo. Me encanta ver eso—. Creo que eso es lo que más me gusta de todo lo que hago, el bar ambulante en la camioneta o lo de *sommelier* o lo que sea. Me gusta crear una experiencia. Me gusta probar y oler y sentir cosas, y escuchar lo que es importante para alguien, y luego intentar destilar todo eso en una copa.

—¿Qué te pareció el maridaje de aquella primera cena en París?

—Huy, maldita sea. Eso fue toda una inspiración. ¿El Châteauneuf-du-Pape con el *gigot d'agneau*? —Lanza un gemido al recordarlo—. Sinceramente, puede que esa haya sido mi comida favorita de todo el viaje.

—¿En serio? Hemos comido tantos platos increíbles desde entonces…

—Lo sé. O tal vez sea que siento debilidad por la comida francesa y ya.

—¿Ah, sí? —le digo sonriendo—. ¿Por alguna razón en particular?

Estoy coqueteando, preparándole el terreno para que haga un chiste fácil y guarro sobre cómo los franceses tienen sexo oral con más facilidad, pero Theo contesta sin rodeos:

—Probablemente porque estoy enamorade de ti.

Lo dijimos muchas veces anoche, pero se me acelera el corazón de todos modos.

—¿Y tú? —pregunta Theo—. ¿Cuál ha sido tu plato favorito del tour?

Lo pienso unos minutos.

—Quizá la cena en el restaurante de la familia de Fabrizio en Nápoles. Ese ragú… Dios…

—Oooh, esa estuvo muy bien —conviene Theo—. Sin embargo, creo que mi bebida favorita tal vez fuera el pomerol que tomamos en el castillo de Burdeos.

Sonrío con expresión de afecto.

—Ah, Florian…

—Ah, Florian… —repite Theo.

—Dime la verdad: ¿estuvo mejor que yo?

—Mejor, no —dice Theo con justicia—. Pero se portó como un campeón.

—Quizá vuelva a Burdeos algún día.

—Envíame un video si vuelves.

—Se lo pediré —digo, más intrigado por la idea de que Theo quiera videos míos que por la de superar al perfecto ayudante del viñedo—. Mi bebida favorita fue el *vin santo* que tomábamos en Chianti, con los *cantucci*.

—Muy propio de ti elegir la única bebida que venía acompañando una galleta —se burla Theo—. ¿Tu atracción turística favorita?

—El Duomo de Florencia —contesto—. Por supuesto. ¿Y la tuya?

—El Foro Romano está entre los primeros puestos de la lista, pero la encabeza la Sagrada Familia. —Se termina el sándwich y envuelve los restos en el papel—. ¿Puedo contarte un secreto?

—Todos, siempre.

—Creo —dice Theo— que estar en la Sagrada Familia contigo, escuchándote mientras me contabas su historia… fue entonces cuando empecé a darme cuenta de que aún te quería.

La marea golpea suavemente los costados del barco, meciéndonos de un lado a otro.

—¿Ah, sí?

Theo asiente con la cabeza.

—Sí.

—¿Una clase de arquitectura te hizo darte cuenta de que me querías?

—Fue la historia de Gaudí, amigo —dice Theo, riendo—. Me llegó al alma.

—Es romántica, ¿verdad?

—Ese hombre amaba de verdad esa iglesia. —Se sube los lentes de sol al pelo y me sostiene la mirada mientras me pasa la botella—. Además, es que... Supe que te quería cuando escuché cómo hablas de todo lo que te apasiona. No sé si sabes lo maravillosa que es la forma en que entregas todo tu corazón a aquello que te conmueve por dentro. Siempre estás buscando razones para amar las cosas, y cuando lo haces, nunca es a medias. Siempre me ha gustado eso de ti.

—Theo —digo en voz baja. Dejo la botella en el suelo del bote y le tomo la mano—. Tengo que decirte algo.

—Dime.

Respiro hondo y anuncio:

—Está a punto de empezar a sangrarme la nariz.

—La...

—Mi nariz, sí.

—¿Cómo...? Vaya, mierda, ya empezó.

Aparta la mano y hace una mueca cuando la sustancia húmeda y caliente empieza a gotearme en el hueco sobre el labio superior. Sentiría vergüenza si nos quedaran motivos para sentirla, pero siendo así las cosas, tengo que contener la risa para que la sangre no me llegue a la boca.

—Hombre, ¿estás bien? —pregunta Theo, dándome una servilleta de papel—. ¿Siempre te pasa tan a menudo?

—Antes de verte en Londres, hacía más de un año desde la última vez —le contesto—. Pero desde entonces sangro... ¿como dos veces por semana? ¿Tres tal vez?

—¿Por qué?

Sonrío y una gota caliente y viscosa me baja rodando por el labio. Es tan ridículo... Theo arquea las cejas.

—¿Por mi culpa? ¿Son... hemorragias nasales por amor?

Asiento con la cabeza.

—Siempre lo han sido.

—Pero... eso es asqueroso —dice Theo, abalanzándose hacia delante y enterrando una mano en mi pelo.

Me desliza la lengua por los labios antes de metérmela en la boca y nos embebemos de nuestros propios sabores entremezclados: el ardor ácido de las uvas verdes y el vinagre, una embriagadora combinación de naranja amarga y lavanda, sangre metálica convertida en dulce y madura como una granada en la mano de Proserpina.

Le atraigo hacia mi regazo y Theo aparta nuestros trajes de baño y me retiene ahí mismo, flotando en nuestra recóndita caleta azul bajo el sol del Mediterráneo. Extiendo los dedos para tocar todo lo que está a mi alcance de elle, para que cuando se haya ido no tenga que imaginarme nada. Solo tendré que cerrar los ojos y revivir este momento, el movimiento sinuoso de sus caderas, el olor del verano en su piel, su cuerpo grabado para siempre en la memoria de mi cuerpo.

Rilke escribió: «Se instala en tu acogedor corazón, echa raíces en él y vuelve a empezar».

Después, nos desnudamos casi por completo, con el torso al descubierto, y nos metemos en el agua. Yo me quedo flotando en ella mientras Theo nada dando vueltas a mi alrededor, con las ondas de luz deslizándose sobre su cuerpo. Cuento sus eficientes brazadas. Sabe exactamente adónde va.

En un restaurante junto al mar cerca de la zona más concurrida de Favignana —es decir, una de las calles por las que no pasta el ganado—, todo el mundo parece reacio a terminar su última cena del tour. Aun después de todos estos días a bordo de un autobús y sus noches durmiendo en camas extrañas, a pesar de todas las ampollas después de las largas caminatas por la ciudad, de las quemaduras por el sol florentino y de los malentendidos diarios por culpa de alguna traducción, siempre parece que lo de volver a casa todavía podría esperar un día más. No sé si estaré preparado algún día para tomar mi último sorbo de vino con los mismos zapatos con los que hace solo unos días estaba delante de un Botticelli. No me imagino entrando en mi departamento y echándolos de un puntapié a la pila con el resto.

Alrededor de unas mesas repletas de marisco fresco, las personas que conocimos hace apenas tres semanas hablan, ríen y celebran la vida de maneras que ahora ya nos resultan familiares. La pareja de recién casados se toma de las manos por encima del mantel; los suecos se acaban primero todas las verduras; Dakota y Montana fotografían cada plato desde una docena de ángulos dinámicos antes de soltar los teléfonos y ponerse a comer; los Calums se ríen demasiado alto... aunque esta noche se han sentado más cerca que de costumbre. Un llamativo chupetón en el cuello del Rubio parece del tamaño de una boca masculina. Cuando Theo mira a Montana con gesto elocuente, esta le hace un gesto con el pulgar hacia arriba y Theo y yo levantamos nuestras copas. Montana sonríe victoriosa, acariciando con los dedos el pelo rubio de Dakota.

Entre los *primi* y *secondi*, Fabrizio se levanta y hace un brindis:

—Hace nueve años que hago este tour —comienza Fabrizio, sosteniendo en alto su copa de *prosecco*—, desde que tenía veinticinco años. Si soy sincero, a veces, no veo la hora de que llegue el momento de esta cena. A veces, el grupo no es tan bueno, y el clima es mucho peor, y tengo ganas de volver a casa lo antes posible. Y a veces, esta cena me rompe el corazón, porque la gente es tan amable, el cielo es tan azul, el viento es tan cálido... y veo el amor que siento en el corazón por la comida, el vino y la historia reflejado en los rostros iluminados de todos ustedes, y no quiero decir adiós. Esta noche, *amici*, tengo el corazón roto.

La gente lanza un suspiro. A mí también me duele el corazón. Debajo de la mesa, Theo me toma la mano.

—*Grazie mille, ragazzi* —dice Fabrizio con los ojos brillantes—, gracias por acompañarme. Espero que conserven un buen recuerdo de mí. *Salute!*

—*Salute!* —repite la sala, y brindamos por nuestro querido, delicioso y demoledor Fabrizio.

Antes de que termine la cena, nos escabullimos hacia la playa más pequeña y vacía que encontramos. Nos paramos delante de la puesta de sol y sacamos el whisky, como siempre dijimos que haríamos. A Theo aún le queda otro día y medio por su cuenta antes de volar a casa, pero yo me voy mañana a primera hora, así que esta es nuestra última oportunidad. Aunque, por casualidades de la vida, Theo hace escala en París.

Mientras bebemos, Theo me pregunta:

—¿Cuál fue tu ciudad favorita?

Me quedo pensando en mi respuesta un buen rato.

—No he podido dejar de pensar en San Juan de Luz —admito finalmente.

—Yo también iba a decir la misma —conviene Theo—. En todas las demás era como si estuviera de visita, pero San Juan de Luz era un poco como estar en casa, ¿sabes? O… supongo que París es tu casa, así que quizá no.

—No, sí entiendo lo que quieres decir —digo—. Había algo allí, una especie de…

—Paz —termina la frase por mí.

Asiento con la cabeza, dejando que la marea me bañe los tobillos. Theo me pasa el whisky y saboreo su quemazón.

—Creo que puede que hayan sido las tres semanas más importantes de mi vida —dice Theo—. Ha habido tantas cosas que ni siquiera sabía que era capaz de hacer hasta que las hice… Y nunca lo habría sabido si no hubiera venido. Y ahora, cuando miro mi vida en casa, en Estados Unidos, siento que puedo verla claramente desde aquí.

—Sé lo que quieres decir con eso de «claramente» —le digo—. ¿Sabes que llevo dos años intentando leer *Una habitación con vistas*?

Theo sacude la cabeza.

—¿En serio? ¿Tú?

—Lo sé. Me ha pasado lo mismo con muchas cosas. Hacer postres para mí mismo, o inventar recetas, o pintar, o dibujar… Es solo que no me salía de dentro. Metí ese libro y todas esas libretas de dibujo en la maleta porque esperaba que algo de este viaje lo desbloqueara. Y ahora me siento como... como si empezara a revivir de nuevo. Como si fuera una planta y, por fin, alguien se hubiera acordado de regarme.

Theo se queda un largo rato en silencio, con aire pensativo.

—Tenías una expresión muy particular cuando hacías algo en el horno —dice luego—, una sonrisa muy especial, como si estuvieras exactamente donde debías estar.

Medito sobre sus palabras, sobre las diferencias entre ahora y aquel entonces, cuando preparaba mis recetas en mi propia cocina. Creo que podría volver a sentirme así, siempre y cuando se dieran las condiciones adecuadas.

—Puede que necesite otro trabajo —confieso. Theo se ríe en voz baja, y yo también—. ¿Y tú? ¿Qué harás cuando vuelvas a casa?

—Creo que voy a intentar averiguar qué es eso a lo que quiero dedicarme en cuerpo y alma, y luego volcarme de lleno en eso —contesta, levantando la barbilla con actitud decidida.

—Me parece un buen plan.

—Y creo que tal vez, solo tal vez, hable con Sloane sobre el dinero. Y tal vez, incluso, podría irme a vivir lejos del valle, a algún otro sitio —dice—. No lo sé. Hay tanto mundo por descubrir ahí fuera...

—Desde luego —convengo.

—Pero, sobre todo —me dice—, quiero que sigamos siendo amigues.

Dios, no me había dado cuenta de lo mucho que necesitaba oírle decir eso hasta que lo dijo. Le rozo la mejilla con la punta de los dedos, nadando en las aguas azules y verdes cristalinas de sus ojos.

—Yo también quiero eso mismo —le digo—. No quiero que dejes de estar en mi vida nunca.

—Muy bien —dice con vehemencia—. Y yo iré a verte.

Arqueo las cejas con aire burlón.

—¿En serio?

—En serio. —Me rodea la cintura con los brazos—. Y tú vendrás a verme a mí, y podríamos ser... amigues con derecho.

—Amigues con derechos —repito—. Siempre voy a querer tener esos derechos contigo.

Theo se ríe.

Cuando nos acabamos el whisky, tomo la carta que no llegué a enviar nunca, la enrollo de la forma más compacta que puedo, la meto a presión por la abertura de la botella y luego enrosco el tapón.

Theo apoya la barbilla en mi hombro, presionando la mejilla contra el costado de mi cuello. Nos imagino dentro de cinco, quince, treinta años. Mejores amigues a un océano de distancia, reapareciendo una vez cada par de años para quemar el dormitorio y luego volver a nuestras respectivas vidas. Siempre orbitando alrededor de le otre, nunca fuera de alcance.

Podría volver a amar a esa versión de Theo omnipresente y continua. Hay mucho romanticismo en eso, mucha belleza en descubrir cuánto puede soportar mi corazón. A veces pienso que la única forma de conservar algo para siempre es perderlo y dejar que siga acechándote de por vida.

Echo el brazo hacia atrás para tomar impulso, listo para lanzar al mar nuestra carta en una botella, pero en el último momento Theo me detiene.

—Quiero quedármela —me dice—. Tal vez me den ganas de leerla algún día, cuando te quiera menos.

PARÍS (OTRA VEZ)

COMBINA CON:

Tarte tatin aux pêches, expreso de la segunda mejor cafetería de la Bastilla

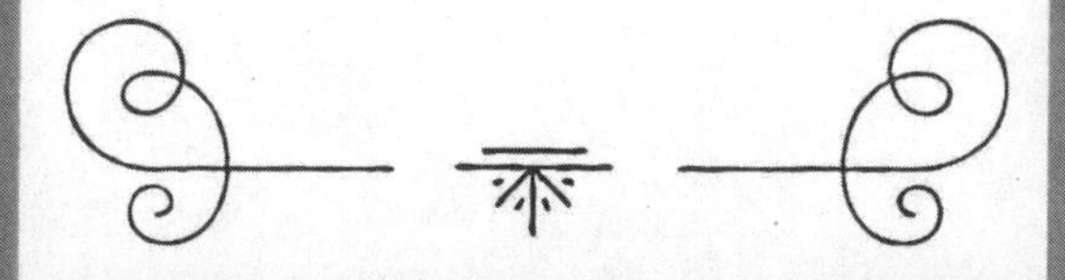

Siento como si tuviera que haber una distancia enorme entre Palermo y mi casa, entre donde está Theo y donde no está Theo, pero el vuelo solo dura dos horas y media. Cierro los ojos mientras escucho a Ravel en los audífonos y, cuando los abro, otra vez estoy llegando sin nadie a mi lado a París. Esta vez estoy aquí porque lo decidimos les dos. Eso tiene que contar de algún modo.

En mi casa, todo está tal como lo dejé. Los cojines bordados del sofá, las estanterías con mis libros y los de Thierry. Maxine lavó y cambió las sábanas, incluso las roció con el aceite de lavanda que tengo junto a la cama. Las plantas de las ventanas están verdes y alegres, con las hojas regordetas y resplandecientes bajo la luz de primera hora de la tarde. Alguien borró la detallada lista de instrucciones para el cuidado de las plantas que dejé en el pizarrón junto a la cocina y la sustituyó por un dibujo de Maxine y yo montados en una fresa gigante.

En cuanto deshago el equipaje, me baño y me aplico todos los productos para el cuidado de la piel que no pude meter en la maleta; lo siguiente que hago es ir al mercado. Compro lo básico para dejar la cocina preparada de nuevo para el día a día —huevos, mantequilla, leche, tomates en rama maduros, una hogaza de pan de pueblo recién hecho, paquetes de cartón de bayas, limones, crema espesa— y luego selecciono cuidadosamente los ingredientes para una tarta *tatin.* Falta poco para que acabe el verano y dentro de unos meses el otoño traerá membrillos; hoy, elijo duraznos.

No había hecho una tarta *tatin* desde la escuela de pastelería, y resulta que había olvidado lo complicadas que pueden llegar a ser.

Una cuarta parte de los duraznos se quedan pegados al molde. No es mi mejor postre, pero si tengo que ser sincero, Guillaume tampoco es el mejor sexo del mundo. Ambos servirán para salir del paso.

Tardo doce minutos en bicicleta desde mi departamento hasta el de Guillaume y los paso reflexionando sobre qué he estado haciendo exactamente con él. Me gusta, pero me gusta mucha gente. Es tierno, administra la mejor cafetería de la Bastilla y el mes pasado me envió físicamente un poema por correo postal, lo que significa que es probable que esté al menos un poco enamorado de mí. Yo nunca le he pedido nada semejante y tampoco le he dado a entender que sea una buena idea, pero lo cierto es que le llevo una tarta de vez en cuando, lo cual, según Maxine, es el típico «comportamiento de novio malvado capaz de inducir a engaño». Yo no pretendo engañarlo ni hacer que se haga ilusiones, es solo que esa sonrisa suya es encantadora.

Me dedica esa misma sonrisa cuando nos abre la puerta a mí y a mi tarta, lo que me hace sentir aún más culpable de estar aquí para poner fin a lo nuestro.

Sé, como he sabido siempre desde que tenía nueve años en el desierto, que siempre amaré a Theo, pero no puedo seguir haciendo lo que he estado haciendo hasta ahora con ese amor. No me parece justo seguir enterrándolo en otras personas, enseñándoles todas las flores que Theo ha pintado en mi corazón sin decirles que ya erigí la estatua de otra persona en la fuente que hay en el centro. Guillaume es el primero de la lista. Mañana llamaré a Delphine, a Luis, a Eva, a Antoine y... quizá tendría que escribir la lista más tarde.

Guillaume se lo toma razonablemente bien, pero me deja muy clarito que no piensa devolverme el plato. Me parece justo.

Cuando llego a casa, hago lo siguiente de mi lista de tareas: llamo a mi papá. Me contesta como si hubiéramos hablado hace solo unos días, lo cual no me sorprende. No está en Roma, sino escribiendo en una residencia para escritores en el Ace Hotel de Manhattan, aunque su departamento está a solo seis cuadras. Ha estado traduciendo una novela alemana de vampiros en su tiempo libre. Le hablo del tour, de la comida, los cuadros y el mar, pero no de Theo. Lo más cerca que estamos de abordar nuestra última conversación es cuando menciona vagamente su deseo de visitar París y «dejar el trabajo en casa esta vez».

—No estoy seguro de cuánto tiempo más seguiré viviendo aquí —le digo—. He estado pensando en hacer algunos cambios en mi vida.

Al otro lado de la línea, se queda callado el tiempo suficiente para que yo piense que no debe de haber estado prestando atención. Mis sospechas parecen confirmarse cuando dice:

—¿Te dije que mi editor se va? Cené con él la semana pasada.

Me pongo a podar la planta de albahaca de la ventana de la cocina, listo para desconectar de la conversación.

—Le dije lo contenta que estaría Violette de saber que habías vuelto a Francia.

Detengo el movimiento de las tijeras.

—¿En serio?

—Se va a ir a vivir al extranjero por el trabajo de su esposa, y tienen dos hijos. Dieciséis y once años. Me preguntó cómo se adaptaron ustedes tres cuando nos vinimos de Francia. Le dije que, bueno, Ollie ya era lo bastante grande como para estar entusiasmado, y Cora era demasiado pequeña para acordarse. Pero nuestro Kit... él era el que más preocupaba a Violette. El más sensible de los tres. Es el que más se parece a su mamá, y su corazón se quedó en Francia.

Se me hace un nudo en la garganta. No le gusta hablar de mi mamá, y menos con mis hermanos y conmigo. Creo que le duele demasiado dirigir la atención hacia todos los trocitos de ella que hay en nosotros, como el hecho de que yo solo hablé francés los primeros meses después de perder a Theo para no tener que oír las frases e inflexiones en inglés que se me habían pegado de elle. Es la primera vez en años que me dice algo así. Es lo más cerca que ha estado de decir que se arrepiente de habérsela llevado de Francia los últimos seis años de su vida.

Miro las acuarelas que cuelgan de la pared de la cocina; están exactamente igual desde que Thierry las colgó hace un montón de años. La que está en el centro es una escena de jardín, todo de color verde salvo la figura café de un pequeño zorro acurrucado entre las raíces de un naranjo.

—Entonces, ¿crees que debería quedarme? —le pregunto.

—Creo que agradezco que hayas heredado mi espíritu, pero también su corazón —me contesta.

Esa noche, examino las ofertas de empleo en la cama buscando, sin mucho entusiasmo, algo que me haga más feliz que mi actual trabajo. Hay un montón de ofertas de medio tiempo para panaderos, *sous chefs* y decoradores de pasteles, pero cuanto más empeño pongo en imaginarme haciendo alguna de esas cosas, más difícil me resulta ignorar lo que no siento: la asombrosa sensación de ilusión y posibilidad que sentí cuando Paloma me habló de la *pâtisserie* de San Juan de Luz.

Le escribo un mensaje a Paloma:

¿Puedo llamarte mañana?

Cuando se lo envío, vuelvo a leer mis mensajes, mi conversación con Theo. No he sabido nada de elle en todo el día, y me digo que no hay de qué preocuparse. Lo más probable es que haya estado ocupade disfrutando de su tiempo a solas en Palermo, tomando el sol en la playa y comiendo *arancini.* Mañana tendré noticias suyas. Lo prometimos.

Me duermo pensando en Theo. La curva de su hombro, el ángulo de su sonrisa. Sus manos cubiertas de grasa de pizza, su beso con sabor a chabacano. Ya le extraño muchísimo. Pero he aprendido a amar ese dolor.

Al día siguiente, vuelvo al trabajo y me siento mejor que en mucho tiempo, no porque haya decidido quedarme, sino porque he decidido irme. Me doy cuenta de que puedo soportar tener que hacer cualquier maniobra con las pinzas cuando puedo imaginarme mis propios menús de degustación mientras lo hago. Me gusta la sensación de saber que estoy trabajando con algún objetivo en mente, aunque todavía no sepa exactamente cuál será ese objetivo.

Todavía no sé nada de Theo. Le envié un mensaje esta mañana

para preguntarle si había comido más *granita* y brioches desde que me fui, pero no me ha contestado. Me sorprendo dejando el teléfono boca arriba en mi mesa de trabajo toda la mañana, a pesar de que está expresamente prohibido. Quizá Theo está preparándose para su vuelo transatlántico de esta noche. Quizá solo es eso. En cualquier momento me enviará una foto del pito y los huevos colosales de alguna escultura de valor incalculable y, entonces, todo volverá a su cauce.

Maxine se reúne conmigo para el *apéro* en nuestra cafetería habitual. Se alegra de verme, una vez que termina de regañarme porque Guillaume volvió a cobrarle los cafés. Le digo que estoy intentando terminar con todos mis ligues y me contesta que sería más rápido enviarles un boletín.

Le cuento todo lo que pasó durante el viaje, incluso las partes cachondas, que son más interesantes para ella que las partes en las que experimento nuevas cúspides de emoción humana mientras contemplo iglesias antiguas. Comprende cómo Theo y yo llegamos a la decisión que tomamos, pero no la comparte. Cuanto más hablo, más difícil me resulta explicarle por qué tiene sentido.

Tenía mucho sentido hace dos días, cuando me daba tanto miedo mi propia predisposición al egoísmo, cuando tan seguro estaba de perpetuar la maldición familiar. Pero no dejo de recordar las palabras de mi papá: «El corazón de tu madre». Ojalá pudiera hablar con ella de esto, que me dijera si hice lo correcto. Ojalá pudiera decirme si alguna vez tuvo dudas sobre aquello a lo que renunció por amor.

—¿Y tú? —le pregunto a Maxine, ansioso por cambiar de tema—. ¿Has tenido alguna cita mientras yo estaba fuera?

Maxine suelta un resoplido y toma su vaso.

—Querido, ni siquiera sé cuándo fue la última vez que conocí a alguien con quien plantearme en serio ponerle la boca encima.

—Maxine, tiene que haber alguien…

Se queda pensativa, recostándose en la silla, con un porro elegantemente enrollado colgando de sus dedos de manicura perfecta.

—¿Me dijiste que tienes el número personal de Fabrizio?

—Así es —contesto, sin poder reprimir una sonrisa. Otra víctima norteamericana de la ofensiva del embrujo de Fabrizio—. Pero escucha lo que te voy a decir…

Maxine se ofrece a quedarse a dormir, porque sabe lo mucho que detesto dormir solo, pero le digo que no pasa nada, que estaré bien. Debería ir acostumbrándome. Voy caminando hacia casa bajo la luz crepuscular y me paro en el mercado por el camino. Tengo una idea que quiero probar.

Para cuando llego a casa, ya se puso el sol. Theo ya debería estar haciendo escala. En algún lugar a las afueras de la ciudad, debe estar pidiendo un café amargo en Brioche Dorée y ojeando licores franceses en el *duty-free*, contemplando a través de las ventanas del aeropuerto la misma noche que yo. Mañana volveremos a hemisferios distintos, pero esta noche, por unas horas, estamos en la misma ciudad.

Deposito todos los ingredientes en la mesa de la cocina y me pongo manos a la obra para hacer las magdalenas que se me ocurrieron mientras admiraba *El nacimiento de Venus.*

Todo va bien hasta que enciendo la batidora de pedestal. Hacía tanto tiempo que no la usaba que se le debe haber aflojado algún tornillo sin darme cuenta. Sale disparada por la estrecha cocina, rebota en el refrigerador y se dirige hacia los cuadros enmarcados de la pared contigua. En una fracción de segundo, la escena del jardín en la que reparé anoche recibe un impacto directo y se inclina hacia un lado, el cable que cuelga de la parte trasera arranca el clavo que lleva décadas en la pared y la acuarela se estrella contra el suelo de la cocina.

Milagrosamente, el cristal no se rompió. Una esquina del marco se partió, pero el cuadro en sí está intacto.

Cuando le doy la vuelta al marco para comprobar si sufrió algún daño, veo algo que no sabía que estaba allí: una inscripción, escrita en francés y fechada dos años antes de que mis papás se conocieran.

Tengo que sentarme cuando reconozco la letra de mi mamá.

Thierry:

¡Feliz cumpleaños, mi querido hermano!

Por favor, no dejes que tu novia cuelgue este cuadro en su casa. ¡Me gustaría volver a verlo! ¡Ja, ja! Es broma... Espero que algún día pueda parecerme más a ti. Si puedo entregar todo mi corazón al amor sin que me dé miedo el precio que tenga que pagar, no me arrepentiré de nada.

Con cariño,

Tu hermana Vi

Se me corta la respiración.

Releo la última frase una y otra vez.

Me llevo la mano al corazón. Noto cómo late, percibo cómo se rompe. Siento el amor regenerándose por siempre.

Estaba dispuesto a aceptar haberme equivocado sobre muchas cosas. Sobre las decisiones que tomé cuando creía que sabía más que los demás, sobre los sueños que creía que se materializarían con solo decidir que así fuera. Sobre París, sobre lo que quería Theo. Sobre el convencimiento de que el amor significa que una persona debe renunciar a todo, y sobre el convencimiento de que el amor significa que una persona no debe renunciar a nada. Sobre lo que merecíamos mutuamente de le otre. Me he puesto de rodillas y me he suplicado a mí mismo comprender que nunca lo haré todo bien como ocurre en mis fantasías, que un amor que se acaba es el único que puedo tener, porque así no podré perderlo.

Pero antes de todas esas cosas, yo era un chico de una ridícula aldea de ensueño. Yo era un niño con los ojos y el corazón de su mamá, un corazón que ella quería entregar al amor. Y yo tengo la única oportunidad de mi vida de hacer lo mismo, y estoy en la cocina haciendo magdalenas porque me da miedo pagar el precio. Dios, el regaño que me daría si estuviera viva...

¿Qué estoy haciendo? ¿Qué he hecho?

El reloj del horno marca las nueve cuarenta y cinco. Theo tiene que embarcar dentro de hora y media.

Si me echo a correr, si tomo el taxi más rápido de París, si compro el primer boleto internacional de camino al aeropuerto, si llego a tiempo a la puerta de embarque…

Si logro alcanzar a Theo antes de que suba al avión, podré decirle que estaba equivocado. Que tenía miedo, pero que ya no quiero tenerlo. Que por estar con elle, vale la pena pagar cualquier precio. El que sea. Cueste lo que cueste, acabe como acabe. De lo único que me arrepentiría más que de perderle es de no llegar a quererle como podría quererle ahora.

La posibilidad de que lo logre es muy pequeña, pero tengo que intentarlo. Tengo que hacerlo.

Apago el horno, me meto las llaves en el bolsillo, tomo la cartera y el pasaporte del tazón que está encima de la chimenea, corro hacia la puerta, la abro de golpe y…

Al otro lado de la puerta, con los ojos muy abiertos y sin aliento, con la mochila al hombro y la mano derecha levantada como si estuviera a punto de tocar, está…

—¡Theo!

Me mira atónite.

—Hola. —Observa mi expresión frenética, el pasaporte que llevo en la mano—. ¿Ibas a alguna parte?

—Al aeropuerto —contesto débilmente. Theo está aquí. Theo está aquí, en el *pied-à-terre,* en mi tapete—. ¿Cómo has…?

Me enseña un sobre amarillento y arrugado. Lo desenrolló y uno de los lados está rasgado.

—Por el remitente.

—La… —Intento formar palabras, conseguir que mi cabeza deje de darme vueltas—. La abriste.

—Iba en el avión de Palermo —dice Theo— y me di cuenta de que nunca voy a quererte menos.

Agarro el pasaporte con tanta fuerza que por poco se me queda tatuado el escudo en la mano.

—Allí estaba yo, en otro avión sin ti. Y ahí estabas tú, en París sin mí. Después de todo lo que hemos pasado, todo lo que nos hemos dicho, todo lo que hemos hecho para intentar ser mejores, y resulta que estamos justo donde empezamos. Y de alguna manera, nos hemos convencido a nosotres mismes de que eso significa que hemos madurado. Pero, Kit, yo sí he madurado… he madurado hasta convertirme en alguien que es mejor para ti. Y tú te has convertido en alguien que es mejor para mí. Y sé que quieres poner nuestra amistad por delante de todo lo demás, y me da mucho, muchísimo miedo joder eso. Tengo tanto, tanto miedo de joderlo todo siempre… No sé cómo haríamos que funcione, ni siquiera sé dónde viviríamos, ni cómo se supone que debe ser mi vida, o qué pasa si me equivoco, pero… pero ese no es el mayor error que podría cometer. Este no es el mayor error que podría cometer. El mayor error que podría cometer es fingir que sería feliz siendo solo tu amigue el resto de mi vida. Y lo siento si no es eso lo que quieres oír, pero no podía irme a casa sin decírtelo.

Deja escapar un enorme suspiro, como si hubiera estado conteniéndolo desde que abrí la puerta. Unas lágrimas brillantes le asoman a los ojos. Tiene el pelo sucio después de las horas de viaje, la cara enrojecida después de correr, y si pudiera encargarle un retrato al óleo en este estado de perfección absoluta y arrolladora, lo haría.

—Además —añade—, estaría genial si pudiera dormir en tu sofá esta noche, porque el próximo vuelo no sale hasta mañana.

—Theo —digo. Me tiembla la voz. Cada terminación nerviosa de mi cuerpo está cantando una ópera de tres movimientos—. A la mierda el sofá. Vente a mi cama.

Y con todo el ímpetu de veinte años y más de cien mil kilómetros, Theo se lanza sobre mí.

La fuerza de su beso me empuja de espaldas al interior del departamento y tira al suelo la zapatera y, al menos, dos de los jarrones que Thierry había soplado a mano, que se hacen añicos en el suelo junto a nuestros pies. Apenas me doy cuenta. Ya se los repondré. En ese momento, Theo me está arrojando contra la pared mientras le agarro el pelo con las manos y le beso como si volviéramos a tener veintidós años, valientes, presas del asombro y tentando a la suerte. Le beso como si tuviéramos veinticuatro años, con la cabeza llena de sueños y miedos, y como si tuviéramos veintiséis, perdiéndonos en el recuerdo de le otre. Le beso como ahora, a los veintiocho, con más sabiduría, más firmes y tras haber evolucionado como nunca, y todavía tan increíblemente enamorades une de le otre.

—Para que quede claro —dice Theo, jadeante, apartándose de mi boca—, cuando dijiste que ibas al aeropuerto...

—Iba a buscarte —le digo—. Siempre te me adelantas.

—Genial. Me encanta ganar —responde Theo, sonriendo de oreja a oreja. Aún lleva la mochila encima. Creo que tal vez está pisando mi pasaporte—. Y eso significa que tú... sientes lo mismo...

—Te quiero —digo—. Quiero que vuelvas conmigo.

—¿Y no vas a cambiar de opinión por la mañana?

—Theo. —Le miro directamente a los ojos, luminosos y penetrantes—. Si viviera un cura en este edificio, te llevaría a su puerta ahora mismo y le pediría que nos casara.

—Ah —exclama Theo—. Estaba pensando que sería genial que Fabrizio oficiara la ceremonia.

—Estabas... —Me tartamudea el corazón. Ni siquiera lo dice de broma—. Hay tantas cosas que quiero preguntarte, pero, Theo, te juro por Dios que si no te metes en mi cama ahora mismo me muero.

Así que allá vamos, con la mochila de Theo tirada en la alfombra, los zapatos tirados por los rincones, la ropa que nos quitamos tan deprisa que los botones salen volando y rebotan por el suelo. Theo me besa con tanta fuerza como para dejarme marca, y me siento muy agradecido, me siento la persona más increíble y estremecedoramente agradecida del puto mundo entero.

A la mañana siguiente, despierto a Theo con unos rollitos de canela.

—Por fin encontraste la receta perfecta —me dice tras el primer bocado. Está resplandeciente, ahí en la silla de mi cocina sin más ropa que unos calzones míos, con el pelo apelmazado en la nuca por las horas de sexo.

—Esta es la misma receta que usé la primera mañana que estuvimos juntes —le digo.

—Ah. Bueno. Entonces tal vez por eso me gusta tanto.

Coloco una taza de café solo junto a su plato y sigo su mirada hacia la pared de la cocina, junto al pizarrón.

—No puedo creer que te compraras uno de esos —me dice, sonriendo al ver el calendario que me traje de un puesto de souvenirs de Roma, en el que aparece un cura sensual cada mes—. Espera, ¿qué estoy diciendo? Pues claro que te lo compraste. Eres Kit.

—Perdóname, Padre, porque he pecado —digo, besándole la sien. Entonces miro el calendario con más atención y me fijo en la fecha—. Espera, Theo, ¿no se suponía que tenías que hacer el examen de *sommelier* hoy?

Toma la azucarera y echa una cucharada en la taza.

—Creo que ya sé qué es eso a lo que quiero dedicarme en cuerpo y alma —dice—. Y que yo sepa, no necesito aprobar ningún examen para eso.

Me siento en la silla junto a la suya, sujetando mi taza de café con las manos, dejando que el calor que irradia se propague a través de mí.

—Cuéntame.

—Imagínate un bar —empieza a explicar Theo—, pero que también es una panadería. Un menú nuevo cada semana, solo cinco o seis platos especiales según la temporada, además de una selección permanente de productos locales emblemáticos básicos. Cocina francesa, pero con elementos españoles e italianos. Todos los productos llegan directamente a través de relaciones personales con granjas, viñedos, pescaderías, chocolaterías y panaderías. Y el concepto es que cada plato está diseñado para maridarse con una bebida. Un coctel personalizado, una copa de vino elegida exprofeso. Cada combinación está diseñada para contar una historia, así que, cuando pides, estás pidiendo una experiencia completa.

Asiento con la cabeza. Me encanta la idea.

—¿Y cómo se llama ese sitio?

—Estaba pensando en algo como… —dice Theo— Field Day.

Caigo en la cuenta, aunque despacio. Fairfield. Flowerday. El Fairflower fue nuestro primer sueño. Este podría ser el nuevo.

—Si tú quieres —añade Theo—. Es solo una idea. Ni siquiera sé dónde podríamos abrirlo.

Miro a Theo, bañade por el resplandor de la mañana, y nos imagino a les dos en el mar, nadando en dirección a le otre, encontrándonos una y otra vez. Veo arena blanca y fina como el azúcar.

—Puede que tenga una sugerencia.

EPÍLOGO

Notas sobre el aroma, San Juan de Luz en una mañana de invierno:

Agua de mar fría y nítida. Ropa de cama fresca, recién lavada justo ayer, ya aromatizada con lavanda y *neroli*. Levadura, corteza de pan, mantequilla dorada, cáscara de limón, tomillo secado al sol en la ventana de una cocina. Pintura húmeda y aserrín del dobladillo de mis jeans, la mermelada de chabacano que Kit me trajo de Les Halles cuando yo estaba demasiado ocupade debajo del fregadero con una llave inglesa para salir a hacer el súper. Posibilidad.

—Dilo otra vez —me dice Paloma mientras volvemos de la oficina de correos con los brazos llenos de paquetes—. Más rápido.

—*Veux-tu m'épouser?*

—Ahora como si lo dijeras en serio.

—*Veux-tu m'épouser!*

—¡Muy bien! ¡Tu pronunciación está mejorando!

Sonrío. Paloma huele ligeramente a sardinas y café azucarado.

—Aprendo rápido.

El verano pasado, cuando volví a California con uno de los suéteres de Kit y una idea radicalmente nueva de lo que podía ser mi vida, empecé a aprender francés. Tuve mucha ayuda: largos correos electrónicos de Paloma, muchas horas hablando con Cora por teléfono, pódcasts y aplicaciones, y a Maxine con ese aire de sargento instructor sexi. Y, por supuesto, Kit. Siempre Kit y nuestras conversaciones interminables, nuestras videollamadas para probar recetas o esbozar planes. A veces, lo hacía que me pusiera a prueba. Otras veces, simplemente, se sentaba al otro lado del teléfono y me leía una novela en francés mientras yo me ocupaba de las tareas domésticas.

(A veces nos desnudábamos. Para ser une hablante de francés de nivel intermedio, he adquirido un vocabulario realmente impresionante en materia de palabras guarras).

—¡Suena genial, Léa! —exclama Paloma mirando hacia la ventana abierta del piso de arriba cuando llegamos a nuestro destino. Su prima pequeña acaba de cambiar la flauta por el clarinete, para consternación de los vecinos—. ¡Ya no recuerda tanto a un gato que agoniza!

—Cállate, Paloma —dice Léa, asomando la cabeza—. ¡Hola, Theo!

—¡Hola, Léa! —le contesto—. ¡Nos vemos esta noche para cenar!

—¿Viene Kit?

—Por supuesto.

—¡Mamá! —grita Léa antes de desaparecer—. ¡Hace falta otro pollo!

La pila de cajas que llevo en los brazos es tan alta que oigo la risa de Kit antes de verlo a él.

—Pero ¿no recogí ya nuestros paquetes la semana pasada?

Veo su cara y, por un momento, vuelvo a maravillarme al pensar que esta es nuestra vida. Que me despierte cada mañana con el murmullo del mar y con esta persona, con esta persona tan hermosa e irremplazable con pintura en la nariz y una sonrisa hecha solo para mí. Se agacha y me besa la mejilla.

—Exacto —contesto. Vamos por allí tan a menudo últimamente que el anciano de detrás del mostrador nos conoce a les dos por nuestro nombre—. Gilles te manda saludos.

Con mi ayuda y la de Kit y Paloma metemos nuestros paquetes dentro y los apilamos en el suelo junto al mostrador de los pasteles.

—Esos son para Mikel —dice Kit, señalándole a Paloma una caja de *macarons*. Cuando le compramos la pastelería a la anciana propietaria, también compramos sus recetas. Les dos pensamos que algunas cosas debían quedarse aquí para siempre—. Y dile que no se me ha olvidado que todavía tiene mi ejemplar de *Cándido*.

—Sabes que nunca vas a recuperar ese libro, ¿verdad?

Kit vuelve a su arsenal de cubetas de pintura, sin dejar de sonreír.

—Lo sé, pero me gusta meterme con él.

—¿Sabes cuántos de tus amigos vendrán el domingo? —le pregunto a Paloma.

—Todo el mundo, amor —dice con una sonrisa—. Todo el puto mundo. También son tus amigues.

Paloma nos deja para ir a comenzar su jornada en la pescadería y se marcha con un aire tan engreído y con tanto ímpetu que por poco se lleva por delante a una mujer en la puerta. Ambas se disculpan antes de separarse, y entonces la mujer se voltea y veo esa cara tan bonita y familiar con forma de corazón.

—No lo puedo creer… —exclamo, saltando por encima de las cajas—. ¡Sloane!

Mi hermana grita cuando me abalanzo sobre ella, la rodeo con los brazos y la levanto del suelo.

—¡Ay, Theo! ¡Cuidado con mis costillas!

La dejo en el suelo, con los ojos soltando chispas al verla por primera vez desde que me vine a vivir al extranjero hace casi un año. Nunca llegó a cumplir su amenaza de afeitarse la cabeza, pero lleva el pelo mucho más corto que antes, justo por encima de los hombros y, casi de nuevo, de nuestro color natural. Le entierro los dedos en él para despeinarla, disfrutando al ver cómo frunce el ceño.

—¿Qué haces aquí?

—¿Menú de degustación para amigos y familiares? —dice Sloane—. Me invitaste tú, literalmente.

—Sí, pero estás tan ocupada que pensé que no vendrías, y no llegaste a confirmar…

—Boté mi agenda de la semana —dice, encogiéndose de hombros con aire despreocupado—. Hola, Kit.

Kit, que nos mira a Sloane y a mí con el aire risueño de quien una vez nos vio pelearnos a puñetazos por el último *cupcake* en la fiesta del tercer cumpleaños de Este, dice:

—Hola, Sloane.

Y también la abraza él.

Mientras Kit vuelve a ocuparse con el mural que está pintando en la pared trasera del local, le enseño a Sloane el tour para inversionistas de lo que pronto será Field Day: los nuevos hornos que hemos instalado, los contenedores para el almacenaje en seco cuidadosamente organizados por Kit, los mosaicos que colocamos a mano en la pared de detrás de la barra. Nuestra onda es una mezcla entre el Viejo y el Nuevo Mundo, acogedor y luminoso, y lo bastante parecido a como estaba todo para que la gente del vecindario se sienta cómoda. Hemos añadido mesitas de café y una barra de bar, una máquina de café expreso en un rincón y plantas en todas las ventanas. En la parte inferior del mostrador de los pasteles soldamos la defensa de mi antigua camioneta, que le quitamos antes de vendérsela a un amigo de Montana y Dakota, con su viejo y maltrecho logotipo de VW reflejando las luces que Kit colgó por encima.

Acabo enseñándole lo que hemos estado preparando para la degustación de nuestro primer menú este fin de semana. Cintas de menta, tarros de especias de color rojo oscuro y naranja, canela en rama, pistache triturado. Ayer terminé de preparar la carta de cocteles, pero todavía no me ha dado tiempo de ponerles nombre a todos. En mi libreta, aún llevan los nombres de las noches que los inspiraron: el Caterina, el Émile, el Estelle.

Sloane se apoya en la puerta de entrada, sonriendo, sin decir nada.

—¿Qué? —le pregunto al fin.

—Nada —me contesta—. Te ves tan feliz aquí.

—Lo soy. Al principio me daba un poco de miedo. Pero la verdad es que sí, soy feliz.

Sinceramente, sentí algo más que un poco de miedo. Era puro terror. Pasé cada uno de los días de los seis meses en los que estuve atando todos los cabos sueltos en Estados Unidos cagándome de miedo: tenía que solicitar mi visa, asegurarme de que en Timo se las arreglarían sin mí, despedirme del personal de cocina con el que había trabajado desde que tenía diecinueve años... Hubo muchos trámites logísticos, mucho papeleo, presupuestos y planes de negocio, y todas esas cosas que me resultan más difíciles. Pero si hay algo que he aprendido es que nunca sé realmente de lo que soy capaz hasta que lo estoy haciendo, y la única manera de averiguarlo es seguir adelante. Y cuando las cosas se ponen más complicadas que nunca, Kit siempre está ahí.

Me encanta esta vida. Adoro esta vida con una intensidad que me habría dado un miedo del carajo hace cinco años, porque no habría confiado en que fuera a ser capaz de conservarla. En lugar de eso, nado en las aguas del Atlántico antes de desayunar y me aferro al presente cada día con más fuerza.

Más tarde, mientras Kit y Sloane se dedican a chismear como un par de adolescentes, me pongo a desempacar todas las entregas. Están los pedidos que ya esperábamos —utensilios de bar, tamices, frutos secos enviados desde los Pirineos— y luego están las cosas que empezaron a llegar en cuanto anunciamos la apertura de Field Day, para la semana que viene. Una caja de vino con una nota manuscrita de Gérard y Florian, y otra de El Sommelier con una tarjeta del personal del bar de Timo. Un paquete de chocolate puro para beber de Santiago, bolsitas de semillas de acacia australianas y pimienta seca de Dorrigo de los Calums, sal marina en escamas del Mediterráneo de Apolline. Un paquete para desearnos buena suerte con dos delantales de lino, un *jigger* dorado y una postal de Este.

El resto de nuestra gente de fuera empieza a llegar mañana. Maxine vendrá en tren desde París; nuestros papás aterrizarán por la tarde. Cora y Ollie coordinaron sus vuelos con los suecos. Valentina incluso convenció a Fabrizio para que deje Río en enero y venga a Francia, y Kit casi se cae de la cama de la risa cuando ella nos envió una foto de él envuelto a regañadientes en un suéter de lana. La semana pasada, todas las noches después de cenar, Kit y yo repasamos el menú desde nuestra ventana con vista a la bahía, decidides a hacerlo lo mejor posible. No será perfecto, pero sí lo máximo. Así somos. Somos Theo y Kit.

Al otro lado de nuestro pequeño local, Kit brilla bajo la luz rosada de la mañana a través de nuestros gigantescos ventanales delanteros, rayados por las sombras de las letras que componen la palabra FIELD a través del cristal. Me encantan las manchas de pintura de sus manos, la vieja chamarra arremangada hasta los codos. Me encanta lo bueno que es conmigo. Me encanta lo buene que soy conmigo misme cuando lo tengo cerca.

Pienso en la pregunta que he estado practicando: «*Veux-tu m'épouser?*».

Kit fue la primera cosa importante que me permití desear. Y esta vez, me lo quedo.

AGRADECIMIENTOS

Aquí hay mucho, pero mucho libro, ¿verdad?

Cuando alguien abre una página en blanco para ponerse a escribir, es importante tener algún objetivo en la cabeza. Mi principal objetivo con este libro era que me encantara estar escribiéndolo, y escribir un libro al que le encantara serlo. Creo que lo conseguí. Sé que ningún otro me había correspondido tanto con su amor como este.

Este libro me ha hecho saltar de un velero en el Mediterráneo y plantarme en mi cocina mezclando ralladura de limón con azúcar blanca. Me daba los buenos días con un beso y me decía que leyera un rato a Rilke antes de ponerme a trabajar. Me pedía que aguzara mi inteligencia y mi curiosidad, que aprendiera una docena de cosas nuevas cada día. Escribirlo ha sido un placer para mí, y estoy en deuda con un montón de gente por eso.

Gracias a mi incansable agente, Sara Megibow, y a mi fiel editora, Vicki Lame. Gracias a todo el equipo de St. Martin's Griffin por todo el trabajo que ha requerido editarlo, darle formato, ponerlo en un empaque tan precioso y hacerlo salir al mundo, incluidas Anne Marie Tallberg, Vanessa Aguirre, Meghan Harrington, Alexis Neuville, Brant Janeway, Melanie Sanders, Chrisinda Lynch, Lauren Hougen, Laura Apperson, Sam Dauer, Jeremy Haiting, Devan Norman, Kerri Resnick y Olga Grlic. Gracias a nuestra ilustradora de portada, Mira Lou. Gracias a nuestros increíbles actores de doblaje para el audiolibro, Emma Galvin y Max Meyers; a nuestra directora, Kimberley Wetherell, y al equipo de audio de Macmillan, en especial a Elishia Merricks, Emily Dyer, Isabella Narvaez, Ashley Johnson y Tim Franklin.

Bueno, será mejor que empiece cuanto antes con la lista de recursos que me han servido para documentarme, porque si no, van a ser otras cincuenta páginas más. Solo había estado en Europa unas cuantas veces cuando se me ocurrió la idea para este libro, y habría estado muy perdide tanto literal como metafóricamente sin la enorme cantidad de guías —físicas, literarias y virtuales— que me mostraron el camino. Gracias a les youtubers especializades en viajes, cuyo contenido me resultó indispensable cuando buscaba cosas como «calles de Nápoles ASMR 4K» a la una de la mañana, incluides Oui in France, Tourister, Abroad and Hungry, Chad and Claire, Days We Spend, Euro Trotter y a quienquiera que haya estado subiendo viejos episodios de *Rick Steves por Europa.* Gracias a les escritores y editores de los muchos libros que he utilizado para documentarme, incluidos *El vino,* de Bianca Bosker; *Horas italianas,* de Henry James; *Wine Simple,* de Aldo Sohm y Christine Muhlke; *The Sommelier's Atlas of Taste,* de Rajat Parr y Jordan Mackay; *Bouchon Bakery,* de Thomas Keller y Sebastien Rouxel y *Wine Folly: Edición Magnum. La guía maestra del vino,* de Madeline Puckette y Justin Hammack. Gracias a los blogs de viajes cuyos textos y fotos me ayudaron a sumergirme en cada escena; entre ellos, Along Dusty Roads, Bordeaux Travel Guide y Florence Inferno. Gracias a quienes colaboran con *TravelMag, AFAR, Lonely Planet, ArchDaily, Atlas Obscura, Condé Nast Traveler, Travel + Leisure* y la *Guía Michelin,* cuyo trabajo me ayudó tanto en la escritura como en la preparación de mis propios viajes. Gracias a les presentadores y productores de los pódcasts que escuché para ponerme en contexto, como *Half-Arsed History, ArtCurious, Stuff You Missed in History Class* y *Wine for Normal People.* Gracias a les comentaristas diverses de los *subreddits* de cada uno de estos destinos por sus recomendaciones. Gracias al documental *Somm.* Gracias a la poeta Louise Labé por ayudarme a entender los desvaríos sexuales y románticos de alguien de Lyon. Gracias a la galería de los Uffizi por subir una visita virtual en tres dimensiones de la gruta de Buontalenti sin imaginar en ningún momento para qué acabaría utilizándola. Pediría disculpas, pero la verdad es que siento que estaba honrando el espíritu del lugar.

Gracias muy especialmente a Anthony Bourdain por su *Comer, viajar, descubrir, Sin reservas,* y prácticamente por todo.

En cuanto al grupo de brillantes personas expertas y locales que me enseñaron todo lo relativo a la historia, la comida y la bebida, transmitirles mi gratitud por escrito parece muy poca cosa. Gracias a mi guía florentino en materia de historia, Gian; a mi guía de Barcelona en materia de chocolate, Carla; a mi guía de tapas, Boris, de Food Lover Tours (que me contó la historia que cuenta Fabrizio sobre el vino en la parte de Nápoles); a Pierre, que me llevó por París en un Citroën de época; a Angelo por el tour en Vespa de Roma; a Ciao Florence Tours por una sudorosa y magnífica excursión de un día por la Toscana, y a Michelle por el tour pastelero por París. Gracias a Sara de la Villa Le Barone por responder a mis preguntas sobre qué flores y qué árboles concretos florecen a finales de agosto y principios de septiembre en Chianti. Gracias a mis amigues Carol Ann, Brenden y Joey por acompañarme a Francia y España, y hablar más francés que yo. Muchísimas gracias a Sarah Looper de il Buco por revisar mis páginas y salvarme la vida con su gran mente de *sommelier.*

Gracias, como siempre, a mi mejor amiga y compañera escritora, Sasha Peyton Smith, por animarme siempre a elegir la opción más gratificante; a mi familia, por su amor y su apoyo inquebrantables; y al amor de mi vida, Kris, que tuvo una paciencia infinita mientras yo montaba todos esos desastres en la cocina y acumulaba todas esas botellas de vino a lo largo de la escritura de este libro. Gracias a todes mis amigues que devoraron los primeros borradores y me dijeron, exactamente, qué tan caliente tenía que llegar a ser la novela.

Y, por supuesto, gracias, Lectores. Espero que terminen este libro con unas ganas locas de repetir y pedir otra ración de algo delicioso, de probar algún plato de la carta que no saben ni cómo pronunciar y de elegir siempre la opción más gratificante. No se conformen con nada que no sea lo máximo.

Les quiero. Putones *forever.*